KB066094

데이지 존스 앤 더 식스

DAISY JONES & THE SIX

by Taylor Jenkins Reid

데이지 존스 앤 더 식스

테일러 젠킨스 리드 장편소설
최세희 옮김

DAISY JONES &

THE SIX

Taylor jenkins reid

다산
책방

정직한 러브스토리가 있다면

그중 하나이길 바라며

버나드와 샐리 헤인스에게 이 책을 바칩니다

차례

이 책에서 나는 1970년대 록밴드 '데이지 존스 앤 더 식스'가 대중적 인기를 얻은 과정을 일화 중심으로 명확히 그려내고자 한다. 아울러 1979년 7월 12일 시카고 투어 중에 예고도 없이 해체하며 구설수에 오른 배경도 살펴보고자 한다.

지난 8년 동안, 나는 데이지 존스 앤 더 식스의 과거와 현재 멤버, 그들의 가족과 친구, 그리고 밴드가 활동하던 당시 동종업계 핵심 인물들과 개별적으로 인터뷰했다. 구술 증언으로 이루어진 본문은 인터뷰에서 나눈 대화를 비롯해서 관련 이메일, 문서 자료, 노래 가사를 수집한 후 편집을 거친 결과물이다(밴드의 앨범 『오로라Aurora』 수록곡의 가사는 책의 맨 뒤에 전문으로 실었다).

애초 밴드의 역사를 포괄하는 것이 목표였지만, 결국 불가능하다는 깨달음에 이르렀음을 고백해야겠다. 인터뷰 대상 중에는 행방을 찾을 수 없어 포기한 분도 있었고, 허심탄회하게 귀한 이야기를 해준 분도 있었으며, 안타깝게 이미 고인이 된 분도 있었다.

데이지 존스 앤 더 식스의 멤버 모두가 참여해 밴드의 역사를 이야기한 최초이자 유일한 기록물이라는 데서 이 책의 의의를 찾을 수 있을 것이다. 아울러, 간과해선 안 될 사실이 하나 있다. 똑같은 일화를 놓고, 심각하건 사소하건 각자 회고하는 바가 다를 때가 있다는 점이다.

진실은 자주, 수취인 불명으로 되돌아온다.

그루피
데이지 존스

1965~1972

데이지 존스는 1951년에 태어나 로스앤젤레스 캘리포니아 할리우드 힐스에서 자랐다. 아버지는 영국의 저명한 화가인 프랭크 존스이고, 어머니는 프랑스 모델 잔 르페브르다. 1960년대 말, 선셋 스트립에서 사춘기를 보내면서 데이지는 부모의 유명세에서 벗어나 자신의 이름을 알리기 시작했다.

일레인 창(전기작가, 『데이지 존스: 야생화』 저자): '데이지 존스'라는 이름이 하나의 전설이 되기 전부터, 그녀는 전설의 조건을 두루 갖추고 있었어요.

먼저, LA의 부잣집 출신 백인이라는 점이 그랬죠. 게다가 진짜 예뻤어요. 어릴 때부터 매력이 넘쳐흘렀죠. 데이지의 커다랗고 파란―짙은 코발트색이라고 해야겠네요―눈동자는 숨이 턱 막힐 정도로 강렬했어요. 데이지에 관한 일화 중에서 내가 특히 좋아하는 게 1980년대에 한 콘택트렌즈 회사에서 실제로 '데이지 블루'라는 이름의 컬러렌즈를 출시했다는 거예요. 또 데이지의 머리는 구릿빛 도는 빨간색이었는데 숱도 많고 곱슬곱슬해서…… 상반신을 다 가릴 정도였어요. 광대뼈는 도톰하게 부어오른 것처럼 보였는데, 그렇게밖에 표현할 수 없네요. 그리고 목소리도 어쩌나 근사했는지. 제대로 훈련한 적도 교습을 받은 적도 없는데도요. 세상 모든 돈을 다 가진 집에서 태어났으니 원하는 건—예술가든 약물이든 클럽이든—다 가질 수 있었어요. 물 쓰듯 써도 바닥날 일이 없었죠.

그렇지만 데이지 곁엔 아무도 없었어요. 언니도 오빠도 동생도 없었고, 로스앤젤레스에서 알고 지내는 친인척도 없었어요. 데이지 아버지도 어머니도 각자 자기만의 세상에 빠져 지내느라 딸은 내팽개쳐 놓다시피 했죠. 물론 자기들의 예술가 친구들이 딸을 모델로 쓰겠다고 하면 거절하는 법이 없었어요. 데이지의 어린 시절 초상화와 그림이 왜 그렇게 많겠어요. 예술가 친구들이 놀러 왔다가 고혹적인 데이지 존스를 보고 한눈에 반해 너도나도 모델로 삼고 싶어 했죠. 정작 데이지 아버지가 그린 딸 그림은 단 한 점도 없답니다. 프랭크 존스는 남자 누드화 그리느라 바빠서 딸을 눈여겨볼 새가 없었어요. 데이지는 어릴 적부터 혼자 산 거나 다름없었죠.

그런데도 붙임성이 좋고 활달했어요. 유난히 따르던 전속 헤어스타일리스트에겐 시도 때도 없이 자기 머리를 잘라달라고 졸랐어요. 개를 키우는 이웃에겐 자기가 산책시켜 줘도 되느냐고 물었죠. 우편물 집배원의 생일에 직접 케이크를 구워주려던 걸 두고 데이지의 부모는 두고두고 놀려댔어요. 사람들과 얼마나 어울리고 싶었으면 그랬겠냐고요. 하지만 그 아이 곁엔 진심으로 관심을 쏟아주는 사람은 단 한 명도 없었어요. 하물며 부모까지 그 모양이었으니 아이가 얼마나 큰 상처를 받았을지는 말할 필요도 없겠죠. 하지만 그런 성장 과정으로 말미암아서 아이콘이 된 것 아니겠어요?

우린 트라우마가 있는 아름다운 사람에게 열광하죠. 데이지 존스는 **뚜렷한** 트라우마를 품고 있으면서 **고전적으로** 아름다운 인물의 표본이었어요.

그런 의미에서 보면 데이지가 선셋 스트립에 발을 디딘 것도 이해가 가죠. 매혹적이면서 추저분한 동네잖아요.

데이지 존스(데이지 존스 앤 더 식스의 싱어): 선셋 스트립은 집에서 엎어지면 코 닿을 데였으니까요. 열네 살 때였던 것 같은데, 집에만 틀어박혀 있다 보니 진절머리가 나서 뭐든 소일거리를 찾고 있었어요. 어려서 술집도 클럽도 출입금지였는데 무작정 들어갔죠.

버즈*의 로디**를 졸라서 담배 한 개비를 얻어 피웠던 때도 정말 어렸을 때예요. 다들 브라를 안 한 여자를 보면 실제보다 더 나이 든 줄 착각하는 것도 금세 알아차렸어요. 패션 감각이 좋은 언니

---

*   Byrds. 1960~70년대에 활동한 LA 출신의 록밴드.

**   roadie. 밴드의 지방 공연 매니저를 이르는 말.

들처럼 반다나라든지 헤어밴드를 한 적도 있어요. 조인트*와 플라스크** 따위를 들고 보도 위를 오가던 그루피***들과 어울리고 싶었어요.

어느 날 밤, '위스키 어 고고' 밖에서 로디 한 명에게 담배 한 대만 달라고 졸랐어요. 담배를 피운 건 그때가 처음이었는데 내 딴엔 골초인 척했어요. 정작 기침을 하고 난리도 아니었죠. 그러고 있는 재주 없는 재주를 다 끌어모아 그 남자에게 꼬리를 쳤어요. 얼마나 어설펐겠어요, 지금 생각하니 얼굴이 다 화끈거리네요.

그런데 한 남자가 로디에게 와서 "들어가서 앰프를 세팅해야 해요"라고 말하더니, 날 돌아보며 "너도 갈래?" 하고 물어보는 거예요. 그래서 처음으로 '위스키'에 들어갈 수 있었어요.

그날 새벽 서너 시까지 거기 있었는데, 밤늦게까지 논 것도 그때가 처음이었네요. 갑자기 살아 있다는 생각이 들었어요. 내가 어떤 세계의 일부가 된 느낌이었어요. 그날 밤 정말 영혼이 다 바닥나도록 놀았어요. 건네주는 술이면 술, 담배면 담배, 가리지 않고 다 받아서 마시고 피웠어요.

집에 돌아왔을 땐 술과 약에 엉망으로 취해 있었고, 현관문에서 침대까지 직행해 그대로 뻗어버렸죠. 엄마 아빠는 내가 언제

---

* 담배처럼 말아 피우는 마리화나.

** 술을 담는 휴대 용기.

*** 음악 밴드를 통칭하는 그룹(group)에서 파생된 표현이자 경멸이 담긴 호칭으로, 남성 록밴드를 동경해 밴드의 콘서트나 단골 클럽 등을 적극적으로 찾아다니며 밴드 멤버와의 성관계도 마다 않는 여성 팬을 의미한다.

나갔는지조차 모르고 있었고요.

다음 날, 날이 어두워지기 무섭게 집을 나섰고, 똑같은 밤을 보냈어요.

마침내 스트립의 클럽 경비원들이 날 알아보게 되었고, 어디건 들어가게 해줬어요. 위스키, 런던 포크, 라이엇 하우스. 내가 어리건 말건 누구도 신경 쓰지 않았어요.

그레그 맥기니스('콘티넨털 하얏트 하우스' 전 관리인): 네? 데이지가 언제부터 하얏트 하우스를 드나들었냐고요? 내가 어떻게 알겠어요? 처음 봤을 때는 기억해요. 전화로 한창 통화하고 있을 때였는데, 눈 튀어나오게 훤칠하고, 바람 불면 쓰러질 것처럼 마른 몸에, 앞머리를 뱅 스타일로 짧게 친 여자애가 걸어 들어오는데, 와, 그렇게 크고 파란 눈은 생전 처음 봤죠. 그리고 미소가 죽여주더군요. 목젖이 다 보이게 입을 활짝 벌려 웃었어요. 웬 남자 팔에 이끌려 들어왔는데 누군진 기억이 안 나요.

그 시절 스트립엔 여자들이 우글거렸어요. 다 어렸는데 자기 나이보다 많은 척 기를 썼거든요. 그런데 데이지는 그런 게 일절 없었어. 딴사람인 척할 생각은 꿈에서도 안 한 것 같아요. 있는 그대로의 자기를 내보였죠.

그러다가, 걔가 호텔에 꽤 자주 드나든다는 걸 알게 됐죠. 언제나 웃고 있더군요. 살면서 신물 날 일이 전혀 없는 사람 같았죠. 적어도 내 눈엔 그래 보였어요. 꼭 밤비가 걸음마 배우는 걸 보는 것 같았어요. 진짜 순진해서 바람만 불어도 상처받을 것처럼 보여도 뭔가 특별한 게 있는 애라는 걸 알 수 있었어요.

솔직히 말하면, 걔를 볼 때마다 불안했어요. 그 동네 사내놈들 태반은…… 어린 여자라면 환장을 했으니까. 서른 넘은 록스타들이 스무 살도 안 된 여자애들이랑 자잖아요. 그래도 된다는 게 아니라, 그 동네에선 다 그랬다는 뜻이에요. 로리 매틱스*가 지미 페이지랑 사귈 때 몇 살이었어요? 이기 팝이랑 사귀었던 세이블 스타**는요? 이기 팝은 그걸로 노래***까지 만들어 불렀다고요. 그게 다 자랑질한 거라고.

데이지에 관해서라면—그러니까 가수고 기타리스트고 로디고 뭐고 죄다—그 애에게 눈독 들이고 있었어요. 난 걜 볼 때마다 별 탈 없이 잘 지내고 있는지 확인했어요. 어디서건 계속 지켜봤어요. 그 아이를 정말 아꼈으니까. 그 아이는 자기가 속한 세상에서 가장 멋진 존재였어요.

데이지: 섹스와 사랑에 눈뜨면서 된통 혼났어요. 남자는 원하면 다 뺏고선 전혀 미안해하지 않는다는 것, 어떤 남자는 여자의 딱 한 조각만 원한다는 걸 알게 됐죠.

---

* 1970년대에 활동한 미국 아동 모델. 당시 선셋 스트립의 클럽과 바를 오가며 록커들과 어울렸던 10대 여성 무리를 일컫는 '베이비 그루피(baby groupies)' 중 한 명.
** 초대 베이비 그루피 중 한 명으로 유명세를 떨쳤다.
*** 1996년 발매된 「룩 어웨이(Look Away)」라는 노래에 '나는 그때 열세 살이었던 세이블과 잤어'라는 가사가 있다.

그런 여자들—그러니까 플라스터 캐스터*나 GTOs**의 몇몇—처럼 마냥 당하지만은 않은 경우도 있는 것 같은데, 나는 잘 모르겠어요. 하지만 내 첫 경험은 정말 구역질 났어요.

내가 처음 잔 남자는…… 그게 누구건 뭔 상관이겠어요. 아무튼, 나보다 나이 많은 드러머였어요. 라이엇 하우스의 로비에 함께 있었는데 그 사람이 위층에 가서 몇 줄 들이켜자고*** 했어요. 나더러 자기가 꿈꾸던 여자라면서요.

내가 그 남자에게 끌린 건, 그 남자가 나한테 마음이 끌린 것 같아서였어요. 날 특별한 존재로 선택해 줄 사람을 기다리고 있었거든요. 절실하게 누군가의 관심을 끌고 싶었던 때였어요.

문득 정신을 차려보니, 그 남자와 한 침대에 누워 있었어요. 그 사람이 내게 지금 어떤 상황인지 아느냐고 물었고, 난 안다고 대답했어요. 실은 몰랐어요. 하지만 다들 자유연애를 이야기하던 때였고, 다들 섹스가 좋은 거라고 말했어요. 쿨한 사람 또는 힙한 사람은 다 섹스를 좋아한다는 식이었죠.

난 내내 천장만 바라보면서 그 남자가 얼른 끝내기만 기다렸어요. 몸을 움직여야 한다는 걸 알고 있었지만, 무서워서 얼어붙은 채로 누워 있었어요. 방 안에서 들리는 건 우리 옷이 이불에 스치는 소리뿐이었죠.

---

*　Cynthia Plaster Caster. 미국의 조각가이자 자칭 '치유 중인 그루피'. 남성의 발기한 성기를 모형으로 뜬 석고상 작품으로 유명해졌다.

**　The GTOs(Girls Together Outrageously). 선셋 스트립 음악 씬이 낳은 걸그룹.

***　코카인 흡입을 의미한다.

내가 지금 뭘 하고 있는 건지, 하고 싶지 않은 걸 왜 하고 있는지 나 자신도 알 수 없었어요. 그 뒤로 심리 상담을 많이 했거든요. 한두 번이 아니라, 정말 수도 없이 했어요. 그런 뒤에야 비로소 깨닫게 된 것들이 있어요. 이젠 나 자신을 똑바로 볼 수 있어요. 그 시절엔 그런 남자들—스타들—옆에 있고 싶었어요. 그러는 것 말고는 영향력 있는 사람이 되는 방법을 몰랐거든요. 그런 사람들 옆에 있으려면 비위를 맞춰야 한다는 것도 알게 됐고요.

아무튼 그 남자는 얼마 후 침대에서 일어났어요. 드레스 자락을 끌어 내리는 내게 그 남자가 말했어요. "친구들한테 다시 가려면 가."

난 친구가 없었지만 나가라는 뜻인 건 알아들었어요. 그래서 나왔어요.

그 뒤로 그 남자는 내게 말 한마디 건네지 않았어요.

시몬 잭슨(디스코 스타): 위스키의 댄스 플로어에서 춤추는 데이지를 본 기억이 나요. 거기 있던 모두가 그녀를 봤다고 해두죠. 보지 않으려 해도 보게 됐어요. 세상이 은으로 만들어졌다면 데이지는 황금이었으니까.

데이지: 시몬은 내 최고의 친구가 되었어요.

시몬: 난 어디든 데이지를 데리고 다녔어요. 없던 여동생이 생긴 것 같았어요.

기억나는 게…… 선셋 스트립에서 폭동이 일어났어요. 우리 모두 '판도라'로 몰려가서 통행금지와 경찰관에 반대하는 시위를 벌였죠. 데이지와 나도 시위를 하다가, 배우 몇 명과 '바니즈 비너리'에 가서 파티를 벌였어요. 그런 다음 다시 아는 사람의 집으로 갔는데, 데이지는 그 집 파티오에서 완전히 뻗었어요. 우린 다음 날 오후까지 그 집에 있었어요. 그때 데이지가 열다섯 살이었을 거예요. 난 열아홉 살이었고. 그때 줄곧 든 생각이 '나 말곤 얘를 보살펴 줄 사람이 정말 없는 건가?'였어요.

그리고 당시엔 다들 스피드*를 먹었어요. 데이지 같은 어린애까지 먹을 정도였어요. 깡마른 몸매를 유지하고 밤새워 놀려면 약물 없인 안 됐어요. 대개 베니**나 블랙 뷰티***를 먹었죠.

데이지: 다이어트 약이 손쉬운 선택이었어요. 선택이라고 말하기도 민망할 정도로. 환각 비슷한 느낌도 안 들었어요, 처음엔. 코크****도 마찬가지였죠. 코카인이 손만 뻗으면 닿는 데 있다고 해봐요. 무조건 하게 되거든요. 사람들은 그게 중독이란 생각은 전혀 못 했어요. 지금 생각하는 것과는 달랐어요.

---

* 암페타민의 속어. 각성제의 일종으로 마약, 필로폰으로 잘 알려진 메스암페타민의 주성분이다.
** 벤제드린. 중추신경 자극제.
*** 역시 중추신경을 자극하는 덱스트로 암페타민의 속어.
**** 코카인의 줄임말.

시몬: 내 프로듀서가 로럴 캐니언*에 집을 사줬어요. 같이 자자면서. 거절했는데 그래도 사주더군요. 난 데이지와 함께 살았어요.

그렇게 반년 동안 한 침대에서 지냈어요. 그래서 그 아이가 단 한숨도 못 자는 걸 이 두 눈으로 확인했고요. 난 새벽 4시에는 자려고 했는데 데이지는 책을 읽으려고 불을 끄지 못하게 했어요.

데이지: 그 시절엔, 꼬맹이였는데도 정말 오래도록 불면에 시달렸어요. 졸리지 않다고 말해도 밤 11시가 되면 엄마 아빠는 늘 "가서 그냥 자"라고 고함쳤어요. 그래서 난 한밤중에 소리 내지 않고 할 만한 일을 찾았죠. 엄마 주변엔 로맨스 소설들이 널려 있어서 그걸 가져다 읽곤 했어요. 그러다 보면 새벽 2시가 되고, 아래층에서 엄마 아빠가 파티를 하는 동안 나는 여전히 불을 켠 채 침대에 앉아서 『닥터 지바고』나 『페이턴 플레이스』를 읽은 거예요.

그러다 그게 습관으로 굳어졌고요. 책이 눈에 띄면 무조건 가져다 읽게 되었어요. 취향이 까다로운 것도 아니어서 스릴러, 추리소설, SF, 상관하지 않고 읽었어요.

시몬네서 살 때, 비치우드 캐니언으로 올라가는 길 한쪽에 누가 위인전을 상자째 내놨길래 냅다 가져다 읽은 적도 있어요.

시몬: 내가 수면 안대를 쓰게 된 것도 데이지 때문이에요. (웃음) 하지만 그 시절엔 시크해 보이려고 썼죠.

---

*   LA 샌타모니카 할리우드 힐스에 있는 동네. 1960년대에 반문화의 메카로 여겨졌다.

데이지: 시몬과 2주를 살다가 옷을 더 챙기려고 집으로 갔어요.

아빠가 날 보더니 그러더라고요. "오늘 아침에 커피 메이커를 깬 게 너냐?"

그래서 내가 말했죠. "아빠, 나 여기 안 살거든?"

시몬: 데이지에게 나랑 같이 살려면 학교를 다녀야 한다고 말했어요.

데이지: 고등학교에 다니는 건 죽을 맛이었어요. A를 받으려면 학교에서 시키는 대로 해야 하는 건 알고 있었어요. 하지만 학교에서 하는 말이 다 개소리라는 것도 알고 있었죠. 한번은 선생님이 콜럼버스가 미국을 발견한 역사에 대해 에세이를 쓰는 숙제를 내줬는데, 난 콜럼버스는 미 대륙을 발견하지 않았다고 써서 냈어요. 콜럼버스는 미 대륙을 발견한 적이 없으니까. 그런데 F를 받았어요.

선생님께 말했죠. "그렇지만 제가 **옳아요**."

그러자 선생님이 말했어요. "넌 **지시대로** 숙제를 안 했어."

시몬: 데이지는 정말 영특했는데 선생들은 모르는 것 같았어요.

데이지: 다들 내가 고등학교도 졸업 못 했다고 말하는데 졸업했거든요. 졸업장을 받으러 연단을 걸어갈 때 시몬이 큰 소리로 환호해줬어요. 날 정말 자랑스러워했어요. 시몬 덕분에 나도 자부심이라는 걸 처음 느낄 수 있었어요. 그날 밤에 졸업장을 케이스에서 꺼내 잘 접어선 『인형의 계곡』 책에 책갈피처럼 끼워서 썼어요.

시몬: 데뷔 앨범이 쫄딱 망하자 레코드 레이블에서 절 내버렸어요. 프로듀서가 데이지와 날 집에서 쫓아냈죠. 난 식당 종업원으로 취직했고 레이머트 파크의 친척 집에 얹혀살게 됐어요. 데이지는 다시 부모님 집으로 갔고요.

데이지: 시몬의 집에서 바로 짐을 꾸려선 차를 몰아 곧장 엄마 아빠 집으로 갔어요. 현관문을 들어서니 엄마가 담배를 피우며 전화 통화 중이었어요.

"나 돌아왔어"라고 말했죠.

엄마는 "소파 새로 샀어." 이렇게 딱 한 마디 하곤 하던 통화를 마저 했어요.

시몬: 데이지가 예쁜 건 다 엄마한테서 물려받은 거예요. 진은 고혹적인 미인이었죠. 그 시절에 두어 번 실제로 본 적이 있거든요. 커다란 눈, 부담스러울 만큼 육감적인 입술. 관능미가 넘치는 여자였어요. 다들 데이지 얘기를 할 때마다 엄마를 빼닮았다는 말을 꼭 했어요. 나도 아는 사실이었지만 굳이 데이지에게 말해서 좋을 게 없다는 건 알았어요.

한번은 말한 적이 있는 것 같네요. "너희 엄마 정말 미인이구나."

내 말에 데이지는 이렇게 대답했어요. "응, 예쁘지. 그거 말곤 아무것도 없어."

데이지: 살던 집에서 둘 다 쫓겨났을 때, 다른 사람 신세를 지면서

영원히 떠돌며 살 순 없다는 걸 처음 깨달았어요. 그때가 열일곱 살이었을 거예요. 그리고 내게 사는 목적이 있는지 자문한 것도 그때가 처음이었어요.

시몬: 가끔, 데이지가 우리 집에 들러 샤워를 하거나 설거지를 했어요. 그때 데이지가 재니스 조플린이나 조니 캐시의 노래를 흥얼거리는 걸 들었죠. 데이지는 「메르세데스 벤츠Mercedes Bentz」를 즐겨 불렀어요. 세상 누구보다 잘 불렀어요. 그 당시 난 다른 레코드 레이블과 음반 계약을 하려고 동분서주하고 있었죠. 온종일 보컬 레슨을 받을 만큼, 필사적이었어요. 그런데 데이지에겐 이 모든 게 너무 쉬운 거예요. 그래서 그 애를 미워하고 싶었어요. 하지만 데이지는 미워하기 힘든 애였어요.

데이지: 내 가장 소중한 기억은…… 시몬과 함께 차를 몰아 '라 시네가'에 가던 때였는데, 내 BMW를 타고 갔을 거예요. 지금 거기엔 거대한 쇼핑센터가 들어섰지만 그때만 해도 레코드 플랜트*가 있었죠. 그때 어딜 가고 있었는지는 기억이 나지 않는데 샌드위치를 먹으러 잰의 집에 가는 중이었던 것 같아요. 그때 『태피스트리Tapestry』**를 듣고 있었던 건 기억나요. 그리고 「당신에겐 친구가 있

---

*   Record Plant. 1968년 뉴욕에서 설립된 레코딩 스튜디오로, 이후 LA로 이전해 블론디, 메탈리카, 이글스, 플리트우드 맥 등 유수 아티스트와 앨범을 녹음했으며 지금도 운영되고 있다.

**   미국 싱어송라이터 캐럴 킹이 1971년에 발표한 앨범.

어요You've Got Friend」가 흘러나왔을 때 시몬과 난 목청껏 캐럴 킹 Carole King을 따라 불렀어요. 부르는 내내 가사를 되새기면서. 가사 한 줄 한 줄이 마음에 사무치게 다가왔어요. 지금도 그 노래를 들을 때마다 그녀에게, 시몬에게 고마움을 느껴요.

이 세상에 날 위해 뭐든 해줄 사람, 내가 뭐든 해주고 싶은 사람이 한 명은 있구나 하는 생각이 들 때, 그런 때만 느낄 수 있는 평온함이 있어요. 시몬은 내게 그런 평온함을 느끼게 해준 최초의 사람이었어요. 차에서 흘러나오는 그 노래를 듣는데 눈물이 맺히더라고요. 난 시몬을 돌아보았어요. 그리고 그 말을 미처 꺼내기도 전에 시몬이 고개를 끄덕이며 말했어요. "나도 그래."

시몬: 데이지의 타고난 목소리를 세상에 알리는 것이 내 목표 중 하나가 됐어요. 하지만 데이지는 내키지 않으면 손 하나 까딱 안 했어요.

그래도 그즈음엔 어지간히 정신을 차린 터였어요. 다시 만났을 때, 그 앤 여전히 순진했어도 뭐랄까, (웃음) 좀 더 세졌다고 해두죠.

데이지: 당시 난 남자 두어 명과 사귀고 있었어요. 그중 한 명이 브리즈the Breeze의 와이엇 스톤이었는데 우린 서로에 대한 감정이 달랐어요.

어느 날 밤, 샌타모니카의 아파트 옥상에서 같이 조인트를 피우는데 와이엇이 말했어요. "나는 널 너무도 사랑하는데 넌 왜 날 사랑하지 않는 건지 알 수가 없어."

그 말에 난 "세상 모두를 사랑하는 만큼 당신을 사랑해"라고 대답했어요. 진심이었죠. 그땐 누구에게도 마음을 주고 싶지 않았어요. 너무 어린 나이에 너무 많은 상처를 받았다고 생각했으니까요. 더는 그러고 싶지 않았던 거죠.

그날 밤, 와이엇은 자는데 난 잘 수 없었어요. 그러다 그가 가사를 써놓은 쪽지를 보게 되었는데 나에 관한 거였어요. 빨간 머리가 등장하는 것도 그렇고, 당시 내가 자나 깨나 하고 다닌 링 귀걸이도 나왔으니까요.

이어 후렴에서는 내가 심장은 커도 사랑은 담겨 있지 않다고 써놨더군요. 그 대목을 한참 보다가 생각했어요. 이건 아냐. 이 사람은 날 하나도 몰라. 한동안 생각하다 펜과 종잇장을 꺼내 끄적이기 시작했어요.

그가 일어났을 때 내가 말했어요. "후렴에서는 '커다란 눈, 커다란 영혼/ 커다란 심장, 어쩔 수가 없네/ 그녀에게 바라는 건 그저 작은 사랑 하나뿐인데'가 더 좋아."

와이엇은 펜과 종이를 쥐더니 말했어요. "한 번 더 말해줘."

나는 말했죠. "그냥 예를 든 거야. 당신 곡인데 당신이 생각해서 써야지."

시몬: 「작은 사랑Tiny Love」은 브리즈의 최고 히트곡이 되었어요. 그러자 와이엇은 자기가 가사를 다 쓴 것처럼 떠들고 다녔죠.

와이엇 스톤('브리즈'의 리드 싱어): 그건 왜 물어봐요? 다 지나간 일이라고요. 기억하는 사람이 누가 있다고.

데이지: 그게 패턴이 되기 시작했어요. 어느 날 바니즈 비너리에서 한 남자—작가이자 영화감독—와 아침을 먹고 있었을 때예요. 당시 난 아침을 먹을 때마다 샴페인을 주문했어요. 잠을 제대로 못 자서 아침엔 늘 피로에 절어 있었죠. 커피가 있어야만 정신을 차렸어요. 약 기운에 몽롱해서 커피만 주문할 수는 없는 노릇이고, 커피 없이 샴페인만 마시면 바로 잠들어버릴 테고. 뭐가 문제인지 알겠죠? 그래서 늘 샴페인과 커피를 같이 주문했어요. 종업원이 날 아는 곳에서 주문할 때는 그걸 '오르락내리락'이라고 말했어요. 날 들뜨게 해주는 것과 날 가라앉히는 것. 이게 그이한텐 재미있었던 모양인지 그날 나한테 그러더라고요. "언젠가 이걸 써먹어야겠다." 그러더니 냅킨에 적어선 뒷주머니에 넣었어요. 난 속으로 생각했죠. 내가 써먹을 거란 생각 같은 건 못 하나, 저 머리론? 아니나 다를까, 그이의 다음번 영화에 떡하니 나오더라고요.

그땐 그랬어요. 어쩌다 보니 사귀는 남자들에게 아이디어를 빼내줬네요.

흥, 다 꺼져버리라죠.

그래서 직접 노래를 쓰기 시작한 거예요.

시몬: 데이지에게 재능을 발휘하라고 격한 사람은 나밖에 없었어요. 다른 사람들은 데이지가 가진 것을 어떻게든 빼먹으려고 안달이었죠.

데이지: 누군가의 뮤즈가 되는 것엔 눈곱만큼도 관심이 없었어요.

난 뮤즈가 아니에요.

내가 그 위대한 누군가지.

개똥 같은 이야기는 이걸로 끝.

더 식스의
탄생

1966~1972

'더 식스'의 시초는 1960년대 중반 펜실베이니아주 피츠버그에서 결성된 블루스 록밴드 '던 브라더스'였다. 빌리 던과 그레이엄 던 형제는 1954년 아버지 윌리엄 던 시니어가 떠난 후 홀어머니 말 렌 던 밑에서 컸다.

빌리 던(더 식스의 리드 싱어): 내가 일곱 살 때, 아버지가 집을 나갔어요. 그레이엄은 다섯 살이었죠. 내 생애 최초의 기억 중 하나가 아빠한테 자긴 조지아로 갈 거란 말을 들은 거예요. 나도 같이 가면 안 되냐고 물었더니 안 된다고 했어요.

그래도 낡은 실버톤 기타는 두고 갔고 그레이엄과 나는 서로 기타를 치겠다고 싸웠어요. 그걸 치는 것 말고는 달리 할 게 없었 거든요. 가르쳐줄 사람도 없어서 독학으로 쳤어요.

그러다 좀 더 커선, 수업이 끝난 뒤에 늦게까지 남아서 합창실의 피아노를 아무렇게나 쳐댔죠.

그러다 내가 열다섯 살이었나, 엄마가 돈을 모아서 그레이엄과 내게 크리스마스 선물로 중고 스트랫*을 사줬어요. 그레이엄이 갖고 싶어 해서 그걸 주고 내가 실버톤을 지켰죠.

그레이엄 던(더 식스의 리드 기타리스트): 빌리도 나도 각자 기타를 하나씩 갖게 되자 같이 곡을 쓰기 시작했어요. 사실 나도 실버톤을 갖고 싶었지만 나보다는 형에게 더 각별하다는 걸 알았기 때문에 스트랫을 가진 거예요.

빌리: 거기서 모든 것이 시작됐어요.

그레이엄: 형은 곡 만드는 일에 푹 빠졌어요. 특히 노랫말에 엄청 공을 들였어요. 입만 열면 밥 딜런 타령이었어요. 반면에 난, 로이 오비슨 쪽에 가까웠고. 우리 딴엔 그런 스타가 되고 싶었던 거죠, 비틀스 같은. 그런데 누구나 다 비틀스가 되길 바라지 않나요. 맨처음엔 비틀스가 되고 싶고 이어서 스톤스**가 되고 싶고.

빌리: 난 딜런과 레넌 쪽이었어요. 『자유로운 밥 딜런Freewheelin' Bob Dylan』과 『고된 하루의 밤Hard Day's Night』. 그 앨범은 정말…… 나로

---

* 전자 기타 스트라토캐스터.
** 영국 록밴드 롤링 스톤스.

선…… 그 앨범이 나의 지도자였어요.

1967년, 십대인 형제는 밴드를 결성하기 위해 드러머에 워런 로즈를, 베이시스트에 피트 러빙을, 리듬 기타리스트에 척 윌리엄스를 영입했다.

워런 로즈(더 식스의 드러머): 드러머는 밴드가 없으면 안 돼요. 가수나 기타리스트는 안 그런데 드러머는 혼자서 연주해봤자예요. "오우, 워런, '헤이 조'의 드럼비트 좀 들려줘요"라고 애원하는 여자는 없어요.

그래서 밴드에 들어가고 싶었던 거예요. 나는 더 후, 킹크스, 야드버즈 같은 밴드 음악을 좋아했어요. 키스 문, 링고, 미치 미첼*이 되는 게 꿈이었지.

빌리: 우리는 워런을 보자마자 좋아하게 됐어요. 피트는 대하기 편한 친구였어요. 학교도 같이 다녔고, 고등학교 밴드에서 베이스를 쳤고 학교 파티 때 연주한 적도 있고요. 피트의 밴드가 해체했을 때 내가 말했죠. "피트, 우리 밴드로 와." 피트는 매사에 아주 시원시원한 친구였어요. 원하는 건 오로지 죽여주는 록을 하겠다는 것뿐이었죠.

그다음으로 척이 왔어요. 척은 우리보다 두어 살 형이었고, 건

---

* 차례대로 더 후, 비틀스, 지미 헨드릭스 익스피리언스의 드러머.

너 건너 동네에서 살았어요. 피트가 알고 지내던 사이여서 믿을 수 있었죠. 척은 깎아놓은 것 같은 사각턱에 금발에, 엄청난 미남이었어요. 오디션에서 보니 나보다 리듬 기타를 더 잘 쳐서 그걸 맡겼죠.

난 애초에 프런트맨이 되고 싶었고, 5인조가 갖춰졌으니 문제없었죠.

그레이엄: 우린 실력이 하루가 다르게 늘었어요. 죽어라 연습만 했으니 당연하죠.

워런: 밤낮없이 연습했어요. 눈을 뜨면 스틱을 잡고 곧장 빌리와 그레이엄의 차고로 달려갔어요. 엄지가 피투성이가 되어 잠자리에 들면, 오늘 하루는 공치지 않았구나 싶었죠.

그레이엄: 까놓고 말해서, 그때 우리한테 연습 말고 달리 할 게 있었겠냐고요. 여자친구가 있기를 하나. 아, 형은 빼고. 온 세상 여자가 빌리랑 데이트하고 싶어 했거든요. 그리고 내가 두 눈 똑바로 뜨고 봐서 장담하는데, 형은 매주 새로운 여자를 갈아 치워가며 만났어요. 날 때부터 그랬던 것 같아요.

초등학교 때 2학년 선생한테 데이트 신청을 했으니 말 다 했죠. 엄마는 형이 배 속에서 나올 때부터 여자에게 미친 놈이라고 말했어요. 물론 농담이었지만 죽을 때까지도 그럴 거라고 했어요.

워런: 밴드는 하우스파티나 술집에 가서 연주를 했어요. 한 반년을 그렇게 살았을 거예요. 아니면 더 됐나. 아무튼, 보수는 맥주로 받았어요. 미성년에겐 나쁘지 않은 조건이었죠.

그레이엄: 우리가 가는 곳이, 그런 델 뭐라고 말하지? 모르겠다, 그냥 **고상한** 데라고 합시다. 아무튼, 늘 고상한 데만 가는 건 아니었어요. 관객들이 치고받고 싸우는 일도 있어서 이러다 우리한테도 불똥이 튈까 조마조마할 때도 있었어요. 한번은 다이브 바에서 연주를 하는데, 맨 앞쪽에 있던 놈이 뭘 처마신 건지 사람들에게 주먹을 날렸어요. 난 연주에만 신경 쓰고 있는데 갑자기 이 자식이 나한테 달려드는 거예요!

그 순간, 모든 게 번갯불 지나가듯 휙휙 지나갔고, 잠시 후 쾅!! 그놈이 바닥에 나자빠져 있는 게 보였어요. 빌리 형이 놈을 끌고 나갔죠.

어렸을 때도 형은 해결사였어요. 어렸을 때 내가 1달러 숍에 가는데 어떤 애가 달려들어 내 푼돈을 뺏으려 하는 거예요. 그때도 형이 달려와선 걜 때려눕혔어요.

워런: 빌리의 눈치를 보느라 그레이엄에 관해선 안 좋은 말을 할 수가 없었어요. 처음 밴드를 결성했을 땐 그레이엄의 실력이 좋다고 할 수 없었거든요. 한번은 피트와 내가 빌리한테 말했어요. "아무래도 그레이엄을 내보내야 할 것 같은데." 그러자 빌리 대답이 뭐였냐면요. "그 말 한 번만 더 하면 그레이엄과 내가 너희들을 내

보낼 거야." (웃음) 솔직히 말하면, 멋진 놈이라는 생각이 들었어요. 그리고 또 생각했어요. 오케이, 앞으로 이 문제에선 손 떼자. 빌리와 그레이엄 형제가 이 밴드를 자기들 거라 생각한다고 해서 불쾌했던 적은 전혀 없었어요. 내가 고용된 드러머라고 생각하는 게 좋았거든요. 좋은 밴드에서 연주하며 좋은 시간을 보내려고 노력했어요.

그레이엄: 공연을 할 만큼 하고 나니 동네에서 우리가 뭐 하는 놈들인지 아는 사람도 하나둘씩 생겨났어요. 빌리는 리드 싱어 포지션에 재미를 붙이기 시작했고. 얼굴이 반반하잖아요. 우리 모두 멀끔하게 생겼었다고요. 그리고 머리도 기르기 시작했어요.

빌리: 난 자나 깨나 청바지를 입었고, 버클이 어마어마하게 큰 벨트에 목숨을 걸었어요.

워런: 그레이엄과 피트는 언제부턴가 티셔츠를 딱 달라붙게 입기 시작했어요. 내가 "젖꼭지 보인다"고 놀려댔지만 걔넨 그게 멋있어 보였나 봐요.

빌리: 결혼식 피로연 연주 일이 들어왔어요. 진짜 대단한 일이지. 결혼식 무대에 선다는 건, 100명의 관객이 우리 공연을 본다는 뜻이니까요. 그때 내가 열아홉 살이었을 거예요.

　결혼식 커플을 위한 오디션을 보게 되어서 밴드 최고의 곡을 골랐죠. 다른 노래들에 비해 느린 포크풍의 곡으로 내가 썼는데 제목은 「두 번 다시Nevermore」였어요. 생각만 해도 아찔하네. 진짜로. 내 딴엔 케이턴스빌 나인* 얘길 한다고 쓴 거였거든요. 내가 딜런인 줄 알았다니까요. 그런 노래로도 뽑혔어요.

피로연 공연의 중반쯤 됐을 때, 손님 중에 20대 여자랑 춤추는 50대 남자가 눈에 들어왔어요. 처음엔 별생각 없었어요. 저 꼰대는 거울은 보고 사나?

바로 그 순간, 어떤 깨달음 하나가 머리를 때렸어요.

아빠.

그레이엄: 아빠가 거기서 새파랗게 젊은 여자애, 우리 또래로 보이는 여자애랑 춤을 추고 있었어요. 형보다 내가 먼저 알아봤던 것 같아요. 엄마가 침대 밑 신발 상자에 아빠 사진들을 보관해 뒀어서 딱 보고 알았어요.

빌리: 믿을 수가 없었어요. 아빠가 떠난 지 한 10년 만에 본 거였어요. 그리고 조지아에 있어야지 왜 여기 댄스 플로어에 있느냐고, 개자식이, 자기 아들 둘이 무대에 있는 것도 모르고. 까마득한 옛날에 본 게 전부라서 우리 얼굴도, 우리 목소리도, 아무것도 기억을 못 하더라고요.

연주를 끝낸 다음 나는 아버지가 댄스 플로어에서 나오는 걸

---

*   Catonsville Nine. 1968년 5월 17일, 메릴랜드주 케이턴스빌에서 베트남전에 반대한다는 뜻으로 미 국방성 문서를 불태운 아홉 명의 가톨릭 신자 운동가.

째려봤어요. 그런데 그 작자는 우리한텐 눈길 한번 안 주더라고요. 아니, 눈앞에 자기 자식들이 떡하니 서 있는데 알아보지도 못하다니, 그런 소시오패스가 어디 있어요?

내가 겪어봐서 아는데, 피는 바로 통하는 게 있어요. 자식을 만나면, 감으로 딱 알아요, 그리고 저절로 사랑이 샘솟지. 피가 그런 거거든.

그레이엄: 빌리가 피로연장을 돌아다니면서 아빠에 대해 물어봤어요. 알고 보니, 아빠는 거기서 몇 동네 넘어가면 나오는 동네에서 살고 있더군요. 신부 가족 중에 친한 사람이 있었나 봐요. 빌리는 꼭지가 돌아선 말했어요. "우릴 알아보지도 못했어." 난 아버지가 우릴 알아봤을 거라고 생각했지만 뭐라고 말해야 할지 몰랐어요.

빌리: 아버지가 인사 한마디도 안 섞을 정도로 내놓은 자식이 되면, 자식 입장에선 기분 진짜 더럽거든요. 자기 연민 같은 걸 말하는 게 아니에요. 내가 그 자리에 주저앉아 "아빤 왜 날 사랑하지 않는 거지?" 이런 말을 중얼거렸겠어요? 아니에요. 그때 느낀 건 더 무거운 감정이었어요⋯⋯. 아, 그래, 세상이 이렇게나 어둡구나. 자식을 사랑하지 않는 아버지도 있구나.

이렇게까지 말할 수 있어요. 그건 살면서 절대 마주쳐선 안 될 깨달음이라고요.

그레이엄: 다 필요 없고, 그때 본 아빠는 볼 장 다 본 고주망태였어

요. 형과 내 인생에서 일찍 사라져 줘서 오히려 고맙네요.

빌리: 피로연이 끝나고 다들 짐을 꾸렸는데, 나는 맥주를 좀 많이 마신 상태였고…… 호텔 칵테일 바에 있던 웨이트리스가 눈에 들어왔어요……. (미소) 되게 예뻤어요. 갈색 머리가 허리까지 내려오는 데다 눈도 갈색에 크고. 난 갈색 눈만 보면 그냥 넘어가거든요. 그 여자가 앙증맞은 파란색 드레스를 입은 것도 기억해요. 키는 작았어요. 그것도 좋았어요.

그때 난 밴으로 돌아가려고 호텔 로비에 서 있었고, 그 여자는 바에서 손님 시중을 들고 있었어요. 보면서 확신할 수 있었죠. 등에 칼 꽂는 짓은 절대 하지 않을 여자야.

커밀라 던(빌리 던의 아내): 맙소사, 잘생겼었냐고요……. 그때 본 빌리는 말랐는데 근육은 딱딱 불거진 게 내가 늘 좋아하던 타입이었어요. 눈썹도 빽빽하게 잘 났고. 그리고 아주 자신만만해 보였어요. 웃을 땐 활짝 웃었고. 로비에서 처음 본 순간 든 생각이 아직도 생생히 기억나요. 난 왜 저런 남자를 못 만나는 거지?

빌리: 곧장 바에 있는 그 여자에게 갔어요. 한 손엔 앰프, 한 손엔 기타를 든 채 말했죠. "아가씨, 전화번호 좀 주실래요?"

그 여잔 계산대 앞에서 한 손을 엉덩이에 올린 채 서 있다가 내 말에 웃음을 터뜨리더니 날 곁눈질로 쳐다보더라고요. 그리고 정확히 기억나진 않는데 대충 "그쪽이 내 타입이 아니면 어쩔 건데요?"라고 말했던 것 같아요.

그래서 내가 바 위로 몸을 수그리고 말했죠. "내 이름은 빌리 던이에요. 던 브라더스의 리드 싱어죠. 전화번호 주면 아가씨를 위한 노래를 만들어 바칠게요."

그게 먹혔어요. 모든 여자한테 다 먹히는 건 아니에요. 하지만 착한 여자들에겐 효과가 좋았죠.

커밀라: 그날 집에 가서 엄마에게 누군가와 사귀게 될 것 같다고 말했어요. 엄마가 "착한 남자니?"라고 묻길래 "그건 모르겠는데"라고 대답했어요. (웃음) 난 착한 걸 중요하게 생각한 적이 진짜 없었네요.

1969년 여름과 가을, 던 브라더스는 피츠버그와 주변 도시에서 더 많은 무대에 서기 시작했다.

그레이엄: 커밀라가 우리와 어울리기 시작했을 때, 이제 와 하는 말이지만, 다른 여자들과 마찬가지로 얼마 못 버틸 거라고 생각했어요. 하지만 그 친구는 다르다는 걸 알았어야 했는데. 커밀라를 처음 본 게 우리 공연장에 왔을 땐데 토미 제임스*가 프린트된 티셔츠를 입고 있었어요. 음악을 들을 줄 안다는 뜻이었죠.

---

* 1960년대 미국 록밴드 토미 제임스 앤드 더 숀델스의 리더.

워런: 그즈음 우리는 본격적으로 여자들과 자기 시작했어요. 빌리만 그 시장에서 손을 뗀 상태였죠. 우리가 다들 여자들이랑 노닥거리는 동안, 빌리는 저기 떨어져 앉아 담배를 피우고, 조인트를 피우고, 맥주를 마시고, 저 혼자 부산했어요.

어느 날 한 여자애 방에 있다 나와 바지 지퍼를 올리는데, 빌리가 소파에 앉아서「딕 커벳 쇼」를 보고 있더라고요. 그래서 내가 한마디 했죠. "이제 그 여잔 차버려." 잠깐, 우리 모두 커밀라를 좋아했어요. 섹시하지, 말하는 것도 시원시원 돌직구지. 다 좋았어요, 하지만, 그때 빌리는 정말 못 봐주겠더라고요.

빌리: 예전엔, 정신 나가 해롱해롱대면 그게 사랑이라고 생각했어요. 하지만 커밀라를 만났을 땐 모든 게 달랐어요. 커밀라와 함께 있으면…… 왜 사는지 알 것 같았다고나 할까요. 그게 다가 아니에요. 그 친구와 있으면 난 더 나다워질 수 있었어요.

커밀라가 와서 우리가 연습하는 걸 지켜봐 주고 내가 새로 만든 곡을 열심히 듣고선 소감을 말해주는데, 그게 나한텐 정말 도움이 됐어요. 그리고 커밀라에겐 늘 차분한 분위기가…… 누구도 흉내 낼 수 없는 그런 분위기가 있었어요. 그래서 함께 있으면 모든 게 다 괜찮을 거라고 생각할 수 있었어요. 마치 북극성을 따라가고 있는 것 같았죠.

내 생각에 커밀라는 날 때부터 꼬인 데가 없었을 것 같아요. 태어날 때부터 건드리면 물어뜯을 기세를 어깨에 짊어진 나나 그레이엄하곤 차원이 다른 사람인 거죠. 난 입버릇처럼 내가 불량품

으로 태어났다고 말했는데, 커밀라는 완제품인 셈이었죠.「불량
인생Born Broken」의 노랫말도 그렇게 나왔어요.

커밀라: 빌리가 엄마 아빠를 처음 만났을 때 난 좀 긴장했어요. 첫
인상으로 호감을 살 기회는 단 한 번뿐이죠, 특히 장인, 장모가 될
사람을 만날 때는 더하고요. 그래서 내가 직접 고른 옷으로 그이의
머리부터 발끝까지 다 세팅했어요. 원래 있던 옷 중엔 넥타이만 그
이 거였어요.

　엄마 아빠는 빌리를 너무 좋아했어요. 매력이 철철 넘친다면서.
하지만 엄마는 밴드 하는 남자에게 딸을 맡겨도 될까 싶어 걱정
도 했어요.

빌리: 내게 여자친구가 필요하다는 걸 이해한 것 같은 멤버는 피트
뿐이었어요. 공연 가려고 짐을 싸고 있을 때 척이 와서 말하더군
요. "넌 한 여자로 만족하는 놈이 못 된다고 말하면 돼. 여자들은
그렇게만 말해도 알아들어." (웃음) 커밀라에겐 그게 통할 리 없었
어요.

워런: 척은 진짜 쿨한 놈이었어요. 이리저리 쑤시며 간 보는 일 없
이 직통으로 말했어요. 생긴 건 살면서 재미있는 생각은 한 번도
해본 적 없는 것 같은데 맘만 먹으면 얼마든지 사람을 놀라게 할

수 있었어요. 그 친구 덕분에 '스테이터스 쿠오*'를 다시 보게 됐어요. 아직도 그들 음악을 즐겨 들어요.

1969년 12월 1일, 미국에 선발 징병제가 도입되어 1970년 징집자를 추첨으로 뽑았다. 빌리와 그레이엄 던은 둘 다 12월생이었고, 징집될 확률이 보기 드물게 높은 수치였다. 워런은 아슬아슬하게 떨어졌다. 피트 러빙은 딱 중간이었다. 그러나 1949년 4월 24일생인 척 윌리엄스는 2순위로 뽑혔다.

그레이엄: 척이 징집 영장을 받았어요. 지금도 기억나요. 척의 집 부엌 식탁에 함께 앉아 있는데 척이 베트남에 가게 됐다고 말하던 게. 형과 난 어떻게 빼낼 방법이 없을까 고민하던 중이었어요. 그런데 그는 "난 겁쟁이가 아니야"라고 말했어요. 듀케인**의 한 술집에서 했던 공연이 척과 마지막으로 함께한 공연이 되었어요. 난 척에게 말했죠. "전쟁이 끝나면 다시 돌아오면 되니까."

워런: 한동안 빌리가 척의 빈자리를 채웠는데, 에디 러빙(피트의 동생)이 기타를 꽤 잘 친다는 말을 듣고 에디를 불러 오디션을 봤어요.

빌리: 척을 대체할 사람은 세상 어디에도 없어요. 하지만 공연 섭외

---

*   Status Quo. 1962년에 결성해 활동해 오고 있는 영국 록밴드.
**   펜실베이니아의 도시.

가 점점 더 많이 들어오는데 내가 계속 리듬 기타를 연주하고 싶진 않았어요. 그래서 에디를 초빙했어요. 한동안만 에디의 손을 빌리자고 생각했죠.

에디 러빙(더 식스의 리듬 기타): 멤버들하곤 잘 지냈어요. 하지만 난 빌리와 그레이엄이 원래 자기들이 짜놓은 틀에 내가 군말 없이 딱딱 맞춰주길 바란다는 걸 눈치챘죠. **이렇게 쳐줘, 저렇게 쳐줘.** 이런 식으로요.

그레이엄: 그런 지 몇 달 안 돼서 척의 오랜 친구한테서 소식을 들었어요.

빌리: 척은 캄보디아에서 죽었어요. 거기 간 지 6개월도 안 됐던 것 같은데.

가끔 그런 생각이 들어요. 왜 내가 아니었나. 내가 뭐가 특별하다고 이렇게 살아 있나. 세상은 논리로 굴러가지 않죠.

1970년이 끝날 무렵, 던 브라더스의 볼티모어 핀트 공연 당시 관객 중에 '더 윈터스'의 리드 싱어, 릭 마크스가 있었다. 그는 던 브라더스의 거친 사운드를 좋아했고 빌리도 마음에 들어 해서 던 브라더스에게 곧 있을 더 윈터스의 북동부 순회 공연에서 오프닝을 서달라고 제안했다.

이를 계기로 던 브라더스는 더 윈터스의 사운드를 신속히 받아들

이게 되었고, 키보디스트 캐런 캐런에게 관심을 갖게 되었다.

캐런 캐런(더 식스의 키보디스트): 던 브라더스를 처음 만난 자리에서 그레이엄이 이름이 뭐냐고 물어서 '캐런'이라고 말해줬어요.

"성은 뭔데요?"라고 또 물어서 '캐런'이라고 대답했죠.

그레이엄이 못 들은 건지 "성이 뭐냐고 물은 건데요?"라고 다시 묻길래, "캐런이라고요"라고 말했더니 그제야 웃으면서 "캐런 캐런?"이라고 되물었어요.

그 후로 다들 날 캐런 캐런이라고 불렀어요. 참고로 원래 내 성은 '서코'인데, 캐런 캐런으로 굳어졌어요.

빌리: 캐런의 키보드는 더 윈터스의 사운드에 특별한 결, 화려한 분위기를 더해주었어요. 우리 밴드에도 그런 게 필요하지 않을까 생각하기 시작했죠.

그레이엄: 빌리도 나도 슬슬 드는 생각이…… 캐런 같은 사람이 아니라, 바로 캐런이 필요한 건지도 모른다는 거였어요.

캐런: 더 윈터스를 떠난 건 남자 멤버들이 자나 깨나 나랑 잘 생각만 하는 것이 지긋지긋해서였어요. 난 그냥 뮤지션이 되고 싶을 뿐이었는데.

그리고 난 커밀라가 좋았어요. 커밀라는 빌리를 만나러 공연장에 오면 뒤풀이 때 같이 어울리곤 했어요. 빌리는 커밀라를 데리고 다니기도 했고, 언제 봐도 커밀라와 전화 통화를 하고 있었죠. 더 윈터스보다 분위기가 더 훈훈했어요.

커밀라: 더 윈터스와 순회 공연을 다닐 때, 주말이 되면 차를 몰고 공연장으로 가서 백스테이지에서 놀았어요. 네 시간을 운전해서 공연장에 도착해서—이런 곳들은 대개 무섭고 뭔 일 날 것 같은 분위기에, 사방 천지에 껌이 덕지덕지 붙어 있어서 신발이 바닥에 들러붙고 그러잖아요—거기 입구에서 이름만 대면 뒤로 보내줘요. 그러면 나도 그들과 한 식구가 되죠.

    그레이엄과 에디와 다른 사람들 모두가 날 보면 "커밀라!"라면서 큰 소리로 반겨주고요. 빌리는 척척 걸어 나와서 두 팔로 날 안아줬어요. 캐런까지 함께하면서……. 든든한 지원군이 생긴 것 같았어요. 여기가 내가 있을 곳이구나, 하는 생각이 들 정도로.

그레이엄: 캐런 캐런은 신의 한 수였어요. 밴드가 모든 면에서 더 좋아졌어요. 그런 데다 예뻤고요. 내 말뜻은 재능도 있는데 예쁘기까지 했단 거예요. 캐런을 볼 때마다 알리 맥그로*가 떠올랐어요.

캐런: 던 브라더스의 남자들이 나랑 자려고 수작 부리지 않았다고 했지만, 그레이엄 던은 아니었어요. 하지만 그레이엄이 내 외

---

*   1970~80년대에 주로 활동한 할리우드 배우. 영화 「러브 스토리」의 주인공으로 잘 알려져 있다.

모 말고 재능도 좋아했다는 걸 알아요. 그래서 크게 짜증나진 않았어요. 사실은, 기분이 좋았어요. 게다가 그레이엄은 섹시했거든요. 1970년대엔 특히나.

반면에 저는 빌리가 섹스 심볼이라는 평가는 결코 받아들일 수 없었어요. 아, 물론 빌리는 검은 머리에, 검은 눈동자에, 광대뼈도 딱 올라가 붙은 게, 잘생겼어요. 하지만 난 호남형을 좋아하거든요. 난 좀 위험해 보이지만 만나보면 착한 남자가 좋아요. 그레이엄이 그런 스타일이에요. 어깨가 떡 벌어지고 가슴에 털도 많고, 탁한 갈색 머리도 좋고. 잘생기긴 했는데 투박한 멋이 있는 타입이에요.

빌리에 대해 하나 인정할 건, 청바지를 제대로 입을 줄 아는 남자였다는 거예요.

빌리: 다 필요 없고, 캐런은 훌륭한 뮤지션이었어요. 그걸로 이야기는 끝난 거예요. 내가 멤버들에게 항상 하는 말이 있는데 네가 남자건, 여자건, 백인이건, 흑인이건, 동성애자건, 이성애자건, 스트레이트건, 아님 그 중간의 뭐건 상관없다. 연주만 잘하면 된다. 음악은 그런 의미에서 정말 멋진 이퀄라이저*예요.

캐런: 여자에게 인간 인증 스티커를 붙일 권한을 타고난 것처럼 구는 남자가 많아요.

---

* '평등하게 해주는 것'이라는 뜻이나 음악 연주에 필요한 이펙터의 일종이기도 하다.

워런: 그즈음이 또, 빌리의 음주량이 슬슬 도를 넘어서던 때예요. 멤버들과 파티할 때 빌리도 어울렸지만, 우리가 여자들과 자리를 뜨고 나면 혼자 남아 늦게까지 술을 마셨거든요.

그래도 아침이 되면 멀쩡한 것 같았어요. 우린 밖에서 미친 것처럼 환락의 밤을 보냈고. 피트는 안 그랬던 것 같아요. 보스턴에 사는 제니라는 여자와 사귀면서 전화통을 붙잡고 살다시피 했어요.

그레이엄: 빌리는 뭘 하건 몸을 던지는 스타일이에요. 몸 바쳐 사랑하고, 술도 몸 던져 마시는 스타일이었죠. 돈 쓰는 것도 예외는 아니었어요. 돈이 들어오는 족족 다 써버렸어요. 커밀라와 같이 살면서 돈을 더 쓰게 된 것도 있지만. 난 형한테 "좀 살살 해"라면서 잔소리를 했어요.

빌리: 커밀라가 밴드와 함께 지내는 건 가끔이고 대개는 집에 혼자 있었어요. 그 당시에도 커밀라는 계속 부모님 댁에 살았고 난 밤마다 공중전화로 커밀라와 통화했어요.

커밀라: 빌리는 동전이 없어서 전화를 못 하면 수신자 부담으로 전화를 걸었거든요. 내가 받으면 "빌리 던은 커밀라 마르티네스를 사랑합니다"라는 말만 하고는 요금이 부과되기 전에 얼른 끊었어요. (웃음) 그럴 때마다 엄마는 눈을 굴려댔지만 난 애틋하다고 생각했어요.

캐런: 밴드에 들어가고 몇 주 후에 내가 "밴드 이름 바꿉시다"라고 제안했어요. 던 브라더스는 더 이상 적절하지 않았으니까요.

에디: 안 그래도 내가 밴드 이름을 다시 지어야 한다고 누누이 말하던 차였네요.

빌리: 그 이름으로 팬들이 생겼기 때문에, 난 반대했어요.

워런: 어떤 이름으로 부를지 다들 결정을 못 내렸어요. 누군가 '더 딥스틱스The Dipsticks'란 이름을 내놓았고, 난 '섀긴Shaggin'이란 이름을 내놓았죠.

에디: 피트가 말했어요. "여섯 명이 만장일치로 결정할 날은 절대 안 올 거야."

그래서 내가 말했죠. "'더 식스' 어때?"

캐런: 내 고향, 필라델피아에서 한 예약업자가 전화를 했는데, 더 윈터스가 그곳 페스티벌에서 발을 빼게 됐다면서 우리더러 대신설 생각이 있느냐고 했어요. 내가 말했어요. "당장 갈게요. 하지만 우린 더 이상 '던 브라더스'가 아니거든요."

그 사람이 "그래요? 그럼 전단지에 어떤 이름으로 올릴까요?"라고 물었죠.

거기에 내가 답했어요. "아직 정하진 않았는데 제가 우리 여섯 명the six of us 다 데려갈게요."

그 순간, '더 식스'라는 말이 입에 착 붙더라고요.

워런: '더 식스'가 멋진 건 '더 섹스The Sex'와 비슷하게 들린다는 것도 있어요. 하지만 멤버끼리 그런 이야기는 한 번도 안 했던 것 같아요. 굳이 콕 집어 말 안 해도 다 알 정도로 빤하잖아요?

캐런: '더 식스'가 다르게 들린다는 생각이 든 적은 단 한 번도 없는데요?

빌리: 더 섹스? 그런 것하곤 전혀 상관없는데?

그레이엄: 섹스로 들리죠. 그게 핵심이고.

빌리: '더 식스'로 필라델피아 무대에 섰고, 그 후 다른 도시에서 공연 제안을 받았어요. 그다음에 해리스버그 무대에 섰고. 그다음엔 앨런타운에 갔죠. 하트퍼드의 한 술집에서 신년 첫날 밤에 공연해달란 제안도 받았고요.

돈은 얼마 못 벌었어요. 그나마 있던 돈도 집에 가면 커밀라와 데이트하느라 탈탈 털었어요. 커밀라네 집에서 몇 블록 떨어진 피자 체인점에 갈 때도 있고, 그레이엄이나 워런한테 돈을 빌려서 좀 더 근사한 곳에 데려가기도 했어요. 커밀라는 그러지 말라고 늘 성화였죠. "돈 많은 남자를 원했으면 미쳤다고 웨딩 밴드의 가수에게 전화번호를 줬겠어?"라면서.

커밀라: 빌리에겐 카리스마가 있었고 그래서 끌렸어요. 난 늘 그랬어요. 속에 불을 품은 것 같은 남자, 음울한 남자. 내 친구 중엔 비싼 반지를 사줄 능력이 있는 남자를 찾는 애들이 많았어요. 하지만 난 매력적인 사람을 만나고 싶었어요.

그레이엄: 71년쯤이었나, 뉴욕에서 공연 몇 개가 잡혔어요.

에디: 뉴욕은…… 내가 특별한 존재라고 느끼게 해주는 곳이었어요.

그레이엄: 바우워리 가의 한 술집에서 공연하다 밤거리로 나왔는데, 로드 레예스라는 남자가 담배를 피우고 있었어요.

로드 레예스(더 식스의 매니저): 빌리 던은 타고난 록스타였어요. 누가 봐도 알 수 있었어요. 자뻑이 넘쳤고 무대에 서면 어떤 관객의 마음에 호소해야 할지 본능적으로 알았어요. 자기 음악에 느낌을 심을 줄 아는 친구였어요.

그럴 수 있는 사람은 극히 드물어요. 남자 아홉 명과 믹 재거*를 함께 데려와 한 줄로 세운 다음, 롤링 스톤스는 듣도 보도 못한

---
* 롤링 스톤스의 창립 멤버이자 보컬.

사람을 데려와 봐요, 어떻게 되나. 단박에 재거를 가리키며 말할 거예요. "저 사람이 록스타죠."

빌리가 딱 그랬어요. 그리고 밴드 사운드도 괜찮았고.

빌리: '레키지Wreckage'에서 공연을 끝낸 다음에 로드가 우리를 찾아왔을 때…… 그 순간이 우리 밴드의 전환점이 되었어요.

로드: 더 식스와 일한 처음부터 몇 가지 아이디어가 있었어요. 멤버들은 몇 개는 기꺼이 받아들였지만 몇 개는…… 그리 좋아하는 눈치가 아니었어요.

그레이엄: 로드 말이 내 솔로 파트를 반은 잘라야 한댔어요. 기타 테크닉을 중시하는 사람이면 모를까, 나머지는 다 지루해한다나요.

그래서 "내가 왜 훌륭한 기타 연주에 관심 없는 사람들을 위해서 연주를 해야 하죠?"라고 물었더니 로드 말이 "거물이 되려면 '만인'을 위해 연주해야지"라는 거였어요.

빌리: 로드가 나한테 한 말은 "너도 잘 모르는 이야기로 노래 만드는 건 이제 졸업해"였어요.

"이미 세상에 나와 있는 걸 재탕하느라 시간 낭비하지 마. 여자친구 이야기를 써"라고요. 음악을 시작한 후 들은 조언 중에 제일 쉽게 와닿으면서 제일 도움이 됐어요.

캐런: 로드가 나한테는 목이 깊게 파인 셔츠를 입으라길래 "꿈 깨시죠" 했거든요. 그 이후로 옷 얘기는 입에 담지도 않았어요.

에디: 로드가 이스트 코스트 전역에서 공연을 따 오기 시작했어요. 플로리다에서 캐나다까지요.

워런: 로큰롤에 몸담으면서 꿀 빠는 때가 언젠 줄 알아요? 흔히들 정상에 올랐을 때라고 생각하지만 천만에요. 부담과 기대를 받을 때예요. 내가 어딘가를 향해 질주하고 있는데 세상도 그걸 알아줄 때, 무궁무진한 가능성으로 빛이 날 때예요. 가능성이야말로 불순물 제로의 존나 순수한 재미라고요.

그레이엄: 공연 일정이 길어지면서 다들 고삐 풀린 말처럼 굴었어요. 하지만 빌리는 좀 달랐던 게…… 아, 빌리는 주목받는 걸 즐겼어요. 특히 여자들에게서 주목받는 걸 좋아했죠. 그래도 그 당시만 놓고 보면, 그것만큼 중요한 게 없었어요. 무조건 주목을 받는 게 중요했거든요.

빌리: 균형 잡는 게 진짜 관건이었어요. 고향엔 사랑하는 여자가 있는데, 집 떠나 공연하다 보면 백스테이지로 여자애들이 몰려오지, 다들 날 보려고 난리지, 난…… 여자가 있다고 말하는 것도 웃기고, 어떻게 처신해야 할지 모르겠더라고요.

커밀라: 대화를 나누다 말다툼으로 번지는 일이 늘어났어요. 빌리와 내 얘기예요. 인정해요, 그때 난 현실적으로 불가능한 걸 바랐었어요. 록스타와 데이트는 하고 싶은데, 언제고 내게 달려와 주길 바랐으니. 내가 바라는 대로 해주지 않으면 정말 열받았어요. 내가 철이 없었지. 빌리도 마찬가지였고요.

말다툼이 심각해지면, 서로 며칠씩 말을 안 할 때도 있었어요. 그러다 둘 중 하나가 전화를 걸어 사과하면 언제 그랬냐는 듯 예전으로 돌아갔죠. 그이를 사랑했어요. 그이도 날 사랑하는 걸 알았어요. 쉽진 않았죠. 엄마가 내게 누누이 말하던 대로였어요. "넌 하늘이 무너져도 편한 길엔 눈길을 안 주지."

그레이엄: 어느 날 밤인가, 형과 고향에 갔다가 다시 밴을 타고 테네시였나 켄터키였나, 아무튼, 다시 공연 길을 떠난 날에 커밀라가 배웅을 나왔어요. 로드는 빌리와 커밀라에게 시간을 주려고 차를 잠시 세웠죠.

빌리가 커밀라의 얼굴에 흩어진 머리칼을 넘겨주고는 이마에 입을 맞췄어요. 내가 기억하기론 그때 빌리는 입맞춤은 안 했어요. 그냥 입술을 커밀라의 이마에 댄 채 가만히 있었죠. 그 모습을 보며, 한 사람을 저렇게 아끼는 사람이 또 있을까 생각했어요.

빌리: 내가 쓴 곡 중에 「세뇨라Señora」는 커밀라에게 바치는 노래였어요. 그런데 많은 사람이 또 좋아해 주었죠. 공연에서 선보인 지 얼마 지나지 않아서 거의 모든 공연마다 그 노래가 나오면 관객들

은 앉아 있던 자리에서 일어나 춤추고 함께 따라 불렀어요.

커밀라: 사실 '세뇨리타señorita*'인데, 난 지적할 엄두를 못 냈어요. 싸움도 골라가며 해야죠. 그리고 그 노래를 처음 들었을 때…… "당신을 업고 갈게/ 길은 아득하고 어두컴컴한 밤이지만/ 우린 두려움을 모르는 탐험가잖아/ 나, 그리고 나의 황금빛 세뇨라."
　너무 좋았어요. 정말 너무 좋았어요.

빌리: 우린 「세뇨라」와 「태양이 당신을 비추면When the Sun Shines on You」의 데모 버전을 녹음했어요.

로드: 당시 내 인맥은 죄다 LA에 있었어요. 밴드한테 이야기를 한 게 아마 72년이었던 것 같은데…… 이렇게 말했죠. "이제 서부를 뜰 때야."

에디: 제대로 놀려면 캘리포니아에 가야 했어요. 무슨 말인지 알죠?

빌리: 밑도 끝도 없이 생각했어요. 내 마음속에서 말하고 있어, 당장 가라고.

---

*　스페인어로 '세뇨라'는 기혼 여성에 대한 호칭이고, 미혼 여성을 뜻하는 호칭은 '세뇨리타'이다.

워런: 난 떠날 준비가 됐어요. 그래서 말했죠. "차에 올라타자고."

빌리: 난 커밀라 집에 가서 그녀의 침대 모서리에 걸터앉고선 말했죠. "같이 갈래?"

커밀라가 말했어요. "내가 가서 뭘 하라고?"

난 "모르겠는데"라고 말했죠.

"내가 아무것도 안 하면서 당신만 따라다녔으면 좋겠어?"

"그런 것 같은데."

그녀가 뜸을 들이더니 말했어요. "아냐, 됐어."

그래서 같이 살면 안 되냐고 물었더니 "떠났다가 돌아올 거야?"래요. "잘 모르겠어"라고 말했죠.

그러자 그녀는 "그럼 싫어"라고 했어요. 그리고 날 차버렸죠.

커밀라: 머리끝까지 화가 났거든요. 그가 떠난다는 거잖아요. 그래서 입에서 나오는 대로 퍼부었어요. 그런 상황을 어찌해야 할지 달리 생각이 안 났으니까요.

캐런: 커밀라의 전화를 받았어요. 투어를 떠나기 전이었는데. 빌리와 헤어졌다더군요. "너 빌리 사랑하는 거 아니었어?"라고 물었더니, 큰 소리로 "이 문제로 나랑 싸울 생각조차 안 하던데?"랬어요.

"빌리를 사랑하면 말을 해"라는 게 내 조언이었죠.

커밀라의 대답은 "떠나는 쪽은 그 사람이야! 이 문제를 바로잡아야 하는 사람은 그 사람이라고"였어요.

커밀라: 사랑과 자존심은 하나가 될 수 없어요.

빌리: 내가 뭘 할 수 있겠어요? 커밀라가 나랑 같이 안 가겠다는데 내가…… 눌러앉을 수도 없고.

그레이엄: 형과 난 짐을 싸고 엄마에게 작별 인사를 했어요. 당시 엄마에겐 우체부 남편이 있었어요. 이름이 데이브였는데, 난 그 사람이 죽는 날까지 우체부라고 불렀어요. 그 사람 하는 일이 그거니까. 엄마네 회사로 우편물을 배달했대요. 그러니 우체부인 거죠.
　아무튼, 엄마와 우체부를 뒤로하고 밴에 올라탔어요.

캐런: 펜실베이니아에서 캘리포니아로 가면서 닥치는 대로 공연을 했어요.

빌리: 커밀라가 그런 결정을 내리고 나니 나도 될 대로 되란 심정이 되었어요. 좋아, 네가 그렇게 나오니 난 이제 솔로야. 속 시원해?

그레이엄: 빌리는 그 투어 때부터 맛이 확 가더라고요.

로드: 난 빌리의 여자 문제는 걱정하지 않았어요. 여자들이 정말 득시글거리긴 했지만, 빌리가 걱정됐어요. 공연이 끝나면 심각하게 망가졌고 다음 날 오후에 내가 따귀를 때리지 않으면 잠에서 깨어나지도 못했어요. 맛이 갔어요.

커밀라: 빌리 없이 사는 게 구역질이 났어요. 나 자신을…… 막 학대했어요. 매일. 잠에서 깨면 울고 있고. 엄마가 빌리를 쫓아가라고 귀에 딱지가 앉도록 말했어요. 다시 찾으라고. 하지만 너무 늦은 것 같았어요. 빌리는 날 두고 떠나버렸잖아요. 자기 꿈을 이루려고. 지금까지 마땅히 해온 대로.

워런: LA에 도착하니 로드가 하얏트 하우스에 방 몇 개를 예약해 주었어요.

그레그 맥기니스('콘티넨털 하얏트 하우스' 전 관리인): 아이고, 어쩌죠. 맘 같아서야 당시 더 식스가 우리 호텔에 와서 묵을 거라는 말을 들은 기억이 난다고 말하고 싶죠. 그런데 기억이 안 나요. 온갖 일들이 일어나고, 온갖 밴드들이 들락거리던 시절이니까요. 일일이 기억하는 게 어디 쉬운가요. 나중에 빌리 던과 워런 로즈를 만난 건 기억나는데, 말씀하시는 그때라면, 전혀요.

워런: 로드는 자기 인맥을 동원했어요. 그 덕분에 좀 더 큰 규모의 공연을 하기 시작했죠.

에디: LA는 마약 같았어요. 음악 하는 게 좋아 죽는 사람, 파티를 즐기는 사람으로 넘쳐났어요. 내가 왜 진작 여기 오지 않았을까, 생각했죠. 여자들은 환상적일 정도로 예뻤어요. 약은 껌값이었고.

빌리: 우린 할리우드 근처에서 두어 차례 공연을 했어요. 위스키, 록시, P.J.'s. 그즈음 「너에게서 더 멀리Farther from You」라는 곡을 새로 쓴 참이었어요. 커밀라를 간절히 그리워하는 마음, 너무 멀리 떨어져 있는 마음을 담아서 썼죠. 스트립에 도착했을 즈음에는 우린 물이 올라 있었어요.

그레이엄: 멤버 모두 옷을 점점 더 잘 입게 됐어요. LA에선 수준을 높이려고 무진 애를 써야 했어요. 난 가슴팍이 반은 보이도록 셔츠 단추를 풀고 다니기 시작했죠. 내 딴엔 죽여주게 섹시하다고 생각했거든요.

빌리: 그때 진짜 좋아하게 된 스타일이…… 요샌 뭐라고 부르죠? 캐나디안 턱시도?* 거의 매일 데님 바지에 데님 셔츠를 받쳐 입었어요.

캐런: 미니스커트를 입고 부츠를 신으면 난 연주에 집중이 잘 안 되더라고요. 아, 물론, 그런 스타일을 좋아하긴 했어요. 하지만 대개는 밑위가 긴 청바지에 터틀넥 셔츠를 입었죠.

그레이엄: 터틀넥을 입은 캐런은 진짜 숨이 콱 막히게 섹시했어요.

---

* 청재킷과 청바지를 함께 입은 옷차림.

로드: 밴드가 일단 주목을 받게 되자 '트루바두르'에 공연 일정을 잡았어요.

그레이엄: 「너에게서 더 멀리」는 진짜 좋은 노래였어요. 빌리가 진심을 담아 노래하고 있다는 걸 알 수 있었어요. 빌리는 감정을 꾸미는 건 전혀 못 했어요. 아프면 아프다고, 기쁘면 기쁘다고, 있는 그대로 표현했어요.

그날 밤 트루바두르 무대에서, 연주를 하다 캐런을 보니 완전히 몰입해 있었어요. 그런 다음 빌리를 보니 울부짖듯 온 마음을 쏟아내고 있었고요. 그걸 보면서 우리 최고의 무대다라는 생각이 들었어요.

로드: 관객석 뒤쪽에 테디 프라이스가 서서 진지하게 공연을 지켜보는 걸 봤어요. 실물은 그때 처음 봤지만 '러너 레코즈'의 프로듀서라는 건 알고 있었죠. 서로 아는 친구들이 겹쳤거든요. 공연이 끝나자 테디가 날 찾아와선 말했어요. "내 비서가 P.J.'s에서 공연을 봤다길래, 나도 한번 와서 보겠다고 했어요."

빌리: 백스테이지에서 로드가 정장 차림의 키가 크고 뚱뚱한 남자를 소개했어요. "빌리, 테드 프라이스 씨와 인사해."

테디 입에서 나온 첫마디부터가 이랬어요. 영국 귀족 어르신 억양이 진짜 진했던 게 아직도 잊히지 않아요. "여자 이야기로 노래 만드는 재능이 죽여주는데?"

캐런: 그때 빌리 표정이, 이렇게 말해도 되려나, 주인을 찾은 개를 보는 것 같았어요. 그의 호감을 사고 싶은 마음, 레코드 계약을 따고 싶은 마음이 온몸에서 뿜어져 나오더라고요.

워런: 테디 프라이스는, 진짜 못생겼더라고요. 생긴 것만으로 범죄를 저지르는 사람이 있다면 바로 여기 있네 싶을 정도로. 지구를 다 뒤져도 낳아준 어머니 말고는 사랑해 줄 사람이 없을 것 같았어요. (웃음) 그냥 웃자고 한 소리예요. 하지만 못생긴 건 사실이고. 자기 얼굴 따윈 아무래도 좋다는 식으로 굴었는데, 그건 좋았어요.

캐런: 그게 남자로 태어난 덕이죠. 남자는 못생겨도 인생이 끝장나진 않으니까.

빌리: 테디와 악수를 했어요. 자기가 들은 것과 비슷한 노래가 더 있느냐고 묻더라고요. 그래서 "네, 선생님" 하고 답했어요.

　테디가 "앞으로 5년 후에 이 밴드는 얼마나 커져 있을까요? 아, 10년으로 할까요?"라고 물었고, 난 말했죠. "세계 최고의 밴드가 되어 있을 거예요."

워런: 그날 밤은 내가 여자 젖에 처음으로 사인해 준 날이에요. 여자 팬 하나가 나한테 와선 자기 셔츠 단추를 풀어 내리고는 "여기다 해줘요"라고 말했어요. 그래서 해줬죠. 이건 평생 두고두고 기억할 만한 일대 사건이에요.

그다음 주에 샌 페르난도 밸리의 연습실에 테디가 찾아왔고, 밴드가 준비한 일곱 곡의 연주를 들었다. 그 후 얼마 안 돼서 '러너 레코즈' 사무실로 멤버들을 초대해 CEO 리치 팰런티노에게 소개했고, 레코딩과 앨범 계약 제안을 받게 되었다. 테디 프라이스가 직접 프로듀서를 맡을 예정이었다.

그레이엄: 오후 4시쯤 다들 계약서에 서명했어요. 그리고 여섯 명이 함께 건물을 나와서 선셋 불러바드를 걸어가는데, 햇빛이 곧장 우리 눈을 비춘 순간, 로스앤젤레스가 두 팔 벌려 우릴 환영해 주는 것 같았어요. "어서 오렴, 아가들." 이렇게 말하면서.

몇 년 전에 본 티셔츠 문구가 떠오르네요. '내 미래가 너무 눈부셔서 그늘막을 쳤어.' 그 티셔츠를 입은 애새끼는 뭔 뜻인지도 모르고 입었을 거예요. 걔가 선셋 불러바드를 걸어봤겠어요? 그곳의 햇빛에 눈이 부신 적이 있었겠어요? 바지 뒷주머니에 레코드 계약서를 꽂고서 제일 친한 친구 다섯 명과 나란히 걸어간 적이 있었겠느냐고요.

빌리: 그날 밤, 다 함께 '레인보우'로 가서 파티를 했어요. 중간에 혼자 빠져나와 공중전화가 있는 곳까지 걸어갔어요. 나조차 의심했던 꿈이 현실이 됐는데 마음은 텅 빈 것 같았어요. 커밀라가 곁에 없다면 무의미한 꿈이었어요. 그래서 그녀에게 전화를 걸었죠.

전화벨이 울리는데 심장이 미칠 것처럼 빨리 뛰었어요. 맥을 재보니 불뚝불뚝 뛰었어요. 그런데 커밀라가 전화를 받은 순간,

마음이 차분히 가라앉더라고요. 마치 긴 하루를 보내고 침대에 누운 것처럼, 그녀 목소리만 듣는데도 침착해졌어요. "보고 싶어. 너 없인 못 살겠다."

내 말에 커밀라도 "나도 보고 싶어"라고 말했어요.

"이렇게 떨어져 있는 게 다 무슨 소용이야? 우린 같이 살아야 해."

이 말에도 커밀라는 "그래, 나도 알아"라고 말했어요.

그러곤 둘 다 한동안 말이 없다가 내가 말을 꺼냈어요. "내가 레코드 계약을 따내면 나랑 결혼할 거야?"

"뭐?" 그녀가 반문했어요.

커밀라: 사실이라면, 그에게 얼마나 잘된 일이에요. 당연히 흥분했죠. 빌리가 정말 얼마나 노력했는데.

빌리: 다시 말했어요. "내가 레코드 계약을 따내면 나랑 결혼할 거야?"

커밀라는 "계약했어?"라고 물었어요.

그때였어요. 바로 그 순간, 난 깨달았어요. 커밀라가 내 소울메이트라는 걸. 커밀라는 레코드 계약 말고 다른 건 안중에도 없었어요. 난 말했어요. "내 질문에 대답해야지."

"레코드 계약을 한 거야? 말해줘. 예스야, 노야?"

"나랑 결혼할 거야? 예스야, 노야?"

커밀라는 한동안 아무 말 안 하다가 마침내 입을 열었어요. "예스."

나도 말했죠. "예스."

커밀라가 흥분해서 깍깍 비명을 지르는데 내가 말했어요. "얼른
이리로 와, 자기야. 결혼하자."

잇걸

1972~1974

선셋 스트립 너머의 세상에 이름을 알리기로 결심한 후, 데이지 존스는 직접 곡을 쓰기 시작했다. 기댈 건 펜과 종이뿐이었기 때문에―다른 어떤 음악 수업도 받지 않은 채―노래책song book을 하나 마련했고 금세 100여 곡의 구상안으로 채웠다.

1972년의 어느 여름밤, 데이지는 '애시 그로브'에서 '미 비다Mi Vida'의 공연을 보았다. 당시 그녀는 미 비다의 프론트맨 짐 블레이즈와 사귀고 있었다. 공연이 막바지에 달했을 때 짐은 데이지를 무대 위로 불러 올렸고 함께 「목사의 아들Son of a Preacher Man」*을 불렀다.

시몬: 그 당시 데이지는 머리를 아주 길게 길렀고, 앞머리도 더는

뱅 스타일로 자르지 않았어요. 링 귀걸이는 늘 하고 다녔고 구두는 일절 신지 않았어요. 지금 봐도 너무 세련됐어요.

그날 밤 나도 애시 그로브의 관객석 뒤쪽에 있었는데 짐이 데이지에게 계속 무대 위로 올라오라고 했고 데이지는 계속 싫다고 했어요. 그렇지만 짐이 끈덕지게 졸라대서 못 이기고 올라갔죠.

데이지: 이게 현실인가 싶었어요. 사람들이 전부 날 바라보며 색다른 걸 기대하고 있는데.

시몬: 데이지가 짐과 함께 노래를 부르는데, 처음엔 기가 죽어 어눌해서 영 불안했어요. 하지만 부를수록 조금씩 몰입하는 걸 느낄 수 있었어요. 그러다 두 번째 코러스에 접어들 땐 어느 순간 유유히 리듬을 타고 놀더라고요. 얼굴엔 미소를 짓고서. 무대를 즐기면서. 아주 체질이었어요. 노래가 끝날 즈음, 짐은 노래를 멈추고 데이지가 마무리하게 했어요. 데이지는 모든 관객을 쥐락펴락했어요.

짐 블레이즈(미 비다의 리드 싱어): 데이지의 목소리는 깜짝 놀랄 정도로 매혹적이에요. 가칠한 데가 있지만 전혀 귀에 거슬리지 않아요. 들어보면 목구멍에 돌들이 박혀 있어서 소리가 거치적거리며 나오는 것 같다는 생각이 들죠. 그래서 데이지가 부르는 노래마다 미묘하고 흥미롭고 예측할 수가 없게 되는 거예요. 내 목소린 그런 거랑은 거리가 멀었어요. 노래만 좋으면 목소리가 뛰어나지 않아도 괜찮아요. 하지만 데이지는 모든 것을 다 가진 사람이었다고요.

데이지는 언제나 배 속 깊은 곳에서 소리를 끌어냈어요. 보통 사람은 몇 년을 훈련해야 그 경지에 이르는데 데이지는 그냥 입만 벌리면 됐어요. 자동차 옆자리에서 불렀고, 빨래를 개면서 불렀고. 같이 노래를 하자고 늘 꼬셨는데 한사코 싫다고 말했지만, 결국 애시 그로브에서 해냈어요.

송라이터가 되고 싶은 마음이 간절했기 때문에 결국 못 이기는 척 사람들 앞에서 노래를 부르게 된 것 같아요. 내가 데이지한테 말했어요. "네가 쓴 곡을 사람들에게 어필할 수 있는 제일 좋은 방법은 네가 직접 부르는 게 아닐까?" 데이지의 가장 큰 자산은 사람들의 눈길을 잡아끄는 매력이었어요. 난 데이지에게 그걸 이용하라고 말했고요.

데이지: 짐의 말은 사람들이 내 얼굴이 반반하면 내가 쓴 노래의 의미는 신경도 안 쓴다는 식으로 들렸어요. 짐은 늘 날 열받게 했죠.

짐: 내 기억이 맞는다면, 데이지는 그때 내게 립스틱을 집어 던졌어요. 하지만 일단 진정하고 나서는, 어디서 공연하면 좋겠느냐고 물어보더라고요.

데이지: 내 노래를 들려주고 싶었어요. 그래서 LA를 돌면서 몇 곡을 선보였고, 시몬과 함께 노래하기도 했어요.

그레그 맥기니스: 데이지는 닥치는 대로 사귀었어요.

말도 마요, 틱 윤이랑 래리 해프먼이 '리코리스 피자'* 밖에서 서로 주먹질하다 래리 눈썹 쪽이 찢어졌거든요? 정말 미친 거 같았어요. 내가 거기서 직접 봤거든요. 거기서 『달의 어둠Dark Side of the Moon』** LP를 샀는데, 그러니까 언제죠? 72년 말? 아니 73년인가? 문득 밖을 보니 틱이 래리에게 헤드록을 걸고 있더라고요. 거기 있던 사람들 말이 데이지 때문에 둘이 싸움이 붙었다는 거예요.

이게 다가 아니에요. 딕 폴러와 프랭키 베이츠가 데이지의 데모 레코드를 녹음하려고 달려들었다가 둘 다 거절당했다는 말도 들었어요.

데이지: 갑자기 온갖 사람들이 나더러 데모 레코드를 만들라는 거예요. 다들 내 매니저가 되려고 했어요. 하지만 그게 무슨 의미인지 난 알았어요. LA는 자기들 개소리를 믿어줄 순진한 여자애를 노리는 남자들이 득시글한 곳이에요.

행크 앨런이 그나마 느끼한 헛소리를 덜한 편이에요. 내가 그나마 견딜 수 있는 남자였죠.

당시 난 부모님 집을 나와서 샤토 마몽***에 묵고 있었어요. 뒤뜰의 별장을 임대했거든요. 행크가 늘 찾아와서 문 앞에 메시지를 남겼어요. 그는 내가 아니라, 내 노래에 대해 이야기하는 유일

---

* 1970~80년대 캘리포니아 지역에서 명소가 된 소칼(SoCal) 레코드 레이블 숍 체인.
** 영국의 프로그레시브 록밴드 핑크 플로이드가 1973년에 발표한 앨범.
*** 선셋 불러바드의 호텔. 1929년에 아파트로 지었다가 후에 호텔로 개조되었고, 지금도 운영 중이다.

한 남자였어요.

내가 말했어요. "좋아. 그렇게 내 매니저가 되고 싶으면, 해도 돼요."

시몬: 데이지를 만났을 때 내가 언니였고, 더 똑똑했고, 더 세련됐었어요. 하지만 1970년대 초반, 데이지는 '잇걸'이 되어 있었어요.

마몽의 데이지 숙소에서 한번은 옷장 안을 들여다보니 홀스턴*브랜드의 가운하고 점프수트가 잔뜩 있더라고요.

"홀스턴이 왜 이리 많아?" 내가 물었더니 데이지가 "아, 거기서 그렇게 보내네"라길래, "누가?"라고 다시 물으니까 이렇게 답했어요. "몰라, 홀스턴에서 일하는 사람이겠지?"

그때까지 앨범은커녕 싱글 한 장 제대로 발표한 적 없는 여자애한테? 하지만 잡지에 실린 록스타 사진에 그 애가 껴 있었죠. 세상 모두가 사랑하는 여자애였어요.

덕분에 그 홀스턴 몇 벌은 내가 좀 챙겼죠.

데이지: 데모를 녹음하려고 행크가 추천해 준 '래러비 사운드**'에 갔어요. 그때 녹음한 게 잭슨 브라운***의 노래였을 거예요. 행크는

---

*   로이 홀스턴 프로윅(Roy Halston Frowick). 미국의 패션 디자이너로서 기모노 스타일의 가운과 점프수트 등의 디자인으로 1970년대에 붐을 일으켰고, 디스코테크 룩으로 미국 패션을 재정의했다고 평가받고 있다.

**   1969년에 설립된 캘리포니아 노스 할리우드의 녹음 스튜디오.

***   1960년대 후반부터 현재까지 활동 중인 미국의 싱어송라이터.

녹아날 것처럼 달게 부르라고 했는데 난 그러고 싶지 않았어요. 그냥 내 식대로 불렀어요. 좀 거칠게, 숨소리도 섞어가면서. 행크가 한마디 했어요. "한 테이크만 더 가도 될까? 좀 더 부드럽게, 한 키 높여서?"

난 가방을 들고 "싫은데"라고 말한 뒤 자리를 떴어요.

시몬: 데이지는 그 후 곧바로 러너 레코즈와 계약을 했어요.

데이지: 난 곡 쓰는 것에만 관심이 있었어요. 노래를 부르는 건 괜찮지만 무대 위에서 다른 사람의 노래를 부르는 꼭두각시는 되고 싶지 않았어요. 내가 다 하고 싶었어요. 내가 쓴 곡을 부르고 싶었어요.

시몬: 데이지는 거저 얻은 건 전부 다 무시했어요. 돈, 외모, 자기 목소리까지. 사람들이 자기 말을 **경청해 주길** 바랐어요.

데이지: 러너 레코즈와 계약은 했지만 계약서는 읽지도 않았어요.

내가 어떤 사람에게 어떤 돈을 지불할지, 앞으로 어떤 걸 맞춰줘야 할지 신경 쓰기 싫어서요. 내가 원한 건 곡을 쓰는 것, 짜릿한 기쁨을 맛보는 것이었어요.

시몬: 첫 회의 일정이 잡힌 다음, 데이지의 별장에 갔어요. 회의 때 입을 완벽한 옷차림을 함께 고민하고 노래책을 훑어보며 정

리했어요. 회의가 있는 날 아침, 데이지는 구름을 걷는 것만 같았죠.

하지만 몇 시간이 지나서, 데이지가 내 집에 찾아온 걸 보고 뭔가 잘못됐다는 걸 알았어요. "어떻게 됐어?"라고 물어보는데 고개만 젓고는 그대로 날 지나쳐 부엌으로 들어가더라고요. 그러고는 나중에 축하하려고 마련해 둔 샴페인을 병째 움켜쥐고 뻥 소리나게 따선 욕실로 들어갔어요. 따라 들어가니까 욕조에 물을 받고 있었어요. 이윽고 옷을 벗고 욕조 안으로 들어가선 샴페인을 병째 들이키더라고요.

"말해봐. 어떻게 됐어?"

내가 다그쳤더니 그제야 "나 따윈 상관도 안 하더라"라고 말했어요. 데이지가 부를 곡 리스트를 준 것 같은데 회사 카탈로그에 있는 노래들이었대요. 「제트기를 타고 떠나며Leaving on a Jet Plane」 같은 노래요.

"네 노래는 어쩌고?" 내가 묻자 데이지는 "내 노래를 안 좋아하더라."라고 말했어요.

데이지: 내 노래책을 처음부터 끝까지 다 봤는데 내가 레코딩할 만한 노래가 한 곡도—단 한 곡도—없다는 게 그 사람들 생각이었어요.

난 계속 말했죠. "이 노래는 어때요? 아니면 이건? 아니면 이건요?"

회의 테이블에 리치 팰런티노와 함께 앉아서 노래책을 뒤적이면서 거의 공황에 이르렀어요. 그들은 완성된 곡이 없다고 누누이 말했어요. 내가 송라이터가 될 준비가 안 됐다고요.

시몬: 데이지는 욕조에 몸을 담근 채 취해버렸어요. 내가 할 수 있는 건 데이지가 정신을 잃을 때까지 기다렸다가 욕조에서 끌어내 침대에 눕히는 것뿐이었고요. 그리고 그렇게 했죠.

데이지: 다음 날 아침에 일어나 호텔로 돌아왔어요. 수영장 가에 드러누워서 그날 일을 마음속에서 지워버리려고 했어요. 안 지워져서 담배를 몇 대 피우고, 별장에 들어가 코카인을 몇 줄 흡입했어요. 행크가 와서 날 진정시키려 애썼어요.

내가 말했어요. "나 좀 거기서 빼줘." 그 친구는 '거기서 몸을 빼는 건 내가 진짜 바라는 게 아니'라고 몇 번이나 말했어요.

"아니, 원하는 거야!" 내 말에도 행크는 "아니, 그렇지 않아"라고 우겼어요.

난 머리끝까지 화가 나서 자리를 박차고 나갔어요. 순식간이라 행크는 미처 날 잡지 못했죠. 곧장 차를 몰아 러너 레코즈로 갔어요. 주차장에 도착해서야 내가 비키니 톱에 청바지만 입고 있는 걸 깨달았어요. 그 꼴로 곧장 리치 팰런티노의 사무실로 들어가선 계약서를 박박 찢어버렸어요. 리치가 껄껄 웃더니 말했어요. "행크가 전화해서 네가 딱 이렇게 할 거라고 말해주더라. 아가, 이걸 찢어버린다고 계약이 파기되는 게 아니란다."

시몬: 데이지는 캐럴 킹이었어요. 로라 니로*였다고요. 흥, 맘만 먹으면 조니 미첼이 대수겠어요. 그런 애한테 올리비아 뉴튼존이 되라고 한 셈이니.

데이지: 난 마몽으로 돌아갔어요. 가는 내내 엉엉 울었어요. 마스카라가 번져서 줄줄 흘러내렸어요. 행크가 별장 현관 계단에 앉아서 기다리다가 날 보더니 말했어요. "한숨 자고 잊어버려."

난 말했어요. "잠이 안 와. 코크에 덱시**까지 너무 많이 먹었어."

그가 그럴 때 쓸 만한 게 있다고 말해서 퀘일루드***를 말하는 건가, 그게 소용이 있다는 건가 싶었어요. 그런데 건네주는 걸 받아보니 세코날****이었어요. 삼키자마자 그 자리에서 정신을 잃었고 깨어났을 땐 아주 가뜬했어요. 숙취도 없고. 전혀. 태어나서 처음으로 아기처럼 푹 잤어요.

그때부터 낮엔 덱시, 밤엔 레드*****로 버텼어요. 샴페인을 마시면 싹 씻겨 내려갔죠.

멋진 인생 같죠, 그렇죠? 진짜 멋진 인생과는 한참 거리가 멀다는 것만 빼면 그래요. 하지만 내가 속단하고 있는 걸지도 몰라요.

---

*   Laura Nyro. 1970년대에 활동한 싱어송라이터이자 피아니스트.
**   각각 코카인, ADHD 처방약인 덱사드린.
***   최면성 진정제.
**** 최면성 진정제 및 수면제.
***** 세코날은 '레드 데블스(red devils)' 또는 '레드(reds)'로 불리기도 했다.

데뷔

1973~1975

더 식스는 LA에 도착해서 토팡가 캐니언에 집을 빌렸다. 테디는 총책임 엔지니어 아티 스나이더를 비롯한 레코딩 전문가 팀을 구성해 사운드 시티 스튜디오에서 본격적인 사업을 시작했다. 캘리포니아의 반 누이스 레코딩 스튜디오였다.

캐런: 그 집에 처음 도착한 날 생각했어요. **똥통이구나.** 바람만 불어도 무너질 것 같은 게, 당장 현관문부터 경첩이 다 떨어져 나갔고 창문의 스테인드글라스는 이가 다 빠져 있었어요. 너무 싫었어요. 한두 주 지나서 커밀라가 LA에 왔어요. 차로 숲을 뚫고 긴 차도를 따라 쭉 들어와서 정차하고 밖에 나와선 하는 첫마디가 "와, 정말 끝내주는데!"였어요. 커밀라가 그렇게 말하니까 집이 근사해 보이는 거예요. 그래서 좋아하게 되었죠.

커밀라: 로즈메리 관목이 집을 에워싸고 있는 풍경이 마음에 들었어요.

빌리: 와, 커밀라를 다시 만나게 되니 날아갈 것 같았어요. 그녀를 품에 다시 안게 되니 미치게 좋았다고요. 우린 결혼할 거고 난 LA에 있고 동생이랑 앨범도 만들 거고 모든 게 황금빛으로 반짝이는 것 같았어요.

워런: 그레이엄과 캐런은 부엌 앞쪽 방을 차지했어요. 피트와 에디는 차고를 쓰기로 했고. 빌리와 커밀라는 다락방을 쓰겠다고 했고요. 그래서 내가 그 집에서 하나뿐인 침실을 차지했어요. 따로 욕실까지 딸려 있었다고요.

그레이엄: 워런의 침실은 변기가 딸려 있던 게 다예요. 워런은 그 이야기가 나올 때마다 욕실이 딸린 침실을 썼다고 말하는데 아니거든요? 방 안에 변기가 있었을 뿐이에요. 방구석에 있었죠.

빌리: 테디는 낮과 밤이 바뀐 삶을 살았어요. 그래서 우린 오후에 다 함께 스튜디오에 가서 밤늦게까지 있었어요. 아침까지 밤을 샌 적도 있고.

레코딩할 땐 세상에 다른 건 존재하지 않았어요. 어두컴컴한 스튜디오 안에 있으면, 음악 말곤 아무것도 생각나지 않아요.

나와 테디는…… 우린 둘 다 레코딩에만 집중했어요. 박자를 더 빠르게 해보고, 다른 키로 녹음해 보고, 할 수 있는 건 다 했어요. 난 새 악기를 가지고 놀았어요. 스튜디오에 있으면 모든 걸 다 잊고 완전히 빠져들었어요. 그러다 집에 가면 커밀라가 이불을 둘둘 감고 잠들어 있어요. 그 시간대의 난 술에 취해 있을 때가 많았고, 그대로 그녀 옆으로 기어 들어가 누웠죠.

그래서 아침이 되어야 커밀라와 둘만의 시간을 보낼 수 있었어요. 대개의 커플은 긴 하루가 끝나면 나가서 저녁 식사를 하잖아요. 커밀라와 나는 나가서 아침을 먹었어요. 잠을 자야 한다는 부담 없이 보낼 수 있는 아침 시간을 제일 좋아하게 됐어요. 커밀라가 일어나면 함께 차를 몰고 말리부 PCH*의 식당에 가서 아침을 먹곤 했죠.

그녀는 늘 똑같은 걸 주문했어요. 아이스티, 설탕 없이, 레몬 세 조각만 넣어서.

커밀라: 아이스티, 레몬 세 조각. 클럽 소다, 라임 두 개. 마티니는 올리브 두 개와 양파 하나. 술에 대해서라면 좀 까다로운 편이거든요, 내가. (웃음) 사실 여러 가지 면에서 까다로운 편이죠.

캐런: 세상 사람들은, 커밀라가 빌리가 가는 어디나 따라다닌다고 빌리를 24시간 보살펴 준다고 생각하는데 그렇지 않아요. 커밀라는 여간내기가 아니었어요. 원하는 게 있으면 가질 수 있는 사람. 예외나 실패를 알지 못하는 사람이었죠. 설득력이 있었고 밀어붙

---

* Pacific Coast Highway. 캘리포니아주의 도로로 태평양 연안 도로라고도 불린다.

이는 데도 선수였어요. 심지어 상대가 떠밀린다는 생각이 안 들게 끔 했죠. 그러면서 자기 주장을 밀고 나가 원하는 걸 얻어냈어요.

이런 적이 있었어요. 어느 날 아침, 아니 정오 직전인가, 아무튼 커밀라가 빌리와 함께 거실로 내려왔는데요. 그때 우린 모두 전 날 밤에 입은 청바지 차림 그대로였어요. 그날은 스튜디오에 늦 게 갈 예정이었어요. 커밀라가 우릴 보더니 말했어요. "아침을 거 하게 먹고 싶지 않아요? 팬케이크, 와플, 베이컨, 달걀, 다 먹는 거 예요. 어때요?"

그런데 빌리는 그레이엄과 내가 버거를 먹으러 갈 거라는 말에 우릴 따라가려던 참이었어요.

그러니까 커밀라가 "그럼 내가 직접 버거를 만들어줄게요"라고 하는 거예요.

그래서 좋다고 말했죠. 커밀라는 빌리에게 햄버거용 고기와 베 이컨을 사 오라고 했어요. 달걀은 내일 먹자면서요.

그러고는 그릴에 불을 붙이고 요리를 하나 싶었는데, 잠시 후 에 와선 빌리가 사 온 고기가 신선한 것 같지 않대요. 그래서 베 이컨 요리만 하겠다고요. 그런 김에 달걀 요리도 하는 게 좋겠다 면서, 나가서 달걀을 사 오는 김에 팬케이크도 하겠대요.

문득 정신을 차려보니 시간은 오후 1시 반이고, 우리 모두 테이 블에 둘러앉아 브런치를 먹고 있는데 버거는 눈을 씻고 봐도 없 고. 하지만 브런치는 끝내주게 맛있었고. 커밀라가 우릴 어떻게 구워삶은 건지는 나 말고는 아무도 눈치채지 못했어요.

그런데 난 커밀라의 그런 점이 너무 좋았어요. 커밀라는 구석에 처박혀서 누가 봐주기만 기다리는 여자가 아니었어요. 보려 하지 않아도 절로 눈이 가서 지켜보게 되는 여자였지.

에디: 그 집에 있으면서 다들 집을 비울 때가 많았는데, 지금 생각하니 커밀라가 집안 살림을 야무지게 한 것 같아요. 청소도 하고. 자질구레한 일이 많잖아요? 내가 "우리가 나가고 없을 때 집 좀 정리하며 시간 보내면 되겠네요?"라고 말한 적이 있어요.

커밀라: 난 "알았어요"라고 말했죠. 그다음부턴 티끌 하나 치우는 법이 없었고요.

그레이엄: 정신없이 바쁠 때였어요. 빌리는 밤낮으로 곡을 썼고, 우린 스튜디오를 들락거리며 이런저런 음악적 시도를 했고. 스튜디오에서 잘 때도 있었어요.
　캐런과 함께 리프나 멜로디를 만들며 동 틀 때까지 일하는 날이 하루 이틀이 아니었으니까.

워런: 그즈음 내가 또 콧수염을 기르기 시작했네요. 살면서 절대 콧수염을 길러선 안 되는 남자들이 있죠. 하지만 난 진짜 잘 어울리지 않아요? 첫 앨범을 레코딩할 때부터 기르기 시작했어요.
　아, 한 번 밀었었구나. 그런데 꼭 털을 민 고양이 같아서 다시 길렀어요.

그레이엄: 앨범을 레코딩하면, 더더군다나 데뷔 앨범을 레코딩하면, 골수까지 다 뽑히게 돼요. 빌리는 압박을 좀 느끼는 것 같았어요. 내 생각엔 그래서―스튜디오에서 나나 다른 멤버들은 한 번 정도 한 것 같은데―빌리는 매일, 몇 줄씩 범프*를 하기 시작했어요. 그러니까 계속 몰입한 상태를 유지할 수 있었죠.

빌리: 선사시대부터 지금까지 앨범 역사상 최고의 명반을 만들고 말겠다는 포부가 있었어요. (웃음) 그때만 해도 세상을 제대로 볼 줄 몰랐다고 해두자고요.

에디: 빌리는 상당 부분 결정권을 행사했어요. 테디도 허용했고.

빌리가 곡을 다 썼고, 멤버들 파트도 거의 다 썼어요. 스튜디오에 들어오면 기타 파트와 키를 꽉 잡고 있고, 드럼 파트도 자기가 원하는 게 있었죠. 피트에 대해선 그나마 이래라저래라 하지 않고 재량에 맡기는 편이었어요. 하지만 나머지 멤버에겐 자기가 원하는 사운드를 일일이 지시했고, 우린 모두 빌리의 말대로 했어요.

난 사실 그때마다 누가 나서지 않나 싶어서 다른 사람들 눈치를 봤거든요. 하지만 아무도 찍소리 안 했어요. 그 문제로 신경 쓰는 건 나뿐인 것 같더라고요. 그래서 내가 어기대면 테디는 빌리 편을 들었어요.

---

* 코로 흡입할 수 있게 농축해 작은 병에 담은 마리화나.

아티 스나이더(더 식스의 앨범 『세븐에이트나인』, 『오로라』의 책임 엔지니어): 테디는 더 식스에서 빌리가 제일 뛰어나다고 생각했어요. 나한테 직접 그런 말을 한 적은 없어요. 하지만 난 테디와 컨트롤 룸에서 함께한 짬밥이 한두 해가 아니거든요? 그리고 밴드가 집에 간 뒤에 둘이서 햄버거를 먹으며 술 한두 잔을 걸친 적도 있어요. 테디는 제대로 먹을 줄 아는 사람이었어요. "술 한잔할까요?"라고 말하면 테디는 으레 "스테이크집으로 가지"라고 대답했어요. 그러니까 나는 테디가 그렇게 나올 줄 알고 한 말이었다는 뜻이에요.

테디는 빌리를 정말 티 나게 편애했어요. 다른 멤버에겐 안 그러면서 빌리에겐 의견을 물었고, 빌리가 멤버들에게 말하고 있으면 빌리 얼굴만 쳐다봤어요.

내 말을 곡해할 수도 있는데, 멤버 모두 다 재능 있는 친구들이었어요. 난 캐런이 만든 트랙을 다른 키보디스트에게 들려주며 이렇게 해야 한다고 말한 적이 있어요. 그리고 테디가 다른 프로듀서에게 피트와 워런이 장차 록 음악계 최고의 리듬 섹션이 될 거라고 말한 적도 있었어요. 테디가 모두에게 확신을 갖고 있었다는 뜻이죠. 그래도 빌리에게 '올인'한 거예요.

한번은 밤에 일을 끝내고 각자의 차로 걸어갈 때 테디가 빌리는 누가 가르칠 수 없는 걸 가진 사람이라고 말하더라고요. 나도 그 말이 맞다고 생각해요. 지금도 마찬가지고.

그레이엄: 빌리는 한 번 더 녹음해 보면 어떨까, 믹스를 건드려보면 어떨까, 늘 고민했어요. 그런데 테디가 우리에게 늘 했던 말은 사

운드를 가급적 다듬지 말라는 거였어요. 테디는 빌리의 스타일이 음악에 '가감 없이' 담기게 하려고 무진 애를 썼어요.

빌리: 테디가 이런 말을 한 적이 있어요. "자네의 사운드는, 느낌이야. 그거야, 느낌. 그게 하나의 세계인 거고 나머지는 죄다 그 밑에 깔리는 거야."

그때 내가 이렇게 물어본 기억이 나요. "그 느낌이 뭔데요?"

당시 난 사랑 노래를 쓰고 있었어요. 목을 살짝 긁으면서, 걸걸하게 노래했어요. 연주는 힘찬 록 사운드를 구사하는 기타에 정통 블루스풍의 베이스로 힘이 넘쳤어요. 아무튼 테디가 대충 "술집에서 만난 여자가 순순히 집까지 따라오게 만드는 느낌" 아니면 "처음엔 살살 가다가 뒤로 가면서 달리는 스타일"이라고 대답할 줄 알았어요. 아마도 발랄하고, 덜 위험한 분위기?

그런데 테디의 대답은 의외였어요. "그건 말로 할 수 없는 거야. 설명할 수 있는 거면 아무짝에도 쓸모가 없는 걸 거야."

그 말이 정말 마음에 와서 콱 박혔어요.

캐런: 최고였어요. 진짜 스튜디오에서 앨범 레코딩을 한다는 건. 모든 걸 조절해 주는 전문가들에, 점심을 가져다주는 사람들까지 있었어요. '다임 백* 심부름을 해주는 사람이 따로 있었다니까요. 매일 점심이 되면 저녁까지 먹어도 될 정도로 음식들이 잔치판처럼

---

* 10달러어치의 마약이 든 봉지를 뜻하는 속어.

쫙 펼쳐졌어요.

한번은 한창 레코딩하는데 누가 초콜릿 칩 쿠키 열두 개를 들고 들어오는 거예요. 내가 "쿠키는 많은데"라고 했더니 그 친구 말이 "이건 달라요"라고 하더군요. 마리화나를 넣어 구운 쿠키였어요. 누가 보냈는진 알 길이 없고요.

에디: 「한 개만 더Just One More」는 누가 대마초를 넣어 구운 쿠키를 보내온 날, 하루 만에 만들고 녹음한 곡이에요. 빌리가 곡을 쓰고 내가 거들었는데, 남자가 떠나기 전에 여자랑 한 번 더 자고 싶다는 내용이지만 진짜는 우리가 쿠키를 다 먹어치웠는데도 한 개 더 먹었으면 좋겠다는 내용이에요.

워런: 내가 세 개 먹고 나서 나중에 먹으려고 한 개를 몰래 숨겼거든요. 빌리가 한 개 더 먹고 싶다는 노래를 썼을 때 속으로 생각했죠. 니미럴, 내가 한 개 숨긴 걸 어떻게 알았지?

그레이엄: 그냥 죽여주는 시간에 관해 쓴 거예요. 우린 그 시절 죽여주는 시간을 보냈으니까.

빌리: 그 시절을 보내면서 느낀 감정을 담았어요……. 지금 내가 보내는 이 시간을 훗날 두고두고 돌아보겠구나, 생각하게 될 때가 있잖아요.

그레이엄: 우리가 레코딩을 끝내기 전날 밤, 어디 다른 데 들렀다가 집에 도착했더니 캐런이 깜깜한데 데크의 난간에 걸터앉아서 협곡을 바라보고 있더라고요. 워런은 파티오 의자에 앉아 플라스틱 스푼으로 앙상한 크리스마스트리 같은 것을 만들고 있었어요.

캐런이 날 보더니 말했어요. "물이 발목까지 차올랐어, 짜증 나. 등산이나 가고 싶다." 그래서 내가 말했죠. "다들 뭘 처먹고 맛이 갔어? 내 건 없냐?"

캐런: 메스칼린*이었어요.

워런: 그날 밤 그레이엄, 캐런, 나는 페요테**를 먹었어요. 내가 끝없이 혼잣말하던 게 기억나네요. '앨범은 개똥 같지만 난 무사할 거야. 숟가락을 만들어 팔면 밥은 먹고 살겠지.' 앞뒤가 하나도 안 맞는 논리지만, 그 생각이 머리에 박혀서 떠나가질 않더라고요. 달걀을 몽땅 한 바구니에 넣으면 안 되는 거잖아요.

그레이엄: 우리가 그 앨범 레코딩에서 완전히 손을 뗀 게 아마 11월이었을 거예요.

에디: 3월 즈음에 다 정리했어요.

---

*   선인장에서 추출한, 환각성 약물.
**   환각제 성분을 만드는 멕시코 선인장.

그레이엄: 그런 후에도 한 달? 아니면 두 달? 그 정도 되는 기간 동안 빌리와 테디가 스튜디오에서 믹스를 했어요.

난 가끔 들러서 두 사람이 작업한 걸 들었어요. 내 생각을 말하면 빌리와 테디는 한 마디도 빼놓지 않고 열심히 들었어요 그러던 어느 날 최종 믹싱한 걸 들려주었을 때, 완전히 뻑 갔죠.

에디: 스튜디오에는 테디와 빌리만 들어갈 수 있었어요. 둘이서 몇 달 동안 믹싱 작업에 매달렸어요. 그런 뒤에야 우리 모두 들어도 된다는 허락을 받았죠.

그런데, 들어보니 대박인 거예요. 난 피트한테 이렇게 말했어요. "사운드가 너무 좋아서 이가 갈린다."

빌리: 러너 레코즈 회의실에서 리치 팰런티노까지 와 있는 가운데 앨범을 들었어요. 난 테이블이 울릴 정도로 발을 떨어댔어요. 너무 긴장해서. 이게 '딱 한 방이다'라고 생각했어요. 리치가 마음에 안 든다고 하면 그 자리에서 폭발해 버릴 거 같았어요.

워런: 당시 우리 눈에 리치는 정장에 넥타이를 맨 늙다리로 보였어요. 난 생각했어요. 이 자본가 새끼가 감히 우릴 판단한다고? 생긴 게 정말 있는 것들의 앞잡이로 보였다니까요.

그레이엄: 난 리치 쪽은 쳐다보지도 않고 그저 눈을 꼭 감고 들었어요. 다 들었을 때 느낌이 딱 왔어요. 이게 마음에 들지 않으면 저놈이

이상한 놈이야.

빌리: 「태양이 당신을 비추면」의 마지막 음까지 나오자 끝나기 무섭게 난 리치를 뚫어져라 쳐다봤어요. 그레이엄과 테디도 마찬가지였고 우리 모두 리치를 쳐다봤어요. 리치는 보일 듯 말 듯 미소를 짓고 있다가 한마디했어요. "명반 나왔네."

리치가 마음에 들었으면 그걸로 만사 오케이였어요. 그때 땅속에 처박혀 있던 나라는 존재의 마지막 한 조각이 하늘을 향해 발사된 것 같은 기분이었어요. 누군가 내 낙하산 띠를 잡아당겨서 하늘을 날고 있는 것처럼.

닉 해리스(록 음악 평론가): 더 식스의 셀프타이틀* 데뷔 앨범은 록 씬에 입성하는 멋진 시작점이었어요. 좋은 사랑 노래를 만들 줄 알고 약물에 힘입은 냉소에도 도가 튼 밴드에게서 나올 수 있는, 엄격하면서도 경제적이고 군더더기 하나 없는 블루스록 앨범이었죠. 포크 스타일도 살짝 섞여 있고, 멜로디는 귀에 쏙쏙 들어오고, 허장성세가 넘실거리는 가운데 굵직한 기타 리프에 힘이 넘치는 드러밍에 유장하고 걸걸한 보컬 빌리 던도 있고.

순조로운 신고식이었어요.

---

* 아티스트의 이름 또는 밴드 이름을 타이틀로 내건 앨범.

●

앨범 커버 사진 촬영, 업계 이벤트 참여, 《크림》 잡지 인터뷰, 그리고 초반의 요란한 앨범 홍보까지 마친 후 러너 레코즈와 로드 레이스는 30개 도시 순회 공연 계획에 들어갔다.

빌리: 모든 게 너무 빠르게 일어나고 있었어요. 그리고 나는…… 오랜 세월을 낙오자로 살다 하루아침에 달라진 거잖아요. 진짜 성공했다는 생각이 들면, 유명인으로 살기 시작하면, 아무튼 그런 일들이 일어나면 잠시 멈춰 서서 스스로에게 물어봐야 해요. 내가 이럴 만한 자격이 있나?

구제 불가능한 바보 천치가 아니라면 누구나 "아니"라고 대답할 거예요. 왜냐고요? 진짜 아니니까. 어려서부터 알고 지낸 친구 중에는 지금도 동시에 세 탕의 일을 뛰며 밥벌이를 하는 사람도 있어요. 아니면 영원히 우릴 떠난 척처럼 외국에 가서 죽기도 했고요. 누구인들 당연히 누릴 자격이 없죠. 그 둘을 서로 화해시키는 법을 배워야 해요. 누리는 것과 그걸 과분해하는 것 말이에요. 아니면 내가 그런 것처럼 자격이 있는 척하며 생각하기를 거부하든가.

그래서 난 투어를 떠나기를 고대했어요. 순회공연 말이죠. 순회공연을 하는 동안은 현실 문제로 골치를 썩을 일이 별로 없으니까. 공연을 하는 건 일시정지 버튼을 누르는 것 같거든요.

에디: 우린 대규모 투어를 앞두고 있었어요. 이게 무슨 말이냐면, 멋진 곳에서 인터뷰하고 전용 버스를 타고 다닌다는 뜻이에요. 기분이 근사했죠. 진짜 죽여줬어요.

빌리: 버스를 타고 떠나기 전날 밤, 커밀라와 나는 이불 속에서 서로 뒤엉킨 채 누워 있었어요. 그 당시 커밀라는 머리를 전보다 훨씬 더 길게 기르고 있었거든요. 덕분에 그 머리칼 속에 파묻힐 수 있었죠.

커밀라의 머리칼과 두 손에선 언제나 흙내 비슷한, 허브 향이 났어요. 커밀라는 언제나 로즈메리 가지를 꺾어선 두 손으로 비빈 다음에 머리를 훑었어요. 로즈메리 향을 맡을 때마다, 지금도 그런데, 바로 그 시절로 돌아가요. 어리석고 젊었던 시절, 밴드와 내 여자와 함께 협곡의 집에서 살던 시절.

그날 밤, 우리가 떠나기 전날 밤에도 난 로즈메리 향을 풍기는 그녀의 머리칼에 코를 묻고 있었어요. 바로 그때였어요. 아침이면 투어를 떠나야 할 그날, 커밀라가 내게 말했어요.

커밀라: 임신 7주째였어요.

캐런: 커밀라는 아이를 낳고 싶어 했어요. 나는, 내 인생에 아이는 생각도 해본 적이 없어요. 다들 그럴 거예요. 아이를 갖고 싶은 마음이 애초에 있는 사람이 있고 없는 사람이 있죠.

마음에 없는 걸 집어넣는다고 넣어지진 않거든요.

그리고 있는 걸 잡아 뺀다고 없어지는 것도 아니고.

그런데 커밀라의 마음엔 아이가 있던 거죠.

빌리: 처음엔, 행복했어요. 지금 생각하면. 아니면⋯⋯ (잠시 침묵) 행복한 거라 믿으려고 무진 애를 썼거나. 그때 난 분명히⋯⋯ 스스로가 행복해한다는 걸 알았어요. 다만 그 감정 말고 내가 알 수 있는 게 아무것도 없다는 사실이 너무 겁이 났어요.

그래서 그게 내 현실임을 납득하려고 할 수 있는 모든 방법을 동원하기 시작했어요. 당장 결혼해야 한다고 결론을 내렸어요. 원래 투어가 끝나면 때를 봐서 결혼할 계획이었지만 당장 하기로 결심했어요. 그게 나한테 왜 그렇게 중요했는지는 지금도 모르겠어요⋯⋯. 하지만⋯⋯ (잠시 침묵) 커밀라가 임신했다는 것을 알게 된 순간 우리가 어엿한 가족을 이룰 수 있음을 입증하고 싶었던 것 같아요.

커밀라: 캐런이 서품을 받은 목사를 한 명 알고 있었어요. 그래서 친구를 통해 그분의 전화번호를 알아냈고 그날 밤 늦은 시각에 전화를 걸었어요. 그분은 바로 와주셨고요.

에디: 새벽 4시였어요.

커밀라: 캐런이 포치 밖을 장식했어요.

캐런: 알루미늄 포일을 긴 끈처럼 만들어 나무마다 다 걸었어요. (웃음) 지금 환경보호 차원에서 보면 곱게 들릴 리 없겠죠. 내 눈에만 그렇게 보였는지 모르지만 얼마나 예뻤는데요. 바람에 흔들리면서 달빛을 받아 반짝거렸죠.

그레이엄: 워런은 드럼 키트 안에 크리스마스 전구를 넣어 다녔어요. 드럼이 환하게 빛난다며 좋아했거든요. 그래서 좀 써도 되느냐고 물었더니 이 친구가 이미 짐을 싸서 안 된다느니 하는 헛소리를 하는 거예요. 그래서 내가 말했죠. "워런, 모두에게 네가 얼마나 나쁜 새끼인지 다 발설하기 전에 지금 당장 내놔."

워런: 누가 빌리와 커밀라한테 아닌 밤중에 갑자기 결혼을 하라고 했냐고요.

캐런: 그레이엄과 내가 전구 장식까지 하고 나자 정말 파격적으로 멋졌어요. 결혼 계획 같은 건 요원한 사람까지도 당장 결혼하고 싶을 정도로 근사했죠.

빌리: 커밀라가 옷을 차려입는 동안 난 욕실로 들어가 거울을 봤어

요. 난 할 수 있다고 혼잣말을 하고 또 했어요. 난 할 수 있다. 난 할 수 있다. 그런 뒤에 파티오로 걸어 내려갔고, 잠시 후 커밀라가 흰 티셔츠에 청바지 차림으로 걸어 내려왔어요.

캐런: 커밀라는 레이스로 뜬 노란색 윗도리를 입었는데 눈부시게 예뻤어요.

커밀라: 난 전혀 긴장하지 않았어요.

에디: 내 폴라로이드 필름이 딱 한 장 남아 있어서 기념사진을 찍었어요. 그런데 실수로 두 사람의 머리가 잘려 나가는 바람에 커밀라의 두 다리와 등 뒤에 늘어뜨린 머리만 보였어요. 빌리는 가슴팍만 요만큼 보이고. 사진에서 둘은 서로의 손을 잡고 마주 보고 있어요. 두 사람 얼굴을 날린 것 때문에 돌아버리는 줄 알았어요. 하지만 그땐 약 때문에 완전히 맛이 가 있었어서 어쩔 수 없었어요.

그레이엄: 빌리가 뭔 짓을 하건 사랑하겠다고 커밀라가 선언한 후, 그들은 배 속의 아기까지 더해서 셋은 한 팀이라고 말했어요. 진짜 스포츠 팀이라도 되는 것처럼 말하더라고요. 문득 주변을 둘러보니 피트가 울고 있었어요. 안 그런 척했지만 너무 티가 났어요. 두 눈에 눈물이 그렁그렁했으니까. 그래서 내가 '뭐 잘못 먹은 거 아니야?'란 식으로 쳐다봤더니 어깨만 으쓱했어요.

워런: 피트는 결혼식 내내 질질 짰어요. (웃음) 웃겨 죽는 줄 알았다니까요.

빌리: 커밀라가 이렇게 말했어요. 난 토씨 하나 빼놓지 않고 다 기억이 나요. "우리는, 영원히, 변치 않는 팀입니다. 나는 언제나 우리 팀을 응원할 겁니다." 그때 내 머릿속에서 어떤 목소리가 줄곧 말하고 있었어요. '넌 누구의 아버지도 되어선 안 돼.' 그 입을 다물게할 수가 없었어요. 그냥…… 내 머릿속에서 계속 울려 퍼졌어요. 넌모든 걸 다 망칠 거야. 넌 모든 걸 다 망칠 거야.

그레이엄: 그게, 아비 없이 큰 사내는, 아비가 되면 뭘 해야 하는지어렴풋하게라도 아는 게 전혀 없는 데다 물어볼 사람도 없어서 그래요.

나는 자식이 생긴 후에야 감이 오더라고요. 어떤 기분이냐면줄 맨 앞에 서서 큰 칼로 가지를 쳐가면서 길을 내고 앞으로 나아가는 것 같아요. 아빠라는 말도 그래요. 우린 이 말을 식충이, 개새끼, 알코올중독자와 같은 말로 받아들였었어요. 그런데 이제 빌리를 가리키는 말이 된 거예요. 형은 그 말에 어울리는 사람이 되는법을 알아내야 했어요. 난 그나마 뒤늦게 겪어서 형을 참고하면됐었지만, 당시 형에겐 그럴 사람이 한 명도 없었어요.

빌리: 그 목소리는 계속 떠들어댔어요. 아버지가 없는 놈이 어떻게 아버지가 된다는 거야?

그 목소리는…… (잠시 침묵) 그게 시련의 시작이었어요. 내가 나로 있을 수 없는 시기. 실상은, 아니, 이런 식으로 말하고 싶지 않아요―어디에 있건 나는 언제나 나인 거죠. 언제나 나는 나예요. 다만, 가끔, 나라는 사람…… 나라는 인간이 엿 같은 놈이 될 때가 있어요.

캐런: 둘이 키스했을 때 커밀라가 울고 있었어요. 빌리는 커밀라를 두 팔로 안아 들었어요. 그러곤 위층으로 달려가는 모습을 보고 우린 모두 웃음을 터뜨렸어요. 목사에겐 내가 돈을 줬어요. 빌리와 커밀라가 깜빡했길래.

빌리: 그 방 침대에 커밀라와 함께 누웠는데―결혼하자마자―그대로 떠나고 싶었던 게 기억나요. 버스 탈 시간만 기다렸어요. 왜냐하면…… 커밀라의 얼굴을 볼 자신이 없었어요. 그녀가 내 얼굴을 자세히 쳐다보면 내 머릿속 생각도 다 읽게 될 거란 생각이 들어서였어요.

커밀라에겐 거짓말을 둘러대는 게 쉽지 않았어요. 그게 좋은 건지 나쁜 건지 잘 모르겠네요. 사람들은 거짓말이 무조건 나쁘다고 생각하는데…… 모르겠어요. 거짓말은 상처를 입지 않게 해주기도 하는 것 같거든요.

해가 뜨고 버스가 들어오는 소리가 들리자마자 난 그대로 침대를 박차고 일어나 커밀라에게 입을 맞추며 작별을 고했어요.

커밀라: 빌리가 떠나는 게 싫었어요. 하지만 난 앞으로도 그의 발목을 잡는 짓은 절대 안 할 생각이었죠.

그레이엄: 아침에 일어나니 빌리는 벌써 버스 앞에 서서 로드와 이야기하고 있었어요.

빌리: 우리가 다 차에 타고 버스 운전사가 차도를 빠져나가는데 나이트가운 차림으로 현관 앞에 나와 있는 커밀라가 보였어요. 인사를 하려고 얼른 나와 있었던 거예요. 나도 손을 흔들었지만…… 차마 커밀라의 얼굴을 볼 수가 없었어요.

그레이엄: 빌리가 무슨 생각을 하는지 통 모르겠더라고요. 그날 아침, 버스를 타고 가는 내내 그랬어요.

빌리: 그날 밤, 버스는 샌타로자에 도착했고, 우린 '인 오브 더 비기닝'에서 예정된 공연을 준비하기 시작했어요. 하지만 난 공연할 마음이 아니었어요.

에디: 투어의 첫 공연인데 잘 안 됐어요. 그렇게 잡칠 이유가 없었거든요. 그런데 당연히 맞았어야 할 합이 안 맞았어요. 빌리는 「불량 인생」에서 두 절을 바꿔 불렀어요. 그런 뒤엔 그레이엄이 브리

지*를 늦게 들어왔고요.

캐런: 난 그 둘이 실수했다고 딱히 신경 쓰지 않았었거든요. 하지만 빌리와 그레이엄은 심란해하는 게 느껴졌어요.

빌리: 공연이 끝나고 호텔로 갔더니 여자들이 호텔 방으로 밀려 들어오기 시작했어요. 방 안엔 우릴 위해 마련된 바에, 술이 잔뜩 있었어요. 난 주체할 수 없을 만큼 마셔댔어요. 한 손엔 하이볼 잔을, 한 손엔 쿠에르보 병을 들고 마셨죠. 잔이 빌세라 계속 채워가며 마셔댔어요. 한 잔 더, 한 잔 더, 한 잔 더.

그레이엄이 나더러 살살 마시라고 말한 기억이 나요. 하지만 온갖 생각이 들끓어서 귀에 들어오지도 않았어요.

난 아버지가 될 거고, 이미 한 여자의 남편이 되었고, 커밀라는 LA로 돌아가 기다리고 있는데, 그날 공연은 잡쳤지, 앨범은 나왔는데 어떻게 될지 한 치 앞도 안 보이지.

테킬라가 온갖 끌탕을 가라앉혀 줬어요.

그레이엄이 작작 마시라 성화였는데도 귓등으로 흘렸어요. 술 말고도 코카인이 사방 천지에 깔려 있었어요. 그것도 했죠. 누군가 퀘일루드를 갖고 있길래 그것도 몇 알 집어 먹고.

워런: 그 모텔에서 우린 나란히 붙어 있는 방 두 개를 썼거든요. 난

---

* bridge. 음악에서 1절과 2절 사이를 잇는 경과구.

그중 한 방에 어떤 여자와 들어가려던 참이었어요. 패션을 아는 여자였어요. 스카프를 셔츠처럼 몸에 두르고 있었죠. 그런데 이 여자가 갑자기 펄쩍 뛰면서 자기 언니가 어디 갔냐는 거예요. 난 그 여자에게 언니가 있는지도 몰랐는데.

그때 누군가 큰 소리로 외쳤어요. "그 언니, 빌리랑 있는 것 같던데."

빌리: 새벽 서너 시에 필름이 끊긴 것 같아요. 잠에서 깨어나 보니 호텔 욕조 안에 누워 있는데…… 혼자가 아니었어요. (잠시 침묵) 여자가…… 금발 여자가, 내 위에 누워 있었어요. 이 말을 하려니 쥐구멍에라도 숨고 싶은 심정이지만 사실이니까.

난 자리에서 일어나 토했어요.

그레이엄: 자다 깨니 주차장에서 담배를 피우고 있는 빌리가 보였어요. 왔다 갔다 하면서 혼잣말을 하는데, 미친 사람처럼 보였어요. 내가 다가가니 말했어요. "망했어. 완전히 망했다고."

무슨 일이 벌어졌는지 알고 있었어요. 그러니까 진작에 막아보려 했던 거죠. 하지만 형이 말을 들어야 말이죠. 난 말했어요. "이제 다신 이런 짓 하지 마. 그럼 돼. 앞으로 두 번 다시 그러지 마."

형은 고개를 끄덕이며 말했어요. "그래."

빌리: 커밀라 목소리가 듣고 싶어서 전화했어요. 내가 저지른 짓은 죽어도 말 못 할 거라는 건 알았어요. 다신 그런 짓은 하지 않겠다

고 속으로 다짐했어요. 중요한 건 그거였으니까.

커밀라: 그이가 바람을 피울 걸 알았느냐고요? 아느냐 모르느냐가 중요한 건가요? 흑 아니면 백처럼? 아니거든요. 실제로 의심을 하다가도 그럴 리 없다고 생각하게 되죠. 그러다 또 의심이 들고. 그런 내가 미쳤다고 자책하다 문득 자문하게 되죠. 바람피우지 않는 게 내가 관계에서 가장 중요하게 생각하는 건가?

이렇게 말해보죠. 부부 간의 도리를 철저히 지키는데도 어느 쪽도 행복하지 않은 경우를 참 많이 봤네요.

빌리: 커밀라가 이만 가봐야 한대서 알았다고, 끊으려는데 한마디 하더라고요. "그래, 자기야. 우린 당신을 사랑해."

그래서 내가 물었죠. "우리?"

"나하고 아기." 커밀라가 말했어요.

그 순간…… 잘 자란 말도 안 하고 전화를 끊어버렸던 것 같아요.

캐런: 커밀라는 내 친구였어요. 그런데 빌리가 저지른 짓이나 커밀라에게 거짓말한 걸 말할지 말지 고민하게 되니 빌리가 원망스러웠어요.

빌리: 술 마시고, 약 하고, 아무나하고 자고, 이 셋은 결국 똑같아요. 셋 다 넘어선 안 될 선이에요. 그런데 넘어가고 말아요. 그러면

갑자기 정말 위험한 사실을 알게 되는데 그건 바로 내가 원칙을 깰 수도 있다는 것, 그래도 세상이 곧바로 끝장나는 게 아니라는 사실이에요.

처음에 굵고 까만 선을 호기롭게 그었는데 그게 점점 흐려진 다고 말하면 될까요. 그 후 선을 넘을 때마다 흐려져 아예 회색이 되더니 결국엔 두리번거리며 혼잣말을 하게 되는 거예요. 전에 여기 선 하나가 그어져 있었던 것 같은데.

그레이엄: 리듬을 타야 해요. 시내에 도착, 사운드 체크, 공연, 파티, 버스 타고 이동. 공연을 점점 더 잘하게 되면서 파티도 더 많이 하게 됐어요. 호텔, 여자들, 약물. 하고 또 하고. 호텔, 여자, 약물. 우리 모두가. 하지만 빌리는 유독 심했어요.

워런: 그래도 우리 딴엔 원칙을 세웠었어요. 한 사람 앞에 성냥개비를 다섯 개씩 받았어요. 공연 뒤풀이에 각자 다섯 명만 초대할 수 있단 뜻이었어요. 성냥개비를 받은 사람만 파티에 올 수 있었어요. 관객 중에 눈에 들어오는 여자한테 막 줬어요. 두말하면 잔소리지만, 진상은 걸러내려 애썼죠.

로드: 록밴드 매니저의 삶이 어떤 건지 알려드리죠. 버스에 로디, 크루, 그 밖에 온갖 잡것들을 다 싣고선 핸들 잡고 산 넘고 물 건너 구불 길 돌아 끝도 없이 간답니다. 그런데 누구 한 명—다름 아닌 밴드 멤버 누구도—죽어라 달리는데도 기름 한 번 떨어진 적이 없

다는 것을 이상하게 여기지 않더군요.

73년 말에 석유 파동 때문에 휘발유 구하기가 하늘에 별 따기였는데, 투어 매니저하고 난 주유소 직원들에게 우리 목숨이 달린 것처럼 뒷돈을 줬어요. 번호판도 계속 바꿨고.*

그런데도 누구 하나 눈치채는 사람이 없었어요. 여자들 후리고 술 퍼마시고 약 빠느라 바빠서.

캐런: 그 투어에서 빌리는 그전까지 내가 알던 빌리와는 딴판으로 변했어요. 버스에선 한 팔로 여자를 안은 채 곯아떨어졌고, 도시를 옮길 때마다 여자들을 불러들였어요.

에디: 빌리에겐 전담 로디가 따로 있어서, 테킬라와 퀘일루드가 동나는 일 없게 밤새 조달했어요.

캐런: 앨범이 점점 많이 팔리면서 투어 일정도 늘어났어요. 내가 커밀라에게 이 소식을 알렸을 때 커밀라가 말했어요. "캐런, 내가 가서 같이 있어야 할까?"

곧바로 대답이 나오지 않았어요. 잠시 후 내가 답했죠. "아니, 그냥 거기 있어."

---

* 석유 파동 당시, 미국 주유소에서는 휘발유 배급제를 도입하여 번호판 끝 번호가 홀수인 차량 운전자는 홀수 날짜에만, 짝수나 0인 차량 운전자는 짝수 날짜에만 휘발유를 구매할 수 있도록 정했다. 여기서는 날짜와 상관없이 휘발유를 구할 셈으로 여분의 번호판을 준비해 두었다는 뜻이다.

워런: 초창기 투어 때 상황을 정리해 드리죠. 난 빼구리에 미쳐 있었어요. 그레이엄은 뽕에 미쳐 있었고. 에디는 술에 미쳐 있었고. 캐런은 이 모든 상황에 진력이 나 있었고, 피트는 고향 여자친구와 통화하느라 전화기만 붙잡고 살았고, 빌리는, 지금 말한 다섯 가지를 다 했어요, 동시에.

에디: 오타와에서 공연을 마치고 백스테이지에서 '미드나이트 던' 멤버들과 맥주 몇 잔 걸치고 있었을 때예요. 그레이엄과 캐런도 어울렸죠. 피트는 여자친구 제니를 기다리고 있었어요. 보스턴에서 달려오는 중이었거든요. 그때까지도 본 적이 없었어요. 형은 워낙 말을 아끼는 성격이라, 고등학교 때 사귄 여자 친구인데 집에 데려와 엄마 아빠에게 인사시킨 적도 없었거든요! 그런데 드디어 만나게 됐으니 내가 얼마나 흥분했겠어요? 얼마나 대단한 여자길래 꽁꽁 싸서 감춰뒀나 싶어서.

그래서 제니가 도착해 걸어 들어오는데, 와, 진짜, 훤칠한 키, 치렁치렁한 금발! 손바닥만 한 드레스를 걸치고 굽이 엄청 높은 신발을 신었는데, 다리가 얼마나 긴지 목 바로 밑까지 쫙 올라가 붙은 게, 그제야 알겠더라고요. 형이 왜 목을 맸는지

그런데, 제니 바로 뒤에 또 다른 여자가 있었어요. 커밀라였어요.

커밀라: 빌리를 놀라게 해주고 싶었어요. 너무 보고 싶었어요. 지루했거든요. 그리고…… 초조했어요. 막 결혼했고 임신 6개월째인데, 대부분의 시간을 토팡가 캐니언의 거대하고 낡은 집에서 혼자 지

내고 있었으니까요. 이래저래 그이를 찾아가고 싶었어요.

그래도, 맞아요, 한 가지는 아무 이상 없는지 확인하고 싶어서였어요. 빌리가 잘 지내고 있는지 알고 싶었어요. 당연하잖아요.

캐런: 커밀라에게 오지 말라고 했는데, 내 말을 듣지 않았어요. 빌리를 놀래주려고 왔더군요.

배가 불러오는 게 보이더라고요. 한 5개월쯤 됐을까? 그래 보였어요. 벙벙한 맥시 드레스를 입고 머리를 뒤로 넘기고 있었어요.

그레이엄: 커밀라를 본 순간 머릿속에서 아, 안 돼란 말이 떠올랐어요. 그래도 내 딴엔 유유히 걸어서 문밖으로 나갔어요. 일단 시야에서 벗어나기 무섭게 냅다 달렸어요. 빌리는 버스나 호텔에 있을 거라고 생각했어요. 둘 중 어딘지는 알 수 없어서 운에 맡기는 수밖에 없었어요. 두 블록을 달려서 호텔로 갔어요.

버스로 갔어야 했는데.

캐런: 커밀라는 버스에서 빌리를 발견했어요. 난 한편으론 커밀라를 막아서고 싶었지만 한편으론 만천하에 공개된 것이 차라리 다행이다 싶었어요.

에디: 난 거기 없었지만 나중에 듣기론 커밀라가 들어갔을 때 빌리는, 아…… 달리 표현할 말이 없네요……. 그냥 말할게요. **오럴 섹스**

를 받고 있었어요, 그루피한테.

빌리: 그때 심정이 한창 불장난을 하다가 불에 뎄는데, 전혀 예상치 못해서 화들짝 놀란 것 같다고 해야 하나.

그때 커밀라의 표정이 아직도 기억나요. 그 표정은…… 화가 나거나 상처를 받았다기보다는 진심으로 충격을 받은 표정이었어요. 그 자리에 얼어붙은 채, 아무런 반응도 보이지 않았어요. 내가 버둥대며 수습하려는 동안 날 그냥 빤히 쳐다보고 있었어요.

함께 있던 여자는 그대로 내뺐어요. 이런 상황에 말려들기 싫었겠죠.

버스 문이 닫히자, 나는 커밀라를 보며 말했어요. "미안해." 그게 첫마디였고, 달리 할 수 있는 말도 없었어요. 그제야 커밀라는 그간 무슨 일이 있었는지, 그리고 무슨 일이 일어나고 있었는지를 제대로 이해한 것 같았어요.

커밀라: 그 순간 내가 한 말은, 내 귓속에서만 울렸던 말이지만 아무튼 똑똑히 이렇게 말했어요. "네깟 게 뭐라고 바람을 피워? 네 여자보다 더 괜찮은 여자가 지구상에 존재한다고 생각해?"

워런: 그때 난 밖에서 크루 몇 명과 이야기를 하다가 그들 대화의 뒷부분을 들었어요. 차 앞유리로 살짝 보니까 커밀라가 빌리를 때린 것 같았어요. 들고 있던 가방으로 후려친 것 같더라고요. 그런 후 둘 다 버스에서 나왔어요.

커밀라: 빌리에게 우선 샤워부터 하고 이야기하자고 했어요.

빌리: 커밀라가 날 떠나길 바랐어요. (잠시 침묵) 즉흥적으로 한 생각이 아니라 곱씹고 또 곱씹었어요. 그때 내 마음은 그랬어요. 그녀가 나를 내치길 바랐어요.

그날 밤 샤워를 마치고 나와서 커밀라와 호텔 방에 같이 앉아 있으니 점점 술이 깼어요. 싫었어요. 범프를 꺼내자 커밀라가 날 보며 말했어요. "어쩌려고 그래?"

따지는 투가 아니었어요. 진심으로 궁금해서 묻고 있었어요. 어쩌려는 거냐고? 뭐라고 답해야 할지 모르겠어서 어깨만 으쓱했어요. 그런 내가 천치 같았어요. 그 상황에서, 커밀라 같은 여자 앞에서 어깨나 으쓱하다니. 내 아이의 엄마가 될 여자인데. 열 살배기 남자애처럼 어깨나 으쓱하고 있다니.

커밀라는 나를 빤히 쳐다보며 대답을 기다렸지만, 정말 한마디도 나오지 않았어요. 이윽고 그녀가 말했어요. "당신이 우리 인생을 망치게 내버려 둘 거라고 생각한다면, 당신은 단단히 미친 거야." 그러고는 호텔 방을 나가버렸어요.

그레이엄: 커밀라가 날 찾아와서 집에 갈 거라고, 빌리의 개똥 같은 짓거리를 참아 넘길 수 없다고 말했어요. 그러면서 그날 밤 빌리를 지켜봐 달라고 부탁하는 거예요. 빌리를 지켜보는 것엔 이골이 나 있었어요. 하지만 커밀라 같은 여자에게 싫다는 말을 하면 안 돼요. 더더군다나 홀몸도 아닌데. 그래서 알았다고 했어요.

그러자 카밀라가 한 가지를 더 부탁했어요. "그이가 일어나면 이 편지 좀 전해줘."

빌리: 잠에서 깨니 속이 뒤집힐 것 같고, 머리는 깨질 것처럼 아팠어요. 눈알에서 피가 나는 것 같은데 캐런이 쪽지 한 장을 들고 날 내려다보고 있었어요. 열받은 표정이더라고요. 쪽지를 잡아채서 봤어요. 커밀라의 글씨체였어요. **11월 30일까지 봐줄게. 그 후에는 평생 좋은 남자로 사는 거야. 내 말뜻 알지?**

출산 예정일은 12월 1일이었어요.

커밀라: 빌리가 자기 입으로 말한 것처럼 인간쓰레기라는 생각을 도저히 받아들일 수 없었던 것 같아요.

그가 저지른 짓이 실감 나지 않았다고 말하는 게 아니에요. 무슨, 무섭도록 실감 났어요. 몸서리 쳐지게 실감 났어요. 살면서 그때처럼 막막하고 두려웠던 적이 없었어요. 한동안 매일 끙끙 앓았어요. 정확히 어디가 아픈지 콕 집어서 말할 수가 없게 아팠어요. 심장은 금이 간 것 같았고 위장은 뒤집힐 것 같고, 머리도 꽝꽝 울렸고. 정말 온몸 구석구석이 다 아팠어요. 아, 정말 사무치게 실감 났어요.

그렇다고 그 사실을 받아들여야 한다는 뜻은 아니잖아요.

로드: 난 커밀라와 친하진 않았지만 빌리 옆에 남겠다고 결정한 속마음을 헤아리는 건 어렵지 않았어요. 빌리가 좋은 놈이었을 때 코

가 꿰어서 그래요. 그리고 그 자식이 좋은 놈 시절에서 뜯겨 나가는 것을 알아차렸을 땐, 이미 너무 깊이 얽힌 거고.

배 속의 아이한테 아빠가 있어야 한다고 생각했다면, 고쳐서 데리고 살아야지 어쩌겠어요? 빤하잖아요?

빌리: 그 쪽지를 읽고 등신처럼 혼잣말을 했어요. 오케이. 11월 30일까지만 노는 거야. 그런 다음엔 이 짓도 영원히 청산하는 거야. 지금 남김없이 다 소진하자. 그래야 미련이 남아 또 저지르지 않을 테니까.

가끔 하는 생각인데, 중독자라고 다른 사람과 다를 게 뭐 있나 싶어요. 거짓말을 좀 더 잘하는 것뿐이죠. 난 나 자신에게 거짓말하는 데 도가 튼 놈이었어요.

캐런: 빌리는 그 후로도 달라진 게 하나도 없었어요.

로드: 릭 예이츠의 오프닝을 맡으면서 투어 일정이 또 늘어났어요. 좋은 소식이었어요. 우리를 훨씬 더 많이 알릴 수 있는 기회였으니까. 앨범 판매는 처음부터 순조로웠고, 「세뇨라」의 차트 성적도 꾸준히 오르는 중이었어요.

하지만, 네, 빌리는 막 나가는 중이었죠. 커밀라에게 들킨 뒤로 두 배는 더 막 나가더라고요. 코카인, 여자, 술, 전부 다.

솔직히 말하면, 난 그런 건 다 관리할 수 있는 문제라고 생각했어요. 치명적인 게 아니라, 관리 가능한 문제.

빌리가 진짜 센 다우너*—벤조, 헤로인—엔 손을 대지 않는 걸 보고 괜찮겠구나 싶었어요.

그레이엄: 뭘 하면 될지 모르겠더라고요. 형을 도울 방법도 모르겠고 형이 하는 말을 곧이곧대로 믿어도 되는지도 모르겠고. 까놓고 말해서, 팔푼이가 된 기분이었어요. 다짐이야 했죠. **난 빌리의 친동생이야. 지금 형에게 필요한 게 뭔지 알아야 해. 형이 약에 쩔었는데도 아닌 척 거짓말할 때 알아차릴 수 있어야 해.**

하지만 몰랐어요. 그래서 형이 뭘 생각을 하는지 내가 다 알 순 없다는 게 당혹스러웠어요.

에디: 우린 모두 손꼽아 기다렸어요. 빌리가 약에서 손 뗄 날이 60일 남았어. 그러다 40일이 되었고, 그러다 20일이 남았을 때였어요.

빌리: 그때가 댈러스에서 릭 예이츠의 오프닝 공연을 서던 때였는데. 릭은 헤로인이라면 사족을 못 썼어요. **난 살면서 한 번 정도는 헤로인을 해봐야겠다**고 생각하고 있었고.

그게 너무나 말이 된다고 생각한 게 헤로인을 하면 약을 끊는 게 더 쉬울 것 같았어요. 주삿바늘을 쓰겠단 소리는 아니었고요. 코로 흡입할 작정이었어요. 더 예전에 아편을 한 적도 있었거든요. 안 한 사람이 없었을걸. 아무튼 텍사스 홀의 백스테이지에서

---

*   진정제의 속어.

릭이 내게 범프*를 주더라고요……. 그래서 돌돌 말아 피웠죠.

로드: 내가 지인들에게 늘 하는 말이지만 벤조와 헤로인엔 손을 대는 게 아니에요.

손대면 의식이 있을 때 죽지도 못 해요. 자다 죽으니까. 재니스 조플린, 지미 헨드릭스, 짐 모리슨을 봐요. 다우너는 약의 탈을 쓴 살인마예요.

그레이엄: 그때부터 모든 게 나락으로 곤두박질쳤어요. 형과 예이츠가 H**에 손댄 순간부터, 내 배 속에 '불안'이라는 내장이 새로 생겼어요. 자나 깨나 형을 감시하려고 했어요. 자나 깨나 형이 더는 폭주하지 못하게 막으려고 했어요.

로드: 빌리가 예이츠랑 어울리는 걸 알아차렸을 때, 난 테디에게 전화했어요. "여기 데드맨워킹***이요." 테디는 자기가 직접 해결하겠다고 말했어요.

그레이엄: 처음부터 막가기로 작정한 인간에겐 어떤 충고나 잔소리도 안 먹혀요. 아니, 발목에 쇠사슬을 차도 소용없어요.

---

*   여기서는 분말 형태의 헤로인이 든 작은 용기를 뜻한다.

**   헤로인을 뜻하는 속어.

*** deadman walking. 사형장을 향해 걸어가는 사형수를 뜻하는 말로 '죽은 목숨'이라는 뜻.

에디: 커밀라가 정해준 기한이 열흘 남았을 때, 빌리는 공연 중에 툭하면 노랫말을 까먹었어요. 개가 똥을 끊지 저 친구는 절대 못 끊겠구나, 생각했죠.

빌리: 11월 28일, 하트포드에서 공연하는데 테디가 나타났어요. 세팅을 마치고 백스테이지에 갔더니 테디가 떡하니 서 있더라고요.

"어떻게 오신 거예요?" 내 말에 테디가 딱 한 마디 했어요.

"넌 집에 가라." 그러고는 내 팔을 붙들었는데, 뻥이 아니라 비행기에 탈 때까지 놓지 않았어요. 그런 뒤에야 커밀라가 산통이 와서 병원에 간 걸 알게 됐어요.

비행기가 착륙하자마자 테디는 날 끌고 자기 차에 태워선 곧장 병원으로 갔어요. 병원 로비 앞 주차 금지 구역에 이중 주차를 하고는 말했어요. "들어가, 빌리."

공연장에서 비행기를 타고 한참을 걸려 도착했고, 내가 할 일은 병원 문을 열고 들어가기만 하면 되는데…… 그런데…… 발이 떨어지지 않았어요. 그 꼴로 내 자식을 만날 자신이 없었어요.

테디는 차에서 내리더니 저 혼자 안으로 들어갔어요.

커밀라: 아이가 나오기까지 열여덟 시간이 걸렸는데 옆에 엄마 말고는 아무도 없었어요. 남편이 문을 열고 들어올 거라고, 수발을 들어줄 거라고 기대했어요. 이제야 깨달았지만, 사람은 변하지 않더군요. 고친다고 고쳐지는 게 아니더라고요. 하지만 그땐 된다고 기대했었어요. 어쩌자고 그런 희망을 품었는지.

아무튼, 문이 열렸는데, 들어온 건 빌리가 아니었어요……. 테디 프라이스였어요.

난 이미 진이 다 빠진 데다 폭발하는 호르몬 때문에 구슬땀을 비 오듯 흘리고 있었어요. 그리고 이제 막 배 속에서 나온 아기를 안고 있었죠. 빌리를 쏙 빼닮은 딸이었어요. 이름을 '줄리아'로 정했어요.

엄마는 나와 아기를 펜실베이니아로 데려갈 채비를 마친 터였어요. 마음이 기울더라고요. 그때 빌리를 억지로 믿는 것보다 버리는 쪽이 더 쉬울 것 같았거든요. 테디에게 말하고 싶었어요. "그이에게 아기는 내가 키울 거라고 전해주세요." 하지만 동시에 나와 우리 아기에게 좋은 쪽으로 마음을 다잡고 싶기도 했어요. 결국 테디에게 이렇게 말했어요. "빌리에게 전해주세요. 지금 당장 애 아버지답게 살든가 아니면 재활원에 들어가든가. 지금 당장."

테디는 고개를 끄덕이고 나갔어요.

빌리: 로비 밖에서, 애꿎은 빗장만 만지작거리며 기다리는데 몇 시간은 지난 것 같았어요. 마침내 테디가 나와선 말했어요. "딸이야. 네 판박이다. 이름은 '줄리아'로 지었대."

아무 말도 나오지 않았어요.

테디가 뒤이어 말했어요. "커밀라가 두 가지 중에서 하나를 택하란다. 지금 당장 바닥에서 궁둥짝 뜯어내서 달려가 착한 남편, 좋은 아빠가 되든가, 아니면 내가 데려다줄 테니 재활원에 가든가. 선택은 자유야." 난 문손잡이에 손을 얹은 채 생각했어요. 이대로 토낄까?

그런데 테디가 눈치챈 건지 바로 말하더라고요. "커밀라는 다른 옵션은 안 줬어, 빌리. 다른 옵션이 없다고. 술과 약물을 해도 잘 조절하는 인간들이 있지. 하지만 넌 아냐. 그러니 이제 작작 해."

갑자기 어린 시절이 떠올랐어요. 여섯 살이었나, 일곱 살이었나. 매치박스 미니카에 푹 빠져 지냈었어요. 아니, 집착했었다고 말해야겠네요. 하지만 엄마가 준 용돈으론 양껏 살 수 없었어요. 그래서 보도 바닥을 훑고 다니기 시작했어요. 한 애라도 흘리고 갔을지도 몰라서.

그렇게 두어 개 주웠어요. 그러고 나서 동네에서 애들이랑 노는데, 그중 한두 애가 잃어버린 걸 내가 주운 거더라고요. 어떤 때는 가게에서 태연히 훔치기도 했어요. 어느 날 내가 모아놓은 걸 본 엄마가 날 자리에 앉히고는 말했어요. "다른 애들은 한두 개만 있어도 잘만 갖고 노는데 넌 어떻게 된 애가 만족을 모르니?"

그 질문에 한 번이라도 대답할 수 있었던 적이 없어요.

내가 그냥 그렇게 생겨먹은 놈인 거죠.

그날 병원에서 로비 문손잡이만 쳐다보고 있는데, 한 남자가 아기를 안은 여자가 앉은 휠체어를 밀고 밖으로 나가는 게 보였어요. 그 남자를 보는데…… 나하고는 종자부터 완전히 다른 사람 같았어요.

그러면서 난 병실로 들어가 아이를 보며 '나 같은 놈을 애비로 만났으니 너도 고생길이 훤하구나.' 깨닫는 장면을 머릿속으로 돌리고 또 돌렸어요. 밀라가 날 만나 인생 종 쳤다고 깨닫는 과정을 머릿속으로 돌리고 또 돌렸어요.

(목이 메서) (아이를) 피하고 싶은 마음은 없었어요. 아이를 보고 싶어 죽을 지경이었어요. 얼마나 절실한지 아무도 몰라요. 다만…… 내 딸이 날 만날 수밖에 없는 상황이 싫었어요.

이제 막 태어났는데…… 우러러볼 존재가 나 같은 놈이라는 게 싫었어요. 고주망태, 약물중독자, 똥 덩이만도 못한 놈을 보며 이 사람이 내 아빠라고? 반문하는 게 싫었어요.

내 심정이 그랬어요. 애한테 내 모습을 보여주는 게 혼란스러웠어요.

그래서 도망친 거예요. 자랑할 일은 아니지만 사실이니까. 딸과 마주하느니 재활원에 가는 쪽을 택한 거죠.

커밀라: 엄마가 말했어요. "아가, 네가 지금 뭘 하는지 알고 했으면 좋겠구나."

그 순간 엄마에게 버럭 소릴 지른 것 같은데, 속으론 **정말 알았으면 좋겠다**고 생각했어요.

이때를 두고두고 생각했어요. 몇십 년 동안. 그러면서 결론을 내릴 수 있게 되었죠. 그때 내가 그럴 수밖에 없었던 이유가 있어요.

빌리의 나약하기 그지없는 성격이 내 인생의 방향을 결정하고, 내 가족이 어떻게 보일지도 그에게 달렸다는 사실이 난 억울했어요.

결정하는 건 내가 되어야죠. 그리고 내가 원한 건 그와 함께하는 인생—가족, 아름다운 결혼, 보금자리—이었어요. 내가 속속들이 알고 있는 남자와 함께 사는 것. 무슨 일이 있어도 기필코 그렇게 살고자 했어요.

빌리는 1974년 겨울에 재활원에 들어갔다. 더 식스는 투어 일정에서 남은 두어 차례의 공연을 취소했다.

나머지 멤버들은 휴가를 떠났다. 워런은 보트를 사서 마리나 델레이 바닷가에 정박했다. 에디, 그레이엄, 캐런은 토팡가 캐니언의 집에 머물렀고, 피트는 애인 제니 메인스와 동부 해안으로 옮겨가 얼마간 살았다. 커밀라는 이글 록의 셋집에 살며 육아에 몰입했다.

빌리 던은 재활원에서 60일을 보낸 후에야 비로소 딸 줄리아를 만났다.

빌리: 내가 타당한 이유로 재활원에 갔다고 생각하진 않아요. 수치스럽고 당혹스럽고 피하고 싶은 감정이 대부분이었죠. 하지만 난 타당한 이유로 **버텼어요**.

그럴 수 있었던 건, 거기 들어간 지 이틀째 되는 날에 집단 치료사가 해준 말 덕분이었어요. 내 딸이 날 부끄러워한다는 생각을 그만하라고, 아이가 아빠를 자랑스러워한다는 믿음을 갖기 위해 무엇을 할지 고민하라고 했어요. 그 말이 마음에 콱 박혔어요. 그 후론 내내 그 생각만 하게 되더라고요.

서서히, 그 생각은 터널 끝에서 나를 부르는 빛이 되어주었어요…… 딸을 상상하고…… (잠시 침묵 후 평정을 찾고) 그 애가 스스로 운이 좋다고 생각할 만한 아버지가 된 나 자신을 상상하고.

난 쉼 없이, 매일 노력했어요. 상상하는 그 남자에게 더 가까워지고 싶어서.

그레이엄: 빌리가 재활원에서 나오는 날, 커밀라와 아기를 차로 데리고 갔어요.

줄리아는, 그렇게 통통한 아기는 생전 처음 봤어요. (웃음) 농담이 아니에요! 그때 내가 커밀라에게 뭐라고 말했게요? "애를 밀크셰이크 먹여 키워요?" 볼이 터질 것 같은 게 세계에서 제일 큰 사이즈에, 배불뚝이에, 와, 미치게 귀여웠어요.

재활원 건물 밖에 작은 피크닉 테이블이 파라솔 아래 펼쳐져 있었어요. 커밀라가 줄리아를 무릎에 앉혔어요. 내가 들어가 빌리를 만났는데, 하트포드에서 마지막으로 봤을 때랑 똑같은 옷을 입고 있었어요. 하지만 살이 좀 쪘고 더 건강해 보였어요.

내가 말했어요. "준비됐어?"

형은 "응" 하고 대답은 하는데 영 자신이 없는 표정이었어요.

난 형을 한 팔로 감싸고 내 딴엔 응원이 될 말을 해줬어요. "형은 진짜 멋진 아빠가 될 거야." 좀 더 일찍 말해줄걸. 왜 진작에 안 했나 몰라요.

빌리: 그날은 줄리아가 생후 63일째 되는 날이었어요. 지금도 그 생각을 하면…… 나 자신을 용서할 수가 없어요. 하지만 줄리아를 본 순간, 맙소사. (미소) 피크닉 테이블에 다 함께 서 있는데, 누군

가 도끼를 휘둘러 날 감싸고 있던 껍데기를 가루로 만들어버린 것 같았어요. 난 살가죽이 벗겨진 기분이었어요. 모든 게 곧바로 신경 속 깊이 파고드는 것 같았죠.

난…… 내가 가족을 이뤘구나, 생각했어요. 사고를 쳐서건, 아무 생각이 없었건, 부모가 될 자질이 없건 간에 사람으로 태어났으면 가족을 일구고 살아야 한다고 생각해요. 그런데 나한테 이미 생긴 거였죠. 내 앞에 있는 이 앙증맞은, 갓 태어난 존재―내 눈을 닮았지만, 내가 과거에 어떤 놈이었는지는 전혀 알지 못하고, 오로지 지금의 내가 어떤 인간인지에만 관심을 보이는 존재.

난 그 자리에서 무릎을 꿇었어요. 커밀라에게 말할 수 없이 감사했어요.

나는…… 그런 여자에게 어떤 고통을 안겨줬는지 나 스스로도 믿을 수가 없었어요. 그런데도 그녀가 내 앞에 서서, 또 기회를 주다니, 그 또한 믿을 수가 없었어요. 난 그럴 자격이 없는 놈이었으니까. 내가 모를 리 없죠.

그때 난 커밀라에게 죽을 때까지 함께하겠다고, 그녀가 누려 마땅한 삶의 두 배를 채워주겠다고 말했어요. 그날 그녀에게 약속했을 때처럼 겸손하게, 또 더할 바 없는 고마움을 담아 약속한 적은 그 전에도, 그 후로도 없었어요.

우리가 결혼한 지 1년이 다 되어간다는 사실은 물론 알고 있었지만, 나 자신을 기꺼이 바친 건 평생 그때가 처음이에요. 딸도 마찬가지예요. 둘에게 나 자신을 바쳤어요. 내 온 마음을 다해서 아이를 잘 키우겠다고 맹세했어요.

함께 차에 탔을 때, 커밀라가 속삭였어요. "우리는 영원히, 늘 함께하는 거야. 앞으로 두 번 다시 잊어선 안 돼, 알았지?"

나는 고개를 끄덕였고, 그녀는 내게 키스했어요. 그리고 그레이엄이 운전하는 차를 타고 집으로 갔어요.

커밀라: 나는 조건 없이 사람을 믿어야 한다고 생각해요. 그러지 않는다면 그게 믿음이라고 할 수 있나요? 안 그래요?

처음

1974~1975

1974년까지, 데이지 존스는 러너 레코즈에 대한 거부 의사를 표하며 레코드 플랜트의 웨스트 할리우드 지사 레코딩 스튜디오에 한 번도 나타나지 않았다. 명백한 계약 위반 행위였다.

한편 시몬 잭슨은, 슈퍼사이트 레코즈와 계약한 후 발표한 알앤비 댄스곡들이 큰 성공을 거두면서 국제 시장에까지 발을 넓히고 있었다. 참고로 이때 발표한 히트곡들은 훗날 '프로토 디스코*'장르의 고전으로 자리 잡게 된다. 싱글 『사랑의 마약The Love Drug』, 『날 춤추게 해줘Make Me Move』는 프랑스와 독일 댄스 클럽 차트 1위에 올랐다.

시몬이 1974년 여름에 유럽 투어를 떠날 즈음 데이지는 점점 더

---

* 프로토(proto)는 일반적으로 '효시'를 뜻하나, 여기선 특정 장르의 의미로 쓰이고 있어서 그대로 옮겼다.

무분별한 날들을 보내고 있었다.

데이지: 낮에는 볕에 살이 타도록 놀고 밤에는 약물에 취하는 날들이 계속되었어요. 곡 쓰는 건 때려치웠어요. 아무도 레코딩을 못하게 하는데 곡을 써서 뭐 하나 싶었으니까요.

행크는 매일 날 감시했어요. 나한테 홀딱 빠진 척했지만, 사실 날 설득해 어떻게든 스튜디오로 데려가려는 수작이었죠. 내가 경주를 거부하는 우승마나 되는 것처럼.

그러던 어느 날, 테디 프라이스가 찾아왔어요. 날 관리하게 된 것 같았어요. 날 스튜디오로 데려가는 책임을 지게 된 거죠. 테디는 사오십 대에, 영국 사람이었고, 정말 매력적이었어요. 부성애가 넘쳐흐른다고 할까요.

문을 열어주었는데 그는 내게 인사도 하지 않더라고요. 다짜고짜 "헛짓거리는 그만하자, 데이지. 앨범을 녹음해. 안 그러면 회사가 널 법원에 끌고 갈 거야"라고 말했어요.

난 말했어요. "뭘 어쩌건 신경 안 써요. 하고 싶으면 돈 도로 가져가고 날 여기서 쫓아내라고 해요. 난 골판지 박스에서 살아도 되니까." 너무 열받았어요. 말은 그렇게 해도 진짜 고생이 뭔지 알지도 못했죠.

테디가 말했어요. "그냥 스튜디오에 들어가, 꼬마야. 그게 뭐 어렵다고 그래?"

내가 말했어요. "내 곡을 쓰고 싶어요." 그 말을 하면서 어린애처럼 팔짱을 꼈던 것 같아요.

그가 말했어요. "네가 쓴 곡 봤어. 몇몇 곡은 정말 좋더라. 하지만 완성된 건 단 한 곡도 없던데. 당장 레코딩할 만한 게 하나도 없다고." 그러면서 그는 러너와 계약한 대로 레코딩하면, 내가 쓴 곡들에 살을 붙여 앨범을 발표할 수 있게 해주겠다고 했어요. 그게 '우리 모두 함께 이루어야 할 목표'라고 말하더라고요.

그래서 내가 말했죠. "난 지금 당장 내 곡을 발표하고 싶은데요."

그때부터 말에 짜증이 섞이더군요. "네가 되고 싶은 게 직업적인 그루피야? 그런 걸 원하는 거야? 지금 여기까지 올라와 보니 네 것으로 뭘 해볼 기회라는 생각이 들어? 차라리 보위랑 자고 임신을 하지 그래."

말이 나왔으니 분명히 짚고 넘어갈게요. 난 데이비드 보위랑 잔 적 없어요. 적어도 내 기억엔 전혀 없어요.

그때 난 말했어요. "나는 아티스트예요. 그러니 내가 원하는 방식으로 앨범을 만들게 해줘요. 안 그러면 스튜디오엔 얼씬도 안 할 거예요. 죽을 때까지."

테디가 말했어요. "데이지, 예술 좀 하게 완벽한 조건을 갖춰달라고 떼쓰는 건 아티스트가 아니야. 등신이지."

난 테디의 눈앞에서 문을 쾅 닫아버렸어요.

그리고 그날 오후에 내 노래책을 펼쳐 읽기 시작했어요. 인정하기 싫지만 테디가 왜 그런 말을 했는지 알 것 같았어요. 쓸 만한 소절들이 있긴 해도 처음부터 끝까지 완성된 건 하나도 없었어요.

당시 내가 곡을 쓰는 방식은 머릿속에 대충 멜로디가 떠오르면 노랫말을 붙이곤 끝, 그리고 바로 다른 노래로 넘어갔어요. 한두 차례 부르고 나면 그다음엔 손도 안 댔어요.

별장 거실에 앉아 무릎에 노래책을 올려놓은 채 창밖을 바라보다가 내가 노력이라는 걸 해본 적이 없다는 걸 깨달았어요. 내가 원하는 걸 얻기 위해서 성심을 다해서 내 피를, 땀을, 눈물을 쥐어짠 적이 없었다는 뜻이에요. 그래서 난 아무것도 될 수 없고, 누구에게도 중요한 존재가 될 수 없다는 걸 알게 됐어요.

며칠 뒤에 테디에게 전화를 걸었어요. 그리고 말했어요. "하라는 대로 앨범을 레코딩할게요. 하겠다고요."

그러자 테디가 말했어요. "너의 앨범이지." 또 한 번 그의 말이 맞다는 것을 알았어요. 어차피 내 앨범인데 모든 면에서 내가 바라는 대로 만들어져야 한다는 법은 없었어요.

시몬: 잠시 집에 와 있는 동안 하루 짬을 내서 데이지가 있는 마뭉으로 갔어요. 주방 냉장고에 붙어 있는 종이 한 장이 눈에 들어왔는데 노랫말이 빼곡히 적혀 있길래 내가 물었죠.

"이게 뭐야?"

데이지가 대답하길 "지금 작업 중인 내 노래"라고 했어요.

"보통 열 곡 넘게 작업하지 않아?"

내 말에 데이지는 고개를 젓더니 말했어요. "이 한 곡부터 제대로 만들려고 해."

데이지: 어린 내게 그 경험은 큰 교훈이 되었어요. 공짜로 얻는 것

과 노력해 얻는 것. 난 공짜로 얻는 것에 너무 익숙한 나머지 노력해 얻는 것이 영혼을 살찌우는 데 얼마나 중요한지 알지 못했어요.

테디 프라이스에게 고마운 점이 하나 있다면―솔직히 말해서, 그에게 고마운 게 한두 가지가 아니지만 하나만 고른다면―노력해서 얻을 기회를 줬다는 거예요.

그래서 그렇게 했죠. 스튜디오에 갔고, 술과 약을 줄이고 멀쩡한 정신으로 버티려 노력했고 그들이 주는 노래를 불렀어요. 하지만 그들이 바라는 창법대로 부르진 않았어요. 살짝 도발하는 느낌을 냈어요. 그리고 지금도 확신하지만 내가 조금이라도 내 스타일을 지키려고 했기 때문에 앨범이 더 좋아졌다고 생각해요. 물론 가급적 그들의 지시를 따르면서. 이를테면 밀당을 한 거예요.

레코딩을 끝내자, 발라드 열 곡을 담은 꽤 아담한 패키지가 완성됐어요. 테디가 "기분이 어때?"라고 묻길래 그동안 내가 꿈꾸던 그대로는 아니어도 나름 좋은 결과물을 얻은 것 같다고 대답했어요. 나답다는 생각이 들면서 또 한편으론 진짜 나다운 것 같지는 않다는 생각도 들고, 명반인지 쓰레기인지 아니면 이도 저도 아닌지 전혀 모르겠다고 덧붙였어요. 내 말에 테디는 소리 내 웃더니 아티스트다운 대답이라고 말했는데, 기분이 좋더라고요.

앨범 타이틀을 어떻게 지을 거냐고 묻자 테디도 모른다고 하길래 내 쪽에서 제안했죠.

"『처음First』이라고 했으면 좋겠어요. 난 이걸 처음으로 앞으로 많은 것을 이룰 작정이니까."

닉 해리스: 데이지 존스가 『처음』을 발표한 게 1975년 초반이었죠. 존스의 소속사에선 더스티 스프링필드 워너비로 마케팅했어요. 앨범 커버엔 옅은 노란색 벽에 걸린 거울을 들여다보는 데이지의 모습이 담겨 있었고.

어느 모로 봐도 '획기적'이란 수식어가 붙을 만한 앨범은 아니었어요. 하지만 지금 들어보면, 이때부터 반질반질한 껍데기 밑에 까칠하고 모난 데가 있었음을 알 수 있네요.

존스의 첫 번째 싱글, 『어느 멋진 날One Fine Day』*을 새롭게 부른 트랙을 들어보면 다른 수록곡에 비해 더 복잡미묘해요. 두 번째 싱글, 존스가 재해석해 부른 『내 길 아래로My Way Down』도 좋은 평가를 받았고요.

내가 하려는 말은, 이 앨범은 어중간하긴 해도 데뷔 앨범의 소임을 다했다는 겁니다. 대중은 존스라는 이름을 기억하게 됐어요. 「아메리칸 밴드스탠드American Bandstand」**에서 자신의 쇼를 펼쳐보일 기회를 얻었고, 《서커스》***를 통해 널리 알려지면서링 귀걸이를 한 모습이 트레이드마크가 되었죠. 출중한 매력, 솔직한 화법, 호기심을 자아내는 캐릭터였어요.

완성도가 높은 앨범은 아니었지만…… 데이지 존스가 정상을

---

* 1963년에 활동했던 미국 걸그룹, 더 시폰스(The Chiffons)의 히트 넘버로 캐럴 킹이 작곡했다.

** 1952년부터 1989년까지 방영된 음악 공연과 댄스 쇼 프로그램으로 흔히 'AB'라고 줄여 말한다.

*** 1966년부터 2006년까지 미국에서 발행된 록 음악 전문 잡지.

향해 가고 있다는 걸 확인할 수 있었죠. 그녀는 이미 고지를 바라
보고 있었어요.

세븐
에이트
나인

1975~1976

빌리 던은 재활원을 나와 커밀라와 딸과 집에서 시간을 보내면서, 다시 곡을 쓰기 시작했다. 신곡이 어지간히 쌓이자 더 식스는 두 번째 앨범 레코딩을 위해 다시 스튜디오에 들어갔다. 1975년 6월부터 12월까지, 더 식스는 총 열 곡을 레코딩했고 그 결과가 앨범 『세븐에이트나인*SevenEightNine*』이었다. 밴드가 활동을 재개할 채비를 마쳤을 때, 테디 프라이스가 리치 팰런티노의 소견을 전해왔다. 새 앨범에 차트 1위를 기대할 만한 싱글이 없는 것 같다는 것이었다.

빌리: 단칼에 양 무릎이 잘려 나간 기분이었어요. 우린 시동을 걸 준비가 됐는데. 우리 모두 그 앨범을 자랑스러워했는데 말이죠.

에디: 솔직히 말할까요. 난 테디가 왜 진작에 그 말을 안 했는지가

더 신기했어요. 앨범 마스터*를 들었을 때 내 귀엔 너무 말랑말랑하게 들렸거든요. 적어도 우리가 하려는 음악의 **관점**에선 그랬어요. 빌리가 쓴 곡은 하나부터 열까지 자기 가족 이야기뿐이었어요.

피트가 한 말이 딱이에요. "로큰롤은 한 여자와 처음 자게 된 이야기를 해야지, 마누라랑 자는 이야기를 하면 안 돼." 피트가 딱 그렇게 말했다니까요! 그 친구도 빌리만큼이나 산전수전 다 겪은 몸이니까.

그레이엄: 난 테디에게 이 앨범엔 괜찮은 싱글이 많다고 말했어요. "「숨을 멈춰Hold Your Breath」는 어때요?" 했더니 테디가 "너무 느려"라는 거예요.

"그러면 「무릎 꿇다Give In」는 어때요?"

"너무 하드록으로 몰고 갔어."

내가 이 곡 저 곡 다 대봐도 리치 말이 맞는다는 대답만 돌아왔어요.

노래는 다 괜찮은데 좀 더 크로스오버 스타일로 어필할 필요가 있다는 거예요. 넘버원을 목표로 삼아야 한다면서. 첫 앨범을 잘 만들었지만 더 성장해야 한다고, 더 큰 목표를 추구해야 한댔어요.

난 말했어요. "네, 그런데 우리가 자나 깨나 넘버원에만 목숨 거는 일은 없을 거예요. 그런 걸 공동의 목표로 삼는 건 너무 저열하다고요."

---

* 레코딩한 음원을 조정하고 수정한 후 완성한 프로그램 테이프.

테디가 말했어요. "암, 넘버원에 목숨 걸어야 하고말고. 지금 음악판에서 너희처럼 눈 튀어나오게 기깔 나는 사운드를 만드는 애들이 있니?"

맞는 말이었어요.

빌리: 듀엣곡을 넣어야 한단 말을 누가 했는진 기억이 안 나요. 내가 제안하지 않았다는 건 확실해요.

에디: 테디가 「허니콤Honeycomb」을 듀엣곡으로 만들자고 말했을 때, 난 더, 더 혼란스러웠어요. 아니, 안 그래도 앨범에서 제일 말랑말랑한 곡인데 거기다 여자 목소리를 입히면 문제가 해결될 거라고요? 그랬다간 40위권에 들기도 힘들 건데요?

난 피트에게 말했어요. "씨발, 말랑말랑한 록밴드에 있으니 죽는 게 낫지."

빌리: 「허니콤」은 로맨틱한 곡이긴 한데, 그 이상의 어떤 염원을 담은 곡이에요. 커밀라에게 약속한 삶을 노래로 만들었죠. 아내는 우리가 늙으면 노스캐롤라이나에 정착하자고 했어요. 장모님 고향이 거기거든요. 커밀라는 물가에 집을 짓고 싶댔어요. 아주 넓은 땅을 사자고, 가장 가까운 이웃도 1~2킬로미터는 떨어진 그런 곳에서 살자고 했어요.

그 노래는 아내에게 바치는 나의 서약이었어요. 언젠가 그녀에게 줄 미래. 큰 농장 주택, 토끼 같은 자식들, 나 같은 놈을 만나 바람 잘 날 없는 시절을 보낸 후 비로소 맞이하는 평온과 고요. 그게 「허니콤」의 메시지였어요. 그런 노래에 다른 사람을 끌어들이라니, 말도 안 되는 소리였어요.

테디는 내 말에 동의하지 않았어요. "여자 파트를 넣어. 커밀라가 너한테 대답하는 구성이면 되잖아."

그레이엄: 난 캐런에게 듀엣의 기회를 줘야 한다고 생각했어요. 캐런은 목소리가 아주 멋졌으니까.

캐런: 내 목소리는 리드 파트를 맡을 만큼의 개성은 없었어요. 코러스면 확실하게 뒷받침할 수 있지만 전면에 나서서 부를 자신은 없었죠.

워런: 그레이엄은 캐런에게 알랑방귀 뀔 생각 때문에 늘 제 발에 자기가 걸려 넘어졌어요. 그 친구가 그럴 때마다 전 속으로만 외쳤죠. 세상 일이 네가 바라는 대로 돌아가는 줄 알아? 이 친구야. 꿈 깨.

빌리: 테디는 이미 댄스 클럽 씬에 있는 여자를 초빙한다는 계획을 착착 세워놓았더라고요. 난 그러고 싶지 않았고요.

캐런: 테디가 여자 후보의 이름을 열 개째 댔을 때 빌리도 못 버티고 무릎을 꿇었어요. 난 처음부터 끝까지 다 지켜봤어요.

빌리는 테디가 적어놓은 명단을 쭉 훑으면서 한 명 한 명 제꼈어요. "아니고요. 아니고요. 토냐 레딩? 됐고요. 수지 스미스? 됐고요." 그러다 물었어요. "데이지 존스가 누구죠?"

그러자 테디는 완전히 흥분해선 그렇게 물어봐 주기만 기다렸다고, 데이지야말로 적역이라고 말했어요.

그레이엄: 아, 그 일이 있기 몇 달 전에 난 '골든 베어'에서 데이지의 공연을 봤거든요. 머리부터 발끝까지 '섹시'를 뿜어내는 여자였어요. 약간 쉰 듯한 목소리에 세련이 넘쳐흘렀고요. 하지만 우리 앨범에 맞는 목소리란 생각은 안 들었어요. 나이도 어리고, 팝에 더 어울리는 목소리였으니까. 그래서 내가 테디에게 말했어요. "린다 론스탯*을 붙여줄 순 없나요?" 당시 론스탯은 세상 모두가 좋아했거든요. 테디 말이 같은 레이블 소속이어야 한댔어요. 그리고 데이지 목소리가 더 대중적인 감성이 있어서 우리에게 득이 될 거랬어요.

난, 인정하기 싫지만 테디가 그렇게 말하는 이유를 알아들었어요.

그래서 빌리 형에게 말했죠. "지금 테디가 다른 팬 층을 끌어들이려는 거라면, 데이지가 적격이네."

빌리: 테디는 조금도 양보하지 않았어요. 데이지 데이지 데이지. 그레이엄조차 테디 편을 들어서 하는 수 없이 내가 양보했어요. "알았어요. 그 데이지라는 여자가 하고 싶다면 한번 해보죠."

---

*   Linda Ronstadt. 1967년 데뷔하여 2011년에 은퇴한 미국의 여성 가수.

로드: 테디는 촉이 좋은 프로듀서였어요. 사람들이 데이지 존스에게 막 열광해가는 걸 알고 있었어요. 이 곡이 뜨면 대박을 칠 거라고 본 거죠.

데이지: 더 식스에 대해선 이미 알고 있었어요. 당연하지 않나요? 같은 레이블 소속인데? 라디오에서 밴드의 싱글도 들었고요.

그들의 데뷔 앨범을 군이 들어볼 생각은 안 했지만 테디가 『세븐에이트나인』을 들려주었을 때 깜짝 놀랐어요. 너무 좋았거든요. 「숨을 멈춰」는 내리 열 번은 들었던 것 같아요.

빌리가 노래를 진짜 잘했어요. 진한 호소력이 느껴졌어요. 듣고만 있어도 애틋한 마음이 들었어요. 시련을 뚫고 나온 남자의 목소리라고 생각했어요. 듣는 것만으로도 그가 받은 상처가 만져지는 것 같았어요. 난 그런 아픔은 겪어본 적이 없었어요. 내 목소리가 세련된 신상 청바지라면 빌리의 목소리는 오랜 세월 간직한 청바지 같았어요.

우리가 서로의 빈 곳을 채워줄 수 있겠다는 생각이 들었어요. 「허니콤」에서 내가 부를 파트를 반복해 들으면서 채워 넣어야 할 것을 찾아냈어요. 노랫말을 읽으면서 난…… 난 그 노래를 속속들이 이해하게 됐어요.

내 쪽에서 뭔가 제안할 만한 방향이 있고, 뭔가 더할 수 있는 기회라고 느꼈어요. 스튜디오에 가는 날 얼마나 흥분했는지 몰라요. 내가 비로소 쓸모 있는 사람이라는 생각이 들었거든요.

빌리: 데이지가 오는 날, 우린 다 함께 스튜디오에 가 있었어요. 사실 테디와 나만 남고 다 집에 가는 게 좋겠다고 생각했지만.

데이지: 홀스턴 옷 중에 하나를 골라 입고 가려 했는데 자고 일어났더니 열쇠는 사라졌지, 약통도 사라졌지, 아침은 이미 지나가 버렸지, 난리도 아니었어요.

캐런: 데이지는 남자용 버튼다운 셔츠를 드레스처럼 걸치고 나타났어요. 몸에 걸친 건 그게 다였어요. 그걸 보고 생각했죠. 바지는 어디다 갖다 버리고 온 거야?

에디: 데이지 존스는 살면서 내 눈으로 본 여자 중에 제일 예뻤어요. 왕방울 눈, 터질 것처럼 물오른 입술. 키도 나만큼 컸어요. 꼭 인간이 된 가젤 같았어요.

워런: 데이지란 여자요? 엉덩이는 실종 상태, 가슴은 껌딱지였어요. 왜, '널빤지 몸매'라고 하죠? 굴곡 없이 판판하고 물러서 못도 잘 박히는.* 아, 데이지가 아무한테나 몸을 줬는지는 모르겠고. 아마 아니겠죠. 남자들이 그녀를 대하는 걸 보니 카드를 쥔 건 그녀였고, 본인도 그걸 알고 있는 것 같았어요. 피트가 데이지를 쳐다보

---

* 영어 표현에서 '못이 잘 박히는(easy to nail)'은 '아무 남자하고 자는 여자'를 뜻하기도 한다.

는 꼴이, 차라리 대놓고 혀를 빼물고 있는 게 낫겠더라고요.

캐런: 너무 예쁘니까 눈을 떼기 힘들고, 이렇게 계속 쳐다봐도 되나 민망할 정도였어요. 하지만 그 순간, 뭐 어때, 쟨 주목받는 게 일상이었을 텐데. 저 애 사전엔 '본다'가 '주목받는다'일지도 몰라, 싶더라고요.

빌리: 데이지에게 내 소개를 했어요. "함께하게 돼서 기뻐요. 우리에게 큰 힘이 돼줘서 고마워요." 이렇게 말하고 듀엣곡에 대해 하고 싶은 말이 있느냐고, 본인이 노래할 파트를 함께 연습하겠느냐고 물었어요.

데이지: 연습은 밤을 새워가며 했어요. 밴드를 만나기 전에 테디와 스튜디오에 가서 그 노래를 듣고 또 들었거든요. 내가 하고 싶은 방향에서 괜찮은 아이디어가 나왔죠.

빌리: 데이지는 딱 한 마디만 했어요. "아뇨, 괜찮아요." 그게 전부였어요. 내가 어떤 제안을 해봤자 필요 없다는 투였어요.

로드: 곧장 스튜디오로 들어가 워밍업을 하던데요.

캐런: 내가 모두에게 말했어요. "이봐요, 우리 모두 여기 버티고 앉아 저 친구를 감시할 필요는 없잖아요?" 그런데 누구도 자릴 뜰 생각을 안 하는 거예요.

데이지: 결국 내가 한마디 했어요. "숨 쉴 틈 좀 주실래요, 다들?"

빌리: 그제야 다들 문밖으로 비집고 나갔어요. 나, 테디, 아티만 남았죠.

아티 스나이더: 데이지가 아이솔레이션 부스에 들어가자 마이크를 켰어요. 마이크 테스트야 기본으로 하는 거라 두어 번 했는데, 마이크가 말을 안 들었어요.

마이크 문제를 해결하는 데만 45분은 걸린 것 같아요. 그동안 데이지는 혼자 서서 마이크 가까이 노래를 했다가 멈췄다가 "마이크 테스트. 마이크 테스트. 원 투 쓰리" 했죠. 그러는 동안 빌리가 점점 더 긴장하는 게 느껴졌어요. 하지만 데이지는 아주 침착했어요. 내가 미안하다고 말했더니 그러더군요. "필요한 만큼 시간을 들여야 원하는 소리를 얻을 수 있는 거겠죠?"

데이지는 언제나 내 사정을 이해해 줬어요. 내가 어떤 환경에서 일하는지 진심으로 배려하는 태도로 읽혔어요. 날 그렇게 대해준 사람은 많지 않았어요.

데이지: 노래 가사로 말할 것 같으면 한 백만 번은 읽었을걸요. 어떻게 부를지 나름의 감을 잡고 있었어요.

빌리는 그 노래를 호소하듯 불렀는데요. 내가 해석하기에는 약속은 하지만 과연 지킬 수 있을지 스스로 확신하지 못하는 것처럼 들렸어요. 난 그게 좋았어요. 그래서 노래가 한결 재미있어졌다고 생각했어요. 그래서 내 파트에서 그를 믿고 싶어도 믿을 수 없는 속마음을 표현하고 싶었어요. 그러면 노래의 결이 많아질 거라고 생각했어요.

마이크 세팅을 제대로 한 후―아티가 내게 시작하라는 수신호를 보냈고 빌리와 테디가 지켜보는 가운데―난 마이크 가까이 서서 노래를 부르기 시작했어요. 빌리가 허니콤 부근에 집을 사주겠다는 약속을 믿을 수 없는 사람, 그런 미래는 오지 않을 거라고 생각하는 사람의 마음으로 불렀어요. 내가 해석한 대로.

후렴부 가사는 원래 이랬어요. "꿈꾸던 삶이 우릴 기다리고 있어/ 언젠가 바다 위로 반짝이는 빛을 보게 될 거야/ 날 붙잡아 줘. 날 붙잡아 줘. 날 붙잡아 줘/ 그때까지."

첫 번째 후렴을 부를 땐 원래대로 불렀어요. 하지만 두 번째 후렴부에선 가사를 살짝 바꿨어요. "꿈꾸던 삶이 우릴 기다릴까?/ 언젠가 바다 위로 반짝이는 빛을 보게 될까?/ 넌 날 붙잡아 줄까? 날 붙잡아 줄까? 날 붙잡아 줄까?/ 그때까지."

원래의 다짐을 반문으로 바꿔 부른 거예요.

그러자 빌리는 다 듣지도 않고 벌떡 일어나더니 토크백 버튼*을 눌렀어요.

빌리: 가사를 틀리게 불렀어요. 그런데도 계속 노래하게 내버려 두

---

* 스튜디오 안에 있는 사람과 스튜디오 밖에 있는 사람이 스피커를 통해서 소통할 수 있게 연결해 주는 버튼.

는 건 안 될 말이었어요.

아티 스나이더: 빌리가 자기가 노래하는데 다른 사람이 그런 식으로 끼어들면 절대로 봐주는 법이 없었어요. 그래서 빌리가 끼어드는 것을 보고 난 진짜 놀랐어요.

빌리: 그 곡의 메시지는 시련 끝에 찾아온 행복이었어요. 그런 메시지에 의심의 감정을 넣으면 안 된다고 생각했어요.

캐런: 빌리는 커밀라와 함께 바라본 미래가 반드시 올 거라고 스스로 믿고 싶어서 그 노래를 썼겠지만, 본인도 커밀라도 알고 있었어요. 그의 병은 언제고 다시 도질 수 있다는 것을.

무슨 근거로 이런 말을 하냐고요. 빌리가 재활원에서 나온 후 한밤중에 일어나 초콜릿 바를 먹어대더니 한 달 만에 5킬로그램이 불었어요. 초콜릿을 끊고 나선 갑자기 목공에 열을 올렸고요. 빌리와 커밀라가 사는 집에 놀러 갔을 때 빌리가 마호가니 다이닝 룸 테이블을 만들 거라고 말했는데, 정작 그가 못을 박았다는 다이닝 룸 의자는 누가 볼까 무섭게 거지 같았어요.

아, 쇼핑 이야기는 건너뛸게요. 달리기에 비하면 아무것도 아닐 테니까. 두어 달은 갔나, 빌리는 국토 횡단이라도 할 것처럼 달리기에 집착했어요. 돌고래 문양이 그려진 손바닥만 한 반바지에 소매 없는 셔츠 차림으로 거리를 뛰어다녔죠.

로드: 빌리가 그만큼 노력한 거라고 봐줘야죠. 남들 눈엔 모든 걸 뚝딱뚝딱 쉽게 해내는 것 같겠지만 빌리는 약물을 멀리하려고 정말 피나게 노력했어요. 누가 봐도 정신을 바짝 차리고 있었어요.

캐런: 빌리는 곡을 쓰면서 자기가 모든 것을 잘 통제하고 있다고, 수십 년 후에도 약물을 멀리하면서 아내와 가족을 이루어 잘 살고 있을 거라고, 스스로 납득하려고 애쓰는 중이었거든요.

그런데 데이지가 노래를 부른 지 2분이나 됐을까, 빌리의 발을 걸어 넘어뜨린 거예요.

로드: 데이지는 몇 테이크 더 불렀는데, 정말 쉽게 불렀어요. 굳이 노력을 안 해도 되는 사람이었어요. 한 음, 한 음 공들여 부르는 법이 없더라고요.

빌리는 스튜디오를 떠날 무렵 굉장히 긴장해 있었어요. 내가 한마디 했죠. "일은 집으로 가져가는 게 아니야." 하지만 따지고 보면 빌리는 일을 집으로 가져간 게 아니었어요. 집을 일로 가져왔지.

캐런: 「허니콤」은 원래 '안정'에 관한 노래였는데, 그날 '불안'에 관한 노래로 바뀌었어요.

빌리: 그날 밤, 커밀라에게 데이지가 가사를 어떻게 해석했는지 이야기해 줬어요. 다짐을 반문으로 바꿨다고.

줄리아를 돌보느라 정신이 하나도 없는 사람한테 노래가 어떻다느니 구시렁대고 징징댔어요. 아내는 이렇게만 말했어요. "그게 진짜 사는 이야기는 아니잖아, 빌리. 노래잖아. 너무 열받지 마." 고민할 게 뭐가 있냐는 투였어요. 그냥 '네가 참아라'라는 뜻이었 어요.

하지만 난 그냥 넘어갈 수가 없었어요. 데이지가 다짐하는 말을 반문으로 바꾸는 게 싫었어요. 그럴 권리가 있는 것처럼 구는 것도 싫었어요.

커밀라: 음악에 자기 인생을 섞으면, 그 후론 맑은 정신으로 음악하는 게 힘들어지나 봐요.

그레이엄: 빌리에게 데이지는 날벼락 같았나 봐요.

아티 스나이더: 데이지를 추가해 레코딩한 버전을 손봤더니—두 사람 목소리를 합쳤단 뜻인데—진짜 강렬했어요. 그래서 테디는 두 사람 목소리를 내세우고 나머지는 다 빼버리는 게 좋겠다고 했어요. 나더러 드럼은 좀 부드럽게 다듬고 키는 높이고 그레이엄의 기타 연주에서 산만한 장식음은 좀 잘라내라고 했어요.

그러고 나니 전반에 걸쳐 깔리는 어쿠스틱 기타와 짧게 끊어 연주한 피아노만 남았어요. 보컬이 장악하면서, 전반적으로 두 목소리의 관계를 노래한 곡이 되었어요. 내 말은…… 울림이 일어났고—여전히 업템포에, 리듬도 살아 있는데—보컬을 떠받치고 있었어요. 들으면 빌리와 데이지라는 사람에게 빠져들 수밖에 없었

어요.

로드: 테디는 결과물을 듣고 좋아죽더라고요. 나도 좋았어요. 하지만 빌리는 들으면서 점점 열받는 게 눈에 보였어요.

빌리: 새로 믹싱한 건 마음에 들었어요. 하지만 데이지의 보컬은 마음에 들지 않았어요. 그래서 말했죠. "이 여자 보컬을 빼고 믹싱을 새로 하죠. 꼭 듀엣으로 가야 하나요?" 테디는 자길 믿으라는 말만 되풀이했어요. 내가 히트송을 만들었으니 이제부터 자기가 할 일을 하게 해달라면서.

그레이엄: 언제나 대장은 빌리였잖아요? 가사를 쓰는 것도 빌리였고, 곡을 쓰는 것도 빌리였고, 모든 파트를 편곡하는 것도 빌리였고. 공연도 빌리가 재활원에 들어가는 걸로 끝이 났고. 빌리가 다시 스튜디오로 가겠다면 우리 모두 재깍 출근 도장을 찍어야 했죠. 빌리가 쇼의 모든 것을 주관했어요.

　그러니 「허니콤」이 편할 리가 없었죠.

빌리: 우린 한 팀이었어요.

에디: 말도 마요, 빌리는 인간 불도저처럼 우릴 밀어붙인 사실을 조금도 인정하지 않았어요. 그렇게 모든 걸 자기 마음대로 굴리다가 데이지가 나타나면서 멈춰 선 건데.

데이지: 빌리가 왜 내게 반감을 갖는지 이해할 수 없었어요. 노래를 좀 더 좋은 방향으로 이끌었을 뿐인데. 짜증을 낼 게 뭐가 있다고?

며칠 지나 마지막 녹음을 한대서 스튜디오에 갔을 때 우연히 빌리와 마주쳤어요. 내가 미소 지으며 안녕하세요, 인사했더니 고개만 까딱하더라고요. 날 알아봐 준 게 대단한 친절을 베푼 것처럼 구는 태도였어요. 같은 업종에 있는 사람에 대한 최소한의 예의도 지킬 줄 모르는 사람이었어요.

캐런: 남자들이 지배하는 세상이니까. 온 세상이 남자들 세상이지만 음반 업계는…… 유독 여자에게 험해요. 손 하나 까딱하는 것도 남자들 허락을 받아야 했으니까. 여자가 버티려면 두 가지 길만 있는 것 같았어요. 하나는 남자처럼 행동하는 것, 내가 발견한 길이죠. 다른 하나는 철부지 소녀가 되어 꼬리 치고 속눈썹을 바르르 떠는 거였죠. 남자들 좋아죽으라고.

하지만 데이지는 처음부터 그 두 길 모두 거부했어요. 그 친구의 길은 '날 받아들여, 아님 날 건드리지 마'였어요.

데이지: 내가 유명하건 말건 신경 안 썼어요. 다른 사람 앨범의 노래를 하건 말건 신경 안 썼어요. 내가 신경 쓴 건 재미있고 참신하고 근사한 것을 만들어내는 거였어요.

캐런: 음악을 시작했을 때 원래 전자 기타를 연주하고 싶었어요. 그런데 아빠가 피아노를 배우게 했어요. 특별한 의도가 있었던 건 아

니고, 그냥 여자는 건반이 어울린다고 생각해서 그랬어요.

그 후로 내가 뭘 할 때마다 늘 그런 식이었어요.

더 윈터스 멤버 모집 오디션을 봤을 때 이야기예요. 그날 입으려고 미니드레스를 새로 샀어요. 연파랑색에 큰 벨트를 두른 진짜 예쁜 드레스였거든요. 행운의 드레스처럼 느껴졌어요. 정작 당일이 되어 입어보고는 바로 벗어버렸어요. 그걸 입고 가면 그 사람들은 내게서 '여자'만 볼 게 빤했으니까. 난 키보디스트로 보이고 싶었거든요. 그래서 청바지에 오빠한테서 훔친 시카고 대학 티셔츠를 입고 갔어요.

데이지는 그러지 않았어요. 데이지는 그런 생각은 해본 적도 없을 거예요.

데이지: 난 원할 때, 내가 입고 싶은 옷을 입었어요. 내가 원하는 사람과 하고 싶은 걸 했어요. 그게 마음에 안 들면 꺼지라는 식으로 굴었죠.

캐런: 어쩌다 그런 사람을 만날 때가 있죠. 흘러가는 물처럼 사는 사람. 데이지는 흘러가는 물처럼 세상을 대했어요. 세상이 실제로 어떻게 돌아가는지는 안중에도 없는 사람.

그런 데이지가 싫어도 이상할 건 없었겠지만 그렇지 않았어요. 사실 난 그런 데이지가 진짜 마음에 들었어요. 내가 몇 년 동안 견뎌야 했던 똥 짓거리를 데이지는 상대적으로 덜 겪었다는 뜻이니까요. 그리고 데이지가 있으면 나도 똥 밟을 일이 없었어요.

데이지: 캐런은 다른 사람이 열 손가락을 놀려야 간신히 할 연주를 한 손가락만으로 할 수 있을 만큼 재능이 많은 사람이었어요. 그런데 더 식스는 그녀의 재능을 제대로 활용할 줄 모르더라고요. 하지만 캐런이 바로잡았죠. 다음 앨범부터 바로잡았어요.

빌리: 레코드를 찍기 직전에 테디에게 말했어요. "덕분에 내가 만든 곡이 싫어졌어요."

테디의 대답은 이거였어요. "넌 자신을 뛰어넘기 위해 정말 피나는 노력을 해야 할 거야. 많이 따갑지? 차트 1위를 찍으면 좀 괜찮아질 거야."

닉 해리스(록 음악 평론가): 「허니콤」에서 빌리와 데이지 각자의 존재감과 미학적 긴장감은 이후 데이지 존스 앤 더 식스가 완성한 멋진 하모니의 출발점이었습니다.

두 목소리—빌리의 위태로운 면, 데이지의 연약한 면—가 빚어내는 화학작용은 한번 들으면 쉬이 잊을 수 없는 것이었습니다. 빌리의 매끄러운 저음, 데이지의 허스키한 고음이 사부자기 어우러지면 마치 몇백 년 동안 함께 노래한 것처럼 들리죠. 그들은 호소력 넘치는 창법으로 '콜 앤드 리스폰스call and response** 노래하면서 낭만적이고 이상적이지만 불확실한 미래를 이야기합니다.

---

* 통상적으로 두 보컬이 각자 파트를 맡아 대화 형식으로 노래하는 것을 의미하는 음악 용어.

노래의 당도는 내내 넘치지만 마지막 대목에 가서 단물을 싹 빼냅니다. 안 그랬으면 고등학교 댄스파티 배경음악으로 주저앉았을 거예요. 대신 인생이 늘 뜻대로 흘러가지 않는다는 사실에 대한 열렬한 고백이 되었죠.

『세븐에이트나인』는 좋은 앨범이었고, 어떤 면에선 탁월하다고 말할 수도 있을 거예요. 데뷔 앨범에 비하면 작정하고 로맨틱한 노선을 걷고 있죠. 섹스나 약물에 대한 암시는 확연히 줄어들었고요. 그럼에도 여전히 록의 본질에 충실한 앨범이었어요. 휘몰아치는 리듬 섹션, 뇌리를 뚫고 들어올 듯 선명한 기타 리프가 그 증거죠.

그래도 「허니콤」이 단연 돋보였어요. 더 식스가 최고의 팝송을 만들 수 있음을 세상에 증명했죠. 두말할 것 없이 정점을 찍은 노래예요. 하지만 밴드가 정상을 향해 '이제 막' 출발했음을 알리는 신호탄에 불과했습니다.

넘버스
투어

1976~1977

『세븐에이트나인』은 1976년 6월 1일에 발표되었다. 「허니콤」은 빌보드 차트에 86위로 진입했지만 꾸준한 상승세를 보였다. 더 식스는 위스키에서 비공식 전속 공연을 하면서 밴드의 이름을 내건 전국 투어를 준비하고 있었다.

그레이엄: 우린 한동안 LA에서 지내며 세트리스트*를 완성했어요. 공연에서 부를 노래들이 차곡차곡 쌓였어요. 이렇게 말한다고 「허니콤」도 포함됐다는 소린 아니에요. 빌리는 데이지를 빼고 혼자 불렀어요. 데이지 파트에 해당하는 절반을 들어냈고 원래 수록하려 했던 대로 불렀죠. 노래 좋았어요. 하지만 구멍이 뚫린 느낌이었어요. 있어야 할 게 빠져 있었으니까. 나머지 곡들은 나무랄 데 없이

---

* 라이브 콘서트에서 선보일 곡의 목록을 의미한다.

연주했어요. 단 한 곡, 단 한 음도 뭉개지 않고 쫀쫀하게요. 멤버 모두가 합을 맞춰가며 멋진 공연을 만들어가고 있었어요.

빌리: 우리 공연을 자주 찾는 단골이 생기기 시작했어요. 일주일에 두세 번씩 찾아오며 얼굴을 알아보게 된 사람들이 생겨났죠. 공연을 할수록 관객도 늘어났어요.

로드: LA 공연을 할 때 빌리는 데이지를 초대했어야 했어요. 내가 직접 말하기도 했지만 빌리는 들은 척도 안 했어요.

시몬: 데이지는 밴드가 자길 따돌린다며 심란해했어요. 적어도 그 이야기를 할 때 내가 받은 인상은 그랬어요. 나도 투어 중이었어서 예전처럼 자주 만나 이야기를 하진 못했지만, 그 아이 근황은 꼭 챙겨 들었어요. 그건 데이지도 마찬가지였고.

캐런: 위스키에서 데이지를 모르는 사람은 없었어요. 스트립에서 우린 신참이었고 데이지는 터줏대감이었으니까요. 그러니 그녀가 공연장에 나타나는 건 시간문제였어요.

데이지: 난 공연 분위기를 망칠 생각은 없었어요. 빌리가 날 공연에 초대할 생각이 없다면 뭐 오케이였어요. 하지만 무대에서 날 빼고 내 노래를 부른다는 이유로 내가 발길을 끊어야 한다는 생각은 해 본 적도 없어요.

그리고 당시 난 행크와 자는 사이가 됐는데, 내 입장에서 바람직한 행보라고 말할 순 없었어요. 솔직히 말하면, 술인지 약물인지에 취해서 기억도 잘 안 나요. 행크에게 반한 건 아니었어요. 아니, 행크를 그다지 좋아한 적도 없었어요. 행크는 키도 작고 턱도 네모져서 별로였지만 그나마 미소를 지으면 괜찮아 보였던 것 같아요. 그리고 언제나 그 자리에 있었기 때문인 것 같아요.

아무튼, 행크와 '레인보우'에 갔다가 걸어 나오는데, 행크의 친구들이 위스키 밖에서 서성대길래 같이 들어갔어요.

캐런: 그레이엄이 내게 턱짓으로 신호를 보내길래 시선을 따라가 보니 데이지가 무대 아래 서 있었어요. 그 순간 빌리도 데이지를 알아보았어요.

에디: 그때 우린 위스키에서 거의 매일 밤 공연을 했는데, 빌리는 매번 뭔 쪽지까지 보내면서 내 연주를 지적질했어요. 진짜 좁쌀영감이 따로 없었어요. 그런데 데이지가 나타난 날은 찍소리도 못하더라고요.

아, 그런 데다, 데이지가 진짜 너무 예뻤어요. 나뭇잎 한 장 크기만 한 드레스를 걸치고 있었죠. 그런데 그 시절에 여자들은 브래지어를 안 했거든요. 그 좋은 풍습을 버리다니, 목 놓아 울어도 시원찮을 만큼 안타까운 일이에요.

빌리: 내가 어떻게 할 셈이었느냐고요? 같이 노래하자고 초대했어

야 했는데 안 한 여자가 눈앞에 떡하니 나타났을 때? 알아서 길 수밖에요.

그레이엄: 빌리가 마이크에 대고 말했어요. "신사 숙녀 여러분, 데이지 존스가 오늘 공연에 와주었네요. 어때요? 함께 「허니콤」을 불러 볼까요?"

데이지: 빌리가 관객을 상대하는 동안 마이크 앞으로 걸어 나가면서 생각했어요. 빌리 던이란 남자는 데님이 아니면 셔츠를 안 입나?

빌리: 마이크 앞에 서서 기다리는데 데이지가 맨발로 무대에 오르는 걸 보고 생각했죠. 대책 없는 여자네. 신발 좀 신으라고.

데이지: 밴드가 연주를 시작했고, 난 마이크 앞에 서서 기다렸어요. 첫 소절은 빌리 파트였고, 그가 노래를 부르기 시작했을 때 그를 바라보는 관객의 시선을 살폈죠. 빌리는 타고난 쇼맨이었어요.

그 점을 제대로 인정받았는지는 잘 모르겠어요. 요새 다들 우리가 참 잘 어울렸다고 말하지만 그때, 빌리가 혼자 노래하는 걸 보면서 재능이 많은 사람임을 알 수 있었어요. 빌리는 무대 체질이었어요.

빌리: 데이지가 부를 차례가 되었을 때 나는 고개를 돌려 그녀가 노래하는 것을 지켜봤어요. 우린 리허설은 고사하고, 함께 노래한

적도 없었어요. 그래서 재앙이 닥칠 것이라고 반쯤은 예상했었죠. 그런데 웬걸, 데이지가 노래를 시작한 순간, 나는 넋을 놓고 쳐다보았어요.

데이지는 진짜 다이너마이트 같은 목소리를 가졌어요. 노래하는 내내 미소를 지으며 불렀어요. 그녀의 노래를 잘 들으면 누구나 알 수 있을 거예요. 노래에서 미소가 흘러나오니까. 데이지는 그 방면에서 천재예요. 미소가 밴 그런 노래를 부를 줄 알았어요.

데이지: 두 번째 후렴에서 가사를 원래대로 부를까 고민했어요. 원래 가사를 반문으로 바꾼 것을 빌리가 싫어한 걸 알고 있었으니까. 그런데 그 대목을 부르기 직전에 생각을 굳혔어요. **빌리의 비위를 맞추려고 무대에 오른 게 아니잖아. 내 몫을 해내야지.** 그래서 바꿔 불렀어요.

빌리: 그녀가 가사를 바꿔 부를 때 나도 모르게 움찔했어요.

캐런: 데이지와 빌리는 한 마이크로 노래 부르느라 서로 바짝 붙어서 있었는데…… 데이지가 노래할 때 바라보는 빌리의 눈빛…… 빌리가 노래할 때 데이지가 바라보는 눈빛에서…… 불꽃이 튀더라고요.

데이지: 마지막 대목에서 우린 화음을 맞춰 같이 불렀어요. 레코드에 실린 대로가 아니라 즉흥적으로 불렀어요.

빌리: 함께 노래하면서 알 수 있었어요. 우리가 모두를 사로잡았다는 걸. 노래가 끝났을 때 관객들은 환호했어요. 진심어린 환호였어요.

데이지: 난 느꼈어요. 그 무대에서 우리가 특별한 걸 해냈다는 걸. 감으로 알았어요.

내가 빌리를 나쁜 새끼라고 생각한 건 중요하지 않았어요. 함께 노래할 때 그런 시너지 효과를 기대할 수 있는 사람이라면 적어도 한 가지 점에서는 나와 통하는 게 있다는 뜻이에요. 신경에 거슬리는데도 자꾸 끌리는 그런 면?

빌리는 가시 같았어요. 더도 덜도 말고 꼭 가시 같았죠.

●

위스키에서 전율 넘치는 공연을 마친 후, 러너 레코즈는 더 식스의 월드 투어 '넘버스 투어*The Numbers Tour*' 오프닝에 데이지 존스가 설 예정이라고 발표했다.

빌리는 로드, 테디, 리치 팰런티노에게 결정을 취소하고 데이지를 빼달라고 읍소했지만 테디가 빠르게 상승하는 티켓 판매율을 보여주자 별 수 없이 따르기로 했다. 투어 일정에 추가 공연이 늘어났다.

밴드와 데이지가 투어를 시작할 무렵, 「허니콤」은 빌보드 차트 20위에 막 오른 터였다.

빌리: 공연 오프닝을 누가 서는지는 신경 껐어요. 투어 동안 어떻게 약물과 멀리하며 지낼 수 있을까만 신경 썼어요. 재활원을 나온 후의 첫 투어였으니까.

커밀라: 빌리가 하루에 세 번 전화하겠다고, 자기가 어떻게 지내는지 일기에 시시콜콜히 쓰겠다고 다짐했어요. 난 그에게 무리해서 자길 증명하려 하지 말라고 했죠. 그러면 부담만 더 커져서, 자신

을 고문하는 꼴이 되니까요. 빌리는 나의 신뢰를 원했어요. 그래서 난 말했죠. "내가 어떻게 하면 당신이 편할지 알려줘. 힘들게 하는 거 말고."

빌리: 난 커밀라와 줄리아를 데리고 투어를 하기로 결심했어요. 그 즈음 커밀라는 임신 2개월이었요. 쌍둥이였죠. 배가 불러오면 내 곁을 지키기 더 힘들어진다는 건 우리 둘 다 알았어요. 그래도 나는 투어를 탈 없이 시작하고 싶은 마음에 아내와 함께하기로 했어요.

데이지: 투어 계획에 짜릿했어요. 투어는 처음이었거든요. 내 앨범 성적도 나쁘지 않은 편이었고요. 좋은 의미에서 주목받게 되었는데, 「허니콤」 덕도 컸어요.

그레이엄: 다들 데이지와 함께 투어를 떠나게 된 걸 즐거워했어요. 데이지는 사람들과 스스럼없이 어울릴 줄 알았어요. 멋진 여자였죠.

당시 우린 라디오에 출연해 스튜디오 라이브를 선보이고 화보 촬영을 했어요. 신곡이 계속 차트 상위권으로 오르면서 앨범 판매량도 점점 늘어났어요. 날 알아보는 사람들도 몇 번 마주쳤어요. 빌리야 그 전부터 알아보는 사람들이 있었지만 그즈음 나와 캐런을 알아보는 사람들도 간혹 만날 수 있었어요. 거리를 걷다보면 더 식스 티셔츠를 입은 사람들도 보였고.

모든 게 별 탈 없이 진행되는데 투어에 누가 끼건 난 상관하지 않았어요.

빌리: 투어의 첫 공연을 내슈빌의 '엑시트/인'에서 했어요. 그리고 오프닝을 서게 된 데이지에 대해선 설령 다른 사람이 섰더라도 다르지 않은 태도로 대했어요. 우린 그전까진 다른 밴드의 오프닝을 서다가 드디어 헤드라이너가 된 거잖아요. 그때 헤드라이너들이 우리를 배려해 줬던 것과 똑같이 그녀를 대하고 싶었어요. 개인적인 감정은 접어두고.

캐런: 우리의 본격적인 공연에 앞서 데이지가 무대에 나가게 돼 있어서 다 함께 백스테이지에 있었어요. 데이지는 코카인을 몇 줄 들이켰고, 워런은 용케 백스테이지까지 뚫고 들어온 그루피에게 마사지를 받고 있었고. 에디와 피트는 기억이 안 나는데 각자 할 일을 하고 있었겠죠? 빌리는 일행과 떨어져 있었고. 난 그레이엄과 이야기를 나누던 중이었고. 그 공연이었을 거예요…… 그레이엄이 턱수염을 민 게. 턱수염이 가리고 있던 잘생긴 얼굴이 마침내 빛을 발했죠.

문득 문을 노크하는 소리가 들려서 보니 커밀라와 줄리아였어요. 빌리에게 이만 가보겠다고 말하러 온 거였어요.

데이지는 커밀라와 줄리아를 보자마자 얼른 코카인을 서랍에 쓸어 넣고, 코를 훔치고, 마시고 있던 브랜디인지 위스키인지, 아무튼 술이 담긴 잔을 내려놓았어요. 데이지가 주위를 의식하는 건 그때 처음 본 것 같아요. 천하의 데이지도 다른 행성에서 온

건 아니라는 건가. 아무튼 데이지가 커밀라와는 악수를 하고 줄리아에게는 손을 흔들어 보이며, "아기 새야"라고 말한 게 기억나네요.

그리고 무대에 오를 시간이 되었고, 데이지는 모두에게 말했어요. "행운을 빌어줘요."

하지만 다들 자기 앞가림하느라 정신이 없어서 듣지도 않는 눈치였는데 커밀라만 예외였어요. 데이지에게 행운을 빌겠다고 말하는데 어쩌면 그렇게 성심 넘치게 말하던지.

커밀라: 처음 데이지 존스를 만났을 땐 어떤 사람인지 감이 안 왔어요. 정말 산만해 보이는데 또 정말 다정했어요. 빌리가 데이지를 안 좋아하는 걸 알고 있었지만 그건 빌리 생각이고, 나는 또 생각이 다를 수 있잖아요?

정말 매력이 넘치는 여자였어요. 잡지 화보에 나오는 모델처럼. 아니, 그보다 훨씬 더 예뻤어요.

데이지: 내슈빌 공연 오프닝을 맡은 내가 제일 먼저 무대에 올랐는데 긴장됐어요. 난 여간해선 긴장하지 않는 편인데 그날은 몸속, 신경 속까지 긴장했어요. 코카인을 너무 많이 해서 그랬던 것 같아요. 더 식스가 나오기만 기다리고 있을 관객들 앞으로 걸어나갔어요. 그런데 날 보고 흥분하는 사람이 많았어요. 날 보러 온 사람들이었죠.

난 검은색 홀터드레스를 걸치고 커다란 금팔찌들을 낀 다음 늘

하는 금빛 링 귀걸이를 했어요.

리허설을 빼면, 행크가 주선해 준 백 밴드 말고 혼자서 무대에 오른 건 그때가 처음이었어요. 관객들이 날 바라보며 귀가 얼얼할 정도로 환호를 보낸 것도 그때가 처음이었어요. 그 많은 사람이 한자리에 모여 하나로 합쳐진 생물이 내는 소리 같았어요. 바닥을 뒤흔들고 귓전을 울리는 살아 있는 존재.

한번 그 느낌을 맛보고 나니 늘 그 속에서 살고 싶어졌어요.

그레이엄: 데이지는 멋진 무대를 선보였어요. 목소리가 워낙 좋았고, 노래도 나쁘지 않았어요. 그리고 관객을 휘어잡을 줄 알았어요. 우리가 무대에 오를 무렵, 관객들은 잔뜩 들떠 있었어요. 이미 쇼에 몸을 맡기고 있었어요.

워런: 사방에 대마초 냄새가 진동했어요. 연기가 자욱해서 관객 뒤쪽은 잘 보이지도 않았어요.

캐런: 무대에 올랐을 때 우릴 기다리고 있던 사람들은…… 첫 투어 때 만난 관객과는 부류가 달랐어요. 먼저, 다양해졌죠. 원래 팬들도 있었지만 10대 관객, 부모 관객도 보였고, 여자도 꽤 많았어요.

빌리: 그때 난, 깨끗한 몸에 완전히 말짱한 정신으로 관객 앞에 선 채로 그들의 열기를 느끼면서 「허니콤」이 10위권을 향해 가고 있음을 떠올렸어요. 그들 모두 내 손안에 있다는 것을 알 수 있었어

요. 그들 모두 기꺼이 우리의 팬이 되었음을 알 수 있었어요. 그들의 마음을 얻기 위해 굳이 애쓸 필요가 없었어요. 무대에 서서……우리가 이미 그들을 사로잡았음을 알았어요.

에디: 우린 그날 밤, 정말 열과 성을 다했어요. 그들을 위해서 우리가 가진 모든 것을 무대에 쏟아놓았어요.

빌리: 공연 막바지에 난 관객들에게 말했어요. "어때요? 데이지 존스를 다시 무대로 불러 「허니콤」을 부를까요?"

데이지: 관객들은 미쳐 날뛰었어요. 공연장이 우르르 울려댔어요.

빌리: 관객들이 소리 지르고 발을 굴러대는 통에 내 마이크까지 진동하는 게 느껴졌어요. 그 순간 생각했죠. 미치겠다, 우리 록스타네?!

●

1976년 말, 「허니콤」은 빌보드 핫 100에서 3위까지 올랐다. 더 식
스는 데이지와 함께 돈 커슈너의 록 콘서트와 조니 카슨 주연의
「투나잇 쇼」에서 이 곡의 라이브를 선보였다. 그들은 북미 투어
일정을 마친 후 짧은 일정으로 유럽 투어를 준비하고 있었다. 당
시 임신 6개월이었던 커밀라 던은 줄리아와 함께 로스앤젤레스로
돌아갔다.

빌리: 투어 때마다 커밀라와 줄리아를 데리고 다닐 수는 없는 노릇
이고, 날 관리하는 건 나 스스로 해야 했죠.

커밀라: 난 빌리를 속속들이 알고 있어서 언제 옆을 지켜줘야 하고
언제 떠나도 괜찮을지 알았어요.

빌리: 아내와 딸 없이 버틴 첫날은 힘들었어요. 공연이 끝나고 호텔
방 발코니에 앉아서 거리의 난리통을 귀로 듣자 나도 나가서 어울
리고 싶어졌어요. 머릿속에서 그 목소리가 또 들려왔어요. 넌 얼마
못 버틸 거야. 언제까지 말짱한 정신으로 버틸 수 있을 것 같아?

막판엔 테디에게 전화를 걸었어요. 이른 아침이었지만 그때가 테디에겐 저녁 먹을 시간이니까 상관없었어요. 달리 용건도 없어서 아무 말이나 막 던졌어요. (웃음) 그래서 무슨 이야기를 했느냐면 테디가 야스민과 결혼해도 되는지 아닌지로 떠들어댔어요. 테디는 야스민과 결혼하기엔 너무 늙었다는 이유로 망설이고 있었죠. 난 그냥 질러버리라고 말했어요. 통화가 끝날 무렵, 진이 다 빠졌어요. 바로 잠을 잘 수 있을 것 같았어요. 살아서 다음 날의 태양을 볼 수 있을 것 같았고요. 전화를 끊으려는데 테디가 "지금 기분 괜찮아, 빌리?"라고 물어보길래 내가 대답했죠.

"네, 괜찮아요."

첫날 밤을 그렇게 이겨내고 나니 기분이 좀 나아졌어요. 난 루틴을 충실히 지켰어요. 파티에선 몸을 뺐어요. 공연이 끝나면 호텔 방으로 돌아가서 레코드를 듣거나 식당에 가서 디카페인 커피를 마시거나 신문을 읽었어요. 가끔 피트나 그레이엄이 함께하기도 했어요. 그레이엄은 거의 종일, 캐런의 뒤를 졸졸 따라다니면서 캐런이 시키는 대로 다 하더군요. 하지만 난 커밀라랑 줄리아와 함께 있을 때 지내던 방식을 고수했어요. 루틴을 착실하게 유지했죠.

그레이엄: 커밀라가 있건 없건 똑같았어요. 빌리는 할 일이 있으면 밴드와 함께 있었어요. 그리고 데이지는 파티가 있으면 우리와 어울렸고요. 세상 사람들이 뭐라건 간에, 두 사람이 어쩌다 마주칠 일은 일절 없었어요.

로드: 스웨덴으로 떠나기 직전에, 러너 쪽에서 빌리와 그레이엄에게 유럽 투어가 끝난 후 투어 일정을 더 늘릴지 모른다고 말하면서 그러니 미국으로 돌아가면 공연을 두어 주 더 하는 게 어떻겠느냐고 물었죠.

말도 안 되는 소리였어요. 우리가 귀국하는 시점과 커밀라의 출산 예정일이 겹칠 것 같았거든요. 빌리는 일정이 빠듯해서 더 늘리는 건 무리라고 생각했고요.

그레이엄: 그 대화는 2초 만에 끝났어요. 투어를 계속하길 바랐느냐고요? 당연하죠. 집에 가야 하는 빌리 때문에 상황이 난처해졌느냐고요? 그럼요. 하지만 형은 집에 갈 수밖에 없었어요. 그러니 이야기는 끝이죠.

워런: 우린 모두 투어를 연장하길 바랐지만 빌리 없이 공연을 할 순 없었어요. 기타나 키보드라면 다른 연주자로 대체해 몇 탕 뛸 수 있겠지만, 빌리 대신 다른 가수를 쓸 순 없잖아요.

데이지: 우리 공연은 연일 매진이었어요. 내 공이 컸어요.

하지만 앨범 판매량에선 더 식스가 저보다 훨씬 앞서 있었어요. 그들 앨범이 더 훌륭하니까 당연한 결과였지만, 공연만 놓고 볼 때 절 보려고 오는 사람이 진짜 많았어요. 심지어 공연을 보러 왔을 때만 해도 내가 누군지 관심도 없다가 공연이 끝나고 데이지 존스 티셔츠를 사는 사람들도 있었어요.

정말 큰 자극이 되었어요. 그때 예전에 써놓은 곡 중에서 괜찮은 곡 몇 개를 틈틈이 다듬고 있었어요. 그중에 하나—진짜 단순하고 복잡한 데가 없지만—괜찮은 멜로디가 있었어요. 제목은 「네가 세상에서 도망칠 때When You Fly Low」였어요. 자기를 깎아내리게 될 때, 다른 사람에게 무시당할 때를 위한 곡이었어요. "세상이 널 짓밟아/ 널 움츠리게 해/ 널 가로막아/ 포기하고 싶어지지/ 도망치고 싶어지지."

행크한테 테디와 새 앨범 이야기를 해야겠다고 누누이 말하던 터였어요. 그런데 행크는 자꾸만 나더러 느긋해져야 한댔어요. 내가 너무 많은 걸 요구한다고 생각하는 것 같았어요. 내가 주제도 모르고 까분다고 여긴 듯해요.

우리 관계는 계속 삐걱거렸어요. 그런 남자하고 사귀는 게 아니었어요.

약물에 손대면 안 된다고 잔소리하는 사람들이 정작 말해주지 않는 게 있어요. "약물에 손대면 머저리 중에서도 상머저리랑 자게 된단다." 이렇게 말해주는 사람은 한 번도 못 봤거든요? 당연히 말해줘야 하는 건데.

그래서 행크가 내 인생의 골속 골속을 파먹게 된 거예요. 그는 툭하면 나와 테디 사이에 끼어들었어요. 내 세션도 그가 뽑았죠. 내 돈을 물 쓰듯 썼죠. 그리고 나와 한 침대를 썼죠.

캐런: 스톡홀름으로 갈 때 우리는 러너의 자가용 비행기를 타고 갔어요.

데이지: 행크와 다른 스텝 몇 명은 하루 먼저 다른 비행기로 떠났어요. 난 같이 안 가고 기다렸다가 밴드와 함께 갔어요. 겉으론 아쉬운 척했지만 사실 행크와 같은 비행기에 타고 싶지 않았어요.

에디: 비행기를 타고 나서야, 그것도 그레이엄이 캐런과 상의하는 것을 엿듣고 나서야 추가 공연 제안을 거절한 걸 알았어요. 빌어먹을, 다 끝난 후에야 처음 알았다고요. 누구 한 명 나나 피트에게 말해준 사람이 없었어요.

우리 곡이 히트 치고 있는데. 데이지와 함께하는 공연이 연일 매진을 기록하는데. 정말 많은 사람이, 밴드 멤버들, 로디들, 공연 일에 고용된 사람들, 공연을 운영하는 사람들, 모두가 큰돈을 만지게 되었는데 빌리의 아내가 애를 낳으니까 이제 짐을 싸라고?

하다못해 투표라도 해야 하는 것 아닌가요? 이미 결정이 났는데 이게 다 무슨 일인가 뒷북이나 치라는 건가요?

캐런: 웃기는 일이 있었어요. 그 비행기에서 워런이 스튜어디스한테 뺨을 맞은 것 같았거든요. 소리만 들었어요, 보진 못했고.

워런: 스튜어디스한테 그 머리 진짜 금발이냐고 물어봤거든요. 맞은 값은 했어요. 모든 여자가 그런 농담을 좋아하는 건 아니라는 교훈을 얻었으니까.

캐런: 데이지와 난 뒷좌석에 앉아 있었어요. 둘 다 비행기에 있는

내내 각자 할 일을 했어요. 마주 놓인 의자에 앉아 칵테일 두어 잔을 마시며 창문 밖을 내다보고 있었죠. 그러다 데이지가 약통을 꺼내 탁 쳐서 빼낸 알약 두 개를 술과 함께 삼키는 걸 봤어요.

당시 그녀는 팔에 맞는 뱅글이란 뱅글은 다 차고 있었서 움직일 때마다 짤랑짤랑 소리가 났어요. 아무튼 다시 약통을 호주머니에 넣는데 또 뱅글이 짤랑짤랑 소리를 내길래 내가 농담으로 내장형 탬버린 같다고 말했어요. 데이지는 그 농담이 꽤 괜찮다고 생각했는지 펜을 꺼내 손바닥에 적더라고요.

그러곤 펜을 집어넣고 다시 약통을 꺼내선 약 두 알을 또 입에 털어 넣었어요.

내가 한마디 했어요. "데이지, 방금 두 알 먹었잖아요."

데이지가 "내가요?"라고 묻더라고요.

내가 "그래요" 하고 말하니까 어깨만 으쓱하곤 그대로 약을 삼켰어요.

그래서 잔소리지만 한마디 했어요. "이런, 중독자는 되지 말아요."

데이지: 그 말에 짜증이 확 났어요. 그래서 약통을 캐런의 손에 밀어 넣고는 말했어요. "그렇게 걱정되면 갖고 있어요. 난 필요 없으니까."

캐런: 나한테 알약을 막 던지더라고요.

데이지: 캐런이 건네받은 약통을 자기 바지 뒷주머니에 넣는 것을 보고 왈칵 겁이 났어요. 택시는 없어도 괜찮아요. 아쉬우면 코카인이 있으니까.

하지만 세코날이 없으면 난 한숨도 못 잤어요.

캐런: 그 정도는 아무것도 아니라는 듯 구는 게 놀라웠어요. 다 내주고는 이제 끝이라고 말할 수 있다니.

데이지: 호텔에 도착해서 내 방에 갔더니 행크가 벌써 와 있었어요. "레드 다 떨어졌어." 말이 끝나기 무섭게 고개를 끄덕이곤 전화를 걸었어요. 그런 후 잠을 자려는데 내가 두 번째 술병을 들고 있더라고요. 심란했어요. 손만 뻗으면 구하지 못하는 게 없구나. 내 말을 오해하면 안 되는 게, 약이 싫었다는 뜻이 아니에요. 약은 필요했어요. 단지 너무 권태롭고 너무 반복적인 게 싫었어요. 내가 원하기만 하면 언제고 진정제를 손에 넣을 수 있고, 그런 날 말리는 사람은 한 명도 없고.

그날 밤 가물가물 잠이 들면서—잠이 드는데도 브랜디 잔을 들고 있었던 것 같아요—내가 말하는 소리가 들렸어요. "행크, 이제 당신이랑 같이 있기 싫어." 처음엔 방에 다른 여자가 들어와서 한 말인가 싶었는데 이내 내가 한 말이라는 걸 알았죠. 행크는 자라고만 했어요. 나는 잠에 빠져든다기보다 스르르 사라져 버리는 것 같았어요.

아침에 잠에서 깨어나니 전날 밤이 기억났어요. 당황스러우면서도 한편으론 후련했어요. 생각하던 걸 말로 꺼냈으니까. 행크에게 말했어요. "어젯밤에 내가 한 말에 관해 이야기 좀 하자."

그랬더니 그가 "어젯밤에 아무 말 안 했는데"라길래, "당신이랑 더는 같이 있고 싶지 않다고 말했잖아"라고 했죠.

그는 어깨를 으쓱하며 말했어요. "그래, 하지만 넌 잘 때마다 그 소리를 하는걸?"

난 꿈에도 모르는 사실이었어요.

그레이엄: 우리 모두 데이지가 행크를 떨궈버려야 한다고 생각했어요.

로드: 매니저란 이름의 능구렁들이 도처에 깔려 있어서 나 같은 멀쩡한 매니저까지 욕을 먹어요. 행크가 데이지를 등쳐먹고 있는 건 한 번만 봐도 알 수 있었어요. 데이지를 위해 다른 사람으로 대체하는 게 시급했죠.

안 그래도 진즉에 데이지한테 이렇게 말했었어요. "데이지, 도움이 필요하면 나한테 말해요."

그레이엄: 데이지도 눈이 있으니 로드가 우리를 챙기는 걸 봤을 거예요. 확실하고 꼼꼼히 관리했으니까. 다른 사람들에게 우리 밴드가 세상을 제패할 거라고 처음으로 말한 사람이 로드였어요. 누구처럼 우리한테 "분수를 알아야 행복하다", "입 좀 다물고 있어라"라고 말한 적은 없었어요. 이렇게까지 재수 없게 말할 생각은 없는

데…… 로드가 우리랑 자는 사이도 아니고 우리가 정신 차릴까 봐 온갖 뽕으로 뿅 가게 하는 것도 아닌 마당에 속사정까지 다 안다고 할 순 없지만.

난 데이지에게 말했어요. "행크랑 헤어지고 로드와 손잡아요. 그 친구가 잘 관리해 줄 거예요."

로드: 이미 데이지를 위해 이것저것 많이 해주고 있었어요. 《롤링스톤》에 연락해서 공연에 초대했어요. 《롤링스톤》에선 조나 버그를 보냈고 공연 이후에 함께할 자리도 마련했죠. 잘하면 잡지 표지에 나갈 수도 있었어요. 나는 데이지 자리도 챙겨놨어요. 그럴 필요는 없었지만요. 그냥 밴드만 나가게 밀어붙일 수도 있었지만 누이 좋고 매부 좋은 게 좋은 거지 싶었어요.

캐런: 조나 버그가 오는 날, 우리는 글래스고에 있었어요.

데이지: 난 바보 같은 짓을 했어요. 그날 사운드 체크가 끝나자마자 행크에게 싸움을 걸었거든요.

캐런: 그날 오후 그레이엄이 내 방에 와서 내 가방 중에 하나를 건네줬어요. 어쩌다 보니 내 짐이랑 그레이엄의 짐이랑 섞인 것 같았어요. 그레이엄은 내 브라와 속옷이 든 더플백을 들고 호텔 방문 앞 복도에 서서 말했어요. "아무래도 이거 당신 거 같은데."

난 그레이엄의 손에서 가방을 낚아채며 미심쩍게 훑어보았어요. 그리고 말했죠. "내 팬티에 손대는 게 그렇게 좋아?" 아, 물론 농담한 거였어요.

그레이엄은 고개를 절레절레 흔들며 말했어요. "당신 팬티에 손대고 싶었다면 옛날 식으로 정정당당하게 기회를 얻었을 거야."

나는 웃으며 말했어요. "꺼져." 그레이엄도 깍듯하게 "네, 마님" 하고 말하더니 자기 방으로 돌아갔어요. 그런데 방문을 닫는데 내 마음이 뭐랄까…… 묘하더라고요.

데이지: 호텔 방에 행크와 둘만 남게 되었을 때 내가 시비를 걸었어요. 그가 날 두 팔로 끌어안는데 신물이 났어요. 그래서 톡톡 쏴붙였더니 왜 그러느냐고 묻길래 그 김에 말했어요. "이제 각자 갈 길 가는 게 좋을 것 같아." 행크는 내 말을 두어 번 무시하면서 내가 무슨 뜻인지도 모르면서 그런 말을 한다고 했어요. 그래서 내가 제대로 알아듣게 말했어요. "행크, 당신은 해고야. 여기서 나가줘." 아휴, 그제야 무슨 말인지 알아듣더라고요.

그레이엄: 난 빌리와 나가서 요기나 하려던 참이었어요. 빌리는 죽었다 깨어나도 해기스*는 안 먹을 거라고 선언했죠.

데이지: 행크가 자기 얼굴을 내 얼굴에 들이댔어요. 엄청 화를 내면

---

*　　스코틀랜드를 대표하는 음식으로 양이나 소의 내장과 귀리, 양파 따위를 다져 양의 위장에 넣은 다음 육수에 삶아낸 요리.

서 내게 바짝 붙어 서서 말을 하는데 침이 내 어깨로 튀었어요. 그가 무슨 말을 했느냐면요. "내가 널 발굴해 주지 않았으면 넌 아직도 록스타들과 뒹굴고 있었을 거야."

내가 아무 대꾸도 하지 않으니까 날 벽까지 밀어붙였어요. 뭐 하자는 건지 알 수가 없었어요. 그도 자기가 어쩔 건지 알고 있는 것 같지 않았어요.

그런 상황에 처하면, 남자가 날 위협적으로 내려다보는 상황에 처하면요. 그간 내가 잘못 판단한 일화들이 눈앞을 스치면서 그런—믿을 수 없는 남자와 단둘만 남는—꼴을 당해도 싸단 생각이 들어요.

남자들은 그런 생각은 안 할 것 같아요. 그런 상황, 한 여자에게 몸을 들이대며 협박하는 상황에서, 자기가 매번 잘못 판단해서 개새끼가 됐구나, 이런 생각을 한 번이라도 할까 싶어요. 해야 하는데.

그 순간 난 온몸이 꼿꼿이 경직됐어요. 깜짝 놀랄 정도로 정신이 맑아졌어요. 그리고 두 팔을 앞으로 내밀었죠. 그렇게 해서라도 거리를 둬서 내 몸을 지킬 셈이었어요. 행크는 내 눈을 똑바로 노려보고 있었어요. 내가 숨은 쉬고 있었는지도 기억이 안 나네요. 잠시 후 행크는 주먹으로 벽을 쾅 치더니 방에서 나갔고, 문을 부서져라 쾅 닫았어요.

그가 나간 후 나는 삼중으로 문을 걸어 잠갔어요. 그가 복도에서 고함치는 소리가 들렸지만 뭐라는지는 알아들을 수 없었어요. 그런 다음 그냥 침대에 앉아 있었고 그는 그 뒤로 영영 나타나지 않았어요.

빌리: 그레이엄을 만나려고 방문을 나섰는데 행크 앨런이 데이지의 방에서 나오며 구시렁대는 게 보였어요. "저 개썅년이!" 이렇게 외치더군요. 그래도 진정하는 것 같길래 건드리지 말자, 싶었죠. 그런데 행크가 갑자기 멈춰서더니 뒤로 도는데, 다시 데이지 방으로 가려는 것 같았어요. 그 순간 사고를 치겠구나 싶었어요. 걸음걸이만 봐도 감이 딱 오는 때가 있잖아요? 두 손은 주먹을 쥐고 있고 아래턱에 힘이 잔뜩 들어가 있었어요. 내가 행크에게 눈길을 줬더니 행크도 날 쳐다보았어요. 우린 한동안 그렇게 마주 보았죠. 행크에게 **발길을 돌려선 안 된다**는 뜻으로 고개를 저어 보였어요. 그러자 행크는 시선을 발끝으로 떨구고 그대로 걸어 나갔어요.

행크가 사라진 후 나는 데이지의 방문을 두드렸어요.

"빌리예요"라고 말해도 잠잠하더니 잠시 후 데이지가 문을 열어주었어요. 군청색 드레스—어깨를 다 드러낸 스타일—차림이었어요. 데이지의 눈이 진짜 파랗다는 말은 귀가 닳도록 듣고 있었는데 난 그날 처음 알아차렸어요. 정말 새파랬어요. 어느 정도로 파랬느냐고요? 꼭 바다 한가운데에서 퍼 담은 것 같았어요. 깊은 바닷물을요.

"괜찮아요?" 내가 물었어요.

데이지는 슬퍼 보였는데, 전에는 본 적이 없는 표정이었어요. 데이지가 "네, 괜찮아요"라고 말해서 내가 "이야기할 사람이 필요하면……"이라고 운은 뗐는데, 정작 내가 뭘 어떻게 도와줄 수 있나 싫었어요. 그래도 그렇게 말을 해야 한다고 생각했죠.

데이지는 말했어요. "아뇨, 괜찮아요."

데이지: 빌리가 그날 내게 다가왔을 때, 난 비로소 눈치챘어요. 이 사람은 이제까지 자기 주변에 철벽을 높이 쌓고 지내왔구나. 왜냐면 바로 그 순간 그 벽이 온데간데없이 사라졌거든요. 자동차엔진이 한참 돌 땐 모르다가 꺼지면 그제야 엔진소리였구나, 하고 아는 것처럼.

그때 빌리의 눈을 들여다본 나는 진짜 빌리를 본 듯한 기분이 들었어요.

그전까지 내가 본 그는 늘 방어벽 뒤에 서서 차갑게 굴던 버전이었던 거예요. 문득 이 빌리라는 남자와 친해지면 좋겠는데? 하는 생각이 들었어요. 하지만 그 순간 다 끝나버렸어요. 그의 속내를 들여다본 지 딱 1초 만에, 펑 소리와 함께 빌리는 돌아가버렸어요.

그레이엄: 빌리를 기다리는데 갑자기 전화벨이 울렸어요.

캐런: 하필 왜 그날 그럴 생각이 들었는지 모르겠어요.

그레이엄: "여보세요."

내 말에 캐런이 "안녕" 하고는 아무 말도 안 했어요.

캐런: 잠깐이지만 둘 다 아무 말도 안 했어요. 내가 먼저 말했죠.

"왜 한 발짝도 다가오지 않는 건데?"

수화기 너머로 그가 맥주를 마시는 소리가 들렸어요. 한 모금 꿀꺽 넘기는 소리였죠. 그가 말했어요. "난 맞히지 못할 과녁엔 총을 겨누지 않거든."

그 순간, 생각도 않은 말이 입에서 튀어 나가버렸어요. "못 맞힐 것 같지 않은데, 던."

말이 끝나기 무섭게 전화가 끊기더니 뚜뚜뚜뚜 소리가 났어요.

그레이엄: 복도를 달려 그녀의 방까지 가는데, 살면서 그렇게 눈썹 휘날리게 달린 적은 처음이지 말입니다.

캐런: 전화를 끊고 3초 만에—과장하는 거 아니에요—방문을 두드리는 소리가 들렸어요. 문을 여니 그레이엄이 서 있었는데, 금방이라도 숨이 끊어질 것 같았어요. 복도 좀 달렸다고 그렇게 숨찰일이 있나.

그레이엄: 그녀를 똑바로 봤어요. 환장하게 예뻤어요. 눈썹 숱이 얼마나 많던지. 난 눈썹 숱 많은 여자를 보면 그냥 죽거든요. "나한테 무슨 말을 한 거야?" 내가 말했어요.

캐런: 난 대답했죠. "그냥 들이대라고, 그레이엄."

그레이엄: 난 방 안으로 걸어 들어가 등 뒤로 문을 닫고는 냅다 그

녀를 부둥켜안고 찐하게 키스했어요.

아침에 눈을 뜨자마자 오늘은 내 생애를 통틀어 가장 짜릿한 날이 될 거야, 이렇게 생각하는 경우는 많지 않죠. 그런데 그날이 그런 날이었어요. 캐런과 함께한 날…… 그날이 그런 날이었어요.

워런: 이 대목에서 내가 누구에게도 말한 적이 없는 이야기가 있어요. 아니, 좋은 이야기예요. 들어봐요, 재미있으니까.

글래스고에서 공연할 때, 사운드 체크까지 끝내면 난 가끔 '맥주 잠'을 잤어요—맥주 한잔 마시고 낮잠 잔다는 뜻에서 내가 만든 말이에요. 그날도 맥주 잠을 자는데 도중에 깼어요. 바로 옆방에서 캐런이 웬놈이랑 섹스하는 소리 때문에요! 지붕이 떠나가라 소릴 질러대서 잠을 잘 수가 없었어요.

상대가 누군지는 알 수 없었는데 나중에 캐런이 조명 기술 감독 본즈에게 치근덕거리는 걸 봤어요. 본즈와 그렇고 그런 사이였던 것 같아요.

빌리: 데이지 방에서 나와 점심을 먹으려고 그레이엄을 찾아갔는데 어디에도 없었어요.

그레이엄: 공연 시간이 되어서 나가려는데 캐런은 보는 사람이 없는지 확인하고 나서야 몰래 내보내주면서, 방에 가서 옷을 갈아입은 다음 엘리베이터에서 만나자고 했어요.

캐런: 누구에게도, 무엇 하나 알리고 싶지 않았어요.

빌리: 모두 백스테이지에 모였는데, 다들 목 잘린 닭처럼 이리 뛰고 저리 뛰고 난리였어요. 데이지의 세션 밴드가 사라졌다는 거예요.

에디: 불 보듯 빤하죠. 행크가 도시를 떠나면서 '아폴로'에 들러서 데이지의 세션 다섯 명을 모두 데리고 떠난 거였어요. 뒤 한번 돌아보지 않고 일어나 내빼버리다니.

캐런: 어쩌면 그렇게 비열한 짓을 할까.

그레이엄: 음악보다 우선인 건 없었어요. 우리가 할 일은 무대에 올라 관객을 위해 공연을 펼치는 것이었고요. 개인적인 사정이 개판이 됐다고 해서 달라질 건 없었어요.

데이지: 내 밴드가 떠나버렸어요. 하루아침에 그냥 가버린 거예요. 어찌할 바를 모르겠더라고요.

행크 앨런(데이지 존스의 전 매니저): 내가 말할 수 있는 건 1974년부터 1977년까지 데이지 존스와 나의 관계는 어디까지나 비즈니스적인 것이었고, 존스의 커리어에 관한 견해 차이로 합의하에 끝냈다는 겁니다. 존스의 앞날을 응원하는 마음은 변치 않을 겁니다.

빌리: 로드를 찾아가 보니 이미 '피해 대책' 모드에 진입해 있더라고요. 난 로드에게 말했어요. "데이지가 공연에서 하루만 빠져도 하늘이 무너지나?"

그 말을 하는 와중에 문득 깨달았는데, 로드가 이미 데이지의 매니저가 됐는지도 모른다는 거였어요. 그래서, 뭐, 로드에게는…… 네, 그렇게 되었다는 겁니다.

로드: 조나 버그가 관객석에 앉아 있었어요. 《롤링스톤》 기자가요.

캐런: 어떻게 하면 좋을지 모두가 머리를 쥐어짰어요. 하지만 그레이엄은 아무도 보지 않을 때마다 나와 눈을 맞추려 했어요. 난 속으로 웃으면서 생각했죠. 지금 우린 이 사고를 수습해야 한다고.

그레이엄: 캐런에게서 눈을 뗄 수가 없었어요.

캐런: 그레이엄은 늘 마음을 털어놓고 싶게 만드는 남자였어요. 그날 밤에도 난 우리가 함께 보낸 멋진 오후에 대해 이야기하고 싶어졌어요. 그가 어떤 사람인지 그에게 이야기하고 싶었던 것 같아요.

데이지: 나는 로드에게 말했어요. "아무래도 혼자 무대에 나가야 할 것 같아요." 난 포기하고 싶지 않았어요. 뭐든 하고 싶었어요.

에디: 로드는 이미 그레이엄에게 무대에서 데이지의 앨범에서 몇

곡만 어쿠스틱 기타로 연주해 달라는 부탁을 했더라고요. 하지만 그레이엄은 듣는 둥 마는 둥 했어요. 그래서 내가 나섰어요. "내가 할게요."

로드: 데이지와 에디를 무대로 내보냈지만 무슨 일이 벌어질지는 전혀 예측할 수 없었어요. 그래서 나가서 마이크 앞에 서는 그들을 지켜보는 동안 뜨거운 양철 지붕 위에 선 고양이처럼 안달복달했어요.

데이지: 에디와 함께 몇 곡을 선보였어요. 진짜 단출한 무대였어요. 에디의 기타와 내 노래 말고는 아무것도 없었으니까. 내 기억에 그때 부른 노래가 「어느 멋진 날」이랑 「당신이 집에 올 때까지Until You're Home」였을 거예요. 나쁘지 않았지만 감동한 관객은 한 명도 찾아볼 수 없었어요. 《롤링스톤》의 기자가 와 있으니 좋은 인상을 주고 싶었어요. 그래서 마지막 곡을, 계획에 없던 것으로 정해버렸어요.

에디: 데이지가 내 쪽으로 몸을 수그리더니 작은 목소리로 비트와 키를 알려주고는 알아서 따라오라고 말했어요. 그게 전부였어요. 밑도 끝도 없이 "알아서 따라와요." 그러고 땡. 난 최선을 다했어요. 무슨 소리인지 알겠어요? 그때그때 상황 봐가며 노래를 뚝딱 뽑아내는 건 귀신도 못 한다고요.

데이지: 에디가 먼저 연주하면 거기 맞춰 내가 새로 쓴 곡을 부르려

고 했어요. 「네가 세상에서 도망칠 때」를 부르고 싶었거든요. 에디가 먼저 시작했고 내가 몇 마디 노래를 부르면서 리듬을 맞춰보려고 했지만 잘 안 됐어요. 결국 한마디 했어요. "됐어요, 없던 이야기로 하고." 이 말을 마이크에 대고 하는 바람에 관객들도 나도 웃었어요. 관객들은 날 응원해 주고 있었어요. 난 분명히 느낄 수 있었죠. 그래서 아카펠라로 노래하기 시작했어요. 나, 그리고 내 목소리 둘이서 내가 쓴 곡을 부른 거죠.

정말 공들여 쓴 곡이었어요. 첫마디부터 끝마디까지 갈고 다듬은 곡이었다고요. 한 단어도 뺄 게 없을 정도로 짜임새가 좋았어요. 나와 탬버린과 내가 발 구르는 소리만 존재했어요.

에디: 난 데이지 뒤에서 기타 바디를 톡톡 쳐가며 박자를 맞춰줬어요. 데이지를 받쳐준 거죠. 관객들은 몰입하고 있었어요. 한순간도 우리에게서 눈을 떼지 않았어요.

데이지: 갑자기 감정이 북받쳤어요. 그렇게 노래하고 있으니까. 내가 진심을 담은 노래를 부른다는 것. 한 단어 한 단어 내 마음을 담아 쓴 노랫말.

무대 밑에서 내 노래를 열심히 듣는 사람들, 내 말을 듣는 사람들을 지켜봤어요. 다른 나라 사람들, 생전 처음 보는 사람들인데, 그 사람들에게서 그전까지 누구에게서도 느끼지 못했던 유대감을 느꼈어요.

이래서 내가 음악과 늘 사랑에 빠지게 되는 거예요. 사운드, 관객, 시간, 이런 것보다는 노랫말—감정, 스토리, 그리고 진실—어딜 거치지 않고 나의 입에서 바로 흘러나오는 것.

음악은 파고들잖아요. 듣는 사람의 가슴속을 파고들어가 마침내 무언가를 건드리죠. 그날 밤, 그 노래를 부르면서 내가 쓴 곡으로 채운 앨범을 내고 싶은 마음을 다시 한번 확인했어요.

빌리: 백스테이지에 서서 데이지와 에디의 무대를 지켜보는데 데이지가 「네가 세상에서 도망칠 때」를 부르기 시작했어요. 잘 불렀어요. 더…… 내가 생각하고 있었던 것보다 더 잘 불렀어요.

캐런: 빌리는 홀린 듯 데이지를 쳐다봤어요.

데이지: 노래가 끝났을 때 관객들이 환호하고 아우성치는 소리에 무대에 나가 내가 가진 최고의 기량을 보여줬다는 생각이 들었어요. 위기를 전환점으로 삼아 멋진 무대를 선보였다고 말이에요.

빌리: 데이지가 노래를 마치고 인사를 하며 물러나려는 걸 본 순간에 퍼뜩 생각했어요. 지금 「허니콤」을 부르면 좋겠어. 나와 데이지 둘이서만.

그레이엄: 빌리가 갑자기 무대로 나가서 놀랐어요.

데이지: 난 정해진 대로 말했어요. "제가 준비한 건 여기까지예요!

이제 더 식스의 무대입니다! 모두 두 손 번쩍 들어 환영해 주세요.”
그런데 그 말을 다 끝내기도 전에 빌리가 무대로 걸어 나왔어요.

빌리는 무대에 서면 진짜 빛이 났어요. 어떤 사람들은 빛에 묻혀 존재 자체가 사라져 버리는데, 어떤 사람들은 불타오르는 것처럼 보여요. 빌리가 그랬어요. 아, 무대 밖에선 아니고요. 평소의 그는 부루퉁하고 냉정하고 유머 감각 같은 건 아예 없는 사람 같았거든요. 그때까지만 해도 따분한 사람이라고 생각했어요. 솔직히 말하면.

그런데 무대에 선 그는 나와 한 무대에 서기 위해 온 인생을 바친 것 같은 착각이 들 정도로 강렬했어요.

에디: 기타를 끼고 앉아 있는 나한테 빌리가 다가왔어요. “무슨 곡 쳐?” 물었는데, 빌리는 대답도 없이 손을 내미는데 내 기타를 내달라는 거였어요. 씨발, 기타리스트는 난데 내 기타를 뺏겠다고?

“좀 빌려달라고, 응?” 빌리가 말했어요.

난 맘 같아선 “안 돼, 빌릴 게 따로 있지”라고 말하고 싶었지만 어쩌겠어요? 수천 명의 사람이 두 눈 똑바로 뜨고 쳐다보고 있는데. 빌리는 기타를 받아 들고는 다시 무대 앞으로 걸어가서 데이지와 마이크 앞에 섰어요. 난 더 이상 무대에 있을 이유가 없으니 좆이나 잡고 서 있다가 도망치듯 슬그머니 백스테이지로 들어가 버렸어요.

빌리: 난 관객들에게 손을 흔들어 보이며 말했어요. “데이지 존스

어땠어요, 여러분?" 관객들이 환호했어요. "제가 데이지에게 질문 하나 해도 될까요?" 나는 마이크에 한 손을 올리고 말을 이어갔어요. "지금 「허니콤」을 부르면 어떨까요? 나와 둘이서?"

데이지: 난 말했죠. "좋아요, 해요." 무대엔 마이크가 한 대뿐이었어요. 그래서 빌리는 내 옆에 바짝 붙어 섰어요. 그에게서 올드 스파이스 향이 났고 그의 숨에선 담배와 비나카* 냄새가 났어요.

빌리: 난 어쿠스틱 버전으로 연주하기 시작했어요.

데이지: 원래 부르던 템포보다 살짝 느렸어요. 더 다정한 느낌이었어요. 그가 노래하기 시작했어요. "어느 날 삶이 잠잠해질 때/ 우리는 짐을 싸서 도시를 벗어날 거야/ 수수밭을 헤치고 돌밭을 향해 걸어갈 거야/ 아이들도 함께 갈 거야."

빌리: 그러고 나서 데이지가 이어 불렀어요. "아, 내 사랑, 난 기다릴 수 있어/ 그곳을 나의 집이라 부르게 될 날/ 꽃송이들, 그리고 허니콤이 있는 미래를 기다릴 수 있어."

캐런: 함께 있으면 세상에 그 사람과 나만 남은 것 같은 느낌을 주는 사람 있죠? 빌리와 데이지 둘 다 그런 느낌을 줄 수 있는 사람들이었어요. 그런데 어쩐 일인지, 서로에게 그런 느낌을 전달한 거

---

*   민트 향 구강 청정 스프레이 브랜드.

예요. 두 사람 모두 세상에 그들 둘만 남았다는 인상을 받은 거죠. 우리가 빤히 지켜보고 있는데. 두 사람은 수천 명의 사람이 지켜보고 있다는 걸 전혀 의식하지 못하는 것 같았어요.

데이지: 빌리는 뛰어난 기타리스트였어요. 그의 연주에서 복잡다단하고 섬세한 터치가 느껴졌어요.

빌리: 템포가 더 느려지니, 노래가 훨씬 더 내밀하게 들렸어요. 더 다정하고, 더 부드러워졌어요. 그 순간 깜짝 놀란 게, 데이지가 내가 유도하는 분위기에 너무도 쉽게 부응하는 거였어요. 내가 템포를 늦추면, 데이지는 온기를 불어넣었어요. 내가 템포를 빨리하면 에너지를 불어넣었죠. 합이 정말 잘 맞는 사람이었어요.

데이지: 노래를 다 부르고 났을 때 빌리가 기타를 한 손으로 잡아 내리더니 다른 손으로 내 손을 꽉 잡았어요. 손가락 모두 못이 박여서 건드리면 긁힐 것 같았어요.

빌리: 데이지와 함께 손을 흔들자, 관객 모두 뜨겁게 환호하고 함성을 지르고 응원해 주었어요.

데이지: 이윽고 빌리가 말했어요. "네, 여러분, 우리는 더 식스입니다!" 그러자 나머지 밴드 멤버가 무대로 나왔고 곧바로 「숨을 멈춰」를 연주했어요.

에디: 다시 무대에 나와보니 내 기타가 저쪽 구석에 놓여 있어서 거기까지 가서 집어 와야 했어요. 기분이 엿 같았어요. 내 연주를 두고 이래라저래라 지시하고 우리가 언제 투어를 떠날 수 있는지도 자기 멋대로 정하는 것도 모자라, 이제 내 악기까지 뺏고 무대 위 내 자리까지 넘보다니. 그뿐인가? 내가 다시 무대에 올라갔을 때 직접 건네주면 손모가지가 부러지나? 이제 그때 내가 왜 열받았는지 알겠죠?

데이지: 멤버들이 무대로 걸어 나오는 걸 보고 빌리의 귀에 대고 작게 말했어요. "난 이제 내려갈까요?" 그러자 그는 아니라는 뜻으로 고개를 저었어요. 그래서 난 그대로 남았죠. 코러스를 넣을 수 있으면 넣어가면서 탬버린을 쳤어요. 공연 내내 밴드와 무대에서 함께하니 정말 재미있었어요.

빌리: 데이지가 그날 밤 무대에 끝까지 남은 이유는 기억나지 않아요. 무대에서 내려가겠거니 했는데 그대로 남아 있길래 아, 그래, 계속 가자는 거구나, 이렇게 생각하고 말았어요. 그날 밤 공연은 처음부터 끝까지 계산도 계획도 없이 잘 풀리길 바라며 어찌어찌 갔다는 뜻이에요.

워런: 내가 과장하는 게 아니고, 그날 캐런은 온몸으로 '나 방금 섹스했지롱'이라고 외치고 있었어요. 그리고 본즈가 캐런에게만 조명을 몰아주는 걸 내 눈으로 똑똑히 봤어요.

빌리: 노래 중간에 에디 쪽으로 몸을 숙여 고맙다고 말하려 했는데 내 시선을 피했어요. 눈을 맞출 수가 없었어요.

에디: 빌리의 착한 연기엔 질릴 대로 질려버렸어요. 개새끼가. 뼛속까지 자기밖에 모르는 새끼가. 말이 험해서 미안하지만 내가 느낀 건 그랬어요. 솔직히 말해서, 지금도 그 생각은 바뀌지 않았어요.

빌리: 결국 피날레 직전에 에디의 어깨를 톡톡 두드리곤 말했어요. "고마워. 다름 아니라《롤링스톤》에서 보러 왔으니 진짜 제대로 된 연주를 보여주라는 말을 하려 했어."

에디: 그 말을 해석하면 이런 거예요. '평소엔 너 꼴리는 대로 연주해도 놔뒀지만 오늘은 위대한《롤링스톤》이 납셨으니 정신 똑바로 차리고 제대로 해.'

그레이엄: 피트가 노래와 노래 사이에 자꾸 눈치를 주길래 무슨 문제가 있는 건지 살폈어요. 결국 피트가 턱 끝으로 에디를 가리키더라고요.

아, 그제야 눈치챘어요. 형과 함께 지내면 이류 시민이 된 기분이 들 때가 많아요. 하지만 우리 기분이 어떻건 팬들은 빌리를 보려고 돈을 낸다는 사실이 바뀌진 않아요. 팬들은 형의 노래를 좋아했고, 형이 쓰는 곡 스타일을 좋아했어요. 무대에서 형을 보는 걸 좋아했고요. 형이 그때 무대에 나가서 에디의 기타를 친 건 잘

한 짓이었어요. 예의 바르다고 할 수는 없죠, 물론. 알랑방귀를 뀌 거나 착하게 군 건 아니니까. 하지만 그 덕분에 더 멋진 공연이 되었어요.

밴드는 거의 모든 면에서 능력주의로 굴러갔어요. 그게 독재 정권처럼 굴러갔어도 어쩔 수 없는 일이었어요. 형은 개새끼라서 우두머리가 된 게 아니라 밴드 안에서 가장 재능이 많았기 때문 에 우두머리가 된 거예요.

그전에 에디에게 말한 적이 있는데…… 빌리와 경쟁하는 건 처 음부터 지는 싸움을 하는 거예요. 그래서 난 형한테 맞서지 않는 다고요. 에디는 그걸 이해 못 했어요.

캐런: 우린 마지막 곡으로 「네 곁에서Around To You」를 연주했는데 데이지가 빌리와 처음부터 끝까지 함께 화음을 맞춰 불렀어요. 그 전까지 보컬의 합으로만 화음을 맞춘 곡은 그때 처음 한 거였어요. 멋지더라고요.

데이지와 빌리는 말하지 않아도 소통이 되는 건지 즉석에서 서 로에게 맞춰가며 노래를 했어요.

빌리: 그 노래를 다 불렀을 때 더 식스 사상 최고의 공연이라는 생 각이 들었어요. 뒤돌아 멤버들을 보며 말했어요. "잘했어, 다들."

워런: 에디는 장난 아니게 열받아 콧방귀를 풍풍 꼈어요. "마음에 드셨다니 이 자리에서 죽어도 여한이 없네요, 두목님."

빌리: 상황을 파악하고 물러났어야 했어요. 하지만 몰랐어요. 그래서 내가 뭐라고 말했는지 기억이 안 나는데, 확실한 건 무슨 말이든 하지 말았어야 했어요.

에디: 빌리가 내 쪽으로 와선 말했어요. "네가 오늘 밤 잡쳤다고 나한테까지 똥물 튀기지 마." 됐다고요. 왜냐고? 그날 밤 난 기분 **죽여줬거든요.** 그날 밤 난 연주도 **죽여주게** 했거든요. 좆까라고. 네, 그렇게 말했어요. "좆까쇼"라고.

그러자 빌리가 한 말은 "한 눈금 화를 낮추라고, 오케이?"였어요.

빌리: 내 기억에 진정하라고 말한 것 같은데…….

에디: 빌리가 상관 안 한다고 나까지 상관 말라는 법은 없잖아요. 빌리가 생각하는 대로 나도 생각하길 기대하는 사람들 때문에 이가 갈렸어요.

빌리: 관객을 보니 아무 일 없는 것 같았어요. 그래서 외쳤죠. "감사합니다, 여러분! 더 식스였습니다."

캐런: 무대 조명이 꺼지기 직전에 에디 쪽을 보니 기타를 어깨 위로 들어 올리고 있었어요. 그 순간 알아차렸어요.

데이지: 에디가 기타를 집어 던졌어요.

그레이엄: 바닥에 닿자마자 부서졌죠.

에디: 내 기타를 부수고 무대를 떠났어요. 바로 후회했어요. 68년산 레스폴을 부수다니.

워런: 기타 넥이 부러졌어요. 에디는 기타를 획 내던져 바닥에 꽂고는 무대를 떠났어요. 나도 장단을 맞춰서 스네어 드럼을 차버릴까 했지만 루트비히* 드럼이었단 말이죠. 루트비히 드럼을 발길질하는 미친놈은 없어요.

로드: 모두 무대를 떠났을 때 내 머릿속에선 두 가지 생각이 싸우고 있었어요. 한편으론 '얘넨 지금 불꽃 쇼를 펼친 거야'라고 생각했고, 한편으론 에디가 기회만 되면 빌리를 두드려 팰까 두려웠어요. 조나 버그가 언제고 백스테이지로 들이닥칠지 모르는데.
　그래서 에디를 보자마자 한쪽으로 끌고 가서 물 한 잔 주며 잠깐 쉬라고 했어요.

에디: 로드가 나더러 이제 그만하라고 말했어요. 그래서 난 "빌리한테나 그만하라고 하시지"라고 대꾸했어요.

로드: 매일 그런 건 아니지만, 난 내가 맡은 일을 하려는 것뿐인데

---

　*　　Ludwig. 최고가 드럼. 비틀스의 링고 스타가 쓰면서 더욱 인기를 끌었다.

194

뮤지션이란 양반들이 끼면 진짜 혼자 보기 아까울 정도로 재미있거나, 반대로 지리멸렬할 때가 있어요.

무대에서 한 명씩 내려올 때 빌리도 내려오길래 내가 말했어요. "아무 말 하지 마, 알았지? 그냥 덮어. 조나 버그가 지금이라도 들어올지 몰라. 그러니 좋게 좋게 가자고."

데이지: 정말 멋진 공연이었어요. 멋진 공연이요. 끝나고 나서 다이너마이트가 된 기분이었어요.

●

조나 버그(록 음악 저널리스트, 1971~83 《롤링스톤》 근무): 글래스고 공연 이후에 다시 밴드를 만났을 때, 그들의 남다른 우애에 놀랐어요. 무대에선 열정을 주체 못 해 기타까지 부수더군요. 정작 백스테이지에 가보니 모든 게 쥐 죽은 듯 고요했어요. 그리고 멤버들은 완전히 정상인으로 보였어요. 록스타가 정상이면 그게 이상한 거거든요.

하지만 더 식스는 예상했던 것과 판연히 달랐어요.

캐런: 다들 오스카상을 받아도 될 만큼 시치미 뚝 떼고 있었어요.

빌리와 데이지는 평소에도 공연이 끝나면 서로 즐겁게 떠드는 게 것처럼 굴었는데, 그런 건 그때가 처음이었어요. 에디는 빌리의 성깔이 싫지 않은 척했고요. 사실 그날 밤 우린 각자의 문제에 열중해 있었지만 조나 버그에게 화기애애한 모습을 보여줘야 하니까 각자의 문제를 잠시 접어두고 있었어요.

빌리: 조나는 괜찮은 친구였어요. 머리와 수염이 텁수룩하더라고요. 백스테이지에서 몇 분 정도 함께 이야기하다 맥주 한 병을 건

넸어요. 난 콜라를 마시고.

그가 "술은 안 하고요?"라고 물어서 내가 말했어요. "오늘 밤은 안 마셔요."

내 개인사에 관해서라면 어떤 저널리스트에게도 알리고 싶지 않았어요. 그 문제라면 난 정말 몸을 사렸어요. 나 때문에 내 가족이 고생한 이야기, 내 치부를 굳이 들춰 보여줘야 할 이유는 없으니까.

워런: 그렇게 있다가 다 함께 몇 블록 떨어진 곳에 있는 피아노 바에 가게 됐어요. 다 함께 모인 건 그때가 처음이었어요. 멤버 여섯 명에 데이지까지 합쳐서.

데이지는 반바지와 셔츠 차림에 코트를 걸치고 있었어요. 코트는 반바지보다 길었고 속이 아주 깊은 호주머니가 달려 있었죠. 우리가 바에 들어갔을 때 데이지는 주머니에서 알약 몇 알을 꺼내더니 맥주랑 같이 먹었어요.

내가 "무슨 약이에요?" 물었어요.

조나는 저쪽 바에 떨어져 앉아 술을 시키고 있었어요.

데이지가 뭐라고 했냐면요. "아무한테도 말하면 안 돼요. 캐런이 뭐라 할까 봐 그래요. 캐런은 내가 끊은 줄 알거든요."

난 말했죠. "고자질하려고 물어본 거 아니에요. 나도 한 알 달라는 뜻에서 물어본 거지."

데이지가 미소 짓더니 호주머니에서 한 알을 더 꺼내선 내 손바닥에 올려놨어요. 약에 실 보푸라기가 붙어 있었어요. 포장도 안 된 채 그 속을 굴러다녔으니. 당시 데이지는 약을 호주머니에 넣어 다녔어요.

빌리: 난 조나와 나란히 앉았고, 조나는 내게 밴드를 어떻게 시작했는지, 이후 계획은 뭔지 따위를 묻기 시작했죠.

조나 버그: 밴드와 인터뷰를 하는 기자라면 모든 멤버와 이야기하고 싶기 마련이에요. 멤버 중 누가 좋은 기삿거리를 줄지 알 수 없으니까. 하지만 독자들의 관심은 빌리와 데이지—어쩌면 그레이엄, 캐런—같은 사람들에게 있다는 점 또한 분명히 인지하고 있었죠.

에디: 당연한 거 아니에요? 빌리가 조나를 독점하는 건. 기자의 관심을 독차지하고 싶으니까요. 피트는 내게 마리화나 한 대 빨며 진정하라고 귀에 못이 박히게 말했어요.

캐런: 친구들이 피아노 치는 남자에 대해 이야기를 하는 동안 난 그레이엄을 여자 화장실로 끌고 갔어요.

그레이엄: 공공장소 어디에서 누가 뭘 했는지는 죽어도 말할 수 없습니다.

빌리: 어느새 제가 그날의 분위기를 만끽하고 있는 걸 발견하곤 스스로 놀랐어요. 에디가 내 성격을 지긋지긋해하는 건 알았지만 나

머지 멤버와는 잘 어울렸고, 다시 공연을 떠나오니 신이 났어요. 그날 밤 공연을 멋지게 치르기도 했고.

데이지: 그 시절 내가 죽여주는 밤을 보냈다고 하면, 그건 약발을 제대로 받은 밤이라는 뜻이었어요. 더도 덜도 말고 딱 맞는 양의 코크, 더도 덜도 말고 딱 맞는 타이밍의 약, 여기에 샴페인까지 적당히 들어가면 명랑하게 재잘댔어요.

캐런: 그레이엄과 다시 파티에 합류해서 나는 데이지와 함께 앉아서 와인 한 병을 나눠 마셨어요. 아니, 각자 한 병씩 마셨나?

빌리: 모든 게 꼬리에 꼬리를 물고 이어졌어요.

조나 버그: 그들에게 연주를 하라고 말한 게 나였던 것 같아요.

데이지: 난 막판에 피아노 위에 걸터앉아선 「머스탱 샐리Mustang Sally」*를 힘차게 불렀어요.

그레이엄: 데이지 존스가 맨발에 모피 코트를 걸치고 피아노 위에서 춤추면서 「머스탱 샐리」를 부르는 걸 못 봤다면 인생 헛산 거예요.

---

* 1965년 발매된 미국 싱어송라이터 맥 라이스(Mack Rice)의 노래.

빌리: 어쩌다 나까지 피아노 위에 올라가 앉게 되었는진 모르겠어요.

워런: 데이지가 빌리를 잡아끌어 피아노에 앉혔어요.

빌리: 정신 차리고 보니 내가 데이지와 노래를 하고 있었어요.

캐런: 조나 버그가 그 자리에 없었다면 빌리가 데이지 존스가 이끈다고 순순히 피아노에 걸터앉았을까요, 과연? (어깨를 으쓱한다.)

에디: 거긴 예의를 지키는 분위기는 아니었어요. 당시 술집들이 다 그렇긴 했지만, 그런 데서 「허니콤」을 몇 소절만 부르면 사방에서 "환장하겠네! 당신이었어?"라며 튀어나왔어요. 밴드는 그런 사실은 알지도 못했고.

캐런: 노래가 끝나자 피아노에서 내려가려는 빌리를 손을 잡고 못 가게 했어요. 내가 피아노 연주자에게 가서 말했어요. "혹시 「재키 윌슨이 말하길Jackie Wilson Said」* 아세요?" 모른다고 하길래 "그럼 제가 연주해도 돼요?"라고 물어봤어요.

연주자가 그러라며 자리를 내주었고 난 피아노를 치기 시작했어요.

---

* 북아일랜드 싱어송라이터 밴 모리슨(Van Morison)의 1972년 곡.

그레이엄: 데이지와 빌리는 환상의 듀엣을 선보였어요. 술집 안 사람들이 전부 춤추고 노래를 따라 부르고 분위기가, 아주 후끈후끈했어요. 캐런에게 피아노를 뺏긴 연주자까지 후렴구를 따라 불렀다니깐요. "댕 얼 랭 얼 랭." 어떤 분위기로 흘렀는지 알겠죠?

조나 버그: 그들에겐 '자력磁力'이 있었어요. 그 말 말곤 달리 표현할 길이 없네요. 자력.

빌리: 술집 문을 닫을 시간이 가까워져서 데이지와 피아노에서 내려왔는데 피아노 연주자가 우리에게 "두 분은 이걸로 공연만 해도 먹고살겠네"라는 거예요.

데이지와 난 서로 마주 보곤 웃음을 터뜨렸어요. 내가 한마디 했죠. "아주 솔깃해지는데요. 고민 좀 해봐야겠어요."

캐런: 다 함께 호텔까지 걸어갔어요.

데이지: 다들 앞서가는데 난 신발을 찾아 신느라 뒤처졌어요. 혼자구나, 느낀 순간 갑자기 빌리가 뒤를 돌더니 멈춰 섰어요. 두 손을 주머니에 꽂고 구부정한 어깨로 서선 날 바라보며 기다려줬어요. 그러면서 "다른 친구들도 조나와 이야기할 시간을 주고 싶어서요."라고 말했어요.

우린 무리에서 뒤처져 더 늦게 걸었고, 어쩌다 밴 모리슨 이야기가 나왔는데 그도 나도 엄청난 팬이라는 걸 알고는 이야기 꽃을 피웠죠.

빌리: 호텔 로비에서 조나에게 작별을 고했어요.

조나 버그: 그들에게 양해를 구하고 내 호텔로 돌아갔어요. 쓰고 싶은 이야기가 생겼는데 한시도 늦추고 싶지 않았어요.

캐런: 난 모두에게 자러 간다고 말했어요.

그레이엄: 난 엘리베이터에서 내려 내 방에 가는 척, 냅다 캐런의 방으로 달려갔어요.

데이지: 빌리와 난 방으로 가면서 계속 이야기를 나눴어요.

캐런: 그레이엄이 들어올 수 있게 방문을 아주 조금 열어두었어요.

에디: 조나가 사라지니 속이 다 시원했어요. 더 이상 빌리를 참고 견디지 않아도 됐으니까. 피트와 파이프 한 대 빨고 나서 잤어요.

데이지: 빌리와 복도를 따라 걸어 내려가다 내 방에 도착했을 때 내가 말했어요. "들어갈래요?"

난 어디까지나 대화가 즐거워서 그랬던 거예요. 마침내 서로 알아가게 된 거잖아요. 하지만 빌리는 시선을 바닥으로 떨구곤

"좋은 생각 같지 않네요"라고 말했어요.

안으로 들어간 나는 문을 쾅 닫았어요. 방 안에 나 혼자 남게 되자 내가 정말 한심하게 느껴졌어요. 내가 자길 꼬셨다고 생각한 게 분명했고, 그래서 슬펐어요.

빌리: 데이지는 호주머니에서 열쇠를 꺼내면서 코카인 봉지도 같이 꺼냈어요. 방으로 들어가 범프를 할 거라고 아예 선전포고를 하더군요. 난…… 코카인 근처에도 있기 싫었어요.

그 방에 들어갈 수가 없었어요.

데이지: 잠깐이지만 그와 친구가 될 수 있다고, 그는 날 편견 없이 대해줄 거라고 생각했는데 실상은, 그에게 난 단둘이 있으면 안 될 여자였던 거예요.

빌리: 난 나를 알았으니까. 그건 선택 사항이 될 수 없었어요. 그러니 그 선에서 끊는 게 맞았어요.

그날 우리는 함께 끝내주는 공연을 해냈어요. 그 후에 보낸 시간도 끝내줬죠. 데이지는 그야말로 절세미인이죠. 정말 그 말이 아깝지 않은 여자예요. 부인할 수 없는 사실이죠. 커다란 눈, 고혹적인 목소리, 긴 다리. 그리고 그 미소는…… 전염력이 강했어요. 데이지가 미소를 지으면 꼭 바이러스가 퍼지는 것처럼 주변 사람들의 얼굴에도 미소가 피어나는 게 보였어요.

데이지는 어울리면 재미있는 사람이었어요.

하지만 그 사람은……. (침묵)

이런 거죠. 데이지는 추운 날엔 맨발로 돌아다니고 더운 날엔 더워죽어도, 땀이 나도 재킷을 걸치는 여자였어요. 말을 하기 전에 생각하는 법이 결코 없었어요. 조증 환자 같았어요. 어떨 땐 비몽사몽 상태로 보였고요.

그리고 약물중독자였죠. 자기가 중독자인 걸 세상은 모른다고 생각하는 중독자. 중독자 유형 중에 최악일걸요.

방법은 없었어요―어떤 경우에도, 심지어 내가 원한다고 해도―데이지 존스와 가까워지는 나를 용납할 수 없었어요.

데이지: 빌리가 완고할 정도로 재차 나를 밀어내는 이유를 알 수 없었어요.

빌리: 누군가 함께 있는 것만으로도 내게 에너지를 줄 때, 누군가 함께 있는 것만으로도 내 속을 들쑤실 때―데이지가 내게 그랬는데―그 에너지를 욕구로도 사랑으로도 미움으로도 바꿀 수 있어요.

난 데이지를 미워할 때 제일 마음이 편했어요. 미워하는 것만이 내가 택할 수 있는 감정이었어요.

조나 버그: 내 관점에서 볼 때, 더 식스의 독창성과 탁월함의 가장 큰 원동력은 데이지와 빌리의 조합에서 나왔어요. 데이지의 솔로 앨범은 당시 더 식스의 음악성에 비해 많이 뒤떨어졌어요. 그리고

더 식스는 데이지가 합류하면서 일취월장했고요.

데이지는 더 식스의 완전체, 필수 요소, 빼놓아선 안 될 핵심이었어요. 이미 밴드의 일원이었어요.

내가 쓴 글의 요지도 그랬어요.

데이지: 기사가 나와서 로드가 우리에게 보여주었을 때, 난 헤드라인을 보자마자 흥분했어요. 너무 마음에 들었어요.

조나 버그: 탈고하기도 전에 헤드라인을 정했어요.

"더 세븐이 되어야 할 더 식스."

로드: 표지부터 죽여줬어요. 무대 위 멤버 모두를 선명하게 살린 사진이 실려 있었죠. 마이크 하나를 같이 쓰며 노래하는 빌리와 데이지. 서로를 응시하는 그레이엄과 캐런. 관객은 모두 흥분의 도가니였고요. 무대 맨 앞쪽 관객석에는 네다섯 명이 라이터 불을 켜 들고 있었어요.

그 위에 헤드라인이 떡하니 박혀 있었죠.

워런: 우리가 《롤링스톤》 표지가 됐어요. 하늘 같은 《롤링스톤》 말이에요! 정상에 오르면 어지간히 무감각해지기 마련이죠. 하지만 이건 달랐어요.

빌리: 로드에게서 잡지를 낚아챘어요.

그레이엄: 빌리는 그 헤드라인이 마음에 들지 않았을 거예요.

빌리: 더 세븐이 되어야 할 더 식스.

로드: 그때 빌리가 한 말을 토씨 하나 빼놓지 않고 기억해요. "씨발, 지금 장난해?"

빌리: 씨발, 지금 장난해?

데이지: 그 기사에 대해선 입도 뻥긋하면 안 된다는 건 눈치로 알았어요. 우리 누구도 그 문제에 대해선 알은척 하지 않았어요. 아무도 없고 로드와 나만 남았을 때만 이야기할 수 있었죠. 로드는 내게 더 식스의 정식 멤버가 되고 싶으면, 아무 말 말고 지금의 자리를 어떻게든 지키라고, 그러면 기회가 저절로 생길 수도 있다고 말했어요.

로드: 하루 이틀 지나고 나니 빌리는 슬슬 화가 가라앉았어요. 밴드가 LA로 돌아가는 비행기에 탔을 즈음엔 완전히 상황 파악을 하게 되었고요.

빌리: 난······ 모르쇠를 하려던 게 아니었어요. 우리 밴드 최고의 히트 넘버는 데이지가 있어서 가능했다는 사실을 나도 알았으니까요. 그리고 테디가 이미 내게 데이지와 한두 곡 더 같이 작업하면 어떻겠느냐고 슬쩍 의중을 떠보기도 했고요. 데이지가 있으면 더 수월하게 주류에 들 수 있고 시장성도 커질 거라는 건 나도 알았어요. 누가 말해주지 않아도 내 스스로 충분히 인식하고 있었어요.

확실히 깨달았으니까요. 하지만 데이지를 밴드의 정식 멤버로 들일 생각을 한 건 나로선 충격이었어요……. 그런 생각을 대놓고 제안한 것도 충격이었어요.

그레이엄: 기사 내용은 한마디로 우리가 데이지와 함께해서 끝내줬다는 거였는데. 물론, **데이지와 함께한** 게 맞긴 했지만, 기사의 핵심은 **우리가 훌륭했다**는 뜻으로 받아들였거든요.

에디: 그 기사가 나올 때쯤 투어도 끝났어요. 우리 일곱 명, 로드, 엔지니어들, 로디들…… 모두 집에 갈 시간이었어요.

워런: 미국으로 돌아갈 땐 민간 비행기를 예약해야 했어요. 알거지가 된 기분이었어요.

빌리: 비행기가 이륙하자마자 자리에서 일어나 그레이엄과 캐런에게 갔어요. 그리고 다짜고짜 물었어요. "둘 생각엔 어떨 것 같아? 데이지가 밴드에 들어온다면?"

캐런: 난 그 기사의 주장이 맞다고 생각했어요. 데이지는 우리 밴드의 명예 회원이었어요. 그 사실을 공식화하는 게 좋지 않나? 데이지도 우리 노래를 부르게 해야 할 때가 아닌가?

그레이엄: 내 대답은 데이지를 들이자는 거였어요.

빌리: 물어본 내 입만 아팠어요.

워런: 비행기에서 빌리가 잠시 내 옆에 앉아선 좋은 점과 나쁜 점을 쭉 늘어놨어요. 네, 데이지를 멤버로 영입하느냐 마느냐를 가지고요. 그러다 캐런이 화장실에서 나오는 걸 봤는데 누구랑 드잡이라도 한바탕한 것처럼 보였어요. 얼굴은 벌겋게 달아오르고 머리는 온통 헝클어지고. 그래서 주변을 휘휘 둘러보았죠. 어떤 놈이 쥐도 새도 모르게 자기 자리를 비웠지? 본즈구먼.

에디: 비행기에서 난 뒤쪽에 앉아 있었기 때문에 그레이엄이 자리에서 일어나는 걸 봤어요. 캐런이 이리저리 돌아다니고 있었고, 빌리가 그 둘에게 이야기를 하고 있었어요. 난 그들을 지켜보면서 뭔 개수작을 하나 알아내려고 했어요. 그러다 데이지를 돌아보고 말했어요. "저 친구들, 저기서 뭐 하는 것 같아요?"

그런데 데이지는 책에 코를 처박은 채 말하더군요. "말 걸지 말아요. 책 읽고 있으니까."

워런: 빌리가 데이지가 밴드에 들어올 때의 좋은 점과 나쁜 점을 쪽지에 쓰는 걸 지켜보는데, 좋은 점이 별로 없으니까 몇 개라도 넣으려고 머리를 쥐어짜더라고요.

그래서 내가 말했죠. "좋은 점에 '원치 않는 순간에 절로 발기가 되더라'라고 꼭 써."

빌리가 무슨 개소리냐고 묻길래 말했어요. "관둬, 넌 내 의견이 필요 없는 거지."

빌리가 "아냐, 필요해"라길래 쳐다봤더니 "됐어, 그래, 필요하지 않아" 이러대요.

그래서 난 뒤로 기대앉아 블러디 메리를 홀짝이며 오물 처리 봉투에 인쇄된 취급 설명서나 읽었어요.

캐런: 빌리가 그레이엄에게 오면서 나도 그 리스트를 보게 됐어요. 빌리는 말을 하면서 생각을 정리하다가 앞으로 더 많은 히트곡이 나왔으면 좋겠다고, 데이지가 있으면 더 많은 히트곡이 나올 거라는 결론을 내렸어요.

난 말했죠. "데이지가 거절할 수도 있지." 빌리도 그레이엄도 그 생각은 꿈에도 한 적이 없었나봐요. 하지만 당시 데이지는 우리보다 인기가 더 많았었어요.

그레이엄: 우린 데이지와 앨범을 한 장 내보자는 결정에 이르렀어요. 그런 다음에 어떻게 되는지 두고 보려는 거였죠.

빌리: 내가 내리는 결정은 많은 사람에게 영향을 끼칠 거였어요. 내게 좋은 게 나머지 모두에게도 좋다고 할 수 없고. 그 점을 고려하지 않으면 안 됐어요. 워런, 그레이엄, 캐런, 로드. 모두 밴드가 더 큰 인기를 끌길 바랐고 차트 1위를 하길 바랐어요. 우리 모두 다 그랬어요. 그 점을 염두에 두지 않을 수 없었죠.

내가 데이지와 건강하게 거리를 두고 싶은 마음이 아무리 절박하다 한들 말이죠.

워런: 빌리가 왜 그 문제로 그렇게 속을 끓이는지 이해가 안 됐어요. 어차피 테디가 시키는 대로 할 생각이었으면서.

캐런: 다들 빌리가 데이지를 들이기 싫어하는 게 스포트라이트가 데이지한테 가는 게 싫어서라고 말했는데 내 생각엔 그런 문제가 아니었던 것 같아요. 빌리는 그런 면에서 정말 불안정한 점이라곤 찾아볼 수 없는 사람이었어요. 사실, 그게 그 친구의 문제였어요. 다른 사람의 재능에 겁을 먹는 사람이 아니었거든요.

빌리는 데이지를 보면 뭐랄까…… 안달이 나는 것 같았어요. 그에 대한 해석은 자유지만.

빌리: 비행기가 LA 공항에 이륙할 무렵, 난 테디에게 그 아이디어를 한번 찔러봐야겠다고 결론을 내렸어요. 테디 생각에 우리가 데이지와 앨범을 내야 한다면 그때 데이지에게 물어보기로요.

로드: 비행기가 이륙했을 때 나는 빌리를 따라잡아 수속을 밟으며 그의 생각을 물었어요. 빌리는 테디와 이야기해서 데이지를 영입할 건지 정하고 싶댔어요. 난 빌리를 공중전화 부스로 데려갔어요. 그리고 테디에게 전화를 걸어선 말했죠. "테디, 오늘 아침에 나한테 한 말을 빌리에게 해줘요."

그레이엄: 당연히 테디도 데이지를 밴드에 들이자는 입장이었죠!

빌리: 테디는 우리가 처음 만났을 때를 상기시켰어요. 그때 내가 세계 최고의 밴드가 되고 싶다고 말했다면서 "너희 둘이 함께 노래하면 그 길로 갈 수 있어"라고 했죠.

에디: 비행기가 착륙했을 때 피트하고 난 워런, 그레이엄, 캐런 일행에게 갔더니 그 친구들 하는 말이 "데이지에게 밴드에 들어올 건지 물어볼 거야"래요. 믿을 수가 없었어요.

　이. 번. 에. 도. 누. 구. 한. 놈. 나. 에. 겐. 안. 물. 어. 봤. 어. 요.

데이지: 다들 속닥거리면서 모여들길래, 로드를 쳐다봤더니 내게 윙크를 했어요. 그 순간 난 직감했어요.

빌리: 테디와 통화를 끝낸 후 난 로드에게 말했어요. "좋아요, 데이지에게 말해줘요." 그리고 택시를 잡아탔고 곧바로 나의 두 여자에게 갔어요.

캐런: 그날 우린 공항에서 나오자마자 각자 갈 길을 갔어요. 꼭 여름방학을 맞이한 기분이었어요.

빌리: 집 문을 열고 들어가는 순간…… 데이지도 밴드도 음악도 약도 투어도…… 모두 사라지고 더는 존재하지 않는 것 같았어요. 커

밀라에겐 늦은 밤에도 딸기 아이스크림을 대령하고, 줄리아에겐 원하면 언제든 티 파티를 열어주자고 마음먹었어요. 내게 중요한 건 가족뿐이었어요.

커밀라: 빌리는 집에 와선 하루 이틀은 긴장을 풀 시간이 필요했어요. 그런 후엔 온전히 우리 것이 되었어요. 몸도 마음도 우리와 함께했어요. 행복을 누리게 된 거잖아요. 그래서 생각했죠. 와! 그래, 우린 함께 헤쳐나가고 있는 거야. 좋은 길로 가고 있다고.

●

로드: 난 며칠 뜸을 들였어요. 먼지 좀 가라앉히면서 빌리가 마음을 바꾸지 않을 거란 확신이 들 때까지 기다렸죠. 그런 다음에 데이지에게 전화를 걸었어요.

데이지: 마옹에서 제일 좋아하는 별장에 다시 체크인했어요.

시몬: 데이지가 투어를 마치고 돌아왔을 때 나도 와 있었어요. 이 시점에서 말해둘 게 있는데 투어가 끝난 후에 만난 데이지는 만신창이였어요. 무슨 뜻이냐면 그전에도, 그 어느 때도 본 적이 없을 정도로 흥분해 날뛰었다는 뜻이에요. 그동안 도대체 뭔 일이 있었나 싶었죠. 단 한 순간도 혼자 있질 못했다니까요. 시도 때도 없이 사람들에게 전화를 걸어 놀러 오라고 말하고, 나한텐 전화 끊지 말라고 애원하고. 집에 혼자 있는 걸 싫어했어요. 조용한 상태를 견디지 못했어요.

데이지: 로드의 전화를 받았을 때 다른 사람들 몇 명이 와 있었어요. 《코스모》 커버를 촬영한 날이었어요. 인터뷰는 더 식스와 유럽

에 있을 때 했었고 그날 화보 촬영을 한 거죠.

촬영을 끝내고 거기서 일하는 여자들을 데리고 와서 핑크 샴페인을 마시고 막 수영을 하려던 참에 전화벨이 울린 거예요. "롤라라 카바입니다." 나는 수화기를 대고 이렇게 말했어요.

로드: 데이지는 늘 '롤라 라 카바'라는 예명을 썼어요. 각다귀처럼들러붙는 놈들이 너무 많아서 우린 데이지에게 연락하려면 언제나주변부터 수소문해야 했어요.

데이지: 그 전화 내용을 어제 일처럼 생생히 기억하고 있어요. 난한 손에 샴페인을 병째 들고 있었는데 소파엔 여자 두 명이 앉아 있었고 또 다른 한 명은 내 콤팩트 위에 깐 코카인을 흡입하고 있었어요. 걔가 내 일기장 책등에 코카인을 깔고 들이켜서 슬슬 부아가 치밀던 참이었어요.

그때 로드가 말한 거예요. "공식화됐어."

로드: 데이지에게 말해줬어요. "더 식스가 너와 정식 앨범을 제작하고 싶대."

데이지: 난 지붕을 뚫고 날아올랐어요.

로드: 말하는데 수화기 너머로 데이지가 코카인을 들이켜는 소리가들렸어요. 다른 건 몰라도 내가 담당하는 뮤지션들이 약을 하면 난

늘 고민했어요—아무리 고민해도 답은 쉽게 나오지 않았고요. 그
들이 약에 손을 대는지 안 대는지 지켜보는 것도 내가 할 일인가?
만약 손댄 것을 알게 되었을 때, 위험 기준을 세워서 막는 것도 내
가 할 일인가? 내가 할 일이 맞는다면 위험 수준이라고 판단하는
기준은 어떻게 세우지?

답을 얻은 적은 한 번도 없었어요.

데이지: 전화를 끊자마자 나는 비명을 질러댔어요. 와 있던 여자 한
명이 왜 그렇게 흥분하느냐고 물어서 말해줬어요. "나 더 식스의
멤버가 됐어!"

다들 뜨뜻미지근한 반응을 보였어요. 코카인도 넉넉하고, 사람
들을 초대해도 될 만큼 근사한 별장이 있는 사람은 진심으로 자길
위해주는 사람을 만나기가 오히려 힘든 법이랍니다.

그래도 그날 밤 난 행복해 미칠 것 같았어요. 잠깐이지만 춤추
며 방 안을 돌아다녔다니까요. 샴페인을 한 병 더 땄어요. 사람들
도 더 불러들였어요. 새벽 3시쯤 되자 파티 분위기도 식어가는데
나는 여전히 들떠서 도저히 잠을 잘 기분이 아니었어요. 그래서
시몬에게 전화를 걸어 소식을 전했죠.

시몬: 걱정이 이만저만이 아니었어요. 록밴드와 투어를 돈 게 데이
지에게 결과적으로 좋지 않은 것 같았어요.

데이지: 시몬에게 차로 데리러 갈 테니 함께 축하하자고 했어요.

시몬: 오밤중에 전화를 받았어요. 한창 자고 있었죠. 머리는 수건으로 둘둘 말고 수면 안대를 쓰고 있었다고요. 어디도 갈 생각이 없었단 말이에요.

데이지: 시몬이 아침에 만나 밥을 먹자고 했지만 난 계속 고집을 부렸어요. 나중엔 한단 말이 내 목소리만 들어도 운전하는 게 위험할 것 같대요. 난 불같이 화를 내며 전화를 끊었어요.

시몬: 자러 갔겠거니 했죠.

데이지: 주체할 수 없는 에너지로 몸이 달아올라 견딜 수가 없었어요. 캐런에게 전화했지만 받지 않았어요. 결국 엄마 아빠에게 전화해야겠다고 결심했어요. 뜬금없이, 날 대견해할 거라는 생각이 들었거든요. 그렇게 생각한 근거는 모르겠어요. 아무튼, 딸이 부른 노래가 이 나라 팝 차트 3위에 오른 지 몇 달이 됐는데 엄마도 아빠도 수소문해 쪽지를 보낸 적이 없었어요. 내가 돌아온 것도 몰랐을 거예요.

그 이야기는 이 정도면 됐고. 새벽 4시에 엄마 아빠 집을 찾아간 게 박수를 받을 일은 아니죠. 하지만 약에 취하면 머리가 제대로 돌아가질 않거든요.

엄마 아빠 집은 멀지 않았기 때문에―길을 따라 1~2킬로를 가야 하는, 전혀 다른 세상이었는데―난 걸어가기로 했어요. 선셋 불러바드에서 출발해 언덕을 올랐어요. 그리고 한 시간쯤 지나

도착했어요.

짜잔, 어린 시절에 살던 집 앞에 서서 내 옛 침실을 바라보는데 그때 내 눈엔 틀림없이 외로워 보였단 말이죠. 그래서 난 펜스를 기어서 넘어가고 배수 파이프를 타고 올라가선 침실 유리창을 부수고 내 침대에 누웠어요.

정신을 차려보니 경찰들이 날 내려다보고 서 있었어요.

로드: 데이지에 대해 달리 어떻게 해야 했을지, 지금도 모르겠어요.

데이지: 엄마 아빠는 침대에 누워 자는 게 나인 줄도 몰랐어요. 인기척이 나서 경찰을 불렀대요. 일단 진상이 밝혀지자 기소는 안 하기로 했어요. 그런데 그때 내 브래지어 속엔 코카인이 있었고, 내 동전 지갑 속엔 조인트가 있었거든요. 좋아 보일 리 없었죠.

시몬: 그날 아침 데이지가 구치소에서 전화를 했어요. 보석금을 내주고 풀려난 데이지에게 난 말했어요. "데이지, 이제 이런 짓 그만해." 하지만 데이지는 듣는 둥 마는 둥 했어요.

데이지: 구치소에 오래 있진 않았어요.

로드: 며칠 지나 데이지를 봤는데 오른손 새끼손가락 바깥쪽에서 손목까지 칼로 그은 것 같은 상처가 나 있길래 물어봤어요. "무슨 일이 있었어?"

데이지는 그제야 처음 본 것 같은 표정을 지었어요. "정말 모르겠는데." 그러곤 다른 이야기를 늘어놓았어요. 10분쯤 떠들었나, 갑자기 밑도 끝도 없이 말했어요. "아! 엄마 아빠 집에 몰래 들어가다 창문을 부쉈을 때 난 상처다!"

내가 "데이지, 괜찮아?"라고 물었더니 데이지는 천연덕스럽게 대답했어요. "응. 왜요?"

빌리: 투어가 끝나고 몇 주 지난 어느 날, 새벽 4시에 커밀라가 내 어깨를 잡고 흔들어대서 잠에서 깼어요. 산통이 시작됐다는 거예요. 난 줄리아를 침대에서 안아 들고 커밀라를 데리고 미친 듯 병원으로 달렸어요.

병원 침대에 누워 땀을 비 오듯 흘리며 비명을 질러대는 커밀라의 손을 잡아주고 차가운 천을 머리에 얹어주고 뺨에 입 맞춰주고 두 다리를 꼭 잡아주었어요. 잠시 후 제왕절개를 해야 한다더군요. 난 그 자리에서 한 발자국도 움직이지 않고서—병원에서 허락하는 선에서 최대한 가까이 있으면서—아내가 수술실로 들어갈 때 손을 잡고선 겁낼 것 없다고 다 괜찮을 거라고 말해주었어요.

그러고는 드디어, 나의 쌍둥이 딸이 무사히 태어났어요. 수재너와 마리아. 짓눌린, 앙증맞은 얼굴. 머리털이 수북한 머리통. 보자마자 둘을 구분할 수 있었어요.

쌍둥이를 바라보면서 새삼 깨달았어요……. (침묵) 갓 태어난 줄리아를 본 적이 없다는 것을. 줄리아가 태어났을 때 난 옆에 없었으니까요.

난 잠시 마리아를 장모님에게 맡기고 화장실로 갔어요. 화장실 칸의 문을 닫고선 그대로 무너져 버렸어요. 난…… 부끄러운 나 자신과 마주하려면 시간이 좀 필요했어요.

그래도 해냈어요. 엉뚱한 곳에 묻어버리는 짓은 하지 않았어요. 화장실에 들어가서 거울에 비친 나의 얼굴을 바라보았고, 그 감정을 직시했어요.

그레이엄: 형은 좋은 아빠였어요. 그래요, 형은 약물중독자였고 그래서 자기 딸이 태어난 후 첫 몇 달 동안 지켜야 할 자리를 외면했어요. 그래요, 부끄러운 일이에요. 하지만 그런 스스로 고쳐나가고 있었어요. 자식들을 위해서. 매일, 하루도 빠짐없이 자기를 고치고 개선해 나갔어요. 우리 가문에서 형만큼 그렇게 피나는 노력을 한 사내놈은 한 놈도 없었어요.

술이고 약이고 일절 입에 안 댔죠, 아이를 최우선으로 생각했죠. 가족을 위해서라면 뭐든 할 태세였죠. 그는 좋은 사람이었어요.

내가 이렇게까지 말하는 건 내 생각이지만…… 스스로를 구제하고 있다면 그런 자신을 믿으라는 뜻이에요.

빌리: 그때 병원에 있으면서 나, 커밀라, 우리 세 딸만 있는 자리에서 문득 그런 생각을 했어요. **공연 같은 걸 해봤자 뭘 하겠어?**

그래서 커밀라에게 일장 연설을 했어요. "다 때려치울게, 여보. 우리 가족만 있으면 돼, 다른 건 아무것도 필요 없어. 우리 다섯만 있으면 돼. 그게 내가 원하는 것, 필요로 하는 거야." 난 진심이었어요. 그렇게 한 10분은 떠들었을 거예요. "로큰롤은 필요하지 않아. 당신만 있으면 돼."

그때 커밀라가—아내가 지금 막 제왕절개 수술을 했다는 사실을 잊으면 안 돼요—한 말은 죽을 때까지 잊지 못할 거예요. "아, 빌리, 닥쳐. 난 뮤지션이랑 결혼했거든? 당신은 뮤지션으로 살아야 해. 내가 스테이션 왜건을 몰고 6시에 맞춰 미트로프를 만들고 싶었다면 우리 아빠랑 결혼했지."

커밀라: 빌리는 가끔 그렇게 거창한 선언을 해요. 듣기엔 근사하죠, 그는 아티스트니까. 어떻게 그림을 그릴지 알아요. 하지만 열에 아홉은 실현이 안 될 이야기만 해요. 그럴 때마다 내가 말해줘야 한다고요. "어이, 어이, 계세요? 여보세요? 하늘에서 좀 내려오실래요? 제발?"

캐런: 커밀라는 빌리를 본인보다 더 잘 이해하고 있었어요. 다른 여자들이라면 으레 "지금까지 당신 좋을 대로 살았지만 이제 당신은 애 셋의 아버지야"라고 말했을 거예요. 커밀라는 빌리를 있는 그대로 사랑했어요. 난 커밀라의 그런 점에 정말 홀딱 반했어요.

그리고 빌리도 그만큼 커밀라를 사랑했다고 믿어요. 정말이에요. 같은 시간, 같은 장소에 있을 때 보면 빌리는 커밀라 말고는 안중에도 없는 게 티가 났어요. 조용히 있으면서 말하는 건 커밀라에게 다 맡겼어요. 그리고 우리가 술집에 갈 때마다 빌리는 커밀라에게 건네는 술잔에 직접 라임을 짜주었어요. 자기 라임도 커밀라의 술잔에 짜주었어요. 라임 두 조각을 짜 넣고 얼음도 넣어서 줬죠. 자기 라임까지 기꺼이 내주다니. 아름다워 보였어요. 난 라임은 질색이지만. 내 말의 요점이 뭔진 알겠죠?

그레이엄: 캐런은 시트러스는 덮어놓고 싫어했어요. 이에 끈적하게 들러붙는 것 같아서 싫댔어요. 그래서 탄산수도 싫어했어요.

빌리: 테디가 병원에 왔어요. 커밀라에게는 어마어마하게 큰 꽃다발을 선물했고 딸아이들에겐 봉제 인형을 선물했어요. 돌아갈 때 엘리베이터 앞까지 배웅한 내게 자랑스럽다고 말하더군요. 내가 모든 것을 바꿨다고도 말했어요. 그래서 난 "다 커밀라를 위해서 한 일인걸요"라고 말했죠.

테디는 "그 말 믿어"라고 말해줬어요.

커밀라: 쌍둥이가 태어난 지 두어 주 됐을 때, 오후에 엄마가 아기들을 데리고 산책 나가 있는 동안 빌리가 앉으라고 하더니 나에게 바치는 노래를 한 곡 더 썼다고 말했어요.

빌리: 제목은 「오로라Aurora」였어요. 커밀라는…… 나의 오로라였어요. 내가 새롭게 맞이하는 새벽, 나의 해가 뜨는 시간, 지평선 위로 떠오르는 나의 태양이었어요. 내 모든 세상이었어요. 그땐 피아노 멜로디만 만든 상태였지만, 가사는 다 써놓았어요. 그래서 아내에

게 피아노를 연주하며 들려주었어요.

커밀라: 처음 그 노래를 들었을 때, 울었어요. 그 노래 알죠? 그런 가사를 들으면서 무너지지 않을 수가 없었어요. 그전에도 빌리는 날 위해 몇 곡을 만들었지만…… 그 노래는…… 정말 너무 마음에 들었어요. 노래를 들으면서 내가 사랑받는 기분이 되었죠.

예쁜 노래였어요. 날 위한 곡이 아니었다고 해도 마찬가지로 좋아했을 거예요. 그 정도로 훌륭한 곡이었어요.

빌리: 커밀라는 눈물이 글썽글썽해선 말했어요. "이 노래는 데이지 랑 불러야 해. 당신도 알겠지만."

그런데요, 나도 알았어요. 곡을 쓰는 동안 이미 알고 있었어요. 피아노 반주와 보컬 하모니를 염두에 두고 썼어요. 스튜디오로 들어가기도 전에, 난 데이지를 위해 곡을 쓰고 있었던 거예요.

●

그레이엄: 빌리 형이 딸들과 지내고 데이지가 밴드에 들어오기로 결정된 시기는…… 나에게는 한 단계 올라서서 여러 가지 면에서 좀 더 중심적인 역할을 할 좋은 기회였어요. 난 멤버들을 다 불러 모아 새 앨범에 관해 이야기하는 일정을 짜고 있었어요. 로드, 테디와 함께 스케줄을 논의했죠. 재미있었어요.

실은 그렇게 재미는 없었고, 그냥 기분이 좋았다고 해야겠네요. 기분 좋으면 모든 게 재미있게 느껴지잖아요.

캐런: 돈이 쏟아져 들어왔어요. 허투루 까먹고 싶지 않았어요. 그래서 공인중개사와 하루 날을 잡아 로럴 캐니언에서 집을 하나 찾아 샀어요.

얼마 안 가서 그레이엄이 비공식적으로 이사를 왔어요. 그해 봄과 여름을 단둘이서 보냈죠. 저녁이 되면 파티오에서 고기를 구워 먹고 매일 밤 쇼를 보고 아침에 늦잠을 자고.

그레이엄: 캐런과 난 주말 내내 쩨지는 기분으로, 물 쓰듯 돈을 쓰며 둘이서 주거니 받거니 연주하며 지냈어요. 우리가 어디 있는지 뭘

할 건지 세상 누구에게도 말하지 않았죠. 우리만의 작은 비밀이었으니까. 형한테도 말하지 않았어요.

다들 인생은 끊임없이 움직인다고 하죠. 그런데 인생이 가끔은 멈출 때도 있단 말을 하는 사람은 없어요. 나만을 위해 멈출 때가 있어요. 나와 내 여자를 위해 멈출 때. 빙글빙글 돌던 세상이 멈추고는 우리 둘만 누워 있게 해주는 때. 그런 기분이 들 때가 있을 걸요. 가끔이지만 운이 좋으면 누릴 수 있죠. 이런 나더러 로맨틱하다고 쓸 거면 써요. 더 나쁜 말도 많은데 그 정도면 감지덕지.

빌리: 난 그레이엄이 밴드 관리를 하는 걸 전적으로 신뢰했어요. 잘하는 걸 내 눈으로 확인했고, 덕분에 내 머리는 딴 데 쓸 수 있었죠.

데이지: 시몬은 또 투어 일정이 잡혀서 떠났어요.

시몬:『슈퍼스타』앨범 홍보 투어를 다녔어요. 공연 사이사이 LA보다는 뉴욕을 주 근거지로 삼을 생각이었어요. 스튜디오54*에서 디스코 씬이 언제고 폭발**할 기세였거든요.

---

* 뉴욕 맨해튼 미드타운 54번가의 건물. 1942년 CBS가 방송용 스튜디오로 사용하면서 지금의 이름이 되었다. 1977년, 건물에 나이트클럽이 열리면서부터 1970년대 미국 디스코 문화의 절정을 이끌었다. 스타들이 즐겨 찾는 명소로, 까다로운 입장 규정과 더불어 약물 남용, 공개적 성행위 등으로 악명을 떨쳤으며 1980년, 클럽 창업자들이 탈세로 유죄판결을 받자 문을 닫았다.

** 1975년 송라이터 반 맥코이(Van McCoy)와 소울 그룹 '더 소울 시티 심포니(The Soul City Symphony)'가 발표한 메가 히트 디스코팝「폭발(Hustle)」을 암시하고 있다.

데이지: 나 때문에 걱정하는 것 같았어요. 난 말했죠. "괜찮아, 가. 곧 봐요." 내 앞에 펼쳐진 모든 것에 흥분했어요. 더 식스의 멤버가 되었으니까.

그레이엄: 난 이미 모든 걸 바로잡아 놓았어요. 로드, 테디와 이야기를 했죠. 빌리는 다시 시동을 걸 준비가 됐다고 했어요. 그래서 앨범을 완성하기까지 걸리는 시일을 합리적으로 계산해 보고 회의를 소집했어요.

워런: 돈이 들어오니까 사는 규모도 커지기 시작했어요. 그즈음 보트 한 척을 샀어요. 침실 하나 딸린 깁슨 보트를 사서 마리나 델 레이에 정박해 뒀죠. 멋진 여자들이 많이 찾는 곳이었어요. 내 드럼은 토팡가의 집에 보관해 두고 밤과 주말을 물 위에서 맥주를 마시며 보냈어요.

에디: 피트는 밴드의 휴업 기간 동안 보스턴에 돌아가서 제니와 함께 지냈어요. 그러면서 둘은 꽤 진지해졌죠.

나는, 난 집에 있는 게 싫었어요. 공연을 하는 게 좋았어요. 그래서 언제든 다시 일할 준비가 돼 있었어요. 빌리 문제에 대해서도 그다지 신경 쓰지 않을 정도로. 아, 이렇게 말하니 알겠네.

그레이엄이 전화를 하더니 다시 다 함께 모일 때라고 말했을 때 난 당장 달려가고 싶은 마음에 엉덩이를 들썩였어요. 피트에게 전화해선 말했죠. "지금 당장 나가서 첫 비행기를 타고 여기로

와, 휴가 끝났어."

데이지: 레인보우에서 다 함께―밴드, 나, 로드, 테디―만났고 회포를 풀었어요. 워런은 새로 산 보트 이야기를 했고 피트는 제니 메인스 이야기를 했고 빌리는 로드에게 쌍둥이 사진을 보여줬어요. 다들 잘 지내고 있었어요. 심지어는 에디와 빌리 사이도 나쁘지 않은 것 같았어요. 그런 뒤 로드가 자리에서 일어나 맥주 잔을 들었고 내가 밴드의 일원이 된 것에 건배하자고 했어요.

로드: 그때 내가 이렇게 말한 걸로 기억해요. "여기 일곱 명의 앞날은 오직 위로, 더 위로 향하기를." 그런 말이었던 것 같아요.

빌리: 그 순간 아이고, 한 밴드가 일곱 명은 너무 많지 않나 하는 생각이 들었어요.

데이지: 모두가 박수를 쳤고 캐런이 날 안아주니, 진심으로 환영받는 기분이었어요. 빈말이 아니라. 그래서 다들 한마디씩 하는 가운데 자리에서 일어나 건배하자는 뜻으로 내 브랜디 잔을 들고 말했어요. "밴드 멤버가 한마음으로 이번 앨범에 날 초대해 줘서 정말 기뻐요."

그레이엄: 데이지가 짤막한 연설을 시작했는데 처음에는 별 내용 아니라고 생각했어요.

데이지: 빌리를 살펴봐도 무슨 생각을 하는지 알기 힘들었어요. 밴드의 제안을 받고 난 후 그가 내게 전화를 한 적은 한 번도 없었어요. 모든 게 어떻게 진행될 건지, 이 문제에 대해 어떻게 생각하는지 아무도 내게 말해주지 않았어요. 난 다만 모든 게 투명하게 진행되고 있는 건지 알고 싶었죠. 그래서 말했어요. "이 밴드의 일원이 되고 싶은 마음에 공식적으로 합류하게 되었습니다. 중요한 멤버로 말이죠. 그러니 모두 이번 앨범을 내 앨범으로 생각해 주길 바라요. 여러분 각자의 앨범인 것 못지않게요. 그레이엄의 앨범, 워런의 앨범, 피트의 앨범, 캐런의 앨범……."

캐런: "빌리의 앨범인 것과 마찬가지로"라고 데이지가 말한 순간, 바로 빌리의 반응을 살폈어요. 빌리는 맥주 잔에 탄산수를 담아 홀짝이고 있었어요.

빌리: 내가 무슨 생각을 했느냐고요. 뭐가 급해서 벌써 분란을 일으키는 거지?

데이지: 난 이어서 말했어요. "여러분이 날 부른 건 다 함께 할 때가 따로 할 때보다 더 좋은 음악을 만들 수 있기 때문이죠. 그래서 난 우리가 만들게 될 음악에 발언권을 갖고 싶어요. 빌리, 당신과 함께 곡을 쓰고 싶어요."

그전에 테디가 내게 두 번째 앨범 만들 때 내 자작곡을 넣게 해준다고 했었고, 이번이 기회라고 생각했어요. 그래서 처음부터 확실히 못 박고 싶었어요, 그게 내가 추구하는 목표라는 걸요. 그날 밤 아카펠라로 「네가 세상에서 도망칠 때」를 불렀을 때처럼 관객 앞에 서고 싶었어요. 내 앞에 모인 사람들에게 내 마음 깊은 곳에서 우러나오는 노래를 직접 들려주고 싶었어요.

만약 더 식스가 그렇게 해줄 생각이 없다면, 그 다음가는 어떤 보상을 해준대도 절대 들어줄 생각이 없었어요.

그레이엄: 데이지는 곡을 만들면서 자기 목소리를 낼 때마다 빌리가 성질을 부리는 일이 없길 바랐던 거예요. 그래서 일찍 법을 정하려 했죠. 우리도 처음부터 그렇게 해야 했었는지 몰라요. 뭐든, 중요한 발언을 하고 싶다면.

에디가 데이지 배짱의 절반만 있었어도 몇 년 전에 빌리와의 문제를 해결했을지도 모르죠.

빌리: 난 말했어요. "좋아요, 데이지. 우린 한배를 타고 있으니까."

워런: 난 생각했어요. 굳이 딴지를 걸 필요가 있나? 뭣 하러? 하지만 빌리는 밴드가 대단한 히피 공동체나 돼서 모두에게 발언권이 있다는 식으로 굴었어요. 그런데 그건 거짓말이거든요.

캐런: 빌리는 부당하다고 생각될 때, 아니, 실제로 터무니없이 부당한 경우에도 그렇게 **생각하는** 사람이 정신 나간 사람인 것처럼 몰아가는 재주가 있었어요. 정작 다른 사람들이 자기에 대해 어떻게

생각하고 말하는지도 모르면서요.

로드: 선택받은 사람은 자기가 선택받은 줄 꿈에도 몰라요. 세상 모두가 저를 위해 황금 카펫을 깔아준다고 생각하죠.

그레이엄: 피트가 중간에 끼어들어 한마디 했어요. "이야기가 나온 김에 나도 한마디 하겠는데, 이제부터 내 베이스 라인은 내가 알아서 만들게."

빌리: 난 피트에게 얼마든지 그러라고 했어요. 그 말을 하기 얼마 전부터 피트의 베이스 라인은 피트가 직접 만들고 있었으니까.

캐런: 나도 한마디 했어요. "난 지금보다 한 걸음 더 나아가고 싶어. 곡을 다듬을 때 내 파트를 더 활용하면 어떨까. 한 곡 정도는 아예 키보드와 보컬로만 가든가."

에디: 나도 내 연주에 관해서 한마디 하고 싶었어요. 다들 빌리의 독재 시스템—아니라곤 말 못하죠—에 대해 한마디씩 하고 있었으니까. 하지만 나에 대해선 유독 심하게 짓누르고 있었다고요. 그 래서 말했어요. "지금부터 내 리프는 내가 만들 거야."

빌리: 난 줄곧 생각하고 있었어요, 에디, 네가 지랄할 거라는 건 이미 예상하고 있었다. 그래서 한마디 하려는데 갑자기 테디가 한 손을 들

고 날 쳐다봤어요. 그 눈빛이 지금은 말할 때가 아니야. 끝까지 다 들어, 라고 하는 것 같았어요.

테디도 나도 알고 있었어요. 말할 때 상대가 관심을 갖고 들어 주지 않으면 상처받는 사람들이 있다는 것을요. 실제로 듣건 안 듣건.

에디: 아, 난 데이지가 너무 좋았어요. 캐런도 마음에 들었어요. 캐런의 비중이 더 커지길 바랐다고요. 하지만 앨범 전체에 여자 목소리를 집어넣는다? 키보드를 더 집어넣는다? 안 그래도 캐런의 키보드 때문에 밴드의 사운드가 너무 말랑말랑해졌는데?

그래서 나도 한마디 했어요. "우리가 여전히 록밴드이긴 한 건지 알고 싶네."

그레이엄이 "무슨 뜻이야?"라고 물었어요.

그래서 대답했죠. "난 팝밴드에 있고 싶지 않아. 우리가 소니 앤 셰어Sonny&Cher*로 갈 것도 아니고." 이 말에 빌리는 발끈했어요.

빌리: 나한테 밤새도록 똥물을 끼얹는 짓이었어요. 지금 심정도 마찬가지예요. 내가 무슨 죄를 지었길래 그 지경으로 몰고 갔나?

그레이엄: 난 에디가 제대로 짚었다고 생각했어요. 데이지가 들어오면 우리의 음악이 어떻게 바뀔까요? 특히 데이지가 작곡까지 참여

---

* 1960~70년대에 활동한 혼성 팝 듀엣. 소니 보노와 셰어는 당시 부부이기도 했다.

하면. 하지만 빌리는 아니나 다를까, 다들 자기를 비방한다고만 생각했어요.

모든 걸 다 쥐고 있는 사람은 다른 사람이 아주 조금만 가져가도 도둑질한다고 느끼기 마련이죠.

캐런: 그때 있었던 일 중에 실제로 정해진 건 없었어요. 데이지가 더 식스의 종신 멤버가 되었나요? 난 모르겠던데요. 데이지도 몰랐다는 건 알아요. 빌리라고 알았을 것 같지 않고요.

데이지: 그 문제에 대해선 이미 고민하고 있었어요. 앨범 크레디트에 내 이름이 들어가는 순서나 내가 받아야 할 처우가 실제로 어떻게 이루어질지를 놓고요.

그래서 말했어요. "여러분 모두 이 앨범에 힘을 모을 것이고 내가 더 식스의 멤버가 되길 바란다면 나는 더 식스의 멤버가 될 거예요. 내 이름을 따로 표기할 필요도 없고요. 하지만 이번 앨범에만 참여하는 거라면 앨범 크레디트에 관해 논의를 할 필요가 있어요."

그레이엄: 뭔 말이겠어요. 우리 입으로 '데이지 존스는 더 식스의 멤버라고 말해다오'라는 거였죠.

캐런: 빌리가 말했어요. "더 식스(feat.데이지 존스)'라고 하면 어때요?"

로드: 「허니콤」의 경우 그렇게 표기했죠. 그 말을 듣고서 비로소 빌리의 의도를 알아차릴 수 있었어요.

데이지: 그때 든 생각은요. 와, 대단하다. 이 사람은 고민조차 안 하네.

빌리: 데이지는 내게 두 가지 옵션을 줬죠. 나도 두 개의 옵션을 제안한 건데 싫다면 공평하지 않죠.

워런: 옵션이고 뭐고 내 생각은 하나였어요. 그냥 들여, 이 친구야.

로드: 테디는 상황이 꼬이며 점점 긴장이 어리는 걸 눈치채고 있었어요. 이야기가 오가는 내내 별말 없었지만 결국 말을 얹었죠. "'데이지 존스 앤 더 식스'로 해." 아무도 반기지 않았고 모두가 한마음으로 불만에 찬 결정이었어요.

데이지: 테디는 내 이름을 내세우길 바랐던 것 같아요. 밴드가 대중의 주목을 받은 건 내 덕이니까요. 내 이름이 전면에, 중심에 놓여야 할 이유였어요.

빌리: 테디는 더 식스의 순수성을 보호하려는 거였어요. 우린 데이지에게 어떤 약속도 하고 싶지 않았어요.

데이지: 내가 부탁한 것 때문에 빌리가 진심으로 분개했다고 생각

하진 않아요. 난 합리적인 것만 부탁했으니까요. 그가 열받은 건 어디까지나 밴드에서 내가 가진 힘을 나 스스로가 알고 있기 때문이에요. 그로서는 내가 그 점을 몰랐거나 이용하지 않았으면 더 좋았을 거예요. 그치만 미안한데 그건 내 스타일이 아니라서요. 아니, 그런 건 누구의 스타일도 돼선 안 돼요.

빌리는 그동안 자기 하고 싶은 대로 해도 다들 받아준다는 사실에 좀, 심할 정도로 편승하고 있었던 거예요. 그리고 난 그에게 처음으로 "당신이 날 통제하는 만큼 나도 당신을 통제할 겁니다"라고 말한 사람이었고요. 그 말은 결국 피트와 에디, 아니, 모두에게 수문을 열어주게 되었죠.

로드: 테디가 러너 레코즈는 이번 앨범이 1978년 최고의 앨범이 되길 기대한다고 말했어요. 그때가 벌써 8월이었으니까. 음악에 대한 견해 차이나 공사 구분 따윈 집어치우고, 당장 스튜디오로 달려가야 할 판이었어요.

캐런: 그날 밤 회의를 끝내고 회사를 나서면서 생각했어요. 죽여주는데. 데이지는 밴드에 들어오기로 하자마자 최고 크레디트를 차지하는 것도 모자라, 밴드 내의 역학을 근본적으로 바꿨어요. 그전까지 우리 누구도 해내지 못했던 건데.

빌리: 그때까지 다들 내가 까탈스러운 놈이라 생각하고 눈치만 봤어요. 하지만 데이지가 동등한 발언권과 크레디트를 요구했을 때

난 군말 없이 다 들어주었죠. 그녀가 그거 말고 뭘 더 원했죠?

내 말은 그때 난 뭘 어떻게 해야 옳은 건지 알지 못했다는 뜻이에요. 그런데 난 데이지가 만족하는 방향으로, 모두가 만족하는 방향으로 다 들어줬다고요.

그레이엄: 마침내 독재에서 민주주의 체제가 되었어요. 민주주의. 말은 그럴듯하지만 밴드가 무슨 국가인가요?

빌리: 솔직히 말해서 난 데이지가 곡을 쓰다 금방 나가떨어질 거라고 생각했어요. 그 친구를 과소평가한 거죠.

이쯤 해서 이 말은 꼭 하고 가야겠어요. 데이지 존스를 만만하게 봐선 안 돼요, 절대로.

오로라

1977~1978

*1977년 8월, 멤버 일곱 명은 월리 하이더 스튜디오 3**에서 3집 앨범 레코딩에 들어간다.*

그레이엄: 캐런의 집에서 하이더로 출발하면서 물어봤어요. "한 사람 차로 같이 가면 안 돼?"

캐런은 우리가 같이 자는 사이인 걸 다른 사람이 아는 게 싫다고 했어요.

"우린 자는 사이 맞잖아."

내 말에도 고집을 부려서 하는 수 없이 각자 차로 따로 갔어요.

---

*   레코딩 엔지니어 월리 하이더(Wally Heider)가 만든 레코딩 스튜디오 체인. 1960년대 말부터 1980년대까지 유수 팝 아티스트들이 앨범을 레코딩했다.

캐런: 같은 밴드 멤버와 한번 잔 걸로 온 인생 잡치기가 얼마나 쉬운지 알아요?

에디: 그날 아침 피트와 한 차로 출발했어요. 그때까지 토팡가 캐니언의 숙소에서 지낸 건 우리 둘뿐이었을 거예요. 피트가 이스트코스트에서 돌아오기 전엔 나 혼자 그 넓은 곳을 독차지했었죠.

스튜디오로 가는 차에서 난 피트에게 말했어요. "재미있는 앨범을 만들어야 할 텐데."

피트가 모든 걸 너무 심각하게 받아들이진 말라고 하더군요. "그냥 로큰롤이잖아. 로큰롤에 심각한 건 없다고."

데이지: 첫날 스튜디오에 다 함께 모였을 때, 마몽의 별장에 있을 적에 누가 보내준 케이크 한 바구니와 그간 잔뜩 써놓은 노래책을 갖고 갔어요. 난 만반의 준비가 되어 있었어요.

에디: 데이지는 속이 비칠 정도로 얇은 탱크톱에 짧게 자른 청바지를 입고 나타났어요. 그냥 아랫도리를 벗고 온 거나 마찬가지였어요.

데이지: 네, 난 호락호락하지 않아요. 늘 그랬고, 지금도 마찬가지예요. 남자들 눈치 보느라 엉덩이에 땀띠 나게 한자리에만 다소곳이 앉아 있지 않는다고요. 개새끼가 되고 싶지 않으면 남자들 스스로 알아서 잘해야죠.

빌리: 그때까지 열 곡인가 열두 곡을 써놨어요. 한 곡도 허투루 만들지 않았어요. 끝내주는 곡들이 나왔어요. 그렇지만 스튜디오에 가서 앨범에 들어갈 곡을 다 썼다고 말하면 안 되는 건 알았어요. 1, 2집 만들 때하곤 상황이 달라졌으니 예전처럼 말을 꺼낼 수 없었죠.

그레이엄: 좀 웃겼어요, 솔직히 말하면. 빌리가 이번 앨범에 관한 어떤 의견도 경청하겠다는 태도를 보이는 게. 장하다, 빌리! 아주 용쓰는 게 느껴졌어요. 느릿느릿 말하면서 머릿속으론 할 말을 고르고 있었겠죠.

데이지: 다 함께 모여 앉았을 때 난 공책을 건네며 말했어요. "이걸로 시작해 봐도 좋을 것 같아요. 멋진 곡을 많이 써놨거든요." 다 함께 검토하며 의견을 모으면 좋겠다고 생각했어요.

빌리: 죽여주는 곡을 열두 개나 써 왔는데도 내놓지 않고 가만히 있었다고요. 내가 또 폭군처럼 군다고 생각할까 봐. 그런데 데이지는 무작정 밴드에 들어와선 다짜고짜 아이디어 노트만 내놓으면 우리 모두 열심히 봐줄 거라고 생각하다니.

데이지: 빌리는 공책을 들춰보지도 않았어요.

빌리: 데이지와 내가 함께 곡을 쓴다면, 둘이서만 이야기해야죠. 일

곱 명 모두에게 발언권을 줬다간 아무것도 안 돼요. 한 사람이 총대 메고 관리하는 게 맞아요.

그래서 난 말했어요. "저기, 내가 곡을 하나 썼는데 제목이 「오로라」거든. 이번 앨범을 위해 쓴 것 중에서 제일 자신 있는 곡이야. 나머진 우리가 어떻게 하느냐에 달렸어. 데이지와 내가 몇 곡쓸 테니까, 여러분은 편곡 단계에서 의견을 내고, 그렇게 해서 모두 만족할 만큼 좋은 곡들이 쌓이면 거기서 또 좋은 걸 가려내자고."

캐런: 수정주의 역사학자가 하는 말처럼 들릴지 모르지만 빌리가 「오로라」를 들려주었을 때 이 곡을 뿌리 삼아 다른 곡으로 가지를 뻗어나가면 되겠다고 분명히 느껴졌어요.

그레이엄: 다들 「오로라」가 멋진 출발점이 될 거라고 입을 모았어요—진짜 욕 나오게 죽여주는 노래였거든요. 만장일치로 결정한 뒤에 데이지가 앨범의 전체 콘셉트에 관해 아이디어를 내놓기 시작했고요.

워런: 난 곡 작업엔 끼고 싶지 않았어요. 그래서 그날 아침 회의가 시간 낭비처럼 느껴졌어요. 다들 한자리에 둘러앉아 난 아무 관심도 없는 이야기를 떠들어대고 있었으니까. 그래서 결국 한마디 했어요. "이런 이야기는 데이지와 빌리 둘이서 곡을 다 쓴 후에 해야 한다는 생각 안 들어?"

캐런: 그 문제에 대해서라면 테디는 바늘 끝도 안 들어갈 만큼 단호했어요. 테디는 빌리에게 자기 게스트하우스의 열쇠를 넘겨주면서 말했어요. "둘은 내 집에 들러. 그런 다음 내 게스트하우스에 짐 풀고 곡을 써. 나머지는 「오로라」 작업에 들어가고."

에디: 빌리는 자기 없이 우리끼리 「오로라」의 연주 파트를 만드는 걸 탐탁지 않게 생각했어요. 그렇다고 데이지가 자기를 빼고 혼자 작곡하는 것도 싫었고. 그러니 데이지와 함께 곡을 쓰느냐, 아니면 우리랑 「오로라」의 편곡 작업을 하느냐 둘 중 하나를 선택해야 했죠.

빌리의 선택은 데이지였어요.

빌리: 난 테디의 풀하우스*에 먼저 가 있었어요. 커피 한잔 내려 마시고 자리에 앉아 곡을 써둔 공책에 데이지에게 보여줄 만한 곡을 골랐어요.

데이지: 문을 열고 들어가니 빌리가 벌써 와 있었어요. 내게 보여줄 공책을 꺼내놓고. 인사도 하는 둥 마는 둥, 다짜고짜 "이거 내가 쓴 거예요"라고 말하더라고요.

빌리: 데이지에게 털어놓고 말했어요. "이번 앨범에 넣을 곡을 많이

---

*　pool house, 수영장이 딸린 집을 일컫는다.

써놨어요. 한번 보고 함께 손을 더 볼 만한 대목을 찾아볼래요? 같이 만든 곡으로 더 채워 넣을 수도 있고, 아니면 당신이 써온 곡으로 채울 수도 있을 거고."

데이지: 놀라지 말았어야 했는데. 하긴 빌리에게는 받아들이기 힘든 상황이었겠죠? 그때 난 테디네 조리대에 놓인 와인 병 하나를 따선 소파에 털썩 주저앉아 병째 마셨던 걸로 기억해요. 그러고는 그에게 말했죠. "빌리, 멋진 곡들을 잔뜩 써놨다니 대단해요. 나도 마찬가지예요. 하지만 이 앨범은 같이 만들어야죠."

빌리: 그 여잔 정오도 안 된 아침부터 뜨뜻미지근한 와인을 마시면서 내게 이래라저래라 가르치려 들었어요. 내가 쓴 곡은 쳐다보지도 않았어요. 난 공책을 내밀며 다시 말했어요. "한번 보기나 하고 나서 쓰레기통에 처넣으라고 하든가 말든가."

데이지: 난 말했죠. "나도 마찬가지." 그러고는 내 공책을 빌리의 얼굴에 들이댔어요. 빌리는 보고 싶지 않은 눈치였어요. 그래도 봐야 한다는 걸 알면서도.

빌리: 쭉 봤는데, 나쁘진 않았지만 더 식스의 음악은 아니라고 생각했어요. 성경을 은유한 게 너무 많았어요. 내 생각을 물었을 때 그렇게 말했죠. "내가 써온 곡들을 골자로 시작해 보는 게 좋겠어요. 함께 다듬어나가면 되니까."

데이지는 소파에 앉아 두 발을 커피 테이블에 올려놓고 있는 모습이 짜증 났어요. 그것도 모자라 이렇게 말했어요.

"첫 곡부터 끝 곡까지 당신 아내 얘기만 하는 앨범의 노래는 부르지 않을 거예요, 빌리."

데이지: 커밀라에 대한 불만은 없었어요, 아니, 좋아했어요. 하지만 「세뇨라」도 커밀라 이야기, 「허니콤」도 커밀라 이야기, 「오로라」도 커밀라 이야기였어요. 지루하잖아요.

빌리: 난 말했어요. "당신도 똑같은 노래만 만들잖아요. 당신도 나도 이 노래들이 다 똑같다는 걸 알아요." 하! 그녀가 발끈했어요. 양손을 엉덩이에 얹고선 "그게 무슨 뜻이에요?"라고 반문했거든요. 그래서 말해줬죠. "당신이 쓴 곡은 하나같이 당신 주머니에 든 약 이야기잖아요."

데이지: 그때 빌리는 아주 거들먹거리는 표정이었어요. 주변 누구보다 자기가 똑똑하다고 생각할 때 꼭 그런 표정을 짓거든요. 농담 아니고, 요새도 꿈에 그 재수 없는 표정이 나타나면 잠을 설쳐요. 난 말했어요. "본인이 약은 건드릴 수도 없으니까 온 세상 사람들이 약에 대한 노래만 만든다고 생각하는 거죠."

그가 말했어요. "내키는 대로 약 털어 먹고 약 이야기로 곡을 채우시든가. 그래서 어디까지 가나 보죠."

난 빌리 쪽으로 그의 공책을 던지곤 말했어요. "미안하게 됐네요. 모두가 말짱한 정신으로 살 수는 없는 노릇이라 벽지에 바르는 풀만큼 재미난 곡을 쓰지 못하니 말이에요. 어머! 이게 뭐야? 자기 아내를 죽도록 사랑한다고 외치는 노래가 있네? 어머, 하나 더 있네? 어머, 여기 또 있어!"

빌리는 내 생각이 잘못됐다고 말하려 했지만 난 멈추지 않았어요. "하나같이 커밀라에 관한 노래들이잖아요. 언제까지 아내에게 사과하는 노래만 만들어서 다른 멤버들에게 연주하게 할 건가요?"

빌리: 선을 넘어도 한참 넘었어요.

데이지: 난 말했어요. "달리 탐닉할 만한 새로운 대상을 발견했다니 잘됐네요. 하지만 그건 내 이야기가 아니고 밴드의 이야기도 아니에요. 누구도 그런 노래는 듣고 싶어 하지 않는다고요." 그때 빌리의 표정은 굳이 설명할 필요가 없어요. 그도 내 말이 맞는다는 걸 알았거든요.

빌리: 데이지는 내가 중독의 대상을 바꾼 걸 알아본 자신이 대단히 명민하다고 생각한 것 같은데. 내가 가족에 몸 바쳐 충성하는 이유가 실은 술과 약을 멀리하려고 용쓰는 것임을, 내가 정말 몰랐다고 생각하는 걸까요? 난 그래서 더 열받았어요. 나에 대해 나보다 자기가 더 많이 안다고 생각하다니.

난 말했어요. "당신 문제는 알고 싶지 않아요? 제 딴엔 시인이라 생각하겠지만, 실은 약 먹고 뿅 간 거 아니면 할 수 있는 이야기가 하나도 없는 거거든?"

데이지: 빌리는 혀를 칼처럼 놀리는 사람이었어요. 말 한 마디로 사람을 부추겼다 짓밟았다 할 수 있는 사람 말이죠.

빌리: 데이지가 "다 필요 없어"라고 말하고는 그대로 나가버렸어요.

데이지: 내 차가 주차된 곳으로 갔어요. 걸음을 옮길 때마다 분노가 치솟아 올랐어요. 당시 내 차는 체리색 벤츠였어요. 정말 아꼈죠. 기어를 중립으로 해놓고 언덕에 주차하는 바람에 박살 났지만.
　이건 중요한 게 아니고. 그날 빌리와 싸우고 벤츠가 있는 곳으로 갔고, 손에 차 열쇠를 쥐고 있었고, 아무튼 빌리가 없는 세상으로 떠날 만반의 준비가 되어 있었는데 이대로 떠나버리면 빌리 혼자 곡을 다 쓸 거라는 생각이 들었어요. 그래서 곧장 되돌아서선 말했어요. "절대 안 돼, 나쁜 놈아."

빌리: 다시 돌아온 걸 보고 얼마나 놀랐는지.

데이지: 난 풀하우스로 곧장 들어가 다시 소파에 앉아선 분명히 말했어요.
　"당신 하나 때문에 명반을 만들 기회를 포기하진 않을 거예요. 이제부터 내 말 잘 들어요. 당신은 내 곡을 싫어하고, 난 당신 곡

이 싫어요. 그러니 다 갖다버리고 제로에서 시작하자고요."

빌리가 "「오로라」는 포기 못 해요. 그건 앨범에 넣어야 해요"라
고 말했어요.

난 알겠다고 대답한 뒤 아까 집어 던졌던 빌리의 공책을 들어
서 그의 눈앞에 대고 흔들며 말했어요. "하지만 이딴 건 안 돼."

빌리: 그때 처음 깨달은 것 같아요…… 이 일에 데이지만큼 열정
을 바치는 사람은 없다는 걸요. 세상 누구보다 열성적으로 임하는
사람이었어요. 온 영혼을 다 바쳐 앨범에 뛰어들 셈이었어요. 내가
아무리 까탈을 부렸어도 흔들리지 않았을 거예요.

테디가 내게 했던 말이 줄곧 떠올랐어요. 데이지가 있으면 우
린 스타디움급 공연도 매진시킬 수 있을 거라고 했거든요. 결국
난 한 손을 내밀며 말했어요. "좋아요." 그리고 우린 화해의 뜻에
서 악수했어요.

데이지: 시몬한테 들었는데 약을 하면 겉늙는대요. 그런데 악수하
면서 가까이 본 빌리의 얼굴은, 눈가엔 벌써 잔주름이 잡혀 있었고
피부엔 주근깨도 많아서 찌들어 보였어요. 그때 빌리 나이가 아무
리 많아도 스물아홉, 아니래도 서른은 안 넘었을 거거든요. 그래서
생각했죠. 사람을 겉늙게 만드는 건 약이 아니구나, 약 없이 버티는 거구
나.

빌리: 둘이 함께 곡을 쓰기로 했을 때, 말은 그러자고 하면서도 속

으론 막막했어요.

데이지: 일을 시작하기 전에 점심부터 먹자고 했어요. 햄버거라도 하나 먹어야 빌리랑 곡 쓰느라 머리가 아파도 버틸 수 있을 것 같았어요. 그래서 내 차로 같이 애플 팬에 가자고 제안했어요.

빌리: 데이지가 자기 차에 타기 직전에 내가 차 키를 낚아챘어요. 나랑 있을 때 운전대 잡을 생각은 하지 말라고 말하면서 그녀는 이미 거나하게 취해 있었다고요.

데이지: 빌리에게서 다시 차 키를 낚아채고는 운전을 하고 싶으면 그의 차로 가자고 말했어요.

빌리: 내 파이어버드에 탔을 때 말했어요. "엘 카르멘으로 갑시다. 거기가 더 가까워요."

그랬더니 데이지는 "애플 팬으로 갈래요. 혼자서 엘 카르멘에 가든가"라고 하더군요.

그렇게까지 까탈스럽게 구는 게 도무지 이해가 안 갔어요.

데이지: 예전엔 남자들한테 까탈스럽게 군다는 말을 들으면 조심했어요. 정말이에요. 그러다 때려치웠어요. 그러고 나니 사는 게 더 편해지더라고요.

빌리: 애플 팬으로 가는 길에 라디오를 켰더니 곧바로 채널을 돌리더군요. 내가 다시 원래 채널로 돌렸더니 또 돌렸고. 결국 내가 한마디 했어요. "이거 내 차거든요? 어이가 없네."

그랬더니 데이지가 뭐라고 한 줄 알아요? "내 귀는 어쩌고요?"

결국 난 브리즈의 카세트테이프를 집어넣고 「작은 사랑」을 틀었어요. 데이지가 깔깔 웃었어요.

"뭐가 웃겨요?" 내가 묻자 "이 노래가 마음에 들어요?"라고 묻더군요.

싫은 노래를 일부러 듣는 사람도 있나?

데이지: 내가 말했어요. "이 노래에 얽힌 사연은 꿈에도 모를걸요!"

빌리가 "뭔 소리예요?"라고 물었는데, 당연하게도 그 노래를 만든 게 와이엇 스톤이라고 알고 있었어요. 하지만 그건 빙산의 일각이었고.

내가 말했어요. "나, 와이엇 스톤하고 사귀었었는데. 이건 내 노래예요."

빌리: "당신이 '작은 사랑'이었다고요?" 내가 반문하자 데이지 말이 와이엇과 자기 이야기고, 가사 중에 "커다란 눈, 커다란 영혼/ 커다란 심장, 어쩔 수가 없네/ 그녀에게 바라는 건 그저 작은 사랑 하나뿐인데'가 자기가 써준 거라더군요. 난 그 노래의 후렴부를 정말 좋아했어요. 정말 너무너무 좋아했었는데.

데이지: 빌리는 내 이야기를 집중해서 들었어요. 식당까지 자기가 운전해 가는 내내 한 마디도 빼놓지 않고 들었어요. 내 말을 그렇게 열심히 들어준 건 그때가 처음인 것 같아요.

빌리: 만약 내가 그 정도로 멋진 가사를 썼는데 애먼 사람이 자기가 쓴 것처럼 행세하면, 화가 많이 났을 거예요.

　그 이야기를 들은 뒤로 데이지가 하는 말을 좀 더 존중하게 됐어요. 솔직히 말해서, 그녀에게 재능이 없다고 우겨봤자 나만 힘들었어요. 데이지는 분명히 재능 있는 사람이었으니까. 그날 나눈 대화가 진짜 '현실 검증'이 된 거죠. 내 머릿속에서 어떤 목소리가 이렇게 말하고 있었어요. **지금까지 넌 빙충이 짓을 한 거야.**

데이지: 웃음밖에 안 나왔어요. 내가 만든 작품에 대해 내가 이야기하는 건데 이유를 밝혀야 한다고 생각하니까요. 난 말했어요. "내 얘기 들어주니 눈물 나게 고맙네. 전후 사정을 알았으면 이제 머저리처럼 구는 건 접어줘요."

빌리: 데이지는 마음만 먹으면 싫은 사람에게 피눈물을 쏟게 할 수 있는 사람이었어요. 하지만 편견을 걷고 이유를 들어보면…… 그렇게 나쁜 사람은 아닌 것 같았어요.

데이지: 식당에 들어가 앉았을 때 난 빌리 것까지 알아서 주문한 다음 메뉴판을 치워버렸어요. 그냥, 빌리의 콧대를 살짝 꺾고 싶어

서 그랬어요. 내가 주도하는 상황을 버티라는 뜻에서.

하지만 순순히 넘어가면 빌리가 아니죠. "안 그래도 히커리 버거를 시키려던 참이었는데." 이러더군요. 태어나 지금까지 빌리던 때문에 눈알 굴린 횟수를 세면 오천 번도 넘을 거예요.

빌리: 주문한 후 데이지에게 진실 게임을 하자고 했어요. "교대로 서로에게 질문 하나씩 하면 어때요? 대답 안 하기 없기."

데이지: 난 숨기는 게 없는 사람이라고 말했어요.

빌리: 내 첫 질문은 "하루에 약을 몇 알이나 먹어요?"였어요.

데이지는 주변을 돌아보며 빨대를 만지작거렸어요. 잠시 후 날 돌아보고는 말했어요. "대답 안 하기 없기?"

그래서 내가 풀어 말해줬죠. "서로에게 진실만 말해야 해요. 서로에게 어떤 것도 숨기면 안 돼요. 안 그러면 어떻게 함께 노래를 만들겠어요?"

데이지: 나와 기꺼이 곡을 쓰겠다. 난 그렇게 이해했어요.

빌리: 다시 질문했어요. "하루에 약을 몇 알이나 먹어요?"

데이지는 고개를 숙였다 다시 날 바라보곤 말했어요. "몰라요."

내가 믿지 않는 눈치니까 두 손을 들어 올리며 말했죠. "몰라요, 진짜예요. 그게 진실이에요. 몰라요. 먹을 때마다 세진 않으니까."

"그게 문제란 생각은 안 들어요?" 내 질문에 그녀가 말했어요.

"이제 내 차례 아닌가요?"

데이지: 내 질문은 이거였어요. "커밀라에게 그렇게까지 목을 매는 이유가 대체 뭐예요? 커밀라가 없으면 곡을 아예 못 쓸 것처럼 굴 잖아요."

빌리는 정말 한참 동안 말이 없었어요.

난 다그쳤어요. "뭐예요, 바로 대답을 해야지. 어물쩍 넘길 생각 하지 말아요."

빌리가 말했어요. "좀 기다려줄래요? 어물쩍 넘기려고 이러는 거 아니니까. 제대로 대답하려고 생각하는 중이라고요."

그런 뒤에도 1, 2분은 지나서야 드디어 대답했어요. "커밀라가 생각하고 믿는 나는 진짜 나와는 거리가 멀어요. 그래도 그런 사람이 되고 싶은 마음이 간절해요. 그래서 그녀 곁을 지킨다면, 그녀가 생각하는 내가 되기 위해 매일 노력한다면 근사치에 도달할 희망이 있지 않나 싶어요."

빌리: 데이지는 날 빤히 쳐다보다 한마디 했어요. "맙소사, 열부烈夫 납셨네! 작작 좀 해요!"

"아니, 이번엔 또 뭣 때문에 화내는 거예요?" 내가 묻자 그녀가 대답했어요.

"당신이란 사람을 보고 있으면 화가 나는데 그만큼 좋아지기도 하거든요. 그게 짜증 나요."

데이지: "이제 내 차례죠?" 그가 말했어요.

내가 말했죠. "다 말해요."

빌리: "약은 언제 끊을 셈이죠?"

데이지: "도대체 뭐에 꽂혀서 약 타령이에요?"

빌리: 난 솔직히 말했어요. "내 아버지는 술주정뱅이였어요. 단 한 번도 나나 그레이엄이 필요로 할 때 옆에 없었어요. 난 죽었다 깨어나도 아버지의 전철을 밟고 싶지 않았어요. 그런데 내가 처음 한 짓거리, 아버지가 되어 처음 한 일이, 지금 당신이 뒹굴고 있는 똥통과 똑같은 데서 머리부터 발끝까지 똥물을 다 뒤집어쓰고 있는 거였고—게다가 심지어 헤로인까지 해가며—내 딸에게 못할 짓을 했어요. 그 아이가 태어날 때조차 곁에 없었죠. 늘 증오했던 놈의 판박이가 된 거예요. 커밀라가 아니었다면, 난 지금도 그 지경으로 살고 있었을 거예요. 두려워했던 악몽들을 고스란히 현실로 만들었을 거예요. 내가 그런 놈이라고요."

데이지: 내가 이렇게 말했어요. "세상엔 꿈을 쫓아가는 사람들 못지않게 악몽을 쫓아가는 사람들도 있나 봐요."

그 순간 빌리가 말했죠. "이거 노래 되겠다. 지금 한 말."

빌리: 나를 쫓아오는 건 중독이 아니었어요. 차라리 그랬다면 좋겠

다고 생각했어요. 그러면 낮이나 밤이나 어디쯤 있나 뒤돌아볼 필요가 없을 테니까. 하지만 현실이 어디 그런가요. 적어도 내 현실과는 거리가 멀었어요. 싸움. 늘 싸워야 했어요. 간혹 이 정도면 싸울 만하다 싶기도 했지만 데이지가 나타나면서부터는 너무 힘들어졌어요. 그 사람의 존재 자체가 너무 힘들었어요.

데이지: 빌리는 자신의 어떤 부분이 싫다는 이유로 애먼 나를 끌어들였고 덕분에 난 대가를 치르고 있었죠.

빌리: 데이지가 질문했어요. "내가 술을 한 방울도 입에 안 대면 날 지금보다 더 좋아하겠네요, 응?"

난 말했어요. "더 친해지고 싶을 거예요. 그래요, 맞아요."

데이지가 말했어요. "됐어요. 난 세상 누가 와도 바뀔 생각 없으니까."

데이지: 버거를 먹고 나서 돈을 꺼내 테이블에 놓고선 일어나 나갈 채비를 했어요. 빌리가 "뭐 하는 거예요?"라고 물어서 내가 말했죠. "테디네 돌아가야죠. 악몽을 쫓아간다는 이야기로 노래를 만들어보자고요."

빌리: 차 키를 들고 데이지를 따라 밖으로 나갔어요.

데이지: 다시 테디네 가면서 빌리는 그동안 구상한 멜로디를 흥얼

거리며 들려줬어요. 신호 대기 중에 핸들을 두드려 박자를 맞춰가면서 콧노래를 불렀어요.

빌리: 보 디들리* 비트를 깔 생각이었어요. 한번 해보고 싶었거든요.

데이지: 빌리가 "이걸로 해볼 수 있겠어요?"라고 물었어요. 난 어떤 것이든 다 할 수 있다고 말했고요. 다시 풀하우스로 돌아와서 악상을 만들기 시작했어요. 빌리도 그랬고요. 30분쯤 지나서 들려주려는데 빌리가 좀 더 기다려달랬어요. 그래서 왔다 갔다 하면서 그가 끝내기를 기다렸죠.

빌리: 데이지가 내 주변을 왔다 갔다 하는데 그건 자기가 만든 악상을 보여주겠다는 심산이었죠. 결국 한마디 했어요. "잠깐 좀 꺼져줄래요?"

그렇게 말하고 나서야 나는…… 그때까지 내가 그녀에게 참 못되게 굴고 있다는 걸 깨달았어요. 그래서 달리 악의가 있어서 그런 말을 한 게 아니고, 상대가 그레이엄이나 캐런이었어도 똑같은 말을 했을 거라며 해명해야겠다고 생각했어요. 그래서 다시 말했어요. "부탁인데 잠깐만 자리 좀 비워줄래요? 나가서 도넛이나 간식 좀 사오든가."

---

* Bo Diddley. 척 베리, 리틀 리처드와 함께 1950년대 미국 로큰롤과 블루스 음악의 전성기를 이끈 아티스트. 서아프리카의 전통 리듬에서 영감을 받은 특유의 싱커페이션은 로큰롤 음악의 정석이 되었다.

그랬더니 데이지는 "햄버거 먹었는데 뭘 또 먹어요"라고 하더군요. 그때 또 알았어요. 데이지가 하루에 한 끼만 먹는다는 걸.

데이지: 테디네 집의 자물쇠를 따고 테디 여자친구인 야스민의 수영복과 수건을 챙겨선 수영을 했어요. 온몸이 말린 자두처럼 쪼글쪼글해질 때까지 물속에 있다가 집에 들어가 수영복을 세탁기에 넣은 뒤 샤워를 하고 다시 풀하우스로 갔을 때도 빌리는 여전히 한자리에 앉아 곡을 쓰고 있었어요.

빌리: 데이지가 뭐 하다 왔는지 말해주었고 난 느낀 대로 말했어요. "찜찜하지 않아요? 남의 수영복을 입다니." 데이지는 어깨를 으쓱하곤 말했어요.
"다 벗었으면 안 찜찜했을까요?"

데이지: 그가 곡을 쓴 종이를 건네받고 내가 쓴 것도 건네줬어요.

빌리: 보니까 어둠의 이미지를 굉장히 많이 썼더라고요. 어둠 속으로 달려 들어간다, 어둠을 쫓아간다 등등.

데이지: 버스*의 짜임새만 두고 볼 때 빌리가 나보다 더 잘 썼어요. 하지만 진짜 재미있는 후렴은 아직 못 썼는데 난 다 써놨거든요.

---

* verse. 노래의 나뉘어진 구간 중 하나를 뜻하는 말.

그래서 내가 제일 마음에 드는 대목을 보여주고선 그가 들려준 멜로디에 얹어 불러봤어요. 빌리의 표정만 봐도 알 수 있었어요. 괜찮은 곡이라고 인정한다는 걸요.

빌리: 그 노래를 만들면서 한참을 서로 주거니 받거니 했어요. 서로의 생각을 주고받으면서 멜로디를 기타로 연주하다 보니 몇 시간이 훌쩍 지나가더라고요.

데이지: 처음에 만든 악상이 끝까지 살아남은 건 하나도 없었던 것 같아요.

빌리: 하지만 우리는 가사를 완성하고 각자 맡아서 노래할 소절을 정하고, 보컬 파트의 멜로디를 다듬고, 각자 맡은 파트와 멜로디가 매끄럽게 이어지게 손보는 단계에선 둘이 같이 노래하면서 미세 조정을 했어요. 그래서 어땠게요? 장담하는데 끝내주는 소품곡이 나왔어요.

데이지: 테디가 들어와선 말했어요. "아니, 지금까지 여기 죽치고 앉아서 뭔 짓 하고 있는 거야? 자정이 다 됐는데."

빌리: 시간이 그렇게까지 지난 걸 전혀 모르고 있었어요.

데이지: 테디가 내게 말했어요. "한 가지 더. 데이지, 내 집에 쳐들어

와선 야스민의 수영복까지 마음대로 입은 거 맞아?"

난 "그런데요"라고 말했죠.

테디가 말했어요. "앞으로는 다시는 그러지 말아주면 참 고맙겠군."

빌리: 집에 가려다가 문득 생각했어요. 우리가 함께 만든 곡을 테디에게 들려주면 어떨까. 그래서 테디가 소파에 앉길래 맞은편에 앉았어요.

내가 설명했어요. "아직 완성한 건 아니고요." 그리고 "함께 만들어봤는데요." 거기까지 말했는데.

데이지: 내가 말을 잘랐어요. "1절만 해요, 빌리. 좋은 곡이 나왔어요. 퇴짜 불가."

빌리: 데이지와 함께 노래했어요. 노래가 끝나자 테디가 물었어요. "지금 이 노래가 너희 둘이 처음부터 함께 구상하고 만든 거란 말이지?"

그 말에 데이지와 난 서로의 얼굴을 쳐다보았고 내가 말했어요. "어, 그런데요?"

그러자 테디가 뭐라고 했느냐면요. "아, 그렇다면, 내가 천재네."

그러고는 껄껄 웃었어요. 스스로 뿌듯해 어쩔 줄 몰라 하더라고요.

데이지: 셋이 다 함께 있는 자리에서, 아들이 아버지의 허락을 받듯 앞으로 빌리가 테디에게 일일이 허락받지 않아도 된다고 암묵적으로 합의를 본 것 같았어요.

빌리: 테디의 집을 나서자마자 서둘러 집으로 갔어요. 시간이 너무 늦어서 미안한 마음이 들었어요. 집에 가보니 애들은 잠들었고 커밀라 혼자 흔들의자에 앉아 볼륨을 줄인 채 TV를 보고 있었어요. 그러다 날 보았고요. 내가 이런저런 해명을 늘어놓는데 이렇게 묻더군요. "술 먹은 거 아니지? 안 먹은 것 같은데?"

"아니야. 곡 쓰는 데 정신이 팔려서 시간 가는 줄도 몰랐어."

그걸로 끝이었어요. 전화 한 통 안 했다고 따지는 법이 없었어요. 내가 또 삐딱선을 탄 건가 걱정했을 뿐, 그걸로 끝이었어요.

커밀라: 이걸 어떻게 설명할 수 있을지 모르겠어요. 논리적으로 설명하는 게 힘든 성격의 이야기라서. 하지만 난 빌리의 됨됨이를 잘 알기 때문에 그를 믿어도 된다는 확신이 있었어요.

그리고 그가 어떤 실수를 하건—마찬가지로 내가 어떤 실수를 하건—우리 사이는 흔들리지 않는다는 것도 알았어요.

내가 원래부터 그런 방식의 확신을 지녔던 사람인지는 잘 모르겠어요. 빌리에게 그런 확신을 심어주겠다고 결심하기 전에도 그랬는지, 빌리만이 아니라 나 자신에게도 확신을 심어주었어요. 하지만 누군가에게 "네가 무슨 짓을 하건, 우리 관계는 흔들리지 않아"라고 말한다면······. 모르겠어요. 왠지 그렇게 말하면 마음이 편해지는 게 있었어요.

빌리: 그때 데이지와 몇 주 동안 함께 곡 작업을 하면서, 나는 최대한 늦게까지 일했어요. 필요하면 데이지와 있을 수 있는 만큼 있었어요. 그리고 매일 밤, 집에 오면 커밀라는 흔들의자에 앉아 있었고요. 내가 올 때까지 안 자고 기다렸다가 내가 자리에 앉으면 내 무릎에 앉아 머리를 내 가슴에 기대고는 말했어요. "오늘 하루는 어땠어?"

그러면 난 중요한 것 위주로 이야기했고 커밀라도 뭘 하고 지냈는지 이야기했어요. 아이들 이야기를 나누며 함께 앉아 몸을 앞뒤로 흔들흔들하다가 둘 다 잠이 들었죠.

어느 날 밤엔, 흔들의자에 앉아 있는 아내를 안아 들고선 침대에 눕혀주면서 말했어요. "이렇게 매일 날 기다려주지 않아도 돼."

커밀라는 비몽사몽간에도 이렇게 말했어요. "기다리고 싶어. 좋아서 기다리는 거야."

내게 커밀라는…… 관객의 환호도, 잡지 표지도, 세상 그 어떤 것도 그녀 발치에도 못 따라올 거예요. 커밀라에게도 내가 그랬을 거예요. 정말 그랬을 거예요. 자기 이야기를 노래로 만드는 남자, 밤이면 안아서 침대로 데려가주는 남자가 있다는 게 좋았을 거예요.

●

그레이엄: 빌리 형이 데이지와 곡을 쓰러 떠나면서 우리는 처음으로 각자 곡을 만들어볼 수 있게 되었어요.

캐런: 「오로라」는 곡 자체가 워낙 좋은 데다 확실한 훅이 있어서 다들 재미있게 살을 붙여 완성해 나갔어요.

빌리는 키보드 파트는 미니멀하게 가길 원했어요. 하지만 난 공간감이 넓고 화려한 사운드를 만들고 싶었고요. 그래서 「오로라」를 녹음할 때 도입부를 파워코드*로 시작했어요. 그리고 곡에 활기를 주기 위해서 오스티나토**와 페달 포인트를 많이 활용했어요. 스타카토에서 레가토로 바꿔가면서.

조성이 계속 바뀌니까 피트도 베이스의 조성을 맞춰서 바꿔줘야겠죠? 베이스 연주에 맞춰 발로 박자를 맞추면 되고, 리듬 기타 연주에 맞춰서 코드를 진행해 나가면 되고.

---

*   밑음과 5도로 이루어진 화음을 말한다. 보통 록 음악에서 전기 기타로 연주할 때 쓰이는 코드이다.

**   같은 음형으로 끈질기게 반복되는 모티브나 악구.

에디: 난 좀 더 빠르게, 좀 더 달리는 느낌으로 만들고 싶었어요. 그때 한창 킹크스*의 신보에 빠져 있었거든요. 그들이 택한 노선이 좋아 보였어요. 그런 점에서 워런은 드럼을 더 세게 쳐야 한다고 생각했어요. 드럼과 베이스는 카운터리듬**으로 가야 제대로 하는 거였고요. 그리고 인트로는 깔끔하게 드럼비트로만 채우는 게 좋겠다고 생각했어요.

우린 진짜 멋진 사운드로 채웠어요.

그레이엄: 빌리 형이 스튜디오에 체크인한 날, 그날이 무슨 요일인지는 중요하지 않고, 아무튼 우리에게 그간 「오로라」의 연주를 어떻게 만들었는지 듣고 싶다고 말했어요.

에디: 우린 빌리가 보는 앞에서 연주를 했어요. 네, 라이브로. 스튜디오 녹음 세팅에 들어가기 전이어서 한 소절도 녹음한 게 없었어요. 그래도 스튜디오에 들어가서 밖에 있는 빌리 들으라고 연주를 해줬죠.

빌리: 그들이 구상한 사운드는, 나로선 백번 죽었다 깨어난다 해도 상상조차 할 수 없는 거였어요. 듣고 있는 내내 표정 관리하느라

---

* The Kinks. 영국 록밴드로 1963년에 결성됐다. 피트가 여기서 언급하는 킹크스의 앨범은 1977년에 발표한 그들의 정규 6집 『슬립워커(Sleepwalker)』로, 이전의 미학적인 콘셉트에서 주류적이고 팝 친화적인 노선으로 선회한 첫 번째 시도로 평가받고 있다.
** 다른 리듬을 보완하는 리듬.

힘들었어요. 괴상하고 엉뚱하고 불편하게 들렸어요. 다른 사람의 신발을 억지로 신고 있는 것 같았고요.

듣는 동안 몸속 뼈가 죄다 외치고 있었어요. 이건 내가 아니야. 이건 옳지 않아. 지금 당장 고쳐야 해.

그레이엄: 형 표정을 보니 싫은 티가 역력했어요.

캐런: 아, 빌리는 진절머리를 쳤어요. (웃음) 싫어서 죽으려고 하더군요.

로드: 테디가 빌리만 데리고 나가선 차에 태웠어요.

빌리: 시키는 대로 테디의 차에 타서 점심을 먹으러 갔어요. 아니, 저녁이었나. 난 혼자만의 생각에 빠져서 정신이 없었어요. 머릿속에서 걸레가 된 내 노래가 계속 울리고 또 울려댔어요.

함께 식당에 자리를 잡고 앉았을 때 입을 열었더니 테디가 손을 들어 제지했어요. 주문부터 하라면서. 테디는 메뉴판에 있는 튀김 요리는 전부 다 시켰어요. 빵가루를 묻혀 튀긴 요리를 즐겨 먹는 사람이었거든요.

웨이트리스가 주문을 받고 자리를 뜨자 말하더라고요. "오케이, 이제 이야기해도 돼."

"사운드가 괜찮은 것 같아요?"

내 말에 테디는 "응, 난 좋아"라고 하더군요.

"지금 상태는 좀······ 뻑뻑하지 않아요?" 내가 다시 물었더니 테디가 이렇게 말했어요.

"모두 재능이 있는 뮤지션이야. 너처럼. 네가 네 노래여서 미처 보지 못하는 걸 그 친구들이 보게 해줘. 트랙 연주는 몽땅 그 친구들에게 맡겨. 그런 다음 우리 둘이 들어가서 뺄 건 빼고 설탕을 쳐야 할 건 쳐주고 그렇게 손보면 돼. 하루 날 잡아서 다 불러 모아 추가 녹음을 하게 되면 하는 거고. 필요하면 한 곡 한 곡 다 뜯어고쳐도 돼. 하지만 노래의 등뼈를 세우는 과정에선, 그래, 난 저들이 지금 진짜 잘하고 있다고 생각해."

난 테디의 말을 곰곰이 생각해 봤어요. 가슴이 꽉 조이는 것처럼 답답했어요. 그래도 받아들였어요. "알았어요, 그 말 믿을게요."

그러자 테디가 말했어요. "좋아. 하지만 저 친구들도 믿어."

로드: 다시 스튜디오로 돌아온 빌리는 사운드를 단순하게 정리했어요. 아주 좋았어요.

캐런: 빌리는 옥타브를 조정하면서 내게는 코드 진행을 1-5에서 1-4-5 진행으로 바꾸라고 했어요. 그래도 전반적으로 매우 협조적이었어요.

그레이엄: 그 노래의 초반 테이크에 관해 한마디 하자면, 만약 빌리가 하자는 대로 했으면 절대 세상의 빛을 보지 못했을 거예요. 멤버가 다 함께 참여하면서 다 함께 발전하고 있었어요.

빌리: 난 결심했어요. 앨범에 들어갈 어떤 곡이건 필요한 경우 피드백만 주자고. 나중에 테디와 함께 믹싱하게 되면 그때 제대로 손을 볼 수 있을 테니까요.

데이지: 멤버가 모두 모여 「오로라」를 연주하는 첫날, 나도 스튜디오에 갔어요. 듣자마자 넋이 나갔어요. 정말 너무 좋아서 흥분했어요. 그런 뒤 빌리와 함께 보컬의 합을 맞추면서 제일 잘 어울릴 만한 방법도 찾아냈고요.

아티 스나이더: 우린 악기고 사람이고 할 것 없이 일일이 마이크를 붙였어요. 그런 다음 제대로 소리를 잡느라 세팅을 천 번은 다시 한 것 같아요. 캐런과 그레이엄을 양옆에, 피트와 워런은 뒤쪽에, 에디는 정면을 바라보게 자리를 잡아줬고, 빌리와 데이지는 아이솔레이션 부스에 들어갔어요. 부스에 있어도 밖에 있는 사람들을 다 볼 수 있었어요.

테디는 컨트롤 룸에서 내 옆에 있었어요. 줄담배를 피우면서 내 보드에 재를 떨어뜨렸어요. 내가 계속 닦아내는데도 계속 떨어뜨렸죠.

모든 게 완벽하게 자리를 잡자 난 말했어요. "그럼 시작합니다. 「오로라」 테이크 원. 누가 회차 좀 기억해 줘요."

데이지: 다 함께 곡을 처음부터 끝까지 쭉 연주하고 노래했어요. 모두 다 함께. 밴드로서. 진짜 밴드로서.

어느 순간 빌리를 보자 그도 날 봤어요. 우린 서로를 바라보며 미소 지었어요. 그때 그런 생각이 들었어요. **이건 실화야.** 난 밴드 멤버로 거기 있었어요. 그들과 한 식구가 된 거예요. 우리 일곱 명이 함께 음악을 만들고 있었어요.

빌리: 데이지와 함께 그 노래를 부르기 전에 나는 연습할 겸 두어 테이크를 끊지 않고 불러야 했어요. 제대로 목을 풀어야 하니까. 그런데 데이지는 다짜고짜 바로 시작하더라고요 정말 어떻게 된 사람인지……. 데이지는 가수로 태어난 사람이었어요. 데이지 같은 사람과 경쟁하게 된다면…… 정말 피곤할 거예요. 하지만 같은 팀이라면……. 와, 인간 발전소를 얻는 거죠.

아티 스나이더: 그때 난 앨범의 전반적인 사운드를 어떤 분위기로 갈지 감을 잡는 중이었고 우리 팀원들도 세팅 때문에 정신이 없었어요. 초반에 녹음한 테이크는 깡통 찌그러지는 것 같은 소리여서 다른 건 다 제쳐두고 그걸 바로잡는 데만 매달렸어요. 한 앨범의 녹음에 들어가면, 새로 만나는 아티스트와 새로운 타입의 사운드를 새로운 스튜디오에서 작업하게 돼요……. 그래서 사운드 레벨을 정확하게 맞춰주고 마이크 세팅도 정확하게 해줘야 해요. 난 그런 문제에 집착적으로 매달려 씨름하는 사람이고. 그러니 앨범의 제작 공정이 다 끝나서 완성품으로 내놓기 전까지 다른 데 눈을 돌릴 겨를이 없어요.

그런데 그렇게 주제 파악을 잘하고 있었는데도, 지금 와서 그때를 돌이켜 생각해 보면…… 어쩌면 그렇게 아무것도 몰랐나 싶어 놀라요. 그때 우린 역사에 남을 메가 히트작을 만들고 있었는데. 난 진짜 아무 생각이 없었어요.

데이지: 난 대박 날 줄 알았어요. 지금 와서 하는 말이 아니라 그때 이미 알았어요.

데이지: 며칠 뒤 숙소로 돌아와 내가 쓴 가사를 살펴보는데, 아마 주말이었을 거예요. 아무튼 빌리의 가사지가 한 장 껴 있는 걸 발견했어요. 앨범에 쓰려고 써둔 거였어요. 「깊은 밤마다Midnights」. 당시 제목은 「기억들Memories」이었던 것 같아요. 테디의 집에서 짐을 쌀 때 어쩌다 딸려 들어간 게 분명했어요. 그래서 다시 보기 시작했어요. 그 자리에 앉아서 내리 열 번은 본 것 같아요.

짜증 나게 다정한 노래였어요. 처음부터 끝까지 빌리와 커밀라가 행복한 추억을 쌓은 이야기였으니까. 그래도 괜찮은 대목이 두어 군데 있었어요. 그래서 난 위쪽 여백에 휘갈겨 쓰기 시작했어요. 원본에 손을 대기 시작한 거죠.

빌리: 테디의 집에서 다시 만났을 때 데이지가 내게 「깊은 밤마다」를 건네줬어요. 그해 여름 동안 썼던 곡이에요. 내가 썼을 땐 꽤 정직한 노래였어요. 그런데 그녀가 다시 준 걸 보니 사방에 펜으로 겹쳐 써놔서 단 한 단어도 못 알아먹겠더라고요. 그래서 원고를 들어 올리며 말했죠. "내 노래에 무슨 짓을 한 거예요?"

데이지: 빌리에게 빈말이 아니라 정말 멋진 노래라고 말하고 이어서 이렇게 말했어요. "알고 보니, 살짝 어둠을 깔아줄 필요가 있겠더라고요."

빌리: 난 말했어요. "무슨 말을 하는 건진 알겠는데 글씨를 알아먹게 써야 읽을 거 아니에요?" 이 말에 데이지는 버럭 역정을 내더니 내 손에서 가사지를 낚아챘어요.

데이지: 그에게 직접 읽어줘야겠다고 생각했죠. 그래서 1절을 읽어주는데 지금 이게 다 뭐 하는 건가 싶었어요. 그래서 말했죠. "당신이 맨 처음에 쓴 대로 연주해 봐요."

빌리: 기타로 처음에 내가 쓴 대로 반주하며 노래했어요.

데이지: 감 잡았을 때 중단시켰어요.

빌리: 갑자기 내 기타 넥을 한 손으로 덮어서 잡더군요. 입 다물라는 뜻이었어요. 그러고는 말했어요. "어떤 방향으로 가려는지 감 잡았어요. 처음부터 시작해요. 내가 노래할 테니 들어봐요."

데이지: 그에게 내가 바꾼 대로 노래를 불러줬어요.

빌리: 처음엔 가장 소중한 추억을 노래한 곡이었는데 기억나는 것

과 기억나지 않는 것에 관한 노래가 되었어요. 데이지가 바꿔서 더 섬세하고 결이 많아졌다는 걸 인정할 수밖에 없었어요. 해석의 여지가 풍부해졌어요.

처음 그 곡을 쓸 때 구상한 방향에 거의 일치한다고 봐야 했지만 그래도…… (웃음) 원래 내가 쓴 것보다 더 좋았어요, 인정할 건 인정해야죠.

데이지: 빌리가 원래 쓴 걸 많이 바꾸진 않았어요. 진짜예요. 기억나지 않는 것을 넣어서 기억나는 것을 더 돋보이게 한 게 전부예요. 그런 뒤 보컬을 추가하고 가사를 손봤고요.

빌리: 데이지가 완성한 가사를 봤을 때 난 정말 흥분했어요.

데이지: 빌리는 곧바로 멜로디를 붙이기 시작했어요. 가사지를 건네받아선 펜으로 써가며 더 손보기 시작했죠. 그런 방식을 좋아한다는 걸 그때 알았네요.

다 끝났을 땐, 빌리가 커밀라를 노래한 곡에서 우리가 함께 훨씬 더 많은 의미를 부여한 곡이 돼 있었어요.

빌리: 스튜디오에서 모두에게 그 노래를 들려주었어요. 라운지에서 데이지와 내가 노래하고, 반주는 기타만 치고.

그레이엄: 정말 마음에 쏙 드는 노래였어요. 빌리와 난 브리지에 들

어갈 솔로에 대해 이야기를 나눴어요. 형과 난 생각이 같았어요.

에디: 빌리에게 말했어요. "좋네. 내 파트를 만들어 넣어볼게."

그랬더니 빌리가 "아, 네 파트는 이미 다 썼어. 그냥 내 연주에 맞춰서 하면 돼"라고 하더군요. "나도 손 좀 볼게"라고 했는데도 고집불통이었어요. "더 손볼 데 없어. 데이지와 내가 주거니 받거니 손봤어. 내 말대로 해. 내가 연주한 대로 하면 돼."

"네가 연주한 대로 하고 싶지 않거든?"

내가 이렇게까지 말했는데도 빌리는 내 등을 툭툭 치며 말했어요. "어련히 잘했을까 봐. 그냥 내가 연주한 대로 해."

빌리: 리듬 기타 파트는 이미 다 써놨어요. 그래도 져줬어요. "알았어, 그래, 이 친구야. 손볼 데가 있으면 한번 해봐." 녹음하는 날 들어보니 내가 원래 쓴 것에서 하나도 바꾼 게 없었어요.

에디: 내가 손봐서 더 좋아졌어요. 빌리는 내 파트를 제대로 만들어놓지도 않았어요. 그리고 딱 한 가지 스타일로만 연주하란 법도 없고. 그래서 내가 바꾼 거예요. 내게 더 좋았어요. 내 리프는 내가 제일 잘 알죠. 어떻게 해야 어울릴지 알았고. 밴드니까 각자 파트는 각자 알아서 하는 게 맞잖아요. 그래서 나도 내 파트를 알아서 만든 거예요.

빌리: 내가 알아서 잘 뽑아놨는데 다른 사람이 낸 아이디어가 좋은

척 연기할 때마다 정말 심란해요. 하지만 에디 러빙 같은 사람과 일하려면 어쩔 수 없어요. 모든 게 자기 머리에서 나왔다고 믿어야지, 안 그러면 손 하나 까딱 안 하는 위인이니까요.

그래요, 내 잘못이에요. 멤버에게 모두가 동등한 기회를 누리는 밴드라고 말했으니까. 그런 말은 하지 말았어야 했어요. 그런 방식으론 밴드가 계속 굴러가질 못해요. 스프링스틴*을 보세요. 스프링스틴은 그 방식으로 굴리는 방법을 알아요.

하지만 나는? 직접 기타를 쳐가며 곡을 만들어왔는데도 에디 러빙 같은 인간이 가르치려 드는 걸 다 받아줘야 했어요.

캐런: 빌리와 에디가 그 곡을 두고 신경전을 벌인 건 전혀 몰랐어요. 나중에 둘이 이야기해 줘서 알게 됐지만 그 당시 내가…… 다른 문제에 정신이 팔려 있어서 그랬나 봐요.

그레이엄: 좋은 시간을 보낸다는 게 어떤 건지 알아요? 내 멤버들은 모두 스튜디오에서 레코딩하는 동안 난 내 여자랑 탈의실에서 뒹구는 거예요. 바늘이 떨어지는 소리도 들릴 정도로 찍소리 안 하고 뒹구는 것.

우리는 그렇게 사랑을 나눴답니다, 여러분. 사랑이란 게 이런

---

* Bruce Springsteen. 1964년부터 활동해 오고 있는 싱어송라이터. 브루스 스프링스틴은 1972년부터 록밴드 E 스트리트 밴드(The E Street Band)를 백밴드로 들여 레코딩부터 공연까지 함께하고 있으며, 밴드 멤버들은 다른 뮤지션의 세션 연주나 솔로 활동 또한 성공적으로 이어가고 있다.

거구나 싶었어요. 나와 캐런 말고 지구를 통틀어 중요한 건 없는 것 같은 기분 말이에요. 그녀에게 내 사랑을 꺼내 보여줄 수 있을 것 같은 기분. 다른 곳도 아니고 물 샐 틈 없이 살벌한 그런 곳에서 아무 말 않고서.

워런: 우리가 그 노래, 「깊은 밤마다」를 가지고 이렇게 저렇게 해보는데, 데이지가 나한테 브리지에서 드럼 없이 가자고 했어요. 난 잠깐 생각하고 나서 "그래, 좋은 아이디어예요"라고 말했어요. 이런 면에서 데이지와 난 진짜 잘 맞았어요. 똥고집 부리지 않고 소통할 수 있는 건 그 친구와 나 말곤 없지 않았나 싶어요. 한번은 데이지에게 「마음에서 지우려고Turn It Off」를 부를 때 너무 열에 들떠 있는 것 같다고 했더니 이렇게 말했어요. "무슨 말인지 알겠어요. 코러스에선 좀 차분하게 가라앉혀 볼게요." 이런 거죠.

사람마다 다르겠지만 서로 으르렁대지 않는 사람이 있고 사사건건 으르렁대는 사람이 있기 마련이죠. 생겨먹은 대로 사는 거지 어쩌겠어요.

로드: 난 머리를 굴리기 시작했어요. 필요한 경우 에디를 대체할 사람을 구할 수 있을까? 에디가 떠나면 피트도 떠날까? 그렇게 되면 밴드엔 어떤 영향을 끼치게 될까? 난 거짓말할 생각은 없어요. 그즈음 다른 기타리스트들을 찾아다니며 타진하기 시작했어요. 빌리가 에디의 파트를 전담할 경우를 대비할 계획도 짜보았고요. 예감이 좋지 않았어요.

결과적으로 내 예감이 100퍼센트 맞은 건 아니었어요. 하지만 안 좋은 건 맞았어요.

워런: 에디가 떠날 걸 예감했다고 자랑하는 건 핵폭탄이 터지기 전날, "내가 오늘 해가 뜰 것을 예언했다"라고 떠벌이는 것과 다를 게 없어요. 아이고, 그러셨어요, 위대한 예언가 납셨네. 하지만 세상이 끝장난다는 건 눈치 못 챘죠?

데이지: 그날 일을 마무리하고, 빌리가 집에 가려고 나서면서 말했어요. "그간 애썼어요. 고마워요."

난 "할 일을 한 건데요, 뭐"라고 말했던 것 같아요.

그런데 빌리가 그 자리에 멈춰 서더니 한 손을 내 팔에 얹었어요. 빈말이 아닌 걸 알려주고 싶었던 거죠. 그는 다시 말했어요. "진심으로 하는 말이에요. 덕분에 더 좋은 곡이 나왔어요."

내게…… 그 말은 크게 다가왔어요. 정말 크게. 어쩌면 감당할 수 없을 만큼.

빌리: 그즈음에야 서서히 깨닫고 있었던 것 같아요. 테디가 그전부터 닦달하긴 했었지만, 함께하는 사람이 늘어날수록 더 복잡한, 예술적으로 더 복잡한 입장에 놓이게 된다는 걸요. 늘 맞는 말은 아니에요. 하지만 데이지와 나의 관계에서는…… 맞는 말이었어요.

그 점을 몸으로 부딪혀 깨달아야 했어요. 데이지와 함께 일하고, 그러고 나서야…… 그 말이 맞는다는 걸 알겠더라고요.

데이지: 빌리를 진정으로 이해했다고 확신했어요. 그도 날 이해했고요. 이런 일은, 그러니까 한 사람과 통한다는 건 불을 가지고 노는 것과 같아요. 이해받는 건 기분 좋은 일이에요. 어떤 사람과 손발이 잘 맞는다고 느끼면, 누구도 넘보지 못할 경지에 오른 것 같죠.

캐런: 너무 비슷한 사람들은…… 서로 잘 섞이지 못하는 것 같아요. 예전엔 소울메이트가 모든 면이 똑같은 사람이라고 생각했어요. 그래서 나와 똑같은 사람을 찾아야겠다고 생각했었죠.

지금은 소울메이트라는 개념 자체를 믿지 않을뿐더러 찾아 나설 생각도 없어요. 하지만 진심으로 믿는다면 모든 면에서 나와 완전히 다른 사람을 찾는 게 맞는다고 생각해요. 나와 똑같은 문제로 고민하는 사람 말고.

●

로드: 밴드가 「밤을 쫓아가고 있구나Chasing The Night」를 녹음할 때였어요. 그날 일찍부터 곡 작업을 시작해서 오후가 되었을 땐 데이지는 자기 일을 끝내고 집에 갔어요.

데이지: 별장에 친구들을 초대하기로 했어요. 친한 여자 배우들과 스트립에서 알게 된 남자 두엇을 불러 풀장 옆에서 놀기로 했죠.

로드: 집에 가는 데이지에게 나중에 다시 와야 한다고 말했어요. 그날 밤 데이지와 빌리의 보컬을 녹음할 예정이었으니까. 다 함께 모여 일할 때와 따로 일할 때를 처음부터 구분해 줬어야 했는데. 시간을 확실하게 정하질 않았거든요. 그래서 '알아서 마음대로' 상태가 된 거예요.

그래도 데이지와는 9시까지 하이더에 오기로 약속했었다고요.

빌리: 그레이엄과 함께 릭*을 만들고 있었어요. 몇 개를 레코딩한

---

* lick. 대중음악 장르에서 솔로 파트나 멜로디라인에서 쓰는 특정한 선율의 패턴.

다음 다시 들어보면서 마음에 드는 걸 고르고 있었죠.

아티 스나이더: 빌리와 그레이엄은 둘만 있을 땐 함께 일하기 재미난 친구들이었어요. 가끔은 둘만 아는 언어로 이야기했죠. 그래도 그들이 뭘 할 생각인지 짚이는 데가 있었어요. 하지만 알다가도 모를 기분이었어요. 그 시절을 돌이켜보면…… 둘 다 어떻게 버텼는지 모르겠거든요. 친형과 일했으면 난 돌아버렸을 것 같거든요.

빌리: 그레이엄만큼 훌륭한 동생을 둔 것을 늘 행운으로 여겼어요. 재능도 넘쳐나고, 늘 기발한 아이디어를 내놓을 줄 알았고. 걔가 있으면 모든 게 수월했어요. 잘 모르는 사람들은 "동생이랑 같이 일하다니 신통하다"라고 말했지만 걔가 없으면 어떻게 해냈을까 싶어요.

데이지: 밤늦게까지 놀고 있는데 갑자기 믹 리바가 나타났어요. 그도 마몽에 묵고 있었어요. 그때 믹의 나이가 마흔이 넘었을 거예요. 결혼과 이혼을 밥 먹듯이 했고, 자식이 다섯은 있었던 것 같고. 그런데도 열아홉 살 뺨치는 파티광이었고. 그 와중에 또 밥 먹듯 빌보드 차트를 휩쓸었고. 여전히 모두의 사랑을 받던 때였어요.

믹과는 몇 번 파티에서 만난 적이 있었어요. 나한텐 언제나 깍듯이 대했죠.

하지만 그는 정말…… 믹은 어딜 가나 그루피를 줄줄이 끌고 다녔어요. 그가 나타나면 파티가 광란 상태가 되는 건 시간문제였어요.

로드: 빌리와 그레이엄은 작업을 마쳤어요. 그레이엄이 스튜디오를 나선 게 8시쯤이었을 거예요. 빌리와 난 나가서 저녁을 먹었어요. 그래도 바로 돌아왔는데 여전히 데이지는 오지 않았어요.

데이지: 문득 둘러보니 사방이 사람들로 꽉꽉 들어차 있었어요. 믹이 아는 사람은 정말 한 명도 빼놓지 않고 다 불러들인 거예요. 호텔 바에서 술을 몇 병 주문했고 자기 돈으로 다 냈어요.

난 시간이 가는 줄도 모르고 있었어요. 내가 뭘 하고 있는지도 알지 못했어요. 내가 뭔 생각을 하고 있었던 건지도 모르겠어요. 기억나는 건 샴페인과 코카인뿐이에요. 그런 파티가 있죠. 최고의 파티. 샴페인과 코크, 풀장을 에워싼 비키니 차림의 여자들. 끝나고 나서야 약이 우릴 죽일 거고 섹스도 우릴 덮칠 거라는 사실을 깨닫게 되는 그런 거요.

빌리: 우린 한 시간을 더 기다리면서도 이상하다는 생각을 안 했어요. 당연한 것 아닌가요. 데이지 같은 사람이 제시간에 나타나면 그게 사고지.

시몬: 그때 난 「아메리칸 밴드스탠드」 녹화 때문에 캘리포니아에 있었어요. 그래서 데이지와 만나기로 미리 약속했었죠. 데이지의 별장으로 간 게 10시쯤이었는데, 사람들이 발 들일 틈도 없이 바글바글하더군요. 믹 리바가 열여섯 살도 안 돼 보이는 여자애 둘을

끼고 뒹굴고 있었어요. 데이지는 풀장의 긴 의자에 누워 있었는데 한 치 앞도 안 보이는 깜깜한 밤에 태닝이라도 하는 건지 흰색 비키니 차림에 선글라스까지 끼고 있었어요.

데이지: 시몬이 나타난 후론 아무것도 기억이 안 나요.

로드: 테디와 아티는 집에 가겠다고 했어요. 둘 다 그러려니 하더군요. 하지만 난 책임감을 느꼈어요. 데이지답지 않다는 생각이 들었어요. 레코딩 세션을 펑크 내다니.

시몬: 난 말했어요. "데이지, 이제 끝낼 시간 같은데." 걘 내 말은 귓등으로도 듣지 않는 것 같았어요. 팔딱 일어나 앉아 날 보며 말했어요. "테아 포터*가 나한테 보내준 카프탄** 보여줬나?"

그래서 아니라고 했죠.

데이지는 자리에서 일어나 별장 안으로 들어갔어요. 도대체 어디서 뭐 하다 왔는지도 모르겠는 사람들 천지였어요. 데이지에겐 신경도 안 쓰는 눈치였고요. 데이지의 침실로 같이 들어갔더니 그 애 침대 위에서 남자 둘이 섹스하고 있었어요. 데이지의 집인데 누구도 그렇게 생각하지 않는 것 같았어요. 데이지는 그들을

---

*   Thea Porter. 1960년대에 중동 패션을 런던에 처음 소개한 영국의 화가이자 패션 디자이너, 사업가.

**   아랍, 튀르키예, 서남아시아의 전통 의복으로, 현대에는 소매가 넓고 헐렁하며 긴 원피스 스타일의 여성 드레스를 통칭한다.

그대로 지나쳐 옷장 문을 열더니 아까 말했던 드레스, 카프탄을 꺼냈어요. 금색, 분홍색, 청록색, 회색으로 알록달록한 게 정말 예쁘더군요. 보고 있으면 심장이 아플 정도로 정말 너무 예뻤어요. 벨벳에 브로케이드에 시폰에 실크에.

난 말했어요. "예뻐서 기절하겠네."

데이지는 비키니를 벗었어요. 사람들이 다 보는 그 자리에서.

"지금 뭐 하는 거니?"

내 말에 데이지는 그 옷을 뒤집어쓰고 한 바퀴 휘돌고는 말했어요. "이 옷을 입으면 요정이 된 것 같아. 바다의 님프가 된 것 같아."

그러더니…… 이렇게 말해도 되려나. 그 순간까지도 내 눈앞에 있었는데 바로 다음 순간, 날 지나쳐 풀장 쪽으로 달려 나가더니, 물속으로 한 걸음 한 걸음씩 걸어 들어가는 거예요. 그 아름다운 옷을 걸치고선. 그 순간 데이지를 죽일 수도 있을 것 같았어요. 그 드레스는 예술이었다고요.

내가 달려갔을 때 데이지는 모두가 지켜보는 가운데 둥둥 뜬 채 하늘을 바라보고 있었어요. 그 모습을 누가 찍었는데 데이지의 사진 중에 그 사진을 내가 제일 좋아해요. 사진 속 데이지는 더하지도 덜하지도 않은 데이지 그 자체예요. 두 팔을 양옆으로 펴고, 물 위에 드레스 자락을 펼친 채 둥둥 떠 있는 모습이. 온통 깜깜한 가운데 풀장만 조명이 켜져 있어서 드레스와 데이지의 몸만 환하게 빛났어요. 그리고 데이지의 표정, 카메라를 정면으로 응시하며 미소 짓는 표정. 보고 또 봐도 수수께끼 같은 표정이었

어요.

로드: 마몽에 열 번은 전화를 걸었는데도 받지 않아서 결국 빌리에게 말했어요. "아무래도 가봐야겠어. 무슨 일이 일어난 건지 확인해야 할 것 같아."

빌리: 데이지는 앨범 레코딩 과정을 즐겼어요. 내가 알아요. 내 눈으로 봤으니까요. 자기 노래를 레코딩할 기회를 마다한다면 딱 한 가지 경우인데, 머리가 전혀 안 돌아갈 정도로 약에 취했다는 거였어요.

내가 걱정하는 만큼 자기를 걱정하지 않는 사람을 보면 마음이 아파요. 난 양쪽 다 경험이 있어서 알아요.

아무튼 로드와 함께 갔어요. 데이지가 묵고 있는 마몽의 별장까지 가는 데 15분 정도 걸렸어요. 그리 멀지 않았으니까. 도착해선 이 사람 저 사람에게 롤라 라 카바—데이지가 누군데 당연히 가명이 있었죠—가 어디 있느냐고 물으며 다녔어요. 결국 누군가 풀장에 가보라고 말해주더군요.

그래서 풀장에 갔죠. 데이지가 분홍색 드레스를 입고서 다이빙 보드 끝에 앉아 있었어요. 머리부터 발끝까지 젖어 있었고 사람들이 에워싸고 있었어요.

머리를 뒤로 말끔히 넘겼고, 드레스는 몸에 착 달라붙어 있었고요.

로드가 데이지에게 다가가서 말하는데, 나한테까지는 들리지 않았지만, 데이지가 로드를 본 순간, 기억해낸 걸 알았어요. 로드를 보고서야 약속한 걸 기억해냈어요. 우리가 짐작한 그대로였어요. 고주망태. 그녀에게 음악보다 먼저인 건 오로지 하나, 약물이었어요.

그녀가 로드에게 말하는데 로드가 날 가리켰고 그녀도 내 쪽을 바라보는데 그 표정이…… 슬픈 것 같았어요. 내가 거기 있는 것을 보게 돼서. 내가 자기를 보고 있는 것이.

내 옆에 한 남자가 서 있었는데, 마흔 줄에 접어든 걸 몰랐다면 당연하게 '늙다리'라고 말했을 것 같아요. 그가 들고 있는 술잔에서 위스키 냄새가 내 코끝을 간질였어요. 스모키하고 소독한 것 같은 향. 난 언제나 냄새에 끌렸어요. 테킬라의 냄새, 맥주의 냄새. 코카인까지도.

그중 어느 한 냄새만 맡아도 단숨에 옛날로 돌아갔어요. 밤이 이제 막 시작되는 순간, 곧 사고를 치겠구나 스스로 직감하는 순간으로. 좋아서 가슴이 터질 것 같죠, 곧 시작된다고 느끼면.

그때 머릿속에서 그 목소리가 다시 살아났어요. 두 번 다시 술을 끊지 못할 거라고 말하고 있었어요. 죽을 때까지 술 한 방울 입에 대지 않는 건 불가능해. 그런데 술을 끊는 게 무슨 소용이지? 언젠가 결국은 실패할 건데? 다 때려치우는 게 맞지 않나? 나 자신을 괴롭히는 짓은 이제 그만하지? 다른 사람에게 민폐 끼치는 것도 그만하지? 그래야 나중에 커밀라와 내 딸들이 내가 어떤 놈인지 알고 상처받을 일도 없지 않을까?

문득 데이지를 보니 다이빙 보드에서 걸어 나오고 있었어요.

한 손에 술잔을 들고 있다 떨어뜨렸는데 풀장 가장자리에 떨어져 박살이 났어요. 그런데 데이지가 깨진 유리잔 위로 발을 내디 뎠어요. 자기 발밑에 뭐가 있는지도 모르고 말이에요.

로드: 데이지의 발에서 피가 나기 시작했어요.

시몬: 콘크리트 바닥에 고인 수영장 물에 피가 번지고 있었어요. 그런데도 데이지는 전혀 알지 못했어요. 그대로 걸어가면서 다른 사람과 이야기를 하더라고요.

데이지: 발이 베였는데도 느낌이 없었어요. 아무것도 제대로 느낄 수가 없었던 것 같아요.

시몬: 그때 생각했어요. 얜 아름다운 드레스를 입고 피 흘리는 여자가 되어 그렇게 죽겠구나.

그때 내 심정은…… 황망하고 슬프고 우울하고 환멸스러웠어요. 다 내버리고 싶은 생각까지 들었지만 내게 포기는 사치였어요. 난 데이지를 위해 무조건 싸우지 않으면 안 될 것 같았어요. 데이지를 위해 데이지와 싸울 작정이었어요. 결국 지겠지만. 승산이 전혀 없었으니까. 그런 전쟁에서 이길 전망이 보이지 않았으니까.

빌리: 더는 그 자리에 있을 수가 없었어요. 데이지를 보면서, 흠뻑 젖었고 피를 흘리고 약에 취해 해롱대며 금방이라도 쓰러질 것 같

은 꼴을 보면서 든 생각은 하느님 감사합니다, 진작 손 씻어서 천만다
행이야, 가 아니었어요.

재는 제대로 놀 줄 아는구나, 였어요.

로드: 데이지에게 몸을 말릴 수건을 갖다주는데 빌리가 뒤돌아 떠
나는 게 보였어요. 내 차로 같이 왔는데 어쩌자고 혼자 가버린 건
지 모르겠더라고요.

눈을 맞추려고 했지만 빌리가 내 눈을 피했어요. 그러다 코너
를 돌면서 눈이 딱 마주쳤는데 그냥 고개만 한 번 끄덕였어요. 그
제야 이해했어요. 두말없이 나와 함께 와준 것이 고마웠어요.

빌리는 유혹을 피할 줄 알았고 그때도 그렇게 피한 거예요.

빌리: 로드에게 난 가겠다고 말했어요. 택시 타고 집에 가도 되겠
느냐고 물었더니 괜찮다고 했어요. 내가 운전해서 데이지를 보러
갔거든요. 로드는 얼마든지 그러라고 했어요. 내가 먼저 갈 수밖에
없는 이유를 헤아려줬어요.

집에 가서 커밀라 옆에 누우니 몸을 빼서 천만다행이라는 생각
이 들었어요. 그런데 잠이 오질 않았어요. 아까 그 남자가 들고 있
던 위스키 잔을 빼앗아 들었다면? 그 후의 상황을 자꾸 생각하게
됐어요. 그대로 목구멍에 들이부었을 거예요.

그런 다음 웃어대며 모두를 위해 한 곡조 뽑았을까? 본 적도 없
는 사람들이 떼로 모인 곳에서 팬티까지 다 벗고 물속에 뛰어들
었을까? 팔뚝에 고무줄을 매고 헤로인 주사를 놓는 사람을 보다

가 배 속이 뒤집어지게 토했을까?

대신, 깜깜한 적막 속에 누운 채 아내가 코 고는 소리에 귀를 기울이고 있었어요.

이런 말을 하는 이유는, 내가 본능을 이겨내는 사람이란 뜻이에요. 내 본능은 혼돈 속으로 달려들라고 말했어요. 하지만 더 현명한 이성理性이 날 내 여자에게 보냈죠.

데이지: 빌리를 본 기억이 없어요. 로드를 본 기억도 안 나요. 어떻게 침대까지 갔는지도 기억이 안 나요.

빌리: 잠이 안 오겠다 싶었어요. 그래서 일어나 곡을 썼어요.

로드: 다음 날 빌리가 스튜디오에 왔어요. 다른 멤버 모두 와서 레코딩을 할 준비를 마쳤어요. 심지어 데이지까지 와 있더군요. 전날 밤보다는 멀쩡한 정신으로 커피를 마시고 있었어요.

데이지: 기분이 거지 같았어요. 분명히 말하지만, 레코딩 세션을 펑크 낼 생각은 없었어요,

스스로를 왜 그렇게 괴롭히는 거냐고요? 나도 설명 못 하겠어요. 설명할 수 있으면 좋겠어요. 그런 내가 못 견디게 싫었어요. 그런 내가 못 견디게 싫으면서도 똑같은 짓을 되풀이하고 그런 날 더 싫어하게 되고. 이런 문제를 속 시원하게 설명할 방법은 없어요.

로드: 빌리가 들어와서 우리 모두에게 자기가 쓴 곡이 적힌 종이를 보여주었어요. 제목은 「대책 없는 여자Impossible Woman」였어요.

"어젯밤에 쓴 거야?" 내가 물었더니 그렇다고 했어요.

빌리: 데이지가 읽어보더니 말했어요. "멋져요."

그레이엄: 그날 모인 자리에서 우리 중 누구도, 심지어 데이지 본인이나 빌리도 그 노래가 데이지 이야기라는 걸 아는 티를 내지 않았어요.

빌리: 데이지에 관한 노래가 아니었어요. 술이나 약에 취하지 않으면 도달하지 못하는 것, 가질 수 없는 것에 관한 노래였어요.

캐런: 빌리가 우리 앞에서 처음으로 그 노래를 부르는 것을 듣다가 그레이엄에게 말했어요.

"이건 정말……."

그레이엄은 한마디만 했어요. "그러게."

데이지: 너무 좋아서 욕이 나올 정도였어요.

워런: 내용이 뭐건 신경 안 썼어요, 지금도 마찬가지고.

캐런: "맨발로 눈 속을 달리는 망아지일 뿐인데 추위도 그녀를 어

쩌지 못해." 이건 그냥 데이지 존스였어요.

빌리: 손가락 사이로 빠져나가는 모래 같은 여자, 결코 손에 닿을 것 같지 않은 여자에 관한 노래를 쓰고 싶었어요. 내가 가질 수 없는 것, 내가 할 수 없는 것에 대한 비유였어요.

데이지: 내가 말했어요. "이 노래, 우리 둘이 같이 불러요?"

빌리가 말했어요. "아니, 데이지 혼자서 불러보면 어떨까 싶은데. 당신 음역에 맞춰서 곡을 썼거든요."

난 말했어요. "여자에 관한 노래니까 남자가 부르는 게 이해하기 쉬울 것 같은데."

"그러니까 여자가 부르면 더 재미있어지죠. 한번 들으면 잔상이 계속 남을 거예요."

"알았어요. 한번 해보죠."

다른 멤버들이 각자의 파트를 연주하는 동안 나도 시간을 벌었어요. 그리고 며칠 지나서 합류했죠. 각자 녹음한 트랙을 들어보고 내가 노래를 시작할 대목을 찾았어요.

내가 노래할 차례가 되었을 때 난 최선을 다해 불렀어요. 살짝 슬픈 감정을 담아서. 노래 속의 여자가 그리운 것처럼. 이렇게 생각했어요. 이 여자는 우리 엄마일지도 몰라. 어쩌면 잃어버린 자매일지도 몰라. 내게 필요한 것을 이 여자가 갖고 있을지 몰라.

이런 생각도 했어요. 아쉬움을 담아서, 두둥실 떠가는 기분으로 부르는 거야. 하지만 테이크를 거듭할수록 잘못 부르고 있다는 생각만

들었어요.

그래서 노래를 부르면서 계속 다른 사람들을 쳐다봤어요. 누구든 나 좀 여기서 꺼내줘요. 나 지금 뻘짓 하는 거 안 보여요? 어떻게 해야 할지 모르겠더라고요. 그러니 화가 나기 시작했어요.

캐런: 데이지는 정식으로 음악 훈련을 받은 적이 단 한 번도 없었던 게 분명해요. 코드 이름도 모르고, 발성법도 모르고. 데이지가 타고난 감으로 불렀는데 신통치 않다면 그 노래에선 빼는 게 맞죠.

데이지: 누구든 나 좀 말려주길 바랐어요. 결국 잠깐 쉬겠다고 말했죠. 테디가 산책하면서 머리를 식히라고 했어요. 스튜디오 건물 주변을 걸어 다녔어요. 하지만 안 하느니만 못했던 게 난 그 노래를 소화할 능력이 없단 생각만 들었어요. 그래, 내가 소화 못 할 줄 알았어, 그럴 줄 알았어. 결국 두 손 두 발 다 들었어요. 그래서 차를 타고 가버렸어요. 그 문제를 해결할 길이 안 보이니까 도망친 거죠.

빌리: 그 노랜 내가 데이지를 위해 쓴 거예요. 그녀가 부를 노래로 만든 거예요. 그래서 떠난 걸 알고 진짜 화가 났어요. 그렇게 포기해 버리는 게.

확실히 해두자면, 기운이 꺾인 건 이해할 수 있었어요. 데이지의 재능은 경악스러울 정도예요. 가까이서 직접 보면 충격을 받을 정도로 비범해요, 그 사람의 재능은.

문제는 그걸 통제할 줄 모른다는 거예요. 필요할 때 불러내는 방법을 몰라요. 그냥 알아서 나타나 주길 바라는 것 말고는 할 수 있는 게 없어요.

그렇다고 포기하는 건 어린애나 하는 짓이죠. 아니, 못 해도 두어 시간은 노력해 보고 나서 그러면 또 몰라. 타고난 것만 믿고 노력을 안 하는 사람들은 그게 문제예요. 그런 사람들은 자기 힘으로 이루어내는 게 뭔지도 몰라요.

데이지: 그날 밤, 누군가 내 숙소를 찾아왔어요. 시몬과 저녁을 준비하던 중이었는데 문을 여니 빌리 던이 서 있었어요.

빌리: 하늘이 무너져도 그 노래는 데이지가 불러야 한다고 말하려고 찾아갔어요. 내 발로 샤토 마몽에 또 가고 싶었느냐고요? 천만에요. 갈 수밖에 없어서 간 거예요.

데이지: 빌리가 나더러 자리에 앉으라고 했어요. 시몬은 주방에서 하비 월뱅어*를 만들어선 빌리에게도 권했어요.

빌리: 그러자 데이지가 날 막으며 "안 돼!"라고 소리쳤어요. 시몬이 건넨 잔을 받아 들지도 않았는데.

데이지: 시몬이 빌리에게 술을 권하는 걸 보고 식겁했어요. 그가 진

---

* 칵테일의 일종.

즉에 날 교활한 모주꾼에다 술꾼에 약물중독자로 생각한다는 걸 알고 있었거든요.

만약 내가 그를 술 지옥으로 끌어들이려는 거라고 생각한다면, 내 모든 걸 걸고서라도 사실이 아니라는 걸 알릴 작정이었어요.

빌리: 그걸 보고…… 놀랐어요. 내 말을 귀담아들었다는 뜻이니까.

데이지: 빌리가 말했어요. "이 곡은 당신이 불러야 해요." 난 내 목소리가 그 곡과 어울리지 않는다고 답했죠. 한동안 그렇게 주거니 받거니 이야기를 나눴어요. 그 곡의 메시지가 뭔지, 내가 개입할 여지가 있는지 등등. 결국 빌리는 그 곡이 내 얘기라고 실토했어요. 날 생각하며 만들었다고요. 내가 '대책 없는 여자'라고요.

"그녀는 블루스를 로큰롤처럼 몸에 둘렀지/ 손댈 수도 없고, 굽힐 수도 없는 여자." 이게 나라고요. 그 말을 들은 순간 내 머릿속에서 반짝 떠오르는 게 있었어요.

빌리: 맹세하는데, 데이지에게 그게 그 친구 이야기라고 말한 적 없어요. 내가 그런 말을 할 리가 없죠. 그 친구 이야기가 아닌데.

데이지: 그 말이 하나의 돌파구처럼 느껴졌어요. 그런데도 내 목소리는 그 노래에 맞지 않는 것 같다고 말했어요.

빌리: 그 노래엔 가공하지 않은 에너지가 필요하다고 말했어요. 바

늘에 닿아 금이 가는 느낌으로 불러야 한다고. 감전된 것처럼 불러야 한다고. 자신을 구원하기 위해 부르는 느낌이어야 한다고요.

데이지: 그건 내 목소리론 안 될 말이었어요.

빌리: 난 말했어요. "내일 스튜디오에 들어가서 다시 해봐요. 다시 하겠다고 나하고 약속해요." 데이지는 그러겠다고 했어요.

데이지: 그래서 다음 날 다시 갔더니 누가 스튜디오를 싹 청소해놓았더군요. 다른 멤버는 보이지 않았고 빌리, 테디, 로드, 아티가 회의 탁자에 앉아 있었어요. 들어가면서 바로…… 눈치챘어요. 이번엔 다르겠구나.

로드: 빌리가 데이지를 부스 안으로 데려가서 격려의 말을 늘어놓는 걸 보다가 담배 한 대 태우러 나갔어요.

빌리: 곡 분위기를 어떻게 연출할지는 이미 알고 있었고, 다만 어떻게 설명해야 데이지가 알아들을까 고민했어요. 결국 내가 간파한 건 데이지는 노래할 때 힘을 전혀 들이지 않는 스타일이라는 거예요. 그런데 이 곡은 부르는 게 고통인 것처럼, 온몸의 에너지를 다 빼내는 것처럼 불러야 했어요. 데이지가 노래를 다 부르고 나면 마라톤을 완주한 것처럼 느끼길 바랐어요.

데이지: 내 목소리엔 걸걸한 느낌이 있긴 했지만 배 속 깊은 곳에서 끌어 올리는 느낌하곤 거리가 멀었어요. 그게 빌리가 원하는 목소리였고요.

빌리: 데이지에게 말했어요. "세게, 크게 불러요. 스스로 주체할 수 없을 정도로 질러요. 목구멍이 쩍쩍 갈라질 정도로 불러요. 고삐를 놓아버리라고요."

노래를 마음대로 망치라고 허락해 준 거예요. 라디오 볼륨을 끝까지 올린 채 노래를 부른다고 생각해 봐요. 자신의 목소리가 스스로한테도 들리지 않을 정도로 크니까 마음 놓고 악을 쓰고 노래해도 돼요. 목소리가 갈라지건 음정이 틀리건 원망할 일 없으니 상관없죠. 데이지에겐 그런 자유가 필요했어요. 그러려면 엄청난 자신감이 필요했죠. 데이지에겐 그런 종류의 자신감은 없는 것 같았어요. 그녀는 늘 잘했어요. 여기서 자신감이란 망쳐도 괜찮다고 생각하는 거예요. 잘하니까 괜찮은 게 아니라.

난 말했어요. "당신이 늘 잘하는 창법으로 부르는 건 이 곡엔 안 통해요."

데이지: 빌리가 말했어요. "예쁜 곡이 아니에요. 예쁘게 부르면 안 돼요."

로드: 돌아와 보니 빌리가 데이지와 부스 안에 같이 있더라고요. 조명은 어둡게 해놓았고, 데이지 옆엔 비염 흡입기에 뜨거운 차가

담긴 머그잔에 목캔디가 수북한 데다 화장지도 있었고 물이 담긴 큰 들통까지 있었어요. 이유는 종잡을 수 없었지만, 아무튼 그랬어요.

잠시 후 데이지가 의자에 앉으니까 빌리는 곧바로 컨트롤 룸으로 튀어나왔다가 다시 부스로 들어갔어요.

그러곤 의자를 치우고 마이크를 세웠어요. 그리고 말했죠. "일어나서 불러요. 그리고 무릎이 꺾일 정도로 온 힘을 다 쏟아서 노래해요."

데이지는 겁먹은 표정이 되었어요.

데이지: 그는 내가 모든 강박을 다 내려놓길 바랐어요. 자기 앞에서—테디와 아티 앞에서—아주 스펙터클하게 망가져 달라고 부탁했어요. 하지만 난 생각했어요. 나의 자아는 술 없이 맨 정신으론 아무것도 할 수 없다는 것을.

그래서 물어봤어요. "여기서 와인 좀 마셔도 돼요?"

"그런 것 없이도 할 수 있어요." 빌리 말에 난 말했어요. "그건 당신 이야기고요."

빌리: 로드가 브랜디 한 병을 가지고 들어갔어요.

로드: 데이지에게 쉬운 길을 죄다 막아놓고 장애물 많은 길을 평소보다 더 빨리 뛰게 할 생각은 없었어요.

데이지: 술을 몇 모금 들이켜고선 창밖의 빌리를 보면서 마이크에 대고 말했어요.

"알았어요, 그러니까 좀 꼴사납게 부르라는 거죠?"

빌리가 고개를 끄덕였고 난 한마디 더 했어요. "그렇다면 내가 바락바락 악쓰는 고양이처럼 불러도 이래라저래라 말하기 없기예요."

난 절대 잊지 못할 거예요. 그 말에 빌리가 토크백 버튼을 누르고 한 말을. "당신이 고양이이고 악을 쓴다면 세상의 모든 고양이가 당신에게 달려올 거예요."

난 그 말이 좋았어요. 나답게 굴 때 내가 잘하고 있는 거라는 생각이 마음에 들었어요.

그래서 입을 크게 벌리고 한껏 숨을 들이켠 다음 그대로 노래를 시작했어요.

빌리: 누구도 데이지에게 이래라저래라 말한 적 없고 나는…… 지금 이런 말을 하는 것도 조심스러운데…… 처음 녹음한 두 테이크는 듣기 힘들 지경이었어요. 와, 그 자리에서 듣고 있는데 내가 괜한 말을 했구나 싶었어요. 그래도 계속 격려해 줬어요.

누군가 벼랑 끝에서 까불댄다면, 그런데 맨 처음 그 사람을 꼬드겨서 벼랑 끝에 서게 한 사람이 바로 나라면, 그 사람이 발을 헛디디게 만들 짓은 꿈도 못 꾸기 마련이죠.

그래서 난 "좋아요, 좋아요"라고만 말했어요. 그리고 세 번째 테이크로 기억하는데, 그때 겨우 "한 옥타브만 더 낮춰서 불러봅시

다"라고 했죠.

로드: 아마 네 번째인가 다섯 번째 테이크였을 거예요. 내 생각엔 다섯 번째 테이크였던 것 같은데. 그때부터 데이지가 무슨 마법에 걸린 것처럼 비약했어요. 마법이요. 난 이 말을 가볍게 쓰지 않거든요.

눈앞에서 평생에 두어 번 볼까 말까 한 광경이 펼쳐진 것 같았어요. 데이지는 그냥 울부짖었어요. 지금 여러분이 듣는 그 노래가 데이지의 다섯 번째 테이크입니다. 처음부터 끝까지 통으로.

빌리: 데이지는 첫 번째 절節에서 자신감이 하늘을 찌를 기세였어요. 뭐랄까, 잔잔한 건 아니고 차분하게. 들쭉날쭉한 것이 아니라 고르게. "대책 없는 여자/ 그녀에게 몸을 맡겨/ 그녀에게서 영혼의 안식을 찾아."

그런 다음 살짝 잦아들더니, 다음 소절에선 아주 미묘하게 강도를 높여가면서 불렀어요. "손가락 사이로 빠져나가는 모래 같은 여자/ 야생마처럼 손댈 수 없는 여자/ 그녀는 맨발로 눈 속을 달리는 망아지일 뿐인데." '망아지' 부분에서 그녀가 슬슬 목에 힘주는 게 느껴졌어요.

2절을 부르고 나서 처음 코러스를 부를 차례가 되었을 때, 데이지의 눈을 보고 그녀의 감정을 읽을 수 있었어요. 데이지는 날 똑바로 쳐다보고 있었는데 그 감정이 가슴속에서 차츰 커져가는 것을 확인할 수 있었어요. "그녀는 널 달려가게 할 거야/ 널 달려오게 할 거야/ 가져선 안 될 욕망으로/ 아, 그녀가 총을 겨누고 있어/ 너를 구원하려고/ 너를 되찾고/ 너의 고해성사를 듣기 위해서." 이때 그녀가 '고해성사'라는 말을 되풀이했는데, 그 단어를 날개를 달아주듯 두둥실 띄웠어요.

그 단어를 말하는 중간에 목소리가 갈라졌어요. 살짝 금이 가는 느낌으로. 그런 후 이어지는 절을 다 부르고 두 번째로 후렴을 부르게 됐을 때, 그때부턴 고삐를 풀어버리듯 목소리의 긴장을 다 풀어버렸어요. 그러자 휘청이듯, 까끌까끌한 질감에 숨소리가 거칠게 섞였고, 강렬한 감정이 실렸어요. 꼭 간청하는 것 같았죠.

그런 다음 마지막 소절로 가면서 죄어드는 것처럼 불렀어요. "대책 없는 사람에게서 떠나/ 넌 그녀에게 다가갈 수 없어/ 네 영혼에 평화는 없을 거야." 이어서 데이지는 쿠플레*를 하나 추가했는데 정말 멋졌어요. 완벽했어요. 그 대목은 이랬어요. "너 또한 대책 없는 사람이구나/ 훔친 것을 움켜쥔 채/ 그녀에게서 도망치고 있구나."

데이지는 그 노래를 처음부터 끝까지 가슴이 미어지는 아픔을 담아 불렀어요. 내가 원래 의도한 분위기를 훨씬 더 극적으로 연출했어요.

데이지: 그 테이크가 끝나고 눈을 떴는데 내가 어떻게 불렀는지도

---

*   후렴 사이에 삽입되는 형식의 소절. 여기선 주제가 소절과 운율을 똑같이 맞춰서 즉흥으로 끼워 넣은 소절을 의미한다.

기억이 안 났어요. 이렇게 생각한 건 기억나요. 내가 해냈구나.

처음 생각한 것보다 훨씬 더 큰 힘이 내 안에 있음을 그때 깨달은 것도 기억이 나네요. 내가 그 정도로 큰 감정을 전달할 수 있는지도, 더 깊고 더 넓은 음역을 가지고 있는지도 그 전엔 몰랐어요.

로드: 데이지는 그 노래를 부르는 내내 빌리를 똑바로 쳐다봤어요. 다 부르자 테디가 박수를 치기 시작했어요. 그때 데이지의 표정, 기뻐하는 그 모습은 꼭 크리스마스를 맞은 어린아이를 보는 것 같았어요. 딱 그 표정이었어요. 자신이 대견해서 어쩔 줄 모르는 것 같았어요.

헤드폰을 벗어선 툭 던지고는 부스를 박차고 나오더니—나 지금 농담하는 거 아닙니다—그대로 빌리의 품에 안겼어요. 그러자 빌리가 데이지를 바닥에서 번쩍 들어 올려 짧은 순간이었지만 그녀를 빙그르르 돌렸어요. 그리고 다시 내려놓으면서, 내가 두 눈으로 똑똑히 봤는데 데이지의 머리에 코를 묻었어요.

●

데이지: 어느 날 오후 다 함께 스튜디오에서 레코딩을 하는데 커밀라가 딸들을 데리고 왔어요.

그레이엄: 커밀라에게 말했었거든요. "애들 다 데리고 자주 좀 놀러와요." 커밀라는 어쩌다 한번 스튜디오에 올까 말까 했던 데다가, 빌리에게 줄 것만 주곤 바로 가버렸거든요. 스튜디오에 들어와서 같이 노는 일은 일절 없었어요. 다른 사람들은 잘만 와서 놀다 가곤 했는데.

물론 잠깐 놀다가 가려고 해도, 쌍둥이 중 하나가 뜬금없이 울음을 터뜨려서 어쩔 수 없긴 했죠. 한번 울면 도대체 그칠 줄을 몰랐어요. 수재너였는지 마리아였는지는 기억이 안 나지만 빌리가 안아 들고선 "쉬쉬" 소리를 내며 달래줘도 죽어라 울어댔어요. 나도 안아주고 캐런도 안아줬어요. 하지만 어떻게 해도 소용이 없었어요.

결국 커밀라가 두 쌍둥이를 데리고 나가야 했죠.

커밀라: 아기와 로큰롤은 체질적으로 맞지 않나 봐요.

캐런: 한번은 커밀라가 스튜디오에 와서 애들을 데리고 산책을 나갔을 때였어요. "그래, 요샌 어떻게 지내?"라고 물어봤죠.

그러자 커밀라는…… 봇물 터진 것처럼 말을 쏟아냈어요. 딸들을 태운 유아차를 끌고 가면서 숨 쉴 틈도 없이 이야기를 줄줄 꺼내는 거예요. 쌍둥이가 잠을 안 자네, 줄리아가 동생들을 시기하고 있네, 빌리는 집에 붙어 있는 적이 없네. 그러다 갑자기 그 자리에 멈춰 서선 한마디 하더군요. "내가 왜 징징대지? 이렇게 행복하게 살고 있으면서."

커밀라: 그런 말이 있죠? 하루는 길지만 1년은 짧다? 누가 한 말인지 모르지만 분명히 세 살 미만의 아이 셋을 키운 엄마였을 거예요. 시종일관 진이 빠지고 신경을 칼끝처럼 세우고 지내다가 베개에 머리를 누일 때 비로소 살 것 같다고요. 애 키우는 건 중노동이에요. 그래도 행복에 겨운 중노동이죠.

누구나 한 가지씩 잘하는 게 있잖아요. 난 엄마로 타고난 것 같아요.

캐런: 그날 커밀라가 나에게 한 말이 있는데, 정확히는 기억 안 나지만 "내가 원하는 삶을 살고 있다"라는 식의 말이었어요. 그 말을 할 때 커밀라는 편해 보였어요.

그레이엄: 커밀라가 쌍둥이를 데리고 나가 있는 동안, 빌리는 줄리아를 컨트롤 부스에 들여보냈어요. 우리가 트랙들을 녹음하는 동

안 아티하고 테디하고 다른 사람들이 같이 놀아줬어요. 줄리아는 아주 신이 났어요. 머리에 헤드폰을 쓰고 앙증맞은 드레스를 입은 모습이 얼마나 귀엽던지 깨물어주고 싶었어요. 그때만 해도 금발이었고. 다리가 너무 짧아서 앉아도 무릎이 굽혀지지 않아 그냥 쭉 뻗고 있었어요.

캐런: 커밀라에게 그레이엄과의 관계를 털어놓기로 마음먹었어요. 고민이 생겨서 조언이 필요했거든요.

고민이라는 게…… 그레이엄에겐 말하지 않았지만 어느 날 아침, 그의 침대 테이블 위에 편지가 놓여 있어서 봤더니 어머니가 보낸 거더라고요. 훔쳐볼 생각은 없었지만 여봐란 듯 펼쳐져 있었고 몇 줄이 눈에 딱 들어왔어요. 아무튼 어머니 말씀이 그렇게나 사랑하는 여자라면 모두에게 정식으로 알려야 한다는 거였어요. 난 기겁했어요.

그레이엄: 난 가족을 만들고 싶었어요. 그때 바로 결혼해야겠다고 생각한 건 아니지만 형처럼 가족을 이루어 살고 싶었던 건 확실해요.

캐런: 커밀라에게 물어봤어요. "만약 나와 그레이엄이 섹스 파트너라면 어떨 것 같아?"

커밀라는 선글라스를 벗더니 내 눈을 유심히 들여다봤어요. 그러고는 말했어요. "만약에 너와 그레이엄이 섹스 파트너라면?"

난 말했죠. "응, 만약에 그렇다면."

커밀라: 그레이엄이 캐런을 언제부터 사랑했는진 아무도 모를 거예요. 내가 보기엔 첫눈에 반했는데.

캐런: 우린 '가정하에' 이야기를 했어요. 커밀라는 그레이엄이 꽤 오래전부터 날 마음에 뒀었다는 걸 알아야 한다고 말했어요. 그거야…… 지금은 알지만 그땐 몰랐던 것 같아요.

커밀라: 캐런에게 그레이엄과는 자는 사이일 뿐이고, 내가 아는 한에서 그레이엄이 캐런을 생각하는 마음과 같은 마음이 아니라면…… 그렇다면 헤어지는 게 맞는 것 같다고 말했어요.

캐런: 그때 커밀라가 한 말을 똑똑히 기억해요. "그레이엄에게 상처 주면 내 손에 죽을 줄 알아.

그래서 내가 물었죠. "그레이엄이 나한테 상처 줄 건 걱정 안 돼?"

그러자 커밀라가 말했어요. "그레이엄이 너에게 상처 주면 걔도 내 손에 죽어야지. 알면서 왜 그래. 하지만 그레이엄이 널 찰 리 없다는 건 너도 알고 나도 알아. 우리 둘 다 이 관계의 끝이 어느 방향으로 갈지 안다고."

난 좀 방어적으로 굴었는데 커밀라는 한 발도 물러서질 않았어요. 상대가 누구건 어떻게 살아야 할지 손바닥 보듯 잘 안다고 스스로 믿었고 대놓고 말하는 것에도 거리낌이 없었어요. 진짜 짜증 나는 태도였죠. 어떻게 항상 자기만 옳을 수 있냐고요. 그리고 "내가 경고했었지?"라는 말을 밥 먹듯 했어요. 그 친구가 하지 말라는 걸 했다가 잘 풀리지 않으면 신경 거슬리는 잔소리를 한바탕 듣게 되는데 거기까지 다 참고 나면 "내가 경고했었지?"로 마무리가 돼요. 그것도 내가 궁지에 몰려 입도 뻥긋 못하게 됐다 싶으면 꼭 그 말로 마무리했어요.

커밀라: 날 찾아와 조언해 달래서 해줬더니 처음부터 끝까지 내가 경고한 대로 망쳐놓고선, 무슨 말을 해주길 바라는 거죠?

캐런: 난 말했어요. "그레이엄은 성인이야. 자기 감정은 자기가 추스를 줄 알아야지. 그의 결정에 관여하는 건 내가 할 일이 아니야." 이 말에 커밀라는 "아니, 네가 할 일이야"라고 말했어요.
   난 "아니라니까"라고 했고요.

커밀라: 난 "네가 할 일이야"라고 말했어요.

캐런: 그런 식으로 계속 밀고 당기다가 결국 내 쪽에서 두 손 두 발 다 들었어요.

데이지: 레코딩하는 동안 줄리아가 부스에 있었어요. 그날 빌리의 아내와 딸들이 놀러 왔었거든요. 내 마이크에 문제가 생겨서 다들

매달려 고치고 있었고 그러는 동안 난 밖에 앉아 있었어요.

컨트롤 부스에 가서 줄리아에게 "쿠키 갖다줄까?" 하고 물었더니 줄리아가 헤드폰을 벗고선 "우리 아빠가 먹어도 된대요?"라고 묻는데 너무 귀여웠어요.

테디가 토크백 버튼을 누르고 말했어요. "줄리아가 쿠키 먹어도 되느냐고 묻는데?"

빌리도 토크백 버튼을 누르고 말했어요. "먹어도 돼요." 이어서 조건을 달았죠. "단…… 정상적인 쿠키를 주세요."

나는 줄리아의 손을 잡고 주방으로 가서 피넛버터 쿠키를 나눠 먹었어요. 줄리아가 자긴 파인애플을 좋아한대요. 그런 것까지 기억하는 건 나도 파인애플을 좋아해서인가 봐요. 그 말을 아이에게 하기도 했고요. 줄리아는 나랑 공통점이 있다는 사실에 뛸 듯이 좋아했어요.

언제 파인애플도 같이 나눠 먹자고 말했어요. 그때 캐런이 주방으로 들어왔어요. 커밀라가 줄리아를 부르길래 내가 데려다줬어요. 줄리아는 내게 손을 흔들며 인사했고, 커밀라는 아이를 봐줘서 고맙다고 말했어요.

커밀라: 집에 돌아오는 내내 (줄리아가) 똑같은 말을 하고 또 했어요. "데이지 존스 언니가 나랑 제일 친한 친구가 될 수 있을까?"

데이지: 그들이 가자마자 에디가 나와 캐런에게 다시 부스로 들어오라고 말했어요. 그리고, 기억이 안 나는데 누군가가 내가 아이랑

잘 놀아준다고 했어요. 그러자 에디가 그랬죠.

"데이지는 끝내주는 이모가 될 거야."

좋은 엄마가 될 거라고 생각하는 여자에게 좋은 이모가 될 거란 말은 안 할 거예요. 하지만 내가 왜 모르겠어요. 난 좋은 엄마가 되긴 그른 사람이라는 거. 내 마음엔 누구의 엄마가 될 자리가 없어요.

그 직후에 「당신이라는 희망A Hope Like You」을 썼어요.

빌리: 데이지가 「당신이라는 희망」을 보여줬을 때 난 생각했어요. 이건 피아노 발라드로 가야 돼. 아주 슬픈 사랑 노래였어요. 가질 수 없는 사람임을 알면서도 사랑의 감정을 지울 수 없는 심정을 그린 노래였어요.

난 말했어요. "들어볼 수 있어요?"

데이지가 딱 한 소절 불러줬는데 난…… 바로 알았어요. 어떻게 만들어야 할지.

데이지: 빌리가 말했어요. "이건 당신 노래예요. 녹음할 때 당신하고 피아노 말고 다른 건 필요 없어요."

캐런: 정말 멋진 노래였어요. 진정한 자부심을 느껴요. 데이지의 노래와 내 키보드. 그게 전부였어요. 계집 둘만 있어도 로큰롤을 할 수 있다는 게 정말 멋졌어요.

●

빌리: 일이 있은 뒤에 데이지와 좋은 곡을 참 많이 썼어요. 조용하고 차분한 곳에서 일하고 싶으면 스튜디오 라운지나 테디의 풀하우스로 갔죠.

작업 중인 곡을 가지고 가서 데이지와 함께 다듬었어요. 데이지의 아이디어를 가지고 함께 곡을 만들기도 했고요. 반대로 데이지가 곡을 가져올 때도 있었고, 내 아이디어로 곡을 완성하기도 했죠.

로드: 한때 데이지와 빌리가 매일 새로 쓴 곡을 들고 오던 때가 있었던 것 같네요.

그레이엄: 샘솟듯 신곡을 쭉쭉 만드는 기분은 정말 짜릿하죠. 우리가 「깊은 밤마다」의 연주 트랙을 녹음하거나 「대책 없는 여자」에서 사운드를 추가하고 있으면 데이지와 빌리가 새 곡을 들고 왔는데 하나같이 다 좋았어요. 막 흥분이 될 정도로요.

캐런: 열정만으로 하늘을 뚫을 기세였어요. 그때 레코딩하던 당시

엔 말이에요. 스튜디오엔 사람들이 가득가득. 하루가 멀다 하고 새 곡이 들어왔다 나갔다. 레코딩하고 또 하고 또 하고. 연주는 천 번은 했을 거예요. 매번 더 발전된 사운드를 내려고 노력했죠.

할 일이 너무 많아서 늘 정신없이 바빴어요. 그래도 아침이 되면 꼬박꼬박 스튜디오에 모였어요. 전날 밤 과음해서 숙취에 시달리건 말건. 아침 10시에 모이면 다들 좀비가 따로 없었어요. 커피와 코크를 때려 넣어야 겨우 정신을 차렸죠.

로드: 초반에 레코딩한 트랙들은 정말 훌륭했어요.

아티 스나이더: 한 곡 두 곡 모여갔을 때 진짜 특별한 음악이 우리 손에 들어왔다는 것을 실감했어요.

빌리와 테디는 매일 늦게까지 남아 있다가 그날 레코딩한 결과물을 들었어요. 듣고 또 들었어요. 당시 컨트롤 부스엔 에너지가 넘쳐흘렀어요. 스튜디오의 다른 곳은 쥐 죽은 듯 고요했고 밖은 한 치 앞도 안 보였어요. 우리 셋만 모여 록 음악이 완성을 향해 달려가는 것을 들었죠.

당시 난 이혼 수속을 밟고 있던 터라 늦게 남아서 일하라고 하면 오히려 반가웠어요. 새벽 3시까지 스튜디오에 있을 때도 있었어요. 테디와 나는 마음 먹으면 거기서 잠을 자기도 했어요. 하지만 빌리는 어떻게든 집에 갔어요. 두 시간 후에 다시 와야 한다고 해도 마찬가지였어요.

로드: 진짜 어마어마한 사운드가 뽑혀 나오기 시작했어요. 러너에서 이 친구들을 뒷받침할 돈을 왕창 쓸 각오가 돼 있는지 확실히 해두고 싶었어요. 이 앨범은 대히트를 쳐야 마땅했으니까.

나는 첫 번째 홍보 비용으로 거액의 돈을 받아내기 위해 테디에게 로비를 했어요. 확실한 히트 싱글을 원했어요. 록과 팝 음악 방송을 타기를 원했어요. 대규모 투어 라인업을 원했고요. 난 아주 큰 야심을 품고 있었어요. 시작부터 대대적인 기세로 나가길 바랐어요.

앨범 홍보 투어가 시작되면 데이지와 빌리가 티켓 매진 파워를 발휘할 것이고, 그 기세로 앨범을 팔아치울 거라는 건 다들 알고 있었어요. 보면 감이 딱 왔어요. 테디는 모두가 한마음인지 확인하고 싶어 했죠. 마찬가지로 러너 레코즈 관계자들도 흥분한 걸 알 수 있었어요.

데이지: 빌리와 난 미친 것 같은 기세로 일이 주 동안 네 곡 정도를 완성했어요. 실제론 일곱 곡을 함께 작업했지만 네 곡만 앨범에 실었어요.

로드: 그들이 내놓은 곡은 「부탁이야Please」 「어린 별Young Stars」 「마음에서 지우려고」 「못난이 사랑This Could Get Ugly」이었어요. 네 곡 다 일주일 만에 뚝딱 만들어냈죠.

빌리: 그 과정에서 앨범의 콘셉트가 자연스럽게 잡혔어요. 우리—

나와 데이지—는 함께 곡을 쓰면서 유혹의 미끼와 탈선하지 않으려는 노력 사이에서 밀고 당기는 이야기를 쓰고 있음을 깨달았어요. 약물과 섹스와 사랑과 거부, 완전한 혼돈 상태 말이에요.

그 상태에서 「마음에서 지우려고」가 나왔어요. 그 곡을 쓸 때 데이지와 내가 생각한 건, 마음은 정리가 됐는데 머릿속에선 지워지지 않는 생각에 관한 거였어요.

데이지: 「마음에서 지우려고」는 풀하우스에 있으면서 빌리의 기타 반주에 맞춰 노래를 부르다가 "널 마음에서 지우려고 애쓰고 있어/ 하지만 내 사랑, 하지만 내 마음은 언제나 널 향해 빛나고 있어"에 이르렀을 때, 거기서부터 모든 게 눈덩이처럼 불어났어요.

내가 한 소절을 말하면, 빌리가 받아서 다음 소절을 말하고. 각자 쓴 가사지를 바꿔 들고선 쓱쓱 긋고 그 위에 고쳐 쓰고. 그러는 게 다 곡의 최고치를 뽑아내려고 고치고 또 고치는 것 아니겠어요?

빌리: 어느 시점에선 한동안 뜯어고치지만 할 때도 있어요. 결과물이 뚝딱 나오지 않아도 진득하게 이런저런 시도를 하면 된다는 믿음이 생겼어요. 「어린 별」은 그런 과정을 거쳐 완성한 사례예요.

데이지: 「어린 별」은 하다 말다 하다 말다를 반복했어요. 됐다 싶다가도 이건 아니다 싶어서 중단했다가 며칠 후에 다시 덤벼드는 식이었죠. 노래 가사 중에 "우리는 어린 별처럼 보일 거야/ 넌 오래된

흉터는 보지 못하니까" 이 대목은 빌리가 제안한 것으로 기억해요. 그 말이 딱 와닿았어요. 그 대목을 축으로 삼아서 살을 붙여나갈 수 있었어요.

빌리: 가사를 쓰면서 육체적인 고통을 연상할 만한 단어들을 썼어요. 통증ache, 멍울knots, 깨뜨리다break, 충격punch 등등. 그런 과정을 거치니 앨범의 주제에 무난히 맞아 들어갔어요. 자신의 본능에 맞서는 것이 얼마나 힘든 싸움인가 하는 거요.

데이지: "너에게 진실을 털어놓는다면, 단 하나, 네가 얼굴을 붉히는 걸 보고 싶어서지만/ 너는 충격을 견딜 수 없으니, 그저 침묵할 뿐이지." 이 곡은 다 듣고 나면 여러 가지로 마음이 아파질 거예요. 어쩌면 꽤 심하게 아플지도 몰라요. "넌 날 깨뜨릴 수 있어/ 하지만 나의 구원자는 날 희생양으로 삼았지."

빌리: 내가 쓴 가사인데도 뭘 말하려는지 설명하기 힘들 때가 있어요. 내가 무슨 뜻에서 이런 말을 썼나, 이런 말이 왜 머릿속에 떠올랐을까, 아니면 내가 써놓고도 뭔 소리인지 모르겠네, 이런 생각이 들 때가 있어요.

데이지: 빌리와 둘이서 쓴 곡들…… (침묵) 빌리가 쓴 곡 다수가 그의 실제 감정을 담고 있단 생각이 들기 시작했어요. 함께 만드는 음악을 통해 말할 수 없는 것을 말하고 있다는 나름의 확신이 들었

어요.

빌리: 그런 게 노래 아니겠어요? 어디서건 꺼내 곱씹어 볼 수 있는 것. 자기가 처한 상황에 맞춰 원래의 의미를 바꿔 대입할 수 있는 것. 특별히 내 진심에서 우러나온 노래도 있고, 아닌 노래도 있고.

데이지: 참 이상해요. 상대가 아무 말도 안 하는데, 아무 일 없다고 우기는데도 그런 상태가 숨 막히게 답답할 수 있다니. 그건 겪어보지 않으면 몰라요. 숨이 막힌다는 게 딱 맞는 말이에요. 정말 숨이 안 쉬어지는 느낌이거든요.

캐런: 데이지는 「부탁이야」를 나에게 제일 처음 보여준 것 같아요. 좋은 곡이라고 생각했어요. 그래서 말했죠. "빌리는 뭐래요?"
　그러자 데이지가 말했어요. "아직 안 보여줬어요. 캐런에게 제일 먼저 보여주고 싶었어요."
　왜들 이러나 싶었어요.

빌리: 데이지가 그 곡을 받아 건네주는데 초조해하는 게 느껴졌어요. 하지만 난 단번에 마음에 들었어요. 가사는 몇 줄 지우고, 내가 새로 써넣었어요.

데이지: 지금 이 인터뷰도 그렇지만, 아티스트가 노래를 통해 진실을 알리는 건 아무 보호 장비 없이 세상에 나서는 것과 같아요. 살

면서 자기 생각에 갇혀 있을 때, 자기 상처만 줄곧 맴돌 때, 그게 주변 사람들 눈엔 훤히 보이는데 정작 자신은 눈치채지 못할 때가 많아요. 내가 그때 쓴 곡들은 암호와 비밀로 이루어져 있는 것 같지만, 내 생각엔 암호나 비밀하곤 아무 상관 없어요.

빌리:「못난이 사랑」…… 그 곡이 그랬어요. 작사보다 작곡을 먼저 끝낸 곡이었어요. 그레이엄과 내가 마음에 드는 기타 리프를 만들어냈고 그 리프를 중심으로 살을 붙여나갔어요. 실제로 데이지에게 직접 물어봤어요. "이 리프에 어울릴 가사가 있나요?"

데이지: 난 생각했어요. '못난이'라서 좋은 점에 대해서. 그 사람의 전화번호를 알지만, 그 사람은 그 사실을 알지 못할 때의 심정을 노래로 쓰고 싶었어요.

빌리: 한번은 아침에 테디의 집에서 데이지와 만났는데, 내가 기타로 곡조를 연주했더니 데이지가 그 자리에서 가사를 몇 줄 써냈어요. 당시 만나던 남자에 대한 이야기였어요. 그 사람 이름은 기억이 안 나는데, 아무튼, 그때 만든 가사가 내 마음을 울렸어요. "나중에 그리워질 것들을 순위별로 써봐/ 난 1위 자리에서 담배 피우고 있을 거야." 바로 이건데, 정말 너무 좋아서 한마디 했죠. "도대체 어떤 남자길래 이런 가사가 나온 거죠?"

데이지: 그때도 빌리와 내가 같은 주제로 대화하고 있었는지 확신

할 수 없었어요.

빌리: 데이지는 말 다루는 솜씨가 뛰어나요. 말의 원래 의미를 뒤집는 능력, 감상주의를 차단하는 능력이 탁월해요. 그 능력이 발휘되는 것을 보는 일이 참 좋았어요. 그녀에게 직접 그렇게 말하기도 했고요.

데이지: 송라이터로 오래 일할수록, 더 잘하게 됐어요. 계단식으로 꾸준히 실력이 늘었다고는 할 수 없어요. 오히려 지그재그에 가까웠죠. 그래도 점점 더 나아졌고, 정말 좋은 곡을 만들어내고 있었어요. 확신할 수 있었어요. 빌리의 반응을 보면 알 수 있었어요. 하지만 내가 잘한다는 생각이 들어도 만족하는 게 아니라 더 원하게 돼요. 어느 시점에 이르면 다른 사람도 인정해 주길 바라게 되죠. 내가 존중하는 사람이 인정해 주면 자신에 대한 생각도 바뀌게 돼요. 빌리는 내가 원하는 방식으로 날 인정해 줬어요. 그보다 더 마음을 움직이는 건 없었을 거예요. 난 진심으로 그의 평가를 믿었어요.

누구나 바라지 않나요. 내 참된 모습을 비추는 거울을 보여주는 사람을.

빌리: 「못난이 사랑」은 데이지가 낸 아이디어에다 실력을 온전히 발휘한 정말…… 뛰어난 결과물이었어요.

그녀가 쓴 곡을 보면, 나도 쓸 수 있을 것 같다는 생각을 하게 되는데, 내가 왜 모르겠어요. 난 쓸 수 없다는 걸. 나라면 그런 곡은 쓰지 못했을 거예요. 우리가 예술에서 바라는 것도 결국 그런 것 아닌가요? 누군가 내 마음속에 있는 것을 정확히 짚어줄 때? 내 심장의 한 조각을 꺼내 나에게 보여주는 것. 날 이끌어 나의 진실로 인도해 주는 것. 데이지가 그랬어요, 적어도 내게 그 곡은 그렇게 다가왔어요.

칭찬 말고는 토달 게 없는 곡이었어요. 그래서 단 한 단어도 안 바꿨어요.

에디: 둘이 「못난이 사랑」을 가져왔을 때 난 생각했어요. 얼씨구, 내 재능을 발휘할 여지가 눈곱만큼도 없는 곡 또 추가요.

날 못난 놈으로 몰고 가는 작자가 마음에 안 들었어요. 난 승질 더러운 놈이 아니거든요. 살면서 그때처럼 까탈을 부린 적은 손에 꼽을 정도예요. 내 말 이해해요? 밴드 생활에 신물이 났어요. 매일 삼류 인생이 되어 일하러 가는 기분. 그런 기분으로 일이 잘 될 리 있나요? 누구 때문인지는 상관 안 해요. 날 망쳐놓는 게 문제지.

피트에게 말했어요. "삼류 인생이 특급 리조트에 얹혀 사네."

캐런: 우린 못 들어가는 클럽 같은 분위기가 되어갔어요. 오직 데이지와 빌리. 러너 레코즈조차 '모두 데이지와 빌리의 마음에 들도록 노력하라'고 공지를 보내왔을 정도예요. 데이지와 빌리가 안정된 상태에서 일해야 한다는 거였죠.

워런: 데이지는 자기 마음에 들지 않으면 자리를 떴어요. 스튜디오에 올 땐 늘 취해 있었고요. 그런데도 모두가 황금알을 낳는 거위처럼 데이지를 떠받들었어요.

데이지: 솔직히 말하면 당시에는 내가 완벽하게 균형을 잡고 있다고 생각했어요. 전혀 아니었는데. 내 딴엔 내가 진짜 잘하고 있다고 생각했었어요.

캐런: 데이지가 약을 잘 조절하고 있다고 생각했어요. 앨범을 레코딩하다 어느 시점에서 그게 아니라는 것을 깨닫게 되었죠. 다만 약을 잘 숨길 줄 알게 되었을 뿐이었어요.

로드: 빌리는 데이지와 죽이 착착 맞는 친구처럼 지내다가도 데이지가 지각하거나, 다른 사람과 나가고 나서 감감무소식이 되면 분통을 터뜨렸어요.

에디: 데이지와 빌리는 인도에 나가서 이야기를 나눌 때가 많았어요. 그러면 우린 못 들을 거라고 생각한 거죠. 아무튼, 그러다 서로 핏대를 올리며 싸우더라고요. 빌리는 데이지가 게으름을 피울 때마다 무섭게 화를 냈어요.

빌리: 당시 데이지와 많이 싸우진 않은 것 같은데. 함께 일하면서 그 정도는 다 싸우지 않나요? 그레이엄이나 워런과도 그만큼은 싸

읽는데요.

데이지: 빌리는 내가 어떻게 처신할지 나보다 더 잘 안다고 생각했어요. 그 생각이 딱히 틀린 건 아니었어요. 하지만 그 당시 난 내 일에 대해 다른 사람이 하는 말을 곱게 받아들이지 않았어요.

내 에고의 소용돌이 속에 갇혀 지내던 때였으니까요. 인정 욕구 때문에 정말 오랜 세월을 전전했네요. 한편으론 세상 모든 게 다 성에 안 찼던 때이기도 했어요.

당시 나는 자부심이 하늘을 찌를 기세였지만 자존감은 바닥을 쳤어요. 내가 얼마나 매력적인지, 내 목소리가 얼마나 좋은지, 내가 어느 잡지 표지에 나왔는지, 그런 건 중요하지 않았어요. 이렇게 말해보죠. 1970년대 말에는 커서 나처럼 되는 게 소원인 10대 여자가 정말 많았어요. 난 그 사실을 예리하게 의식하고 있었죠. 하지만 사람들이 내가 모든 걸 가졌다고 생각한 근거는 딱 하나, 내가 눈에 보이는 모든 걸 가졌기 때문이에요.

보이지 않는 것 중에 내가 가진 건 하나도 없었는데.

그리고 좋은 약이 사방 천지에 깔려 있어서 결핍을 지워주니까 내가 행복한 건지 아닌지 분간을 못 했어요. 약에 취하면 주변에 사람이 많은 걸 친구가 많은 거라고 착각하게 되니까. 약에 취하는 건 장기적으로 해결책이 될 수 없다는 건 나도 알았어요. 하지만 어쩌라고요, 너무 쉬운걸. 손만 뻗으면 되는걸.

아, 물론, 마냥 쉬운 건 아니에요. 처음엔 상처를 가라앉히려고 손을 대죠. 그다음엔 내가 응급장비를 줄줄 달고 사는 인간이고

붕대를 칭칭 감은 환자이자 중도하차형 인간이라는 사실, 가라앉힌 줄 알았던 상처가 종기가 되었다는 사실을 감추려고 필사적으로 손을 뻗게 돼요.

하지만 난 깡말랐고 예뻤어요. 그러니 뭔 상관이냐는 식이었죠. 안 그래요?

로드: 테디는 빌리와 데이지가 차분한 상태를 유지할 수 있도록 늘 신경 썼어요. 둘은…… 빌리와 데이지가 함께 있는 건 작은 불을 관리하는 것과 같았어요. 잘 관리되는 한 만사 오케이죠. 석유만 안 보이는 곳에 치워놓으면 우리 모두 무사할 거라는 식이었어요.

에디: 이만저만 고생한 게 아니에요. 빌리가 술을 가까이하지 못하게 감시하는 것도 그렇고, 데이지가 평정을 유지할 수 있게 분위기를 조성하는 것도 그렇고.

그런데 빌리가 아니라 내가 술집을 들락거렸다면 테디가 그렇게나 발 빠르게 손을 썼을 것 같진 않네요.

그레이엄: 우린 그즈음부터 빌리와 데이지를 '선택받은 자들'이라고 불렀어요. 둘이 이런 사실을 알기나 했을까 싶은데…… 아무튼 그게 사실이었으니까.

●

로드: 데이지와 빌리가 써놓은 곡들의 레코딩이 밀려서 부랴부랴 해치우던 참이었어요. 그즈음 앨범에 수록할 곡들을 거의 다 썼던 것으로 기억해요. 그때 이미 어떤 곡은 넣고 어떤 곡은 뺄지 논의하던 중이었거든요.

지금이야 기술이 발전해서 고민할 것도 아니지만 그땐 러닝타임을 칼같이 지켜야 했어요. 이변이 없는 한 레코드 한 면에 25분이 들어갔어요.

캐런: 그레이엄이 「협곡The Canyon」이란 곡을 썼어요.

그레이엄: 미리 써놓은 곡이었고, 내가 쓴 것 중에서 진심으로 마음에 드는 유일한 곡이었어요. 아, 난 송라이터는 아니죠. 그건 언제나 빌리 몫이었으니까. 그래도 가끔 속에 있는 걸 박박 긁어모아 만들어내긴 했었어요. 그러다 마침내 내가 생각해도 뿌듯한 곡이 나왔고요.

곡 내용은, 캐런과 함께라면 쓰러져 가는 오두막에 살아도 행복하겠다는 거였어요. 뭐, 캐런도 나도 그때 풍족하게 살고 있긴 했지만 아무튼. 쓰러져 가는 오두막은 토팡가 캐니언에서 다 함께 지냈던 고택을 배경으로 했어요. 당시 피트와 에디가 계속 살고 있었고요.

난방은 켜나 마나였고 뜨거운 물은 구경도 못 했고 창문 하나는 부서졌지만 우리가 다 함께 지낼 수 있어서 아무 문제가 안 됐었어요. "싱크대 수도는 물이 안 나와/ 욕조는 물이 새/ 찬물로 샤워해도 널 안으면 돼/ 널 안고 서서 시간 따윈 잊어버릴 거야."

캐런: 그 노래 때문에 살짝 식겁했어요. 그레이엄에게 우리의 미래에 관해 입도 뻥긋한 적 없는데. 그는 진지하게 생각하고 있는 것 같아서 걱정됐어요. 그때 이야기지만, 난 골치 아픈 문제는 그냥 피해버렸어요. 그럼 안 되었었는데.

워런: 그레이엄이 곡 하나를 써 와선 빌리에게 앨범에 수록할 만한지 봐달라고 했는데 빌리가 쌩깠어요.

빌리: 그레이엄이 레코딩하길 바라며 만든 곡을 가지고 왔을 땐 내가 데이지와 앨범에 들어갈 곡 작업을 거의 다 마친 때였어요. 그리고 정한 곡들은 복잡하고 미묘하고 다소 어두운 편이었죠.
우린 한두 곡을 더 써보자고, 그중에 적어도 한 곡은 더 세게, 덜 로맨틱하게 만들어보자고 이미 정한 터였어요.

그런데 그레이엄이 가져온 곡은…… 그레이엄이 사랑 노래를 썼더라고요. 빤한, 단순한 사랑 노래요. 이 앨범에서 데이지와 내가 추구하던 복잡미묘함이 없었어요.

그레이엄: 내가 처음으로 진심을 담아 쓴 곡이자 사랑하는 여자에게 바친 곡이었어요. 그런데 형은 자기가 만든 음악에 골몰해 있느라 내가 누굴 위해 쓴 곡인지 생각도 안 했고 묻지도 않았어요. 곡을 한 30초는 봤을까, 그러고는 바로 말하더라고요. "다음 앨범 만들 때 생각해 보자고. 발등에 붙은 불부터 꺼야지."

난 언제나 형을 지지했어요. 형이 필요로 할 때 늘 옆에 있었어요. 형이 한다면 묻지도 따지지도 않고 지지했다고요.

빌리: 멤버들과 말했죠. 난 이번 앨범을 기해서 누구에게도 이래라저래라 하지 않겠다고. 마찬가지로 나와 데이지가 부를 곡을 두고 누가 이래라저래라 해도 듣지 않을 작정이었어요. 차선을 지키기로 했으면 끼어들기는 하지 말아야죠.

캐런: 그레이엄은 그 곡을 스턴 보이즈에게 팔았고 스턴 보이즈의 대히트곡이 되었어요. 난 가슴을 쓸어내렸어요. 그렇게 정리돼서 다행이었다는 뜻이에요. 안 그랬으면 밤마다 그 곡을 연주했을 텐데, 생각도 하기 싫어요.

투어 때 신물 나게 부르고 또 부를 노래에 실제 느낀 감정을 집어넣다니, 나로선 죽었다 깨어나도 이해 못 할 족속이에요.

로드: 데이지와 빌리가 듀엣으로 보컬 레코딩을 막 시작한 때였을 거예요. 거의 모든 트랙을 둘이 한 부스에서 한 마이크에 대고 실시간으로 노래하고 화음을 맞추며 레코딩했어요.

에디: 코딱지만 한 부스에서 빌리와 데이지 둘이 마이크 하나에 대고 노래를 부른다? 데이지와 딱 붙어 있으라고 한다면 세상에 마다할 놈이 누가 있겠어요?

아티 스나이더: 내 입장에선 둘이 각자 다른 부스에서 녹음하는 게 훨씬 편했어요. 보컬 트랙을 따로 나눠 작업할 수 있으니까. 두 명이 한 마이크로 동시에 노래하는 바람에 나만 열 배는 더 힘들어졌어요.

데이지가 부드럽게 노래하는 구간을 살린다고 해봐요. 빌리의 음역을 납작하게 누르지 않으면 오버더빙*을 할 재간이 없어요.

---

* 이미 녹음된 연주나 노래를 재생하는 가운데 다른 트랙에 다른 연주나 노래를 녹음해 입히는 기술.

그렇게 되면 여러 테이크 가운데 좋은 것만 뽑아 편집하기가 거의 불가능해져요.

둘이 동시에 같이 잘 부른 테이크를 뽑아내려면 트랙 레코딩을 한도 끝도 없이 반복할 판이었어요. 딴 사람들은 밤이 되면 다 집에 가도 데이지와 빌리와 테디와 난 계속 스튜디오에 남아 밤을 새워야 할 거고요. 트랙을 매끈하게 뽑아내야 하는 내겐 죽으라는 말이나 마찬가지였어요. 그러니 내가 열이 받아요, 안 받아요? 그런데도 테디는 내 사정은 봐주지 않았어요.

로드: 난 테디가 옳은 결정을 했다고 생각하는데요. 트랙을 들어보면 딱 알 수 있거든요. 데이지와 빌리가 노래할 때 같은 공기를 마시고 있었구나, 하는 느낌이 와요. 그건…… 이걸 뭐라고 말해야 할지 모르겠네. 영혼이 통한다고 해야 하나.

빌리: 음악에서 거스러미 다 뜯어내고 긁힌 자국은 사포로 매끈하게 밀어내 버리면…… 울림이 있겠어요?

로드: 이건 테디한테서 전해 들은 이야기라서 100퍼센트 진실성을 보장할 순 없는데 아무튼, 빌리와 데이지가 「못난이 사랑」을 밤새워 레코딩한 날이 있었어요.

테디 말이, 몇 번째 테이크인지는 잘 모르겠는데, 밤이 늦어서 레코딩한 테이크에서, 빌리가 처음부터 끝까지 데이지에게서 눈을 떼질 못하더래요. 다 끝난 후에야 테디가 보는 걸 의식하곤 얼

른 딴 델 쳐다보더래요—데이지에게는 눈길 한번 준 적 없는 척
하면서.

데이지: 이 자리에 앉아 이야기를 털어놓기 위해 얼마만큼 솔직해
져야 하는 걸까요? 인터뷰를 시작하면서 난 작가님에게 모든 것을
다 털어놓겠다고 말했었죠. 그런데 어느 선까지의 '모든 것'을 듣
고 싶은 건가요?

●

빌리: 그날 우린 테디의 풀하우스에 있었어요. 데이지는 얇은 어깨 끈이 달린 검은색 드레스를 입고 있었죠. 그런 드레스를 뭐라고 부르죠?

우린 「당신을 위해서For You」라는 곡을 작업하고 있었어요. 처음엔 지지부진했지만 실은 커밀라를 위해 술과 약을 멀리하게 된 이야기였어요. 정확히 콕 집어서 그렇다고 말하진 않았어요. 커밀라를 소재로 곡을 쓸 때마다 데이지가 온갖 잔소리를 해대서 그랬어요. 그래서 한 사람을 위해 중요한 것을 기꺼이 포기하는 내용이라고만 말했죠.

데이지가 좀 더 센 곡을 쓰기로 하지 않았느냐고 상기시키길래 그건 나중에 하자고 말했어요. 그만큼 그 이야기가 마음에 들었거든요. 아마 이렇게 말했던 것 같은데. "이 곡 생각만 계속 나서 그래요."

데이지: 그때 시간이 아침 11시밖에 안 됐었던 것 같은데 난 이미 좀 취해 있었어요. 빌리는 키보드로 곡 하나를 연주하고 있었고 나는 그의 바로 옆에 앉아 있었어요. 그가 곡을 적은 종이를 보여줘

서 몇 소절을 함께 연주했어요. 곡에 맞는 키를 찾아내려고 했죠. 가사는 빌리가 몇 줄 미리 써놓았는데…… 지금도 토씨 하나 안 빼고 기억해요. "내 모든 걸 바칠 수 있어/ 옛날로 돌아가 너를 기다릴 수 있다면." 그가 바로 내 옆에 앉아서 그렇게 불렀어요.

빌리: 데이지가 내 손을 잡아 연주를 멈추게 했어요. 내가 쳐다보자 이렇게 말했어요. "당신이랑 곡 쓰는 게 좋아요."

그래서 나도 말했죠. "나도 당신이랑 곡 쓰는 게 좋아요."

그런 다음, 해선 안 될 말을 하고 말았어요.

데이지: 그가 말했어요. "여러 면에서 당신이 좋아요."

빌리: 내 말에 데이지는 얼굴빛이 환해지더니 미소를 지었어요. 입을 활짝 벌리고 어린 소녀처럼 하하 웃었어요. 그러더니 차츰 눈물이 그렁그렁 맺혔어요. 아니면 내가 그렇게 상상한 건가. 모르겠어요. 데이지가 미소를 지으면…… 기분이 좋아져요. 뭐랄까…… (침묵) 모르겠어요. 내가 지금 무슨 말을 하는 거지?

데이지: 여러 면에서 당신이 좋아요.

빌리: 데이지는 위험한 사람이었어요. 난 그 점을 알고 있었어요. 그렇지만 그녀가 내게 마음을 열면 열수록 더 위험해진다는 건 알지 못했던 것 같아요.

데이지: 부지불식간에 그에게 몸을 기대고는 입을 맞추려 했어요. 아주 가까이 있었어서 그의 숨결까지 느낄 수 있었어요. 문득 눈을 뜨니 그는 눈을 감고 있었어요. 그 순간 생각했어요. **이건 자연스러운 거야.** 자연스러우니까 이렇게 깊은 희열을 느끼는 거야.

빌리: 내가 미쳤구나. 생각했어요. 잠깐이지만 확실히 정신이 나갔어요.

데이지: 내 입술이 그의 입술에 아주 살짝 스쳤어요. 그의 입술을 느꼈지만 정말 입술이 닿아서가 아니라 이제 닿을 거라는 예감에 불과했어요. 하지만 빌리는 얼른 몸을 뒤로 뺐어요.
　그러고는 나를 쳐다봤어요. 한없이 선량한 눈으로 날 쳐다보며 말했어요.
　"안 되겠어요."
　심장이 쿵 내려앉았어요. 이건 비유가 아니에요. 정말 심장이 가슴 아래로 가라앉는 게 느껴졌어요.

빌리: 그때를 생각하면 지금도 몸서리가 쳐져요. 그 시절, 사소한 실수 한 번에 인생을 통째로 망칠 뻔했다고 생각하면.

데이지: 그는 날 거부하고선 열쇠를 찾듯 두리번거렸어요. 좀 전에 있었던 일은 없던 걸로 넘겨버리려는 걸 알 수 있었어요. 날 위해서 그랬겠죠. 그런데 내 딴에도 그를 정말 배려한 거거든요. 진이

빠졌어요. 그가 자신과 나, 둘에게 하는 그런 거짓말 때문에. 그냥 내게 고함치는 쪽이 훨씬 더 고마웠을 거예요. 잔뜩 긴장해 돌처럼 굳어 있는 것보다.

빌리: 어렸을 때, 엄마는 여름이 되면 그레이엄과 나를 데리고 동네 수영장에 자주 놀러갔었어요. 한번은 그레이엄이 풀장에서 수심이 깊은 쪽 가장자리에 앉아 있었어요. 수영을 배우기 전이었죠.

그때 동생 옆에 서 있는데 문득 이상한 생각이 들었어요. **얘를 밀면 물속에 빠지겠지.** 그렇게 생각한 것만으로 무서워 죽는 줄 알았어요. 동생을 물에 빠트리고 싶었던 것도 아니에요……. 하지만 오로지 내 선택에 따라 그 평온한 순간이 내 인생에서 가장 큰 비극으로 치달을 수 있다고 생각하니 너무도 두려웠어요. 그 생각에 정신을 못 차릴 지경이었어요. 우리 모두의 인생이 그렇게 위태로운 기반 위에 있다는 것이. **있어선 안 될 일이 벌어질 때 미리 알고 멈출 수 있는 메커니즘 같은 게 존재하지 않는다는 사실이.**

그런 생각이 늘 날 두려움에 떨게 했어요.

데이지와 함께 지내면서도 비슷한 느낌을 받았어요.

데이지: 그에게 "이만 가야겠어요." 말했을 때 그가 말했어요. "데이지, 괜찮아요."

빌리: 우리 둘 다 그 일은 없었던 것으로 덮길 바랐어요. 그러면서 둘 중 하나가 자리에서 일어나 나가주길 간절히 바랐어요.

데이지: 난 코트를 들고 자동차 키를 움켜쥐었어요. "정말 미안해요." 그 말만 하고 곧바로 자리를 떴어요.

빌리: 결국, 내가 떠나는 수밖에 없었어요. 난 데이지에게 주중에 다시 만나 작업하자고 말하고는 차에 올라탔고 커밀라가 기다리는 집으로 갔어요.

"오늘은 일찍 왔네." 커밀라의 말에 난 말했어요.

"당신 보고 싶어서."

데이지: 차를 몰아 바닷가로 갔어요. 왜 갔는지는 설명 못 하겠어요. 어디건 가고 싶었고, 길이 끝날 때까지 달렸어요. 그러다 보니 해안까지 간 거예요.

차를 세우고 나니 수치심이 밀려오면서 너무나 무안하고 나 자신이 너무 바보 같고 너무 외롭고 비참하고 추저분하고 너무도 꼴사납게 느껴졌어요. 그러다 결국 머리끝까지 화가 났어요.

빌리의 모든 면에 미칠 듯 화가 났어요. 내게서 뒷걸음질 친 것도, 날 무안하게 만든 것도. 그리고 내가 바라는 감정을 느끼지 않은 것도. 아니, 느꼈어도 인정하지 않았던 것 같아요. 그 상황을 어떻게 해석해 봐도 화만 났어요. 앞뒤가 맞지 않았어요. 도대체 그 상황의 진실이 뭐예요? 처음부터 끝까지 앞뒤가 맞지 않았어요. 난 열받았어요. 화가 나 미칠 것 같았어요. 가슴속에서 분노가 들끓어 올랐어요.

지금 이야기의 요지는 내가 인생에서 처음 내 본질을 꿰뚫어

본 남자, 날 있는 그대로 이해한 남자, 나와 너무나 많이 닮은 남자를 드디어 만났는데…… 그는 날 사랑하지 않았다는 거예요.

나를 진짜로 이해해 주는 사람, 그 흔치 않은 사람을 찾아냈는데 그가 날 사랑하지 않는다면…….

온몸이 활활 타는 기분이었어요.

빌리: 집에 간 게 꽤 이른 시간이어서 커밀라에게 말했어요. "다 함께 차 타고 어디 놀러 갈까?"

"어디로?" 커밀라가 묻자, 난 줄리아를 돌아보고는 말했어요. "바로 지금 뭐든 할 수 있다면 뭘 하고 싶니?"

줄리아는 단 1초도 고민하지 않고 소리쳤어요. "디즈니랜드!" 우린 차에 짐을 싣고 아이들을 태워 디즈니랜드로 갔어요.

데이지: 차를 PCH에 세워두었는데 갑자기 머릿속에 문장 하나가 떠올랐어요. 날 원망해.

차 안에 메모할 만한 종이는 자동차 등록증 뒷면 아니면 주유소의 냅킨뿐이었어요. 필기구가 있나 차 안을 샅샅이 뒤졌어요. 문짝 칸막이엔 아무것도 없었어요. 글로브박스에도 없었고. 결국 차에서 나와 운전자석 아래를 살폈죠. 보조석 밑에 아이라이너 하나를 발견했어요.

그걸로 쓰기 시작했어요. 번개 같은 속도로 10분 정도. 일사천리로 곡 하나를 다 썼어요.

빌리: 줄리아와 커밀라가 탄 찻잔 놀이기구가 빙글빙글 돌아가는 걸 보고 또 봤어요. 쌍둥이는 유아차에 잠들어 있었어요. 그날 아침 일을 머릿속에서 몰아내려고 애썼어요. 하지만 혼란에 빠진 마음을 다잡을 수가 없었어요…… 이유는, 복잡해서 말하기가 어렵네요. 당연하겠죠.

그러다, 문득 깨달은 게 뭔 줄 알아요? 그게 뭐 대수인가, 라는 거였어요. 데이지에 대한 내 감정 말이에요. 역사는 저지른 것을 의미하지, 저지를 뻔한 경우, 저지를까 말까 고민한 건 역사가 아니죠. 그렇게 생각하니 저지르지 않은 내가 자랑스러웠어요.

데이지: 빌리의 행동 덕분에 노래가 나온 거냐고요? 아니겠죠. 아니에요. 중요한 건 이거예요. 예술은 누구의 신세도 지지 않는다는 것.

곡은 감정을 담는 그릇이지, 사실을 담는 그릇이 아니니까요. 예술에서의 자기표현은 살아가며 느끼는 것을 표현하는 것이지 경우를 막론하고 내가 느끼는 감정이 정당하다고 주장하는 게 아니에요. 내게 빌리에게 화를 낼 권리가 있었나요? 그가 잘못한 게 하나라도 있었나요? 아무렴 어때요? 아무렴 어떠냐고요. 난 상처받았고 그래서 그 감정을 노래로 쓴 거예요.

빌리: 디즈니랜드에서 나왔을 땐 꽤 늦은 시각이었어요. 우리가 나올 때 문을 닫고 있었으니까.

집에 가는 길에 줄리아는 잠이 들었고 쌍둥이는 그보다 먼저 잠들어 있었어요. 다시 405번 프리웨이를 달리면서 나는 KRLA*를 작게 틀어놓았고 커밀라는 대시보드에 두 발을 올리고선 머리를 내 어깨에 기대고 있었어요. 기분이 너무 좋았어요. 그녀가 내 어깨에 머리를 기대고 있는 느낌도. 혹여 머리를 뗄까 봐 등을 똑바로 펴고선 1센티도 움직이지 않았어요.

당시 커밀라와 나 사이엔 무언의 합의 같은 게 있었어요.

그게 뭐냐면, 커밀라는 데이지가…… 커밀라는 그때 상황이…… (침묵) 내가 하려는 말은, 생각하는 걸 서로에게 일일이 털어놓지 않아도 괜찮은 부부도 있다는 거예요.

생각하고 느끼는 것을 전부 다 털어놓는 건…… 아, 그런 부부도 있겠지만, 커밀라와 나는 아니었다는 뜻이에요. 커밀라와 나는, 훨씬 더…… 자질구레한 문제는 각자 알아서 해결할 거라고 믿었어요.

이걸 어떻게 잘 설명할 수 있을지 모르겠네요. 자칫 잘못 말하면 미친 소리처럼 들릴 것 같거든요. 무슨 소리냐면 커밀라와 나는 그때 있었던 일에 대해서 단 한 번도 이야기를 나눈 적이 없어요……. 지금 생각하니 데이지 문제로 커밀라와 허심탄회하게 대화하지 않은 게 정상인가 싶네요. 우리 관계에서 데이지가 아주 큰 요소였던 건 분명하니까요.

알아요. 서로 간에 믿음이 부족한 것으로 보일 수도 있다는 걸.

---

*　AM 870 The Answer. LA와 캘리포니아 일부 지역을 대상으로 송출되는 토크쇼 형식의 AM 라디오 방송 채널.

내가 커밀라를 믿지 못해서 데이지와의 일을 말 못 하는 거거나, 커밀라가 날 믿지 못하기 때문에 그 문제도 해결하지 못하는 거라고, 둘 중 하나로 보이겠죠? 하지만 실상은 정반대예요.

이 문제로 고민하던 때에 있었던 일인데—내 기억이 확실한 건 아니니 2, 3년을 더하거나 빼서 생각해도 돼요—커밀라가 고등학교 동창 남자의 전화를 받은 적이 있어요. 학교 야구팀 선수였고 졸업 댄스파티 때 커밀라의 파트너였었대요. 이름이 그렉 이건이었나 게리 이건이었나? 아무튼 그랬어요.

그때 커밀라가 "게리 이건이랑 점심 약속이 있어"라고 말했고, 난 "알았어"라고 대답했죠. 그런 후 그 친구랑 점심을 먹으러 나가선 네 시간이 지나서 돌아왔어요. 점심을 먹는 데 네 시간이나 걸리는 사람이 어디 있나요?

돌아와 내게 키스하고는 세탁기를 돌리는 아내에게 물어봤어요. "그렉 이건이란 친구하고는 점심 잘 먹은 거야?" 커밀라는 "응." 이렇게만 말했고 그걸로 끝이었어요.

그 순간 난 직감했어요. 아내와 게리 이건 사이에 무슨 일이 있었구나. 커밀라가 그때까지도 그에 대한 감정이 남아 있었든가, 아니면 그 친구가 그녀에게 감정이 있었든가, 둘 다 아니더라도 뭔가 있었구나. 그게 뭐건 내가 상관할 일은 아니었어요. 아내는 내게 아무것도 밝히고 싶지 않았던 거예요. 아내에겐 흔치 않은 순간이었고 나하고는 아무 상관 없었으니까.

내가 신경 쓰지 않았다는 뜻이 아니에요. 정말 신경이 쓰였어요. 내가 하려는 말은, 사랑하는 사람이 생기면 어쩔 수 없이 상처를 받을 때가 있는데, 좋은 사람이라면 그 정도는 마땅히 감수해야 한다는 거예요.

나도 커밀라에게 상처를 줬어요. 두말하면 잔소리죠. 하지만 한 사람을 사랑한다는 건 완전무결한 관계, 좋은 추억, 즐거운 시간, 섹스를 뜻하는 게 아니에요. 사랑은 용서와 인내와 믿음, 그리고 이따금 맞는 청천벽력이에요. 그래서 사랑은 위험한 거예요. 특히 사랑해선 안 될 사람을 사랑할 때, 또는 사랑할 가치가 없는 사람을 사랑할 때 그렇죠. 내 믿음을 저버리지 않을 사람과 함께해야 해요. 나도 그에게 믿음을 주는 사람이 되어야 하고. 신성한 관계죠.

다른 사람의 믿음을 저버리는 사람을 보면 참을 수가 없어요. 조금도 참을 수가 없어요.

커밀라와 난 결혼 생활을 최우선으로 하자고 약속했어요. 가족을 최우선으로 하자고 약속했어요. 그리고 최선의 방향에서 서로 믿어주자고 약속했어요. 이 정도의 믿음을 얻게 되면 어떻게 행동하게 될까요? 누군가 당신에게 이렇게 말한다면? "난 널 무조건 믿기 때문에 네게 비밀이 있는 것도 받아들일 수 있어."

그 관계를 소중히 하게 되겠죠. 매일 그 정도의 믿음을 받으며 사는 게 얼마나 행운인지 되새기면서요. 그러다가 믿음이 깨질지도 모를 일에 마음이 동하는 자신을 발견하게 되면, 그게 무엇이건—사랑해선 안 될 여자를 사랑하는 것이건, 마셔선 안 될 맥주를 마시는 것이건—어떻게 할 것 같아요?

그 자리에서 엉덩짝 떼고 도망쳐선 아이들과 아이 엄마를 데리고 디즈니랜드로 가는 거죠.

커밀라: 만약 내가 다른 사람—배우자건, 아이건, 애정이 있는 누구건—에게 쉽게 믿음을 주는 것처럼 보였다면, 내가 쉽게 상대를 믿는 것처럼 보였다면…… 그렇다면 내가 말을 잘못해서일 거예요. 나는 세상에서 믿는 게 제일 힘든 일이었거든요.

하지만 믿음이 없다면 아무것도 가진 게 없는 거나 마찬가지예요. 믿음은 삶에서 가장 큰 의미니까요. 그래서 나는 믿음을 지키는 쪽을 택했어요. 백 번, 천 번, 만 번 믿기로요. 믿었기 때문에 호되게 뒤통수를 맞는 때조차도, 그리고 내 눈에 흙이 들어갈 때까지 믿는 쪽을 선택할 거예요.

데이지: 그날 집에 돌아와서 시몬에게 전화를 걸었어요. 그때 시몬은 뉴욕에 있었거든요. 얼굴을 못 본 지 한 달, 아니 더 됐나, 아무튼 그랬어요.

그날 밤은 나 혼자 보낸 시간을 통틀어서 정말 길게 느껴졌어요. 함께 놀 사람 하나 없이, 다른 곳에 가서 다른 사람과 파티를 하지도 않고, 나 혼자 별장에 있었어요. 너무 조용해서 귀가 다 먹먹해질 지경이었어요.

그래서 시몬에게 전화를 걸어서 다짜고짜 "나 너무 외로워"라고 하소연했어요.

시몬: 데이지의 목소리에서 짙은 슬픔이 묻어났어요. 그 애한테선

좀처럼 듣기 힘든 목소리였어요. 평소의 데이지는 늘 뭔가에 취해 흥분해 있었으니까요. 코크나 덱시에 취했는데도 슬프다면 그게 얼마나 큰 슬픔인지 아나요? 난 알아요. 내가 자나 깨나 그 애를 걱정한다는 걸 그 애가 알았다면 그렇게까지 외로워하지 않았을 텐데.

데이지: 시몬이 말했어요. "하나만 부탁하자. 머릿속에 세계 지도를 그려봐."

난 그럴 기분이 아니었어요. 하지만 시몬은 "암말 말고 그려봐"라고 했고, 난 시키는 대로 했어요.

이어서 시몬이 말했어요. "지금 넌 LA에 있어. 넌 깜빡이는 불빛이야. 내 말 듣고 있지?"

"응." 나는 대답했어요.

"너도 알지? 넌 그 누구보다 환하게 깜빡이는 불빛이라는 걸. 무슨 말인지 알지?"

난 "응"이라고 대답하긴 했지만 시몬에게 맞춰주려는 생각에서 그랬을 뿐이에요.

시몬이 말했어요. "그리고 오늘은 뉴욕에서, 목요일엔 런던에서, 다음 주엔 바르셀로나에서 또 다른 불빛이 깜빡일 거야."

"그게 언니야?" 내가 물었어요.

"그래, 나야." 시몬이 말했어요. "우리가 어디에 있건, 지금이 몇 시건 세계는 캄캄하고, 우리는 그 안에서 깜빡이는 두 개의 불빛이야. 동시에 깜빡이는 불빛이야. 혼자가 아니라 함께 깜빡이는 불빛이야."

그레이엄: 새벽 3시에 빌리가 전화를 했어요. 캐런과 함께 있다가 전화를 받았어요. 새벽 3시에 걸려 오는 전화라면 누군가 죽은 게 분명하다고 생각해서 받은 거였어요.

빌리는 '여보세요'라는 말도 하지 않고 다짜고짜 이렇게 말했어요. "아무래도 이렇게는 안 될 것 같아."

내가 "무슨 말을 하는 거야?"라고 물었죠.

"데이지를 내보내야겠어." 형이 말했어요.

"무슨 소리야. 데이지를 왜 내보내?"

내 말에도 빌리는 막무가내였어요. "부탁하는 거야, 제발."

난 말했어요. "안 돼, 빌리. 형, 왜 이래? 앨범도 다 끝나가는 마당에."

그러자 빌리는 전화를 끊었고 다신 전화하지 않았어요.

커밀라: 한밤중에 빌리가 자리에서 일어나서 수화기를 드는 소리를 들었어요. 테디와 통화하는 거겠거니 생각했어요. 확실한 건 아니지만.

그이가 이 말을 한 건 기억이 나요. "데이지를 내보내야 해요."

그때 난 눈치챘어요. 눈치를 못 채면 그게 이상한 거죠.

그레이엄: 난 단순하게 생각했어요. 앨범 나올 때가 되니까 자기가 이 밴드의 최고 스타가 아니라는 생각이 들어서 식겁했구나. 빌리

와 데이지의 사이가 아슬아슬한 건 알고 있었어요. 하지만 그때 난 음악의 주제는 음악이라고만 생각했었어요.

하지만 음악은 음악만 건드리는 게 아니죠. 그랬다면 기타에 관한 곡을 만들었게요? 근데 아니잖아요? 우리가 왜 여자에 관한 곡을 만들겠냐고요?

여자 때문에 신세를 망치는 게 어디 하루 이틀 이야기인가요? 누구나 살면서 상처를 주고 상처를 받기 마련이지만 여자는 언제나 되돌아오더라고요. 눈치챈 적 없어요? 여자는 사라진 것 같아도 돌아보면 늘 그 자리에 서 있어요.

●

로드: 그날은 데이지가 스튜디오에 오지 않는 날이었어요.

캐런: 우린 「어린 별」 사운드를 더 말랑말랑하게 손보던 중이었어요. 나는 라운지에 있었는데 데이지가 들어오더라고요. 딱 봐도 만취해 있었어요.

데이지: 난 취해 있었어요. 변명하자면, 오후 5시였어요. 거의 그쯤 됐었어요. 5시면 만국 공통 음주 시간 아닌가요? 아니죠, 알아요. 말도 안 된다는 거 알아요. 내가 설마 그것도 모를까 봐요. 내가 정상이 아니란 건 나도 알아요.

빌리: 난 그때 컨트롤 부스에서 에디가 오버더빙하는 걸 듣고 있었어요. 에디에게 조금만 느리게 연주해 달라고 말하려는 찰나에 데이지가 문을 휙 열고 들어와선 나에게 할 말이 있다고 했어요.

데이지: 내가 무슨 말을 하려는 건지 모르는 척하더라고요.

빌리: 난 알았다고 하고 함께 주방으로 들어갔어요. 데이지가 내게 냅킨 한 장과 청구서 같은 종이를 뒷면이 보이게 내밀었어요. 잔뜩 휘갈겨 썼는데 뭘 가지고 썼는지 검은색 얼룩이 번져 있었어요.

데이지: 아이라이너 펜슬은 잘 번지잖아요.

빌리: "이게 뭐예요?" 내가 물었어요.
"신곡이에요." 데이지가 말했어요.
그래서 다시 보는데 내용을 하나도 못 알아먹겠더군요.
"처음엔 이면지에 썼고 냅킨에다 마저 썼어요." 데이지가 말했어요.

데이지: 빌리는 한번 쓱 보더니 이렇게 말했어요. "이건 레코딩하지 맙시다."
그래서 내가 "왜요?"라고 물었어요.
우린 창가에서 이야기를 하고 있었는데 창문이 열려 있었거든요? 빌리가 몸을 수그려 창문을 꽝 소리 나게 닫았어요. 그러고는 입을 열었어요. "왜냐하면."

빌리: 누군가를 특정해서 곡을 쓰건 말건 한 가지는 확신할 수 있죠. 그 사람이 날 찾아와서 자기 이야기냐고 물어보진 않을 거라는 거요. 그런 말을 대놓고 하는 건 세상 모든 게 자기 이야기라고 생각하는 멍청이라고 고백하는 꼴이 될 테니까요.

데이지: 난 말했어요. "이 곡을 레코딩하면 안 되는 합당한 이유를 하나만 말해봐요."

빌리가 말을 꺼내는데 내가 막았어요.

"레코딩을 해야 하는 다섯 가지 이유를 말해줄게요."

빌리: 데이지는 주먹을 쳐들더니 손가락을 하나씩 펴가며 말했어요.

"하나. 좋은 곡이라는 걸 당신도 알죠. 둘. 일전에 좀 더 세고 덜 로맨틱한 노래가 있어야 한다고 말했었죠. 이게 그래요. 셋. 노래가 적어도 한 곡은 더 필요해요. 같이 새 곡을 더 쓸 생각이었어요? 지금 이 자리에서 밝히면 난 같이 곡을 쓰고 싶지 않아요. 넷. 지금 당신이 만들고 있는 블루스 셔플*의 멜로디에 맞춰 쓴 곡이니 좀 더 손보면 금방 완성할 거예요. 그리고 마지막으로 다섯. 이번 앨범의 트랙리스트를 다시 봤어요. 이 앨범은 '긴장'에 관해 이야기하고 있어요. 주제 면에서 좀 더 나아가고 싶다면 긴장을 깨부술 것이 필요해요. 그러니 받아요. 다 깨부쉈으니까."

데이지: 스튜디오로 가면서 할 말을 미리 연습해 뒀죠.

빌리: 반박할 근거를 떠올리기가 어려웠지만 그래도 반박했어요.

---

*　8분음표 3개로 연주하는 소절에서 중간 음표를 뺀 3잇단음표로 연주하는 것.

데이지: 난 또 말했어요. "이 곡을 레코딩하지 않을 이유는 하나도 없네요. 그러면서도 달리 걸리는 게 있는 거예요?"

빌리: 난 말했어요. "걸리는 건 전혀 없어요. 그래도 안 된다고밖엔 말할 수 없네요."

데이지: "당신은 이 밴드의 대장이 아니에요, 빌리."

빌리: 난 말했어요. "우린 곡을 같이 쓰고 있어요. 하지만 이 곡은 나와 쓴 게 아니에요."
　데이지가 원고를 움켜쥐더니 바닥이 울리도록 쿵쾅대며 나갔어요. 난 그걸로 됐다고 생각했어요.

데이지: 난 라운지에 있는 사람들을 전부 끌고 왔어요. 거기 있던 사람들은 한 명도 빼놓지 않고.

캐런: 데이지가 말 그대로 내 소매를 잡아채선 끌고 갔어요.

워런: 그때 난 조인트 한 대 빨면서 뒷문 쪽에 서 있었는데 데이지가 내 어깨에 손을 얹더니 그대로 스튜디오 안으로 밀어 넣었어요.

에디: 피트와 테디는 부스 안에 있었어요. 난 화장실에 있었고. 밖으로 나왔더니 피트도 나와 있었어요. 무슨 일인가 보려고 나온 거

였어요.

그레이엄: 피트와 난 라운지에 앉아 함께 작업을 하고 있었는데 문득 눈을 들어보니 모두가 우리 앞에 서 있었어요.

데이지: 난 말했어요. "지금부터 노래 한 곡을 부를 거예요."

빌리: 모두 라운지에 나와 있는 게 보였어요. 그 순간 '뭔 개수작이지?' 싶었어요.

데이지: "그다음에 이 노래를 레코딩해서 앨범에 수록할지 말지를 투표로 결정해요."

빌리: 그 말에 얼마나 화가 났는지 온몸이 불처럼 타올랐다가 싸늘하게 식은 것 같았어요. 얼이 빠져서 그 자리에 그대로 얼어붙어 있었어요. 몸에서 피가 다 빠져나간 기분이었어요. 누가 욕조의 마개를 뽑은 것처럼.

데이지: 바로 노래를 시작했어요. 반주도 코러스도 없이, 머릿속에 떠오르는 대로 불렀어요. "거울을 볼 때면/ 너의 영혼 속을 봐/ 내 목소리가 들려?/ 잊지 마/ 넌 날 짓밟았어."

캐런: 데이지는 쉰 목소리로 노래했어요. 술에 취했거나 약에 취해

서였겠죠. 원래 까끌까끌한 목소리긴 한데. 그 두 개가 합쳐지니까 '분노의 노래'가 되었어요. 데이지는 노래하면서 화를 내고 있었어요.

에디: 로큰롤! 분노로 끓어오르는 노래였어요! 데이지는 인정사정 봐주지 않고 노래했어요. 그날 이후 사람들에게 록 앨범을 만드는 과정을 이야기할 때마다 난 그때의 경험을 예로 들었어요. 그날 내 앞에, 세상을 다 뒤져도 없을 화끈하고 섹시한 여자가 서 있었다고요. 그녀가 각혈하듯 노래를 부를 때, 그 자리에 있는 모두가 저러다 미치겠구나, 싶었다고요. 제일 멋지게 미친다면 바로 그녀와 같을 거라고요.

워런: 내가 어느 대목에서 데이지의 포로가 되었게요? 어느 대목에서 환장하게 좋은 노래라는 걸 깨달았게요? "내 생각이 날 때/ 로큰롤이 짓밟히길 바라." 이 대목이었어요.

빌리: 데이지가 노래를 마쳤을 때, 모두 찍소리도 못 하고 가만히 있었어요. 그래서 난 생각했죠. 그래, 잘됐다. 마음에 안 드는 거지.

데이지: 난 말했어요. "이 노래가 이번 앨범에 실려야 한다고 생각하는 사람은 손 들어주세요." 그러자 캐런이 손을 번쩍 들었어요.

캐런: 연주하고 싶은 곡이었어요. 무대를 록의 열기로 달구고 싶은

곡이었어요.

에디: 무시당한 여자의 노래였지만 훌륭했어요. 난 손을 번쩍 들었어요. 피트도 마찬가지였어요. 내 생각이지만 위험한 노래라 더 마음에 든 것 같았어요. 왜 아니겠어요. 그 앨범에 실릴 곡이 죄다 너무 말랑말랑했거든요.

워런: 난 말했어요. "난 찬성한 걸로 쳐줘." 그러고는 조인트를 입에 물곤 주차장으로 갔어요.

그레이엄: 형이 그 곡을 마음에 들어 했으면 투표를 했을 리 없잖아요, 안 그래요? 핏줄이 뭔지, 마음이야 형 편을 들고 싶었죠. 하지만 곡이 너무 좋았단 말이죠.

데이지: 그레이엄과 빌리만 빼고 모두 손을 들었어요. 그러자 그레이엄도 손을 들더군요.

나는 뒤쪽에 서 있던 빌리를 쳐다보며 말했어요. "6 대 1." 그는 내게 고개를 끄덕여 보였고, 이어서 다른 모두에게도 고개를 끄덕이고선 자리를 떴어요.

에디: 그 곡은 빌리 없이 레코딩했어요.

●

로드: 슬슬 앨범을 어떻게 홍보할 건지 생각할 때가 됐어요. 그래서 사진작가인 친구와 밴드의 미팅을 주선했죠. 프레디 멘도사라는 친구인데 정말 재능 있는 사진작가였어요. 그 친구에게 앨범에서 초반에 레코딩한 곡들을 들려주었어요. 밴드가 어디로 향하고 있는지를 감 잡으라는 뜻에서. 프레디가 다 듣고는 말했어요. "사막 산에 있는 것 같은데."

캐런: 뜬금없는 기억이긴 한데 빌리가 다 함께 배를 탄 사진을 찍고 싶다고 말했었어요.

빌리: 동이 트는 사진을 배경으로 삼으면 좋겠다고 생각했어요. 앨범 타이틀을 '오로라'로 이미 정했으니까요.

데이지: 빌리는 일찍이 '오로라'로 앨범 제목을 정했고 아무도 이의를 제기한 적이 없어요. 하지만 난 받아들이기 힘들었어요. 나도 뼈 빠지게 노력해 만든 앨범인데 커밀라의 이름을 따서 짓는 경우가 어디 있어요?

워런: 멤버들이 내 배에 탄 모습을 촬영하면 좋겠다고 생각했어요. 멋진 사진이 나올 거라고 생각했죠.

프레디 멘도사(사진작가): 빌리와 데이지를 중심으로 멤버 전체가 나오는 구도로 잡아달라더군요. 다른 밴드의 사진을 찍는 것과 하나도 다를 게 없었어요. 사진의 주인공이 누구인지 명심하면서 그들만 튀는 일 없게 자연스럽게 찍어야 했죠.

로드: 프레디는 사막의 분위기로 찍고 싶어 했어요. 빌리도 괜찮다고 했죠. 그렇게 된 거예요.

그레이엄: 우리 모두 샌타모니카 마운틴에서 촬영 장소로 정한 곳으로 갔어요. 꼭두새벽에.

워런: 피트는 한 시간 정도 늦게 왔어요.

빌리: 난 멤버들을 살펴봤어요. 그때 우린 사진작가 곁을 서성이며 그가 촬영 준비를 마치기를 기다리고 있었어요. 난 무리에서 살짝 떨어져 나왔어요. 다른 사람 눈엔 우리가 어떻게 보이는지 직접 보고 싶었어요.

그레이엄은 언제 봐도 참 잘난 놈이었어요. 나보다 덩치도 크고 힘도 좋고. 나도 그렇지만 동생도 몇 년째 잘 먹고 잘 살아서 그런지 둥글둥글 살이 좀 올랐는데 그게 또 멋져 보였어요. 그리고 에디와 피트는 볼품없이 키만 컸지만 옷을 잘 입었어요. 워런은 야비해 보이는 콧수염을 기르고 있었는데 그땐 그게 세련된 스타일이었죠. 캐런은 절제된 분위기의 아름다움이 있었고요. 그리고 데이지가 눈에 들어왔어요.

캐런: 한자리에 다 모여보니 다들 청바지에 티셔츠를 입고 있었어요. 로드가 말한 대로 입은 거였죠. "평소 입는 대로 입고 오면 돼." 그런데 데이지를 보니 컷오프*에 탱크톱 차림이었는데 브래지어를 안 한 거예요.

그리고 평소 하는 커다란 링 귀걸이에 링 팔찌를 끼고 있었어요. 탱크톱이 얇고 하얘서 젖꼭지가 훤히 들여다보였어요. 데이지도 알고 있었죠. 갑자기 머릿속에 전구가 켜진 것 같았어요. 이 앨범 커버의 테마는 데이지의 가슴이 되겠구나.

데이지: 설령 내가 그 앨범 커버의 콘셉트를 망쳐놨대도 사과 따윈 절대 안 할 거예요. 난 내가 입고 싶은 대로 입어요. 내가 편하다고 느끼는 대로 입어요.

다른 사람이 어떻게 생각하건 나와는 상관없어요. 로드에게 그렇게 말해두었어요.

빌리에게도 그전에 말했어요. 캐런과는 정말 많은 이야기를 나눴고요. (웃음) 우린 어깃장을 놓기로 했어요.

* 짧게 잘라 올을 푼 청 반바지.

캐런: 세상이 우릴 뮤지션으로 진지하게 받아주길 바란다면 무엇 때문에 몸을 내세우는 거죠?

데이지: 내가 토플리스로 돌아다니고 싶다면 그것도 내 마음 아닌 가요? 하나 더 이야기할까요? 작가님이 내 나이라면, 작가님도 그때 그 사진을 찍길 잘했다고 생각할 거예요.

그레이엄: 빌리와 데이지는 서로 말을 섞지 않는 분위기였어요. 「날 원망해」 때부터 눈치를 채고 있었죠.

빌리: 할 말이 없었으니까 안 했죠.

데이지: 빌리는 내게 사과해야 해요.

프레디 멘도사: 빌리는 위아래 다 데님이었죠, 봤으니 아시겠지만? 그리고 데이지는 말이 윗도리지 천 쪼가리를 입고 있었고요. 그걸 보고 난 사진의 테마가 잡혔다고 생각했어요. 빌리의 데님과 데이지의 탱크톱.

난 그들을 협곡의 가파른 낭떠러지와 인도 사이에 놓인 가드레일을 등진 채로 길을 따라 나란히 서게 했어요. 그들 뒤로 3미터 떨어진 거리에 있는 거대하고 위풍당당한 산이 보였어요. 곧 해가 뜨기 시작했어요.

일곱 명이 각자 다른 자세로 서 있는 모습을 바라보면서 걸작이 나오겠다는 예감을 받았어요. 사진 한 장에 담아낸 미국의 초상이랄까요? 길이 있죠, 먼지와 흙이 있죠. 미국의 록밴드가 절벽에 서 있는데 반은 꾀죄죄하고 반은 아름답고. 샌타모니카 마운틴의 사막과 숲이 있죠. 황갈색 땅엔 나무 몇 그루가 드문드문 솟아 있죠. 그리고 태양이 떠올라 그 모든 것을 쨍하게 비추죠.

거기 빌리와 데이지가 있죠.

둘은 그룹의 양쪽 끝 방향으로 몸을 틀고 있었어요. 하지만 난 모두 제각기 다른 포즈를 취한 장면을 찍고 싶었어요. 그러다 어느 순간, 데이지가 앞쪽으로 몸을 수그리는 걸 놓치지 않았어요. 데이지는 빌리를 쳐다보고 있었어요. 난 계속 카메라 셔터를 눌러댔어요. 의도 없이. 촬영을 의식하지 않는 게 내 스타일이었어요. 뒤로 물러나 있으면서 그들이 각자 생각하는 대로 움직이게 내버려 두는 거죠. 그래서 데이지가 빌리를 쳐다보는 내내 줄곧 셔터만 눌러댄 거고. 다른 멤버들은 모두 나를, 내 카메라를 응시하고 있었고. 그런데 정말 한순간이었지만, 짜잔, 빌리가 몸을 틀어선 데이지를 쳐다봤어요. 데이지가 빌리를 쳐다보는 것과 똑같이. 그렇게 둘은 서로를 응시했어요. 그 순간을 난 놓치지 않았어요.

앨범 커버 나왔네. 난 생각했어요. 괜찮은 컷이 나오면 마음이 한결 가벼워져요. 촬영 콘셉트를 잡으면 사진 찍는 대상들에게 자리를 옮겨가며 포즈를 취하게 하고, 이런저런 요구도 더 할 마음이 생겨요. 그런 내게 짜증을 내며 자리를 뜨는 사람들이 있다 해도 그게 내 문제인가요? 안 그래요? 그래서 그때도 난 거침없이 말했어요. "아주 좋습니다. 자, 이제 산꼭대기로 올라가죠."

빌리: 땡볕 속에서 사진을 찍은 게 이미 한두 시간은 지난 때였어요. 난 집에 갈 생각이었어요.

그레이엄: 난 말했어요. "차 타고 올라갑시다. 걸어가지 말고." 그런 뒤 사진작가와 몇 번을 오갔고 결국 내가 점찍은 곳으로 정했어요.

프레디 멘도사: 함께 여기저기 둘러보다가 완벽한 곳을 찾아냈어요.

빌리와 데이지가 차 밖으로 나와 산꼭대기의 정해진 곳에 섰어요. 등 뒤에 맑고 파란 하늘을 배경으로. 그런 다음에 나머지 멤버들이 늘어섰는데 빌리와 데이지 사이로 들어가 서길래 내가 말했어요. "이렇게 섭시다. 빌리, 데이지, 그레이엄……." 그렇게 빌리와 데이지를 나란히 서게 했는데, 둘 다 움직이는 게 서로 털끝도 닿기 싫은 티가 역력했어요. 난 둘의 긴장을 풀어줄 셈으로 대화를 시도했죠. "데이지가 한 식구가 되니 어떤가요?" 나야 밴드 사정을 알 턱이 없으니 그런 걸 물어보면 이야깃거리가 될 줄 알았죠.

빌리와 데이지는 동시에 말을 꺼냈다가 또다시 서로를 쳐다봤어요. 난 두어 컷을 찍은 다음 빌리와 데이지가 서로 이야기를 하는 동안 그들의 상반신, 그들의 가슴까지 나오게 줌인했어요. 둘의 모습이 프레임 안에 휘어져 들어왔을 때, 와…… 둘 사이 공간에서 뿜어져 나오는 부정적인 기운이…… 생생하게 느껴졌어요.

전류가 흐르는 것 같았어요. 전혀 의도하지 않았는데 너무 의도적이었다고나 할까요?

뷰파인더를 통해 들여다보면서 나는 알 수 있었어요. 죽여주는 장면을 포착했다고.

데이지: 다 함께 산꼭대기로 올라갔을 때 사진 찍는 분이 빌리와 날 나란히 서게 했어요. 그러고는 멍청한 질문을 했는데 그러기 무섭게―빌리와 나 사이에 며칠 동안 한 다섯 마디나 오갔나―빌리의 입에서 나온 말은 나에 대한 비아냥이었어요.

빌리: 신경이 곤두섰죠. 내 밴드에 들어와서 내 앨범의 지분을 빼앗아 가더니 그다음엔 앨범 커버의 중심을 차지하는 것도 모자라 사진작가의 질문에 대답하려는 것까지 끼어들어 방해를 했으니까.

캐런: 우리는 그 자리에 서서 포즈를 취하고 있는데, 둘을 뺀 나머지 모두 그러고 있는데 정작 카메라는 우리 쪽을 향하지도 않고, 사진작가는 하다못해 우릴 찍는 시늉도 안 하더군요. 아무도 찍을 생각 없는 사진을 위해 포즈를 취하는 게 얼마나 굴욕적인지 알아요?

워런: 난 실수로 흔들리는 바위에 앉았다가 비탈길에서 미끄러져 내려갔어요. 하마터면 에디를 깔아뭉갤 뻔했어요. 에디가 펄쩍 뛰어 몸을 피했으니 망정이지.

에디: 정말 긴 하루였어요. 상놈의 자식들 때문에 지겨워 이가 갈렸어요.

그레이엄: 사랑하는 여자와 함께 산 정상에 서서, 세상을 뒤흔들 대박 앨범의 커버 사진을 찍은 날이잖아요! 그냥 하는 말이 아니라, 그 뒤로 의기소침해질 때면 가끔 그날을 떠올리곤 해요. 지금 이렇게 처져 있어도 언제고 미치게 좋은 날이 올 수도 있다고 스스로 격려하려고요. 물론, 그 반대가 될 수도 있죠. 그날을 생각하면, 마찬가지로 언제고 미치고 팔짝 뛰게 개판이 될 수도 있다는 걸 쉬이 떠올릴 수 있으니까요.

프레디 멘도사: 사진을 현상하면서 처음에는 멤버 모두가 가드레일을 등지고 선 가운데 빌리와 데이지가 서로를 응시하는 컷…… 그 컷이 멋지다고 생각했어요. 그런데 빌리와 데이지의 상반신 컷 중에서 제일 잘 나온 것을 뽑아 들고 보는데 "죽여주는데"란 말이 절로 나왔어요. 뭐랄까—보는 순간—마음이 절로 동요하게 되는 힘이 있는 사진이에요.

빌리는 데님 차림이고, 데이지는 가슴이 훤히 들여다보이죠. 얼굴을 보지 않아도 누군지 딱 알아볼 수 있어요. 보기만 해도 그날 상황의 전후를 꿸 수 있게 돼요. 둘 사이를 채운 쨍하니 파란 하늘을 배경으로 빌리는 직선에 가까운 실루엣이었고 데이지는 곡선의 실루엣이었어요. 데이지의 몸 선을 따라 들어갔다 나갔다 하니까……. 그래서 한 컷 안에 남성적인 분위기와 여성적인 분위기가 다 들어가고.

그런데 이 사진을 자세히 들여다보면 말이죠? 데이지의 주머니에 뭐가 들어 있는 게 보입니다. 그게 뭔지 난 몰랐지만 꼭 약병같죠. 약이나 파우더겠거니 했는데. 내 말은 그런 것까지 한 컷에다 들어가 있단 말입니다. 그것이 미국이었습니다. 쌈빡했습니다. 섹스였어요. 마약이었어요. 계절은 여름. 불안이 팽배했습니다. 바로 로큰롤이었습니다.

그래서 그 컷이 탄생했습니다. 빌리와 데이지의 상반신이 떡하니 전면에 있었죠. 빌리와 데이지가 서로를 바라보는 가운데 뒤엔 나머지 멤버들이 있었고. 걸작이 된 앨범 커버였어요. 내 손목을 걸고 하는 말입니다.

데이지: 코크였어요. 내 호주머니에 있던 건. 그것 말고 달리 뭐였겠어요? 누가 뭐래요? 약 맞다고요.

빌리: 어떤 사람이랑 있어야 애꿎은 시계만 계속 들여다보게 되는 거 알아요? 짐짓 신경 안 쓴다고 생각하면서도 분초를 다 재게 되는 때가 있지 않느냐고요. 난 정말…… 난 데이지를 쳐다보지 않으려고 늘 죽을힘을 다하는 기분이었어요. (웃음) 내가 확실히 봤는데 사진 찍는 친구가 데이지를 쳐다보는 나를 포착한 게 딱 두 번이에요. 그렇게 날 찍은 사진을 앨범 앞 커버와 뒤 커버에 모두 실었어요.

그레이엄: 테디가 앨범 커버 시안을 보여줬는데, 앞 커버에 빌리와 데이지가 있었고 뒤 커버엔 서로를 바라보는 빌리와 데이지가 나와 있었어요…….

나머지 멤버는 그걸 보고도 입도 뻥긋하면 안 되었어요.

하지만 속이 아렸어요. 나는 '쩌리'라는 걸 확인하니까 신물이 올라올 정도로 속이 아렸어요. 난 말입니다. 좀 과장해서 엄마 배 속에서 나온 날부터 지금껏 형의 그림자 속에서 살았어요. 그때 든 생각은 앞으로 얼마나 더 그렇게 살아야 하나, 였어요.

에디: 모두 빌리와 데이지가 세상에서 가장 흥미로운 존재라고 생각했어요. 그리고 그 앨범이 통째로 그렇다고 말하고 있었고요.

빌리: 정말 멋진 커버였어요.

데이지: 역사에 남을 커버였어요.

●

캐런: 레코딩이 드디어 서서히 마무리되어갔어요. 우린 다시 스튜디오로 복귀해서 마지막으로 사운드를 다듬고 있었어요.

에디: 그때가 「못난이 사랑」의 오버더빙 작업을 마무리한 뒤였던 것 같은데 다 함께 모여 앨범 수록곡 중에서 몇 곡을 듣고 있었어요. 아, 다는 아니고 워런, 피트, 빌리는 없었던 것 같아요. 그래, 없었어요. 그리고 중간에 테디가 자리를 떴고요. 그다음에 로드가 나갔어요. 내 기억엔 아티도 갔어요. 그래서 이만 정리하자고 말하고선 차를 타고 집에 가려는데 차 키를 두고 왔더라고요. 그래서 곧바로 돌아갔는데 어디서 두 사람이 섹스하는 소리가 들렸어요! 퍼뜩 생각이 들었어요. 어떤 연놈이 화장실에서 운우지정을 나누시나?

그 순간 그레이엄의 목소리가 들렸어요. 문틈 사이를 들여다봤더니, 캐런의 머리털이 보였어요. 그 자리에서 내뺐어요. 차에 올라타선 미친 듯 질주해 집으로 갔어요. 그런데 집에 왔는데도 계속 미소가 새어 나오더라고요. 둘이 그렇고 그런 사이가 된 게 좋았어요. 둘은 서로 통하는 데가 많으니까. 예감이 왔어요. **결혼하겠구나.** 누구한테도 그런 예감이 든 적은 없었어요.

워런: 내가 맡은 작업은 아마 12월에 끝냈을 거예요. 그때 기억에 앨범을 다 만들었으니 이제 다시 투어를 떠날 수 있겠다고 생각했던 것 같아요. 공연장에 몰려든 사람들과 환호와 그루피들과 약들이 그리웠어요. 그리고, 하우스보트*를 살 때 장사치가 경고해 주지 않은 증상도 그리웠어요……. 배에서 살면 시도 때도 없이 밀실 공포증이 몰려오거든요. 그런데 그게 다 **주말**의 삶을 말하는 것 아니겠어요?

캐런: 앨범에서 각자 맡은 작업까지 다 끝낸 뒤에 하나둘씩 스튜디오를 떠났어요. 절실했던 휴가를 마침내 누리게 된 거죠. 그레이엄과 난 원래 하려던 걸 죄다 내려놓았어요. 그리고 카멜에서 몇 주 묵을 곳을 구했죠. 우리 둘이서만 맘껏 즐길 작정이었어요. 오두막, 해변, 숲, 아, 물론 버섯**도.

그레이엄: 에디와 피트는 엄마 생일 때문이었나, 아무튼 집안일로 이스트 코스트로 돌아갔을 거예요.

에디: 고삐를 풀고 싶었어요. 부모님 결혼 기념 파티에 참석한 후 피트와 제니는 부모님 댁에서 머물렀고 나는 뉴욕에 가서 한 2주 쉬었어요.

---

*   거주할 수 있는 요건이 갖춰진 배.

**   환각 성분이 든 버섯을 말한다.

데이지: 난 할 게 없었어요. 내 보컬 파트 레코딩도 했죠. 앨범 커버 촬영도 마쳤죠. 투어 일정은 나오기 전이었죠. 그래서 "몰라. 난 푸껫에나 갈래"라고 말했어요. 여행을 떠나 머리를 비우고 싶었어요.

빌리: 난 며칠 쉬다가 테디와 다시 스튜디오로 복귀했어요. 그리고 앨범을 초 단위로, 트랙 단위로, 리믹스에 리믹스를 거듭했어요. 완벽한 수준에 이를 때까지. 테디, 아티와 함께 컨트롤 룸에서 3주 넘게 아예 살다시피 보낸 것 같아요.

컨트롤 룸에 있으면서 악기 파트를 다시 레코딩할 때도 있었어요. 리프가 제대로 살지 않은 것 같거나, 피아노나 도브로*나 드럼 트랙에 브러시를 더하고 싶을 때 그랬죠. 단순한 수준의 연주였고요.

아티 스나이더: 모두 손 떼고 떠났을 때의 앨범이 다시 돌아왔을 때…… 다른 앨범이 되어 있었어요. 훨씬 더 미묘한 톤에, 결이 많고, 혁신적인 사운드가 돼 있었어요. 테디와 빌리가 들어가서 공간감을 살렸어요. 카우벨**에 셰이커에 클라베스***에 스크레이퍼까지 새로 추가했어요. 말하다 보니 생각나는 게, 빌리가 의자 팔걸이에 팔이 부딪힌 소리까지 녹음했었거든요. 텅 빈 것 같은 소리가 마음

---

*　금속 반향판이 붙은 어쿠스틱 기타.
**　종 모양의 금속 무율타악기.
***　짧고 둥근 막대 두 개를 서로 두드려 소리를 내는 타악기.

에 들었어요.

테디와 빌리에겐 진짜 비전이 있었어요. 그들은 노래를 짜 맞추는 감각이 비상했고, 테디에겐 일사천리로 밀어붙이는 집중력이 있었어요.

「날 원망해」를 예로 말씀드려 볼까요. 이 노래는 처음 레코딩했을 땐 보컬 하나, 진짜 단순한 셔플 하나만 있었어요. 그런데 테디가 빌리를 컨트롤 룸에 밀어 넣곤 두 번째 보컬 레이어를 통째로 손보게 했어요.

빌리는 처음엔 내키지 않아 했지만, 끝나고 보니 노래에 자기만의 큰 인장을 찍어놓았더군요. 메인 리프는 아예 다시 써서 새로 레코딩했어요. 테디와 함께 워런의 드럼 레이어를 다 빼버렸다가 프리코러스*부터 다시 집어넣었어요. 이게 무슨 말이냐면요. 둘이서 새 곡을 만들었다는 뜻이거든요?

「오로라」에서 빌리는 템포를 늦췄죠, 캐런의 키보드 사운드를 솎아냈죠, 그레이엄 파트는 볼륨을 있는 대로 올려놨어요. 그래서 원래보다 훨씬 더 깔끔해졌어요.

테디와 빌리―그리고 나도 포함해서―우리 셋은 말하지 않아도 통했어요. 그래서 작업하면서 참 즐거웠어요. 음악을 들어보면 느껴질 거라고 생각해요. 최종 편집본을 들어보면 느낄 수 있을 거예요. 그 앨범의 마지막 믹스가 진짜 다이너마이트라고요.

---

* prechorus. 노래에서 절과 후렴 사이에 등장하는 대목으로 분위기를 고조시켜 후렴의 카타르시스 효과를 증강하는 역할을 한다.

빌리: 앨범 수록곡을 테디와 내가 바라는 방향으로 손본 다음, 곡의 순서를 정하는 문제로 정말 골머리를 썩었어요. 다들 슬픈 곡을 좋아하는 것 같더라고요. 하지만 마지막 곡까지 슬픈 걸 넣으면 싫어해요. 명반이라면 롤러코스터처럼 달리다가 절정에 이르러 멈춰야 해요. 모두에게 얼마간 희망을 주고 끝내야 해요. 그래서 우린 트랙리스트를 짜면서 정말 오래 고민했어요. 최적의 순서를 정해야 했으니까요. 그래서 주제에 따라, 악기에 따라 곡의 순서를 정해봤어요.

첫 곡은 거창하고 대담한 「밤을 쫓아가고 있구나」로 골랐어요. 「못난이 사랑」에서 사운드도 정서도 더 강렬해져요.

「대책 없는 여자」는 격렬하고 어두워요. 여운이 남는 곡이죠.

「마음에서 지우려고」부터 달리기 시작해요. 이건 송가예요.

「부탁이야」는 필사적이에요. 다급한 마음, 애원이 담겨 있죠.

이제 B 사이드*를 보죠.

「어린 별」은 고뇌에 차 있지만 업템포예요. 좀 위험하지만 춤을 출 수도 있는 곡이고요. 바로 다음에 「날 원망해」로 진입하면 세고 빠르고 거친 사운드에 휩싸이죠.

그다음에 쭉 하강해 「깊은 밤마다」로 이어지며 은근히 달콤해집니다.

그리고 자연스럽게 「당신이라는 희망」으로 이어지면 다정하고 아쉬우면서도 결연한 감정이 느껴지죠.

---

*   LP 레코드의 뒷면.

자, 그런 후에, 마침내 태양이 떠오릅니다. 고음역으로 올라가 그대로 머물다가 잦아들면서 드디어 마지막 강력한 한 방을 날립니다. 「오로라」가 사방으로 뻗어나가며 온 세계를 적십니다. 둥둥 둥둥 북을 울려대며.

앨범이 짜릿한 롤러코스터를 타는 것 같아요. 처음부터 끝까지.

시몬: 맨해튼에 머물고 있을 때 데이지가 태국에서 보낸 엽서를 받았어요.

데이지: 처음 며칠은 태국에 있었어요. 대단한 이유로 간 건 아니고 그냥 긴장을 풀 생각이었어요. 어디든 혼자 가 있으면 나 자신을 돌아볼 수 있지 않을까 생각했거든요. 짐작했겠지만 그런 일은 일어나지 않았어요. 이틀째 되니 답답해 미칠 것 같았어요. 곧바로 비행기 잡아타고 집으로 돌아가려 했어요. 예정보다 5일이나 앞서서.

시몬: 엽서엔 이렇게만 써 있었어요. "푸껫에 와. 코크와 립스틱 가지고."

데이지: 그때 니키를 만났어요.

그때 난 수영장 밖에 누워 바다 너머를 바라보고 있었어요. 약에 취해 머리부터 발끝까지 해롱대고 있었죠. 그런데 정말 눈부시게 잘생기고, 훤칠하고, 고상한 남자가 나와선 담배를 피워 물더라고요. 내가 말을 걸었죠. "담배 좀 꺼줄래요?" 내가 담배를 피우지 않을 때 담배 냄새를 맡는 건 질색이었거든요.

그가 말했어요. "예쁘면 다예요?" 이탈리아어 억양이 정말 황홀했어요.

난 말했어요. "네."

그가 말했어요. "오케이. 그쪽 말이 맞아요." 그러고는 담배를 끄고선 말했어요. "니콜로 아르젠토라고 해요." 그 이름도 너무 멋졌어요. 계속 되뇌었죠. 니콜로 아르젠토. 니콜로 아르젠토. 그가 내게 술 한 잔을 사줬어요. 나도 한 잔 샀죠. 그런 다음, 수영장 가에 한두 줄, 알죠? 깔고 들이켰어요. 그리고 나서야 이 남자는 내가 누군지 전혀 모른다는 생각이 들었어요. 그게 신기했어요, 그 당시엔. 당시 「허니콤」을 모르는 사람은 거의 없었거든요. 그래서 내 밴드 이야기를 해줬고 그도 자기 이야기를 했어요. 그는 이곳저곳을 떠돌며 여행 중이었는데 한곳에 오래 머문 적은 없었대요. 자칭 '모험가'라고 했어요. '경험으로 충만한 삶'을 추구한다고요. 그러다 마침내 왕자라는 말까지 나왔죠. 이탈리아의 왕자였던 거예요.

그리고 정신을 차려보니 시간이 새벽 4시인데 내 호텔 방에 우리 둘이 함께 있었고 레코드를 최대 볼륨으로 높여놓았더라고요. 호텔 직원들은 볼륨 좀 낮춰달라고 호소하는데 니콜로는 LSD에 취해서 내게 사랑한다고 말하고 있었고, 나도 그를 사랑하는 것 같다고 말하고 있었어요. 알아요, 미친 거죠, 완전히.

시몬: 데이지를 만나고 싶었어요. 마침 공연 사이에 두어 주 짬이 났고 걔도 좀 걱정이 됐는데, 당시 우리 사이는 간신히 현상 유지나 하는 정도였거든요. 그래서 비행기표를 샀죠.

데이지: 그렇게 며칠 동안 니키에게 모든 걸 털어놓았어요. 내 영혼을 그에게 다 보여줬어요. 그는 내가 좋아하는 음악을 좋아했어요. 내가 좋아하는 예술 작품을 좋아했어요. 내가 좋아하는 약을 좋아했어요. 날 이해할 사람은 이 세상에서 오직 그이뿐이라는 생각이 들었어요. 그에게 말했어요. 난 사무치게 외롭다고. 앨범을 만드느라 죽을 정도로 힘들었다고. 그리고 빌리에 대한 감정도 털어놓았어요. 니키에겐 아무것도 숨기지 않았어요. 마음을 열고 다 쏟아냈어요. 그는 다 들어줬고요.

도중에 "내가 미쳤다고 생각하죠?"라고 물어보니 니키가 말했어요. "나의 데이지, 당신이 무슨 말을 하건 내겐 하나부터 열까지 당연한 소리로 들려요."

내 어떤 이야기를 해도, 내 어떤 진실을 털어놓아도 니키는 다 이해해 주는 것 같았어요. 이해받는다는 건 강력한 마약이에요. 난 다 해봐서 잘 알아요.

시몬: 태국에 도착하고 나서, 노곤하고 시차 적응도 안 된 상태인데도 곧바로 허름한 버스를 타고 호텔로 갔어요. 체크인하면서 콘시어지에게 롤라 라 카바가 몇 호실에 묵느냐고 물어봤어요……. 그랬더니 체크아웃했다는 거예요. 떠났다고요.

데이지: 니키와 빠똥에 있는 디스코테크에 갔는데 그가 갑자기 짐을 싸서 이탈리아로 가자고 했어요. "내 나라를 보여줄게요." 그런 후 어느 날 아침 이탈리아행 비행기표가 호텔 방 문 앞에 놓여 있었어요. 내가 다른 사람을 시켜 피렌체로 가는 비행기표 두 장을 예약한 게 분명해요.

그래서 니키와 함께 이탈리아로 날아갔어요. 그리고, 정말 거짓말이 아니라 반 정도 가서야 시몬이 날 보러 오고 있다는 사실을 기억해 냈어요.

시몬: 데이지가 쓰는 신용카드 회사 담당자와 통화하면서 내가 그 애라면 어딜 갔을까 상상하며 그 애의 동선을 짚어봤어요.

데이지: 피렌체의 보볼리 정원에 도착했을 때 니키가 말했어요. "결혼합시다." 그래서 우린 로마로 날아가서 그이 가족이 알고 지내는 친한 사제 앞에서 결혼식을 올렸어요. 니키와 미리 정한 대로 난 천주교도라고 말했어요. 천주교 사제에게 거짓말을 한 거죠. 웨딩드레스도 입었답니다. 아이보리색의 순면으로 만든 오프숄더 벨슬리브 드레스였는데 너무 아름다웠어요.

후회하는 결혼이에요. 하지만 드레스엔 후회가 없어요.

시몬: 마침내 어디 있는지 찾아냈어요. 로마에서 바티칸시티가 내려다보이는 호화롭고 웅장한 호텔이었어요. 로마라니! 난 그 애를 찾겠답시고 지구를 반 바퀴나 돌았는데. 그렇게 찾아냈을 때 그 애

는 속옷만 간신히 걸친, 전라나 다름없는 꼬락서니에 에미 애비도 몰라보게 취해 있었어요. 머리는 충지게 짧게 솎았고.

데이지: 기념비적인 헤어스타일이었어요.

시몬: 진짜 멋진 헤어스타일이었어요.

데이지: 내가 늘 하는 말이 있어요. "이탈리아 사람들은 머리 만지는 데 일가견이 있어."

시몬: 데이지는 날 보고도 별로 놀라지 않는 것 같았어요. 그 정도로 망가졌다는 신호라고 받아들였어요. 자리에 앉았을 때 제일 먼저 그 애의 손가락에 끼워진 왕방울만 한 다이아몬드 반지가 눈에 들어왔어요. 잠시 후, 그 작자가 등장했어요. 피골이 상접하고, 숱 많은 곱슬머리에 셔츠 한 장 걸치지 않은 몰골이었어요. 데이지가 소개했어요. "시몬, 내 남편, 니콜로."

데이지: 엄밀히 말해서, 니콜로와 결혼했으니 난 공주가 된 거예요. 이 이야기를 할 때 빼놓을 수 없는 사실이죠. 내로라하는 왕가의 일원이 됐다고 생각하면 짜릿했어요. 물론, 니키와 사는 건 전혀 다른 문제였지만. 니키와 살면서 그가 장담한 대로 될 리 없다는 걸 미리 알았어야 했는데. 세상 모두에게 경험에서 나온 충고 하나 해도 될까요? 듣고 싶은 말만 골라서 해주는 잘생긴 남자는 열에

아홉은 거짓말쟁이랍니다.

시몬: 데이지를 설득해 집에 데려가려고 했지만 걘 눈 하나 깜짝 안 했어요. 넌 가서 할 일이 있다, 앨범 나오면 투어 준비도 해야 한다, 온갖 약을 동시에 하는 것도 그만해라, 자신 없으면 단기간이라도 끊는 습관을 들여라, 잔소리를 늘어놨어요. 그런데 니키 이 자식이 그 애에게 하는 말이 내키지 않으면 아무것도 하지 말라는 거예요. 어디서 갑자기 나타나선 데이지의 고질적인 악습을 있는 대로 부추기고 있었어요. 어디서 새 한 마리가 나타나선 그 애 귀에 대고 '너의 모든 욕구를 허하노라'고 지저귀는 것처럼 보였어요.

●

캐런: 1월이 되어 다시 뭉쳤을 때, 여기저기 수소문해 봐도 데이지를 찾을 수가 없었어요.

그레이엄: 모두 러너 레코즈의 테디 사무실에 모여 앉았고, 리치 팰런티노와 함께 최종 믹스를 듣기로 했어요. 우린 다 예상하고 있었는데…… 그러니까, 우리가 레코딩한 결과물을 잘 안다고 생각한 거죠, 얼추.

워런: 그날 숙취가 심했는데 러너의 사무실마다 다 뒤져봐도 커피는커녕 커피포트도 보이지 않았어요. 그래서 프런트 데스크의 비서에게 물어봤어요. "어떻게 커피가 없죠?"

그러자 비서가 딱 한 마디 했어요. "커피머신이 고장 났습니다."

그래서 내가 말했어요. "회의실을 살아서 나올 수 없으리라는 확실한 예감에 살이 다 떨리네."

내 말에 비서가 뭐랬을까요? "너무하시네요."

나 때문에 좀 열받은 것 같더라고요. 내가 자기 말을 못 알아듣는다고 생각한 건가. 그런데 난 숙취 때문에 쓰러질 지경이었다고요.

그래서 한마디 더 했어요. "잠깐만요, 혹시 나랑 잤어요? 아니죠?"

당연히 안 잤죠.

캐런: 앨범을 듣기 시작했어요. 우린 모두 테이블에 둘러앉아 있었어요…….

에디: 첫 곡이 흘러나오자마자 바로 알아차렸어요. 내가 연주한 릭 부분을 바꿨어요. 빌리 이 새끼가 내 솔로 파트를 바꿔놨다고요.

빌리: 우리가 다 함께 모여서 앨범을 듣기 전까지 난 눈치를 못 챘던 것 같아요……. 테디와 내가 얼마나 많이 바꿨는지, 그 전까진 전혀 알지 못했던 것 같아요.

에디: 그걸 시작으로 갈수록 나빠졌어요. 빌리는 「부탁이야」에선 튜닝을 바꿔놨어요. 처음부터 끝까지 다 바꿔서 다시 레코딩했더라고요. 내슈빌 스타일로 튜닝을 바꾼 걸 내가 알아차리지 못할 거라 생각했나? 다른 기타를 가져다 다시 반주해서 레코딩한 걸 알아차리지 못할 정도로 그 새끼는 내가 천치라고 생각했나? 나 말고도 다 알아차렸어요. 그 새끼가 앨범에 한 짓을 다 알아차렸다고요. 그런데 누구 하나 입도 뻥긋 안 하더라고요. 왜 그랬을까요? 왜냐면 테디와 러너 사람들이 그런 앨범을 들으면서 아주 좋아죽었

거든요. 스타디움에서 공연을 하자, 마스터 앨범을 100장 찍자, 개소리 열전을 펼쳤거든요. 얼른 「마음에서 지우려고」를 싱글로 내놓자고, 곧바로 차트 1위를 찍을 거라고 떠들어댔거든요. 다들 눈깔에 달러 표시가 그려져 있었어요. 그래서 찍소리도 안 한 거라고요. 빌리한테. 테디한테.

캐런: 그 새끼는 두 곡에서 내 연주를 빼버렸어요. 화가 났어요. 화가 안 나고 배기겠어요? 그런데 우리가 어쩌겠어요? 리치 팰런티노가 마음에 든다고 난리를 치는데, 침을 튀겨가며 칭찬을 하는데.

워런: 빌리가 테디와 앨범을 프로듀싱하는 게 아닌 척 꾸며대지만 않았어도 난 훨씬 더 열린 마음으로 존중했을 거예요. 난 꿍꿍이속에서 하는 짓거리를 좋아하지 않아요. 말과 행동이 따로 노는 짓거리는 질색이라고요.

하지만 난 잘나가는 밴드의 드러머였고, 다들 차트 1위를 해야한다고들 말해서 참았죠. 게다가 난 앞을 내다보는 감이 좋았거든요. 내 입으로 말하려니 쑥스럽지만.

로드: 그때 다들 소곤거리기 시작했어요. 다들 말을 끊고 서로 소곤댔죠.

캐런이 말했어요. "내 연주를 다 빼버렸으면서 나한텐 한마디 상의도 안 했어."

그래서 내가 "빌리에게 직접 따져야지"라고 또 말했지만 내 말을 안 듣더군요.

피트도 하는 말이 앨범이 너무 말랑말랑해졌대요. 그래서 자기가 다 민망하대요. 그래서 내가 또 말했죠. "빌리한테 말하라고."

빌리에게도 말했어요. "멤버들하고 이야기하는 게 좋을 것 같은데?"

그랬더니 빌리 말이 "나와 이야기하고 싶으면 당사자가 와야지"라는 거예요.

그런 가운데 다들 데이지는 언제 올지 궁금해했는데 나 말곤 수소문할 의지가 있는 사람이 하나도 없었어요.

그레이엄: 그날 일로 공교롭지만 모든 게 변하고 있다는 걸 새삼 깨닫게 됐어요. 이 밴드가 몇 년 전과는 다르다는 깨달음요. 몇 년 전이었다면 빌리는 에디의 트랙을 다시 레코딩하기 전에 나한테 먼저 말했을 거예요. 내 의견을 듣고 결정하는 데 참고했을 거라고요. 대신 형은 테디와 의논했죠. 비단 그 일만이 아니라 형과 나 사이엔 많은 변화가 생겼어요. 나에겐 캐런이 있었고, 형에겐 커밀라와 딸들이 있었고요. 그러니 터놓고 의견을 구하고 싶어지면…… 그래, 「오로라」를 레코딩할 때만 해도…… 형 옆엔 내내 데이지가 있었잖아요. 형이 더 이상 날 필요로 하지 않는 것 같았다고 말하려는 게 아니에요. 그건 드라마에서나 나오는 이야기고. 내가 하려는 말은, 형과 내가 예전처럼 24시간 딱 붙어 돌아가는 팀워크가 더 이상 아닌 것 같다는 거예요. 형도 나도 그 시절에서 독립했다는 뜻이에요.

그러고 보니 나는 형과의 관계를 통해 나 자신을 규정하길 정말 좋아하는 것 같네요. 난 언제나―태어난 날부터 그날까지 통틀어―나 자신을 빌리 던의 동생으로 규정했어요. 그리고 이 사실을 깨달은 순간, 형은 자기를 그레이엄 던의 형으로 규정한 적이 한 번도 없었을 거라는 생각이 들었어요.

빌리: 지금 와 생각하니, 멤버들이 왜 그렇게 화가 났는지 알겠어요. 하지만 그 앨범에 관해서라면 내 결정에 대해 조금도 후회하지 않아요. 결과물이 내 믿음을 대변해 주고 있죠.

캐런: 아주 복잡한 문제예요. 그 앨범이 우리의 최고 히트작이 된 게 우리가 처음부터 빌리의 고집을 꺾고 작곡과 편곡에 참여한 덕분일까요? 내 생각은 그래요. 아니면 빌리가 마지막 단계에서 다시 결정권을 되찾은 덕분에 최고의 히트작이 된 걸까요? 그것도 아니면 테디가 언제 빌리가 다른 멤버들의 말을 들어줘야 하는지, 또 언제 빌리가 독무대를 펼쳐야 하는지를 알았기 때문일까요? 이도 저도 아니고 데이지가 있었기 때문에 최고의 히트작이 된 걸까요? 정말 모르겠어요. 그 문제에 대해 정말 많이 생각해 봤는데 결론은 정말 모르겠다는 거예요.

하지만 대박을 터뜨린 앨범에 발을 담근 사람 입장에선…… 내가 없어선 안 될 사람이었는지 확인하고 싶지 않겠어요? 나 없이는 이루어지지 않았을 거라고 믿고 싶지 않겠어요? 빌리는 우리에게 그런 믿음을 주려는 일말의 노력도 하지 않았어요.

빌리: 이런 건 모든 밴드가 골치깨나 앓는 문제예요. 이렇게 주관적인 문제를 놓고 이렇게나 많은 사람의 동의를 얻는 게 얼마나 힘든 일인지, 겪어보지 않은 사람은 모를걸요?

아티 스나이더: 나중에야 넌지시 들었어요. 사운드가 바뀐 것에 불만을 표한 멤버들이 있었다고. 아니면 바꾸는 문제를 처리하는 절차에 불만이 있었나. 그런데 난 좀 이상하다고 생각했어요. 다들 빌리가 결정해서 그렇게 된 거라는 식으로 받아들이며 열받아 했는데요. 그렇게 결정한 건 테디거든요? 빌리가 에디의 트랙을 다시 레코딩한 건, 테디가 그래야 한다고 생각했기 때문이에요. 빌리가 테디의 동의 없이 혼자 결정하는 건 단 한 번도 본 적이 없어요.

그래서 하는 말인데, 테디가 스튜디오를 떠나고 나서, 내가 슬쩍 농을 친 적이 있어요. 빌리가 두어 곡에서 도브로*를 빼고 싶어 했는데, 테디가 넣어야 한다고 했거든요. 테디가 간 다음에 난 빌리에게 말했어요. "그냥 빼버린 다음 테디가 알아차리는지 어쩌는지 한번 볼까?"

빌리는 고개를 젓더니 대단히 진지한 표정으로 말했어요. "우리 앨범에서 제일 크게 히트 친 곡을, 나는 애초에 싫어했었어. 테디 혼자서 그 곡을 살려냈어."

그리고 또 이렇게 말했어요. "테디의 의견과 내 의견 둘 중 하나를 택해야 한다면, 테디 의견으로 가야 해."

---

* 기타 브랜드의 하나.

●

시몬: 돌아가서 리허설을 할 때라고 데이지를 설득한 끝에 LA행 비행기표를 예약하기로 했어요.

데이지: LA로 돌아갈 때라고 말하자 니키는 좀 못마땅한 티를 냈어요. 밴드 홍보도 해야 하고 쇼케이스도 해야죠. 투어 준비도 해야죠. 그이도 알고 있었어요. 처음 만났을 때 내가 다 이야기해 줬으니까. 그런데 뭐라고 했느냐면요. "가지 마. 여기 있어. 밴드 따위 무슨 의미가 있다고." 그 말에 상처받았어요. 밴드는 내 전부였으니까. 내 모든 가치가 담겨 있는 거였는데……. 그런데 그이는 그게 아무것도 아니라고 말하고 있으니까요. 그런 사람에게 완전히 넘어갈 뻔했다고 말하려니 창피하네요. 그 말만 안 했어도 난 공항에 안 갔을지도 몰라요.

시몬이 노크하자 니키가 말했어요. "열어주지 마."

난 말했어요. "시몬이야. 열어줘야 해." 문 앞에 시몬이 서 있었는데 머리끝까지 화가 난 표정이었어요. 그리고 내게 한 말을, 평생 못 잊을 거예요. "짐. 싸서. 택시. 타. 당장." 그런 모습의 시몬은 처음 봤어요. 머리에서 안개가 걷히는 것 같았어요.

인생에서 날 나쁜 길로 데려가지 않을 사람이 한 명은 있어야 해요. 그 사람이 내 생각에 반대할 수도 있어요. 아니, 가끔은 내 마음을 아프게 할 수도 있어요. 하지만 나에게 언제나 진실을 말해줄 사람, 그런 사람이 적어도 한 사람은 있어야 해요.

이도 저도 못 하고 우왕좌왕할 때, 내 짐을 대신 챙겨 가방에 던져 넣고 날 잡아끌어 이탈리아 왕자를 떠나게 해줄 사람이 한 명은 필요해요.

시몬: 걔 엉덩짝을 걷어차선 집으로 끌고 갔어요.

캐런: 데이지는 한 달 동안 휴가를 떠났다가 돌아왔는데, 떠날 때보다 5킬로그램은 빠져 보였어요. 그 몸 어디에서 5킬로그램을 뺄 데가 있다고. 그런 데다 머리는 짧게 잘랐고 다이아몬드 반지를 끼고 있었으며 공주가 되어 돌아왔어요.

빌리: 입이 떡 벌어졌어요. 내 말은 100퍼센트 긍정적인 의미에서 입이 떡 벌어졌다는 거예요. 턱이 바닥에 닿을 정도였어요. 데이지가 결혼해서 나타나다니.

데이지: 빌리가 무슨 상관이죠? 정말 궁금해서 묻는 건데, 그가 왜 신경 쓴 건데요? 내 생각은 그랬어요. 그는 결혼했잖아요. 나는 결혼하면 안 되나?

워런: 호들갑 떨지 말자고요. 데이지가 결혼한 건 황태자가 아니라 그 아들이니까요. 데이지가 돌아왔을 때 내가 물어봤어요. 시아버지가 왕이 되려고 얼마나 많은 사람을 죽였느냐고. 데이지의 대답은 이랬답니다. "음, 엄밀히 말해서 이탈리아는 이제 군주제가 아니거든요." 그 말을 듣고 나니…… 그게 뭐 왕자인가 싶던데요, 난.

로드: 우린 앨범 발매 시점을 그해 여름으로 잡았어요. 발매일이 가까워지면서 완성된 레코드를 평론가들과 잡지사에 보냈죠. 많은 곳에서 인터뷰 요청을 받았어요.

우리가 바란 건 앨범이 나오는 날에 맞춰 잡지에 대문짝만한 커버가 실리는 것이었어요. 두말할 필요 없이 《롤링스톤》을 노렸죠. 데이지는 콕 집어 조나 버그가 와주길 바랐어요. 그래서 연락했더니 흔쾌히 온다고 했어요.

조나 버그: 내 계획은 밴드가 리허설할 때 같이 시간을 보내는 것이었죠.

개인적으로 이 밴드와 특별한 인연이 느껴졌어요. 내 기사가 데이지와 밴드가 같이 앨범을 내야 한다고 등을 떠밀도록 만들었다는 걸 알았거든요. 그래서 앨범을 듣고 후졌다는 생각이 들면 좀 무안했을 것 같아요. 하지만 정말 너무나 좋았어요. 가사를 들어보니 참 많은 이야기가 담겨 있었어요. 빌리와 데이지의 동등한 파트너십의 결과물이죠. 그리고 그 앨범에서 제일 매력적인 곡들도 두 사람의 파트너십이 낳은 쾌거고요. 음악을 들으면서 지금 이 스토리는 빌리와 데이지 사이에 불꽃 튀는 공감대가 형성된 순간에 탄생한 게 아닐까 미루어 짐작하기도 했어요.

캐런: 리허설이 시작되고 처음 이삼일 동안은 눈치채기 힘들었는데, 유심히 지켜봤다면 빌리와 데이지가 서로 한마디도 섞지 않았다는 것을 알아차렸을 거예요.

그레이엄: 다 함께 공연 세트리스트를 놓고 이야기를 나눌 때였어요. 다들 무대 위에 둥그렇게 모여 앉아 있었는데 빌리도 데이지도 서로에게 말을 걸지 않았어요. 그러다 빌리가 「허니콤」은 세트리스트에서 빼자고 말했던 게 기억이 나는데. 밴드의 빅 히트곡을 빼자니, 원. 대신 「오로라」를 밀자는 게 빌리의 제안이었어요. 거기에 한두 곡을 더해서.

그러자 데이지가 날 보며 말했어요. "그레이엄 생각은 어때요? 관객들은 「허니콤」을 기대할 텐데. 그들을 실망시켜서야 되겠어요?" 그 말을 왜 나한테 하는지 이해할 수가 없었어요.

그런데 내가 대답하기도 전에 빌리도 나를 보며 말했어요. "그 노래는 템포가 느리잖아. 우리가 예전보다 더 큰 무대에서 공연한다는 걸 잊으면 안 돼. 수많은 관중을 위한 노래를 불러야 해." 그 말에 형에게 그러면 「당신이라는 희망」도 뺄 거냐, 그것도 느린 곡이잖느냐고 물어보려 했어요. 그런데 이번에도 내가 미처 대답하기 전에 형이 말했어요. "그럼 그렇게 정하고."

그러자 데이지가 나섰어요. "다른 분 생각은 어때요?"

그날 이야기하는 내내 둘은 서로에게 눈길조차 주지 않았어요. 우린 빙 둘러앉아 둘이 내외하며 대화하는 걸 구경했죠.

빌리: 리허설 첫날, 난 깍듯한 태도로 갔어요. 스스로에게 다짐했어요. 이 사람은 같은 배를 탄 동료야. 지지고 볶건 말건 잊어버려. 이건 비즈니스 관계야. 데이지와 사적으로 얽힌 문제는 무시하려고 노력했어요. 그런데 말이죠? 그 친구가 「날 원망해」를 놓고 투표에 부친 것 때문에 그때까지도 앙심을 품고 있었어요. 네, 그랬어요. 그래봤자 다 지난 일이죠. 그렇게 묻어버려야죠. 그래서 상냥한 말투를 쓰려고 노력했고 죽었다 생각하고 일에만 열중했어요.

데이지: 빌리와의 사이에 있었던 거지 같은 일들은 다 과거로 묻을 생각이었어요. 그 뒤로 난 결혼했으니까. 오직 니키한테만 집중하려고 했어요. 정말 온 힘을 다해 노력했어요.

니키도 결국 마음을 돌려 리허설하는 곳에 함께 가줬어요.

로마에서 비행기를 타고 와서 마몽의 내 별장으로 와줬죠.

그뿐인가요. 우리 엄마 아빠와 저녁 식사까지 함께했는걸요. 난 어지간해선 부모님과 밥을 먹지 않았지만 그래도 결혼했으니 남편을 만나보겠느냐고 물어봤어요. 그러자 엄마 아빠는 우릴 체즈 제이*로 초대했어요. 니키가 얼마나 정중하고 사근사근하게 굴었는지 몰라요. 덕분에 점수를 많이 땄죠. 니키는 대답할 때마다

---

* Chez Jay. 미국의 스테이크 전문 체인.

"네, 존스 부인. 아뇨, 존스 씨"라며 아주 곰살맞게 굴었는데 엄마 아빠는 되게 좋아했어요. 그렇지만 자리를 파하고 내 차에 오르기 무섭게 말했죠. "저런 사람들을 어떻게 참고 지내?" 그 말에 난 입이 귀에 걸리게 활짝 미소 지었답니다.

난 결혼 생활을 즐겼어요. 우리가 한 팀이라는 생각, 내가 한 사람에게 예속되었다는 생각이 좋았어요. 오늘 하루는 어땠느냐고 매일 물어봐 주는 사람이 생겼다는 게.

시몬: 데이지에게 이론적으론 결혼은 여러모로 잘 맞았어요. 당시 데이지에겐 안정이 시급했으니까요. 물론 데이지는 언제나 내가 가장 아끼는 친구였어요. 앞으로도 마찬가지고요. 하지만 그 애는 함께 인생을 짊어질 사람을 원했어요. 그 애를 사랑하고 아껴주고 떠받들어 줄 사람. 그 애가 집을 비울 경우 어디 있는지 궁금해할 사람. 그래서 난…… 그 애가 뭘 찾으려고 애쓰는지 이해할 수 있었어요. 나 또한 그 애를 위해서 바란 바였어요.

다만, 부적절한 이유로 부적절한 사람을 고른 게 문제였죠.

데이지: 누가 봐도 알았겠지만 내가 길을 잘못 들었다는 조짐이 차고 넘쳤어요. 니콜은 나보다 더 심각한 약물중독자였어요. 살살 하라고 말한 쪽이 나였으니까요. 헤로인을 거절한 쪽이 나였어요. 둘이서 내 신용카드로 물 쓰듯 돈을 쓰고 있는 걸 알아차린 것도 나였어요. 그런 데다 그는 빌리를 덮어놓고 경계했어요. 내가 과거에 데이트했던 남자들, 내가 연민을 느끼는 사람들, 자기 생각에 내가

잘 것 같은 사람들을 덮어놓고 시기했어요. 하지만 그때 난 그게 다 신혼 때 겪는 문제라고만 생각했어요.

다들 그러잖아요. 결혼 생활에서 첫해가 제일 힘들다고. 난 그 말을 철석같이 믿었어요. 그때 내게 사랑은 고문이 아니라고 말해주는 사람이 있었다면 달랐을 텐데. 그 시절에 내가 생각한 사랑은 몸이 두 쪽으로 갈라지는 아픔, 비탄으로 가득한 감정, 마음이 최악의 방향으로 달리는 레이스였거든요. 폭탄, 눈물, 피. 이게 내가 생각한 사랑이었어요. 사랑은 날 더 가볍게 해주지, 무겁게 하지 않는다는 걸 그땐 몰랐어요. 마음이 온화해지는 게 사랑이라는 걸 몰랐어요. 사랑은 전쟁이라고 생각했어요. 사랑의 목표는…… 평화라는 걸 몰랐어요. 그런데 또 생각해 보면요, 설령 알았다고 한들 내가 과연 그런 사랑을 기꺼이 받아들였을지, 소중히 했을지 모르겠어요.

내가 원한 건 약과 섹스와 고뇌였으니까. 정말 그런 걸 원했어요. 그런 게 아닌 사랑은…… 그때 내 생각엔 다른 유형의 사람들에게 해당한다고 생각했어요. 솔직히 말하면, 그런 사랑은 나 같은 여자에겐 아예 존재하지 않는다고 생각했어요. 그건 커밀라 같은 여자의 사랑이라고 생각했어요. 지금도 분명히 기억날 정도로 생각이 확고했어요.

시몬: 니콜로는 여러 면에서 괜찮은 사람이었어요. 정말이에요. 데이지를 진심으로 아꼈어요. 나름 그 아이에게 미더운 사람이 되어주었어요. 늘 웃음을 안겨주었어요. 나는 절대 알아듣지 못하는 둘

만 통하는 농담을 했어요. 모노폴리 게임에 관한 농담이었나. 모르겠어요. 아무튼 그가 웃기면 데이지는 진심으로 재미있어했어요. 데이지가 웃으면 얼마나 예쁜데요. 그전까지 그 애는 웃음을 잃고 살았었잖아요.

하지만 소유욕이 지나쳤어요. 사람을 소유한다는 게 말이 되나요? 데이지 같은 사람이 아니라 해도요.

워런: 니콜로를 보자마자 한눈에 알아봤어요. 아하, 오케이, 판단 종료. 사기꾼이네.

에디: 난 니콜로가 마음에 들었어요. 나하고 피트에겐 늘 서글서글하게 대해줬으니까.

빌리: 니콜로는 우리가 리허설하는 걸 보려고 뻔질나게 스튜디오에 왔어요. 어느 날은 데이지와 내가…… 둘이서 보컬 하모니를 연습하는데 영 진도가 안 나갔어요. 짬짬이 몇 번 쉬는 도중에 난 데이지에게 말했어요. "이걸 키를 달리해 불러보면 어떨까요?" 데이지에게 말을 건 게 한 백만 년 만인 것 같았어요. 그런데도 데이지는 이대로 괜찮다고만 말했어요. 그래서 난 또 말했어요. "그쪽이 음을 정확히 못 맞추겠다면 바꾸는 게 맞죠." 데이지가 날 보며 눈알을 굴렸어요. 난 곧바로 사과했어요. 소란을 피우고 싶지 않아서 "알았어요. 미안해요"라고 덧붙였어요. 그걸로 해결된 줄 알았어요.

그런데 데이지가 한마디 했어요. "그쪽 사과 따윈 필요 없거든요?"

난 말했어요. "난 친절하게 굴려는 것뿐이에요."

그녀가 말했어요. "그쪽의 **친절**엔 관심 없고요." 그러고는 어깨를 으쓱하더군요. 그날 스튜디오 안이 쌀쌀했어요. 데이지는 거의 아무것도 걸치지 않고 있었고. 내 눈엔 추워 보였어요.

그래서 말했죠. "데이지, 미안해요. 이제 사이좋게 지냅시다, 네? 자, 내 셔츠 걸쳐요." 그때 난 티셔츠에 셔츠를 받쳐 입고 있었어요. 아니, 재킷을 걸치고 있었나? 아무튼 웃옷을 벗어서 그녀의 팔에 둘러주었어요.

데이지가 옷을 떨쳐버리고는 말했어요. "그쪽의 거지 같은 재킷 따위 필요 없다고요."

데이지: 빌리는 언제나 자기가 제일 잘 안다고 생각하는 사람이에요. 내가 노래를 제대로 부르지 못하는 것도 그의 판단이었고. 바로잡는 방법도 자기가 잘 알고 있고. 내가 옷 입는 것까지 간섭하려 들고. 그가 이래라저래라 하는 게 지긋지긋했어요.

빌리: 그 친구의 문제가 나 때문이라는 식으로 구는 것에 신물이 났어요. 문제는 바로 데이지였다고요. 내가 뭘 잘못했나요? 내 재킷을 걸치라고 건네준 게 전부인데.

데이지: 난 코트를 달라고 한 적 없어요. 내가 그 사람 코트를 갖고 뭐 하려고요?

그레이엄: 데이지가 살짝 언성을 높여서 말했어요. 그러자 니콜로가 득달같이 달려왔어요.

캐런: 니콜로는 구석의 맥주 냉장고 옆 소파에 있었어요. 언제나 티셔츠에 블레이저를 받쳐 입고 나타났죠.

워런: 그 상놈의 새끼가 고급 맥주를 거덜냈어요.

빌리: 니콜로가 달려들더니 냅다 내 셔츠 자락을 움켜쥐곤 말했어요. "뭐가 문제야?" 난 그 손을 내뿌리고 나서 쳐다보곤 딱 감 잡았어요. 그 작자가 문제라는 걸.

그레이엄: 상황을 지켜보면서―싸움으로 번질 경우를―상상했어요. 어느 시점에 끼어들어야 되지?
　형이 그 친구를 때려눕힐까 봐 걱정이 됐거든요.

캐런: 니콜로를 보고 터프가이라고 생각할 사람은 없을 거예요. 바람만 불어도 날아가게 생겼었거든요. 몸에 근육은 단 한 점도 없었고. 왕자라니까 더 그렇게 보이기도 했고. 그런데 그 친구가 가슴을 막 내미는 걸 보면서, 뭐랄까, 아, 빌리는 덩치가 큰 남자잖아요. 그런데 이 니콜로를 보고 있으면 살짝 돌았다고 해야 할까, 아슬아슬한 분위기를 풍겼어요.

워런: 사내 둘이 싸울 때 만국 공통으로 지켜야 할 규칙이란 게 있답니다. 불알은 차지 않는다. 발길질할 땐 진짜로 힘을 줘선 안 된다. 물어뜯지 않는다. 그런데 이 니콜로라는 작자는 물어뜯을 기세였어요. 딱 보면 알 수 있었어요.

빌리: 그 친구를 끌고 밖으로 나갔으면 어땠을까? 못할 건 없었어요. 하지만 그 친구는 싸우고 싶은 눈치가 아니었어요. 나도 마찬가지였고.

데이지: 어떻게 해야 할지 감이 안 왔어요. 그래서 가만히 사태를 관망했던 것 같아요.

빌리: 니콜로가 말했어요. "데이지 근처에도 오지 마, 알았어? 같이 일하는 거, 그것으로 끝. 말도 걸지 말고, 건드리지도 말고, 아예 쳐다보지도 말라고." 이게 다 무슨 개소리인가 싶었어요. 다 좋아요. 나한텐 뭐라고 해도 상관없어요. 하지만 데이지한테 이래라저래라 해선 안 되죠. 그래서 난 데이지를 돌아보며 말했어요. "이런 걸 원하는 거예요?"

데이지는 고개를 모로 돌리고 있다가 다시 날 보고는 말했어요. "네, 그런 걸 원해요."

데이지: 아, 내 인생 내가 나서서 엉망진창으로 엉클어뜨린 거죠, 뭐.

빌리: 믿기지 않았어요. 데이지가 그렇게 나올 줄은……. 그 친구를 믿지 말아야 할 때도 믿어줬는데. 그 순간 그 친구에 대한 신뢰를 접었어요. 완전히 접었어요. 애초 내가 생각했던 대로의 사람이었어요.

그런데도 다를지 모른다고 생각한 내가 천치 같았어요. 난 두 손을 들어 보이곤 말했어요. "알았으니 그만합시다. 앞으로 찍소리도 안 할게요."

에디: 보고도 믿기 힘들었어요. 분수를 모르고 까불던 빌리 던을 혼쭐내는 사람이 나타났다니.

캐런: 그날 오후였나, 다음 날이었나, 조나 버그가 처음으로 찾아왔어요. 난 가시방석에 앉은 기분이었어요. 다들 그랬을 거예요. 빌리와 데이지가 서로 쳐다보지도 않고 있었으니까. 그날 오후 내내 「어린 별」리허설을 하면서 둘은 화음을 맞춰 노래할 때조차 서로를 외면했어요.

조나 버그: 그 친구들을 보러 가면서 훈훈한 분위기를 예상했어요. 밴드가 고생 끝에 멋진 앨범을 만들어낸 직후였으니까요. 모두 한마음이 되지 않았다면 그렇게 유기적인 음악을 만들 수 없었을 테니까요. 나만 그렇게 생각한 건지 모르겠지만. 내가 들어갔을 때 밴드는 곡 하나를 리허설하는 중이었는데 데이지와 빌리가 같은 무대에서 서로 최대한 멀리 떨어져 서 있는 게 보였어요. 둘 사이에 냉기가 흐르는 게 눈에 보일 정도였어요. 서로 5미터는 떨어진 채로 앞만 쳐다보고 상대에게 눈길 한번 주지 않는 두 사람을 보면, 듀엣으로 부르는 다른 가수들은 숫제 서로 부둥켜안고 부르는 것처럼 보일 거예요.

그레이엄: 속으로 내내 빌었어요. 저 양반 있는 동안만이라도 좀 붙어 있어라.

캐런: 이런 경우 데이지가 나서서 수습했어야 한다고 생각해요. 물론 데이지는 그럴 생각이 없었고요.

조나 버그: 긴장감이 팽팽했지만 밴드의 사운드는 훌륭했어요. 그들이 연주하던 곡들도 훌륭했고요. 물론 더 식스는 한결같이 잘했었지만 데이지가 한 식구가 된 뒤로 훨씬 더 잘하고 있었어요. 그들의 음악은 듣고 있으면—처음 듣는 곡이라고 해도—어느새 발장단을 맞추게 돼요. 워런 로즈와 피트 러빙의 실력을 입증하는 사례죠. 데이지 존스 앤 더 식스는 해석의 여지가 풍부한 가사로도 크게 인정받는 밴드이고, 모두의 관심은 단연 빌리와 데이지에게 집중되어 있고 당연히 그렇겠지만, 그럼에도 강력한 한 방을 날려주는 리듬 섹션 덕분이라는 사실을 간과해선 안 돼요.

빌리: 중간에 로드에게 부탁했어요. 조나와의 일정을 다른 날로 옮겨달라고.

로드: 조나와의 일정을 미루기엔 너무 늦었어요. 이미 와서 리허설을 보고 있는 사람한테 어떻게 다른 날 오라고 합니까.

데이지: 빌리가 상황을 심각하게 만드는 걸 이해할 수 없었어요. 조

나 버그 앞에서 사이좋은 척하는 게 뭐가 힘들다는 건지.

조나 버그: 두어 곡을 연주한 후 쉬는 시간을 가졌어요. 각자 여유가 될 때 와서 인사도 하고 아는 척도 했어요. 워런과 밖에 나가서 같이 담배를 피웠어요. 내심 그 친구를 구워삶으면 속사정을 털어놓을 거란 계산이 있었죠. 그래서 말했어요. "터놓고 말해주면 안 돼요? 뭔 일 있는 거죠?"

"뭔 일요?" 워런은 무슨 말인지 모르겠다는 듯 어깨를 으쓱했고, 난 그 친구 말을 믿었어요. 별일 없었을 거라고, 이 친구들 분위기가 원래 그런 걸 거라고. 빌리와 데이지는 실제로는 별로 친하지 않아서였을 거예요. 모르긴 몰라도 한 번도 친했던 적이 없었을 거예요.

빌리: 그날 밤 조나는 우리 모두와 맥주라도 마실 생각이었던 것 같아요. 하지만 난 일찍 집에 가서 아내가 애들 씻기는 걸 거들겠다고 미리 약속한 터라 조나에게 그다음 날 밤이 어떠냐고 물었고 조나도 크게 개의치 않는 것 같았어요.

에디: 밴드를 최우선으로 하자더니 《롤링스톤》 기자가 특집 기사를 쓰려고 온 첫날 밤부터 퇴짜를 놓은 거라고요, 빌리가.

데이지: 빌리가 집에 간다는 소식에 잘됐다고 생각했어요. 인터뷰에서 빌리의 눈치를 볼 필요 없이 제일 먼저 이야기를 나눌 수 있

을 테니까요.

조나 버그: 데이지가 내게 시간을 내줘서 고마웠어요. 밴드를 취재하다 보면 기자와 이야기하는 걸 달가워하지 않는 멤버가 한 명씩은 꼭 있거든요. 데이지는 스토리가 갈급한 기자를 참 편하게 해줬어요.

로드: 데이지는 집에 가고 싶지 않은 눈치였어요. 딱 보면 알 때가 있죠. 지금 계속 놀고 싶은 거구나, 밤새도록 파티가 하고 싶구나, 밤새도록 일하고 싶구나, 아니, 집에서 기다리는 사람이건 동물이건 뭐건 아무튼 마주하지 않을 수 있다면 뭘 해도 상관없으니 여기서 밤을 새우고 싶은 거구나 싶은 사람이요.

　니콜로와 결혼한 후의 데이지가 딱 그랬어요.

조나 버그: 그날 밤 다 함께 나갔어요. 빌리만 빼고 모두 다 함께. 맨 처음에는 스트립에 배드 브레이커스 쇼를 보러 갔어요. 캐런과 그레이엄이 서로 자는 사이인 게 확실해 보였어요. 그래서 한마디 했죠. "둘이 그렇고 그런 사이인가요?" 그레이엄은 "네", 캐런은 "아뇨"라고 대답하더군요.

그레이엄: 왜 그러는지 알 수 없었어요. 캐런이 왜 그러는지 알 수가 없었어요.

캐런: 그레이엄과 난 절대 오래가지 못할 사이였어요……. 우리 관계는 절대로……. 내겐 오직 공백기에만 필요한 관계였어요. 진짜 인생을 신경 쓰지 않는 시기, 미래를 신경 쓰지 않는 시절, 그날 하루 내 기분 말고는 달리 신경 쓸 것이 없는 시절에 필요한 것.

조나 버그: 워런은 눈에 보이는 여자란 여자는 가리지 않고 지분거리느라 바빴어요. 에디 러빙은 내 고막이 찢어지건 말건 큰 소리로 튜닝이 어쨌느니 저쨌느니 떠들어댔어요. 피트는 사귀던 여자한테 가고 없었고요. 그래서 난 데이지에게 집중해야겠다고 결심했어요. 어쨌거나 기사에서 가장 많은 분량을 할애할 사람이기도 했으니까요.

그런 의미에서 이 말은 해야겠네요. 그 시절엔 기회만 생기면 약에 손대는 사람이 한둘이 아니었어요. 그런 게 하나도 이상하지 않은 시절이었어요. 저널리스트인 나도, 하물며 《롤링스톤》 같은 잡지조차 넌지시 암시하는 식으로 별의별 약을 다 이야기했으니까요. 에두르는 식이면 유행하는 온갖 약에 관해 쓸 수 있었어요. 하지만 개중에는 좋아서 각성제에 손대는 것 같지 않은 사람들도 더러 있었어요. 맨정신으로 버티기 힘들어서 손대는 사람들이었죠. 이건 내 생각이지만, 그런 사람들의 약물 습관은…… 출입 금지 구역 같았어요. 내 동종업계 사람들은 다르게 느꼈어요. 대하는 태도도 달랐고, 글 쓸 때도 어조가 달랐어요.

기자로 일하면서, 잡지의 수익성을 도모하느라 이런 스타들과 시간을 보내야 한다는 점에 부담을 느꼈어요. 아니, 떠안아야 할 부담이었다고 말해야겠네요. 그래서인지 인터뷰 대상이 심각한 약물중독자인 경우, 내가 본 것을 절대 글로 쓰지 않았어요. 누구에게도 말하지 않았고요. '나쁜 건 봐도 안 본 것으로 친 셈'이죠.

그날 밤 데이지와 함께 있으면서, 우린 관객들 뒤에 따로 떨어져 있었는데, 문득 건너다보니 데이지가 잇몸을 손가락으로 문지르고 있었어요. 처음엔 코카인이라고 생각했는데 알고 보니 암페타민이었어요. 데이지가 기분 전환이나 재미로 약을 하는 것 같진 않았다는 뜻이에요. 그리고 그날 본 데이지는 1년 전 투어 때 봤을 때와는 사뭇 달라 보였어요. 전에 본 데이지는 더 열정적이었고, 느끼는 대로 표현하는 편이었어요. 두 번째 봤을 땐 더 슬퍼 보였다고 해야 하나. 아니, 그런 게 아니라, 예전보다 무덤덤해 보였어요.

잠시 후 데이지가 말했어요. "나갈래요?" 난 고개를 끄덕였고, 함께 주차장으로 나가선 내 차의 보닛에 앉았어요. 그러자 데이지가 말을 꺼냈어요. "좋아요, 조나. 이제 시작하죠. 물어봐요."

내가 말했어요. "지금부터 녹음을 할 건데…… 지금 머리가 맑은 상태는 아닐 테니까 하는 말이에요. 싫으면 말해요."

그런데 데이지는 "아뇨, 지금 해요"라고 말하더군요.

내 딴엔 빠져나갈 구멍을 손수 파준 거나 마찬가진데 데이지가 거절한 거죠. 그래서 본론을 꺼냈어요. "빌리와 무슨 일이 있는 거죠?"

그 말을 하자마자 데이지는 봇물 터진 것처럼 쏟아내기 시작했어요.

데이지: 하지 말아야 할 이야기를 해버렸어요. 따지고 보면 빌리도 그렇게 가지 말았어야 해요. 그리고 하지 말았어야 할 행동을 했고.

●

빌리: 다음 날 리허설 때문에 갔더니 다들 벌써 와 있었어요. 저마다 떠들어대서 정신없는 통에 조나가 말했어요. "어디 다른 곳에 가서 따로 이야기했으면 좋겠는데 언제가 좋아요?"

"데이지가 언제 시간이 나는지 보고요."

내 말에 그가 말했어요. "아, 우리 둘만 이야기할 시간이 있으면 좋겠는데요. 빌리만 괜찮다면." 그 말을 들으니 불안해지기 시작했어요. 조나가 말하는 투가…… 감이 왔어요. 데이지 쪽을 건너다보니 마이크 앞에 서서 다른 사람이랑 이야기하고 있었어요. 얼음장 같은 스튜디오에서 그날도 손바닥만 한 반바지만 걸치고 있더라고요. 난 속으로 외쳤어요. 씨팔, 바지다운 바지 좀 걸쳐라. 얼어 죽는 게 소원이냐? 너 혼자 한여름인 것처럼 입고 다닐 거야? 여긴 단 하루도 춥지 않은 적이 없었잖아. 하지만 그 친구만 한여름인 게 맞았어요. 약 때문에 온몸에서 구슬땀을 흘리고 있었죠. 내가 왜 모르겠어요.

데이지: 지금 와서 생각하는 거지만 그날 밤 조나와 인터뷰한 후에, 다시 찾아가서 기사화하지 말라고 부탁했으면, 조나는 그렇게 해

췄을지 몰라요. 그럴까 고민도 했어요. 정말이에요.

조나: 데이지가 그렇게 요청했다 한들 난 절대 들어주지 않았을 거예요. 그런 부탁을 한 스타가 몇몇 있었는데 내 대답은 언제나 "안돼요"였어요. 그런 이유로 녹음하기 전에 확실히 해두는 거예요. 나에게 이야기하는 게 어떤 의미인지 확실하게, 정말 확실하게 짚고 넘어간다고요. 데이지에게도 인터뷰를 거절할 기회를 충분히 줬어요. 밀어붙인 건 데이지였어요. 그 시점에서 누가 더 일관된 입장을 취했느냐 따진다면 나보다는 데이지였다고 봐야죠.

빌리: 그날 아침 리허설을 하면서 곡의 마지막 절에서 데이지와 하모니를 제대로 맞출 순 없었지만, 조나가 보는 앞에서 그 친구와 싸우고 싶지 않았어요. 그렇다고 그가 보는 앞에서 리허설을 망치는 것도 싫었고요. 《롤링스톤》 기사에 내 밴드의 음악에 활력이 부족하다고 나오는 건 생각도 하기 싫었어요. 그래서 쉬는 시간에 그레이엄에게 가서 데이지에게 대신 전해달라고 했더니 알았대요. 그래서 그날 우린 적어도 남은 리허설 동안은 그레이엄을 통해 간신히 소통할 수 있었어요.

그레이엄: 아니, 둘이서 지지고 볶는 걸 내가 일일이 확인할 수도 없고 어쩌라는 거냐고요. 누가 누구와 언제, 뭔 같잖은 이유로 말을 안 섞는지 내가 어떻게 알아요? 나도 내 문제로 골치가 아프다고요. 여자 때문에 심장이 쪼개지는 중이라고요. 내가 사랑하는 여

자가 날 사랑하지 않는다는 걸 이제야 눈치챘는데, 누구에게도 말안 하고 버티고 있었다고요. 나한테 탁 달라붙은 이 저주에서 날구해줄 중재자가 어디 없느냐고 온몸으로 외치는 게 안 보였나요?

빌리: 리허설을 모두 끝내고 나서 조나와 같이 나갔어요. 식당에 자리를 잡고 앉아서 케첩병의 57* 쪽을 팍팍 치는데 조나가 입을 열었어요. "데이지 말이 더 식스의 첫 번째 투어에서 당신이 외도를 했고 알코올과 약물중독, 짐작이지만 헤로인 중독에도 시달렸다면서요. 이젠 극복했지만 당시 재활원에 있느라 첫째 딸이 태어나는 걸 보지도 못했고요."

워런: 착한 사람 차트라는 게 있다면 나 같은 놈이 순위에 오를 것 같지는 않아요. 하지만 난 최소한 다른 사람 뒷이야기는 안 한다고요.

데이지: 그 시절, 난 바보짓이란 바보짓은 다 했어요. 1970년대를 통틀어 거의 매일 그랬다고 해도 과언이 아니에요. 다른 사람에게 상처를 주고 나 자신에게 상처를 준 건 셀 수 없을 정도예요. 그렇다고 해도 그 일은, 언제 생각해도 가장 후회돼요. 비단 빌리에게 미안해서가 아니에요. 물론 그가 내게만 털어놓은 이야길 딴 사람에게 전한 건 정말 잘못했다고 생각해요. 하지만 그보다 더 후회되

---

* 하인즈 케첩의 유리병 목에 57 숫자가 프린트된 라벨 쪽을 손으로 쳐주면 케첩이 더 잘 나온다.

는 건 그의 가족에게 상처를 줬다는 거예요.

그리고 난…… (침묵) 절대 같은 실수를 저지르지 않을 거예요.
정말로.

빌리: 재활을 하면서 깨닫게 되는 것중에, 날 통제할 수 있는 건 나
밖에 없다는 게 있어요. 달리 방법은 없고 스스로 행동을 조심할
수밖에 없는데, 그건 다른 사람을 통제하는 게 불가능하기 때문이
에요. 그 말을 듣고서도 내가 감정 가는 대로 행동하지 않은 것도
그래서예요. 생각 같아선 케첩병으로 창문을 박살 내고 싶었어요.
테이블 너머로 손을 뻗어 조나의 목을 잡아 비틀고 싶었지만 그러
지 않았어요. 차를 몰아 데이지를 찾아가선 욕을 퍼붓고 싶었지만
그러지 않았어요. 다 참아냈어요.

조나를 똑바로 보고 있는데 숨이 점점 가빠지는 게 느껴졌어
요. 내 가슴이 부풀었다 꺼졌다 하는 게 느껴졌어요. 한 마리 사자
가 된 것처럼 그를 짓밟을 수 있을 것만 같았지만, 대신 눈을 질
끈 감았어요. 눈을 감았어도 그에게서 시선을 돌리지 않은 채 말
했어요. "부탁인데 그 이야긴 기사에 쓰지 말아요."

조나 버그: 그 말 한마디로 사실을 확인한 거나 마찬가지였어요. 하
지만 난 다른 제안을 했어요. "달리 쓸 거리를 준다면 그럴게요."
이미 말했지만, 난 누군가의 눈물을 빼면서까지 기사를 쓰는 놈이
아닙니다. 내가 저널리즘에 몸담은 건 로큰롤 스토리를 전달하고
싶었기 때문이에요. 우울한 스토리를 전달하는 게 아니라. 그루피

랑 자는 록스타 이야기 환영. PCP* 흡입 후 저지른 미친 짓거리 회고담 대환영. 하지만 우울해지는 뒷이야기를 기사로 내면서 좋았던 적은 단 한 번도 없어요. 온 가족이 다 망가지는 이야기라든가. 그래서 말했어요. "로큰롤에 어울리는 이야기를 들려줘요." 그러면 윈윈이라고 생각했던 거죠.

그러자 빌리가 말했어요. "이거 어때요? 빌리 던은 데이지 존스를 참아주느라 미치고 팔짝 뛸 지경이다."

빌리: 내가 그때 어떻게 말했는지 토씨 하나 안 빼고 밝히죠. 아니다, 그냥 그 기사를 보면 알 수 있어요. 난 이렇게 말했어요. "걘 자기밖에 모르는 망나니예요. 살면서 원하는 걸 다 누린 게 자기가 잘난 덕이라고 생각한다니까요."

조나 버그: 빌리가 "귀한 재능이 데이지 존스 같은 주인을 만나 쓰레기가 됐어요"라고 말했을 때 난 속으로 외쳤어요. 오, 우와, 오케이, **대박 기사가 나오겠는데.** 이쪽이 훨씬 더 흥미로운 스토리였어요, 내 생각에는. 어느 쪽이 더 잘 팔리겠어요? 빌리 던은 알코올중독자였으나 이젠 개과천선했다? 아니면 혜성처럼 등장한 밴드의 남녀 리드 싱어가 서로를 혐오한다?

그건 경쟁한 것도 못 됐어요. 세상에 빌리 던 같은 사람은 넘쳤어요. 자기 딸이 태어나는 순간을 놓치는 아버지, 아내를 배반하

---

* 펜시클리딘(phencyclidine)을 줄인 말로 환각제의 일종.

는 남편, 그런 남자가 어디 한둘인가요? 미안한 말이지만 그게 우리가 사는 세상이고 현실인걸요. 하지만 재능 넘치는 두 남녀가 만나 같이 일을 하면서 서로를 경멸하는 경우는 그리 많지 않습니다. 그래서 구미가 당기죠.

내 편집자도 빌리가 준 스토리를 더 좋아했어요. 좋아서 날뛰었다고 해야겠네요.

사진작가에게 내가 원하는 표지 사진의 콘셉트를 말했더니 이미 찍은 것 중에서 두 장을 합치기만 해도 될 거라고 했어요. 그런 다음 뉴욕에 돌아가선 48시간 만에 탈고했어요. 기사를 그렇게 빨리 쓴 건 처음이었어요. 정말 술술 써졌어요. 그렇게 쓴 글이 또 최고일 때가 많죠. 저절로 써지는 글 말이에요.

●

그레이엄: 우리가 뭣 때문에 조나 버그를 불러 함께 시간을 보냈겠어요? 목적은 오로지 하나, 데이지 존스를 밴드에 영입한 건 정말 똑똑한 선택이었다는 걸 기사화하려는 거였다고요. 그런데 빌리와 데이지가 앙숙이라는 기사를 쓰다니요.

에디: 그 연놈 때문에 밴드가, 음악이, 아니 우리가 죽어라 애써서 일군 모든 것이 똥물을 뒤집어쓴 것 같았어요.

로드: 모든 타이밍이 완벽했어요. 멤버들은 모르더군요. 얼마나 대단한 건지 전혀 눈치를 못 챘어요.

첫 싱글로 「마음에서 지우려고」를 발표했죠. '미드나이트 스페셜'에 공연 예약을 잡았죠. 앨범 출시일에 맞춰 전국 라디오 방송 출연 스케줄도 잡았고요. 같은 주에 『오로라』가 발매됐죠. 그리고 《롤링스톤》 커버 기사도 나왔다고요.

이쪽 면에 빌리의 옆모습이, 저쪽 면에 데이지의 옆모습이 실렸는데 서로의 코가 닿을락 말락 했어요. 헤드라인은 「데이지 존스 앤 더 식스: 빌리 던과 데이지 존스, 로큰롤이 맺어준 최악의

적수?」였죠.

워런: 헤드라인을 보는데 웃음만 터졌어요. 조나 버그는 자기가 한 발짝 앞서 있다고 생각한 것 같은데 사실은 두 발짝은 뒤처졌단 말이죠.

캐런: 만약 빌리와 데이지가 옹졸한 자아는 잠시 접어두고 서로 손잡고 투어 동안 하나가 되어 함께 나아갈 기회가 있었다고 해도, 그 기사가 다 망쳐놨어요. 그 기사로 득을 본 건 별로 없다고 생각해요.

로드: 기사 헤드라인을 보고도 데이지 존스 앤 더 식스의 공연에 관심이 안 생기는 사람 있으면 나와보라고 해요.

빌리: 데이지가 나에게 화가 났건 말건 신경 안 썼어요. 전혀 신경 안 썼어요.

데이지: 우리 둘 다 하지 말아야 할 짓을 했어요. 날 두고 '재능이 사람 잘못 만나 고생한다'는 말을 다른 사람도 아니고 기사로 쓸 게 빤한 기자에게 했다는 건 나와 화해할 생각이 없었다는 뜻이죠.

빌리: 주변 사람들과 그들 가족까지 곤경에 빠뜨리면서 자긴 특별히 대우해 주길 기대하면 안 되죠.

로드: 《롤링스톤》 기사가 아니었으면 다이아몬드 레코드*도 없었어요. 그 기사는 이 밴드가 음악성 이상으로 도약하는 첫걸음이었어요. 『오로라』를 앨범 이상의 사건으로 만든 첫걸음이었어요. 발사에 필요한 마지막 방아쇠였다고요.

캐런: 「마음에서 지우려고」가 나오자마자 빌보드 차트 8위로 등극했어요.

로드: 『오로라』는 1978년 6월 13일에 출시됐어요. 밴드의 신고식은 성냥불을 켜는 수준이 아니었어요. 우린 대포알을 쐈어요.

닉 해리스: 사람들이 기다리던 앨범이었어요. 빌리 던과 데이지 존스의 노래로 앨범을 채운다면 어떨지 궁금해했으니까요.
　그 시점에 『오로라』가 던져진 거죠.

커밀라: 음반이 발매되던 날, 딸들을 데리고 타워 레코드에 갔어요. 줄리아가 직접 한 장 사서 갖게 해주었어요. 살짝 마음에 걸렸어요. 솔직히, 엄밀하게 말하면 아이들이 들을 음악은 아니잖아요? 하지만 아빠의 앨범이니까 한 장 갖게 해준 거죠. 매장을 나왔을 때 빌리가 애들에게 물었어요. "밴드에서 누가 제일 좋아?"

---

*　　싱글이나 앨범의 판매량이 1천만 장에 도달하는 경우에 이를 기록하고 기념패를 수여한다.

"아, 빌리, 그런 걸 왜……." 내가 이렇게 말리는데 줄리아가 큰
소리로 외쳤어요.

"데이지 존스!"

짐 블레이즈: 『오로라』가 나온 날 난 '카우 팰리스'*에서 공연 중이었
어요. 로디를 시켜서 한 장 사 오게 했죠. 공연 시작 전에 잠깐 앉
아서 담배 한 대 피우면서 「못난이 사랑」을 듣다가 생각했어요. 얘
를 내 밴드에 들일 생각을 왜 못 했지?

불길한 예감이 몸으로 느껴졌어요. 앞으로 얘네 그림자 속에서
살게 됐다는 예감 말이죠.

커버만 봐도 알 수 있었어요. 커버만 봐도 캘리포니아 스타일
의 완벽한 로큰롤이라는 걸 느낄 수 있었어요.

일레인 창: 1970년대 후반에 10대를 보낸 사람에게 그 앨범 커버는
모든 것을 의미했어요.

데이지 존스가 자신을 표명하는 방식, 자신의 섹슈얼리티를 통
제하는 방식, 가슴이 들여다보이는 셔츠 차림까지도 본인이 주관
한 것처럼 다가왔어요. 10대 여자애들을 장악한 순간이었어요.
10대 소년도 마찬가지였죠, 알아요. 하지만 난 여자애들에게 미
친 영향에 훨씬 더 관심이 가요.

---

* Cow Palace. 캘리포니아 델리 시티에 있는 실내 경기장으로, 실내 스포츠 경기 외에 비
틀스, 수프림스, 롤링 스톤스 등의 콘서트 장소로도 사용되었다.

옷 벗은 여자의 이미지를 이야기할 때는 처음도 서브텍스트*, 마지막도 서브텍스트예요. 그렇게 볼 때 그 사진의 서브텍스트를 논하자면—데이지의 가슴은 빌리나 다른 누구를 겨냥한 게 아니라는 사실, 데이지의 자세는 확신에 차 있어서 함의 따윈 필요 없어요—데이지는 같이 있는 남자 멤버에게도, 세상 누구에게도 알랑방귀 뀌는 게 아니란 것이었죠. 그 메시지는 "내 몸은 당신 것이에요"가 아니었어요. 누드 사진 태반이 그런 메시지를 전달하고, 벗은 여자의 이미지 태반이 그런 의미로 소비되죠. 하지만 그 사진—데이지 존스의 몸—의 서브텍스트는 냉철한 **자기 확신**이었어요. "나는 내가 원하는 대로 행동한다"가 그 사진의 서브텍스트예요.

그 앨범 표지야말로 당시 10대였던 내가 데이지 존스를 사랑하게 된 계기예요. 데이지는 천하무적으로 보였어요.

프레디 멘도사: 웃기죠. 내가 그 앨범 커버를 촬영했을 때는 그냥 의뢰받은 일을 한다고 생각했거든요. 그런데 그 후로 만나는 사람마다 그 사진 이야기만 해요. 전설에 일조하면 생기는 일이죠, 그렇죠? 와, 진짜.

그레그 맥기니스: 「마음에서 지우려고」가 나오고 나서 다들 그 이야기만 했어요.

---

* subtext. 텍스트 속에 담긴 생각이나 느낌, 판단 등을 말한다.

아티 스나이더: 앨범이 나온 주에―앨범이 출시된 지 일주일도 채 되지 않아서―세 군데에서 일하자는 연락을 받았어요. 온 세상이 그 앨범을 사서 듣고 사랑에 빠지더니 믹싱한 사람도 궁금해진 거죠.

시몬: 데이지가 크게 한 방 터뜨린 거예요. 유명인에서 어마어마한 센세이션이 된 거죠. 그녀는 현상이 됐어요.

조나 버그: 『오로라』는 완전무결한 앨범이었어요. 모두가 꿈꾼 앨범이었고 기대한 이상의 앨범이었어요. 앨범의 첫 곡부터 끝 곡까지 자신만만하고 대담하고 귀를 즐겁게 해주는 멋진 밴드의 출현이었어요.

닉 해리스: 『오로라』는 로맨틱한 동시에 음울하고 비통한 동시에 격정적인 앨범이었어요. 데이지 존스 앤 더 식스는 내밀하게 느껴지면서도 스타디움 공연의 스펙터클도 너끈히 감당할 수 있는 음악을 만들어냈어요. 곡마다 무차별 난사하는 드러밍과 불타오르는 솔로 파트가 들어 있었어요. 몸을 사리지 않는 노래들은 최고라는 말이 부족할 정도였죠. 그러면서도 친밀하게 느껴졌고요. 듣고 있으면 빌리와 데이지가 바로 옆에서, 함께 노래하는 것처럼 느껴졌어요.

그리고 결이 굉장히 많은 앨범이기도 했죠. 『오로라』의 가장 탁월한 점이기도 했어요. 처음 들으면 쾌락만 밝히는 음악처럼 들려요. 파티에서 틀면 좋은 음악. 뿅 가게 만드는 앨범. 고속도로를 서행할 때 들을 만한 앨범이죠.

그러다 노랫말이 귀에 들어오면 눈물을 흘리게 만드는 앨범이 되죠. 자나 깨나 끼고 살아도 좋을 앨범.

『오로라』는 1978년 삶의 모든 순간의 배경음악이 될 만했어요. 그래서 나오기 무섭게 공룡처럼 세상을 장악한 겁니다.

데이지: 함께할 사람을 갈구하는 이야기, 누군가를 사랑하게 만드는 이야기를 담은 앨범이었어요.

빌리: 안정과 불안정 사이에서 밀고 당기는 이야기를 담아냈죠. 바보짓 하지 않겠다는 일념으로 거의 매일 죽어라 노력하는 이야기. 사랑 이야기냐고요? 아, 네, 그럼요 왜 아니겠어요. 그런데 다들 사랑 노래의 탈을 쓰고 세상만사를 이야기하지 않나요?

조나 버그: 빌리와 데이지 이야기 덕분에 그 호는 1970년대에 발간된 《롤링스톤》 가운데 제일 많이 팔렸어요.

로드: 《롤링스톤》 기사는 앨범 판매에 큰 도움을 주었어요. 하지만 진짜 돈은 그 기사를 보고 너도나도 공연 티켓을 산 덕분에 만질 수 있었어요.

닉 해리스: 앨범을 듣고 《롤링스톤》 기사로 빌리와 데이지 이야기를

읽고 나니 다들 직접 확인하고 싶어 했죠.

직접 겪어보지 않으면 모르는 법이니까.

오로라
월드 투어

1978~1979

「마음에서 지우려고」가 빌보드 차트 4주 동안 1위를 유지하는 가운데 『오로라』는 매주 20만 장씩 팔려나갔고, 데이지 존스 앤 더 식스는 1978년 여름에 반드시 공연을 봐야 하는 밴드 중 하나가 되었다. '오로라 투어'는 미국 대도시의 스타디움 공연과 장기 예약 공연에서 매진을 기록했다.

로드: 무대에 서기 위해 길을 나설 때가 왔어요. 비유가 아니라 말 그대로요.

캐런: 버스를 탔는데 분위기가 걸쩍지근했어요. 버스 두 대가 있었고 하나는 파란색, 하나는 흰색이었는데요. 두 대 모두 '데이지 존스 앤 더 식스'라고 크게 박혀 있었고, 나머지 한 대 뒤엔 빌리의 청바지가, 한 대 뒤엔 데이지의 탱크톱이 프린트돼 있었어요. 버스

를 두 대나 동원한 건 사람이 너무 많아서이기도 했지만, 빌리와 데이지가 서로 쳐다보는 것조차 질색했기 때문이었어요.

로드: 파란색은 비공식적으로 빌리 전용 버스였어요. 빌리와 그레이엄과 캐런과 나, 크루 몇 명이 탔죠.

워런: 난 데이지, 니콜로, 에디, 피트와 같은 버스에 탔어요. 가끔 피트를 보러 온 제니도 함께 탔고요. 흰색 버스에서 지낼 때가 훨씬 더 마음이 편했어요. 그리고 창문에 여자 젖가슴이 프린트된 버스라면 두말 말고 타야지요. 마냥 고맙죠.

빌리: 술 한 방울 안 마시고 약 근처엔 얼씬도 안 하는 투어는 이미 해봐서 또 해도 아무 걱정이 없었어요.

커밀라: 빌리를 다시 투어로 떠나보낼 때 그이완 이미 한생 다 살고난 후인 것처럼 굴었어요. 한 줄기 희망에 기대어서. 달리 내가 뭘 할 수 있었겠어요? 희망 말곤 기댈 게 없었죠.

오펄 커닝엄(투어 회계사): 매일 회사에 출근하면서 세 가지 점을 염두에 뒀어요. 첫째, 밴드는 날이 갈수록 돈 씀씀이가 커질 것이다. 둘째, 내가 지출을 삼가라고 조언해 봤자 누구 하나 귓등으로도 듣지 않을 것이다. 셋째, 중요한 문제건 아니건—베이비 그랜드피아노가 딸린 스위트룸 같은 큰 문제건, 사인회에서 쓸 마커펜 같은 사소한 문제건—명심할 건 빌리와 데이지를 동등하게 처우해야 한다, 였어요. 추가할 품목이 두 배나 늘어난 건 둘 다 자기에겐 없고 상대에겐 있을 경우 불같이 화를 냈기 때문이죠.

그럴 때면 로드에게 전화를 걸어 물었어요. "탁구대가 왜 두 개나 있어야 해?"

로드: 내 대답은 한결같았어요. "그냥 해줘. 돈 내는 건 회사 몫이니까." 이 말을 녹음해 뒀다가 틀어줄 걸 그랬나 봐요. 이해 못 한 건 아니에요. 우리가 돈을 흥청망청 쓰지 못하게 관리하는 게 오펄의 일이었으니까. 그런데 우린 정말 돈을 물 쓰듯 써댔어요. 뭐 어때요? 우리 앨범이 미국에서 제일 많이 팔리던 때였잖아요. 우린 바라는 대로 요구할 자격이 있었고 러너 입장에선 우리가 달라는 대로 주는 게 이득이었을 거예요.

에디: 투어를 떠난 첫날, 주유소에 잠시 정차했을 때예요. 소다수를 사려고 피트와 버스에서 내려 가게에 들렀는데 거기 라디오에서 「마음에서 지우려고Turn it off」가 나왔어요. 신기할 건 없었어요. 요 몇 년 동안에도 숱하게 겪은 일이니까. 그런데 피트가 장난을 쳤어요. 가게 점원에게 "채널 좀 돌려줄래요? 난 이 노래 진짜 딱 질색이거든요"라고 했죠. 그런데 점원이 다른 채널로 돌리자 거기서도 「마음에서 지우려고」가 나왔어요. 내가 나섰죠. "저기요, 그냥 꺼버리면just turn it off 어때요?" 점원은 재미있어했어요.

그레이엄: 사람들이 이 밴드에 얼마나—이럴 때 쓰는 말이 있는데 뭐라고 하지—얼마나 꽂혔는지 내 눈으로 처음 확인한 적이 있어요. 사막을 지나다가 내린 휴게소에서 빌리와 햄버거를 사러 들어갔을 때였어요. 애리조나였나 뉴멕시코였나 아무튼, 한 커플이 이쪽으로 다가오더니 빌리에게 물었어요. "빌리 던 맞죠?"

빌리가 "네, 맞아요"라고 말하자 그들이 "당신 앨범 너무 좋아요"라고 했어요.

빌리가 그렇게 처신을 잘할지 몰랐어요. 그들에게 진심으로 고마워했어요. 사실 형은 팬들에게 한결같이 고마워했어요. 팬들에게 정말 잘해줬어요. 누가 칭찬하면 언제나 처음 칭찬을 들은 사람처럼 행동했어요. 형이 남자 쪽과 대화를 나누기 시작하자 여자가 날 붙잡아선 저쪽으로 데려가더니 말했어요. "궁금해서 묻는 건데요. 빌리와 데이지 말인데요, 둘이 사귀나요?"

난 고개를 뒤로 젖히며 말했어요. "아뇨."

그러자 여자가 고개를 끄덕였는데 내 의중을 다 알아차렸다는 투였어요. 빌리와 데이지가 실은 자는 사이인데 내 입장에선 그렇게 말하기 곤란하다는 걸 다 알겠다는 투였어요.

워런: 투어를 시작한 지 얼마 안 돼서 샌프란시스코에서 있었던 일이에요. 공연 전날 밤 호텔에 체크인한 후, 내가 내린 다음 흰색 버스에서 피트와 에디가 내렸어요. 그레이엄과 캐런은 파란 버스에서 내렸고요. 그리고 길을 가로질러 호텔로 들어갔죠. 그때까진 아무 일 없었어요.

그런데 잠시 후 빌리가 파란 버스에서 내려서 호텔로 들어온 지 30초쯤 지났나? 여자애들이 꽥꽥 비명을 지르는 소리가 들렸어요. 뒤이어 데이지가 흰색 버스에서 내린 순간 비명은 최고 데시벨을 찍었어요. 이러다 고막이 터지겠다 싶을 정도였는데 어째 작아지는 게 아니라 더 커지는 것 같았어요. 비명이 아니라 숫제 절규였다니까. 문득 돌아보니 빌리와 데이지를 들이려고 로드와 니콜로 둘이서 애들을 떠밀어 내보내느라 난리였어요.

에디: 한번은 빌리가 떼로 몰려온 팬들이 사인해 달라는데 거절하는 걸 봤어요. "난 음악을 하는 사람일 뿐이에요. 당신들보다 잘난 것 하나 없다고요." 건방진 새끼가 딴엔 겸손한 척 개소리를 늘어놓는 걸 보고 있으니 고래고래 욕을 퍼붓고 싶더라고요. 피트가 계속 말렸죠. "다 부질없어. 의미를 부여해 봤자 너만 죽을 맛이야." 그땐 그 말이 무슨 뜻인지 몰랐어요. 알게 됐을 땐 너무 늦었고.

데이지: 팬에게 사인해 줄 때마다 "굳건히 버텨요. 데이지 J로부터"라고 썼어요. 하지만 어린 여자 팬을 보면—자주는 아니지만 가끔 있었어요—이렇게 써줬어요. "야망을 가져, 작은 새. 사랑을 담아, 데이지가."

로드: 다들 이 밴드에 열광했어요. 직접 공연을 보고 싶어 했어요. 그리고 빌리와 데이지는 맡은 역을 다했어요. 무대를 열기의 도가니로 몰아넣은 것도 그렇지만…… 쉽게 넘겨짚을 수 없게 거리를

둘 줄 알았어요. 수수께끼 같았죠. 둘은 듀엣으로 환상적이었지만, 한 마이크를 같이 쓰는 일은 거의 없었어요. 서로를 쳐다볼 때가 없는 건 아니었지만, 무슨 생각을 하는지는 짐작조차 할 수 없었죠.

한번은 테네시 공연에서 데이지가 「날 원망해」를 부르고 빌리는 하모니로 받쳐주고 있을 때였어요. 데이지가 빌리 쪽을 쳐다봤어요. 마지막 대목, 거의 끝나가는 대목에서요. 빌리를 똑바로 보며 노래했어요. 목청이 터지도록 열창하느라 얼굴이 살짝 상기된 채로. 이윽고 빌리가 응답하듯 데이지를 보며 노래했어요. 데이지의 눈을 피하지 않았어요. 그러다 노래가 끝났고 둘은 좀 전처럼 공연을 이어나갔어요. 나조차 정확히 무슨 일이 있었던 건지 설명하지 못했을 거예요.

캐런: 특별한 경우라고 할 것도 없어요. 자세히 지켜보면 둘이 끈끈한 눈길을 주고받는 걸 얼마든지 볼 수 있었을걸요. 특히 「날 원망해」를 부를 때 그랬어요. 그 곡을 부를 땐 노골적이었어요.

로드: 데이지와 빌리가 서로 앙숙이라 생각하고 그들 공연을 보면 그 생각을 확신으로 굳힐 만한 증거를 건질 수도 있었겠죠. 반대로 둘이 그렇고 그런 사이라 생각하고 보면? 미움의 탈 뒤에 숨은 전혀 다른 감정을 읽게 되었을걸요.

빌리: 누군가와 함께 곡을 쓴다고 할 때, 노랫말이 그 사람의 사적인 이야기라면 같이 쓸 수 있겠어요? 못 해요. 이런 거죠. 누가 내

게 써준 곡의 노랫말이 나에 관한 이야기를 담고 있는데…… 사심 없이 부르는 게 가능할까요? 어쩔 수 없이 끌리게 된다고요.

같은 무대에 선 데이지에게 정신 나간 놈처럼 눈을 못 뗀 적이 있느냐고요? 나는요…… 네, 맞아요. 매체에서 그 투어를 찍은 사진들, 콘서트 때 찍힌 사진들이 있으니…… 아니라고 말해봤자 아무 소용 없겠죠. 데이지와 내가 서로의 눈을 응시하는 순간을 찍은 사진이 어디 한두 장인가요? 내 딴엔 우리 둘 다 연기한다고 생각했지만 사실, 칼로 긋듯 구분할 순 없는 문제죠. 어느 게 연극이고 어느 게 진짜일까요? 어느 게 판 팔려고 꾸며낸 거고 어느 게 진심을 보여준 걸까요? 솔직히 말하면, 한때 분간할 수 있었을지 몰라도 이젠, 정말 모르겠어요.

데이지: 니키는 우리의 무대를 보면서 질투할 때가 많았어요.

「어린 별」은 서로 마음이 끌리면서도 부정하는 남녀의 이야기죠. 「마음에서 지우려고」는 한 사람에 대한 억누를 수 없는 사랑 때문에 오히려 그 사랑을 버리려는 사람의 이야기죠. 「못난이 사랑」은 사랑하는 사람을, 그 사람의 애인보다 더 깊이 헤아리게 된 사람의 이야기죠.

부를 때마다 특별한 감정이 느껴지는 노래들이에요. 곡을 쓸 때의 감정이 새록새록 되살아났으니까요. 니키도 그런 내 감정을 읽었어요. 그래서 니키와 살 때 그 점을 특히 조심했어요. 그의 마음을 편하게 해줘야 한다는 것. 그를 행복하게 해줘야 한다는 것. 그를 즐겁게 해줘야 한다는 것이요.

워런: 매일 밤 환호하는 관객들로 공연장이 발 들일 틈 없었어요. 우리 노래를 처음부터 끝까지 다 따라 불렀어요. 공연이 끝나면 빌리는 어김없이 호텔의 자기 방으로 돌아갔고 나머지는 전부 먹고 마시며 진탕 놀았어요. 그러다 하나둘씩 눈이 맞아 사라졌죠.

데이지와 니콜로는 아니에요. 둘은 끝까지 남아서 놀았어요. 그 둘은 밤이 영원한 것처럼 불사르려니 싶어서 놔두고 갔죠.

데이지: 아침마다 일어나 코 밑에 말라붙은 핏자국을 씻어내는 일이 이 닦는 것처럼 일상이 되면 어떤 약도 처음처럼 끝내준단 생각이 안 들어요. 그뿐인가요. 어제까지만 해도 없었던 멍 자국이 생겼는데 왜 생겼는지 전혀 기억에 없죠. 머리는 몇 주 동안 빗지 않아서 뒤통수 쪽이 서로 엉켜 뭉떵뭉떵하고.

에디: 데이지의 두 손이 푸르딩딩했던 게 기억나요. 털사 공연장 백스테이지에서 대기 중이었는데 그 친구 손이 눈에 들어왔어요. "손이 푸르딩딩하네요."

내 말에 데이지도 자기 손을 보더니 한마디 했어요. "아, 그러네요." 그걸로 끝이었어요. 아, 그러네요.

캐런: 날이 갈수록 다들 데이지와 상대하지 않으려고 했어요. 굳이 상대할 일도 없긴 했네요. 데이지가 딱히 요구하거나 그러질 않았어서. 정신줄 놓고 될 대로 되란 식으로 굴 때 빼면 얌전하게 지냈어요. 그래도 터지면 모두 초긴장 상태에 빠졌어요. 데이지 때문에

첼시가 잿더미가 될 뻔했던 경우도 그랬고.

데이지: 보스턴의 '옴니 파커 하우스'에 묵을 때 니키가 담배를 피우다 잠드는 바람에 베개에 불이 붙었어요. 얼굴에 화기가 느껴져서 잠에서 깼다가 머리카락이 그슬린 걸 발견했어요. 얼른 옷장에서 소화기를 꺼내 직접 불을 꺼야 했어요. 그러는 내내 니키는 기가 죽기는커녕 눈 하나 깜짝 안 했어요.

시몬: 불이 났었단 이야기에 데이지에게 전화를 걸었어요. 보스턴에 있을 때도 내가 전화를 했고요. 포틀랜드에 있을 때도 내가 전화를 했어요. 계속 걸었지만 데이지는 단 한 번도 받질 않았어요.

빌리: 로드에게 데이지 좀 도와주라고 말했어요.

로드: 데이지에게 니키와 같이 재활원에 입원하겠다면 데려다주겠다고 말했어요. 데이지한테서 돌아온 말은, 생각 좀 하고 살래요.

그레이엄: 데이지는 말을 질질 끌었고 무대 계단을 오르다 떨어지기도 했어요. 오클라호마에서였던 것 같은데. 하지만 데이지는 이런 게 다 장난인 것처럼 재미있어 보이게 만드는 재주가 있었어요.

데이지: 애틀랜타에서였어요. 니키와 밤샘 파티를 하는데 누군가 메스칼린을 갖고 왔어요. 니키는 기회는 이때다 싶은 눈치였죠. 다

들 자러 가서 둘만 남아 있었거든요. 그래서 우린 별의별 약을 한꺼번에 다 했어요. 메스칼린 약발을 받아서 호텔 지붕으로 통하는 문의 자물쇠를 부쉈죠. 호텔 로비 밖에 죽치고 있던 팬들도 다 집에 간 뒤였어요. 그 정도로 야심한 시각이었다는 뜻이에요. 니키와 같이 서서 좀 전까지만 해도 팬들이 득시글거렸던 곳이 텅 빈 광경을 보고 있었어요. 문득 니키가 내 손을 잡고는 지붕 가장자리까지 데려갔어요.

난 장난으로 한마디 했어요. "무슨 속셈이야? 같이 뛰어내리기라도 할 셈이야?"

그러자 니키가 말했어요. "재미있을 거야."

난…… 아, 이렇게 말해도 될까요? 호텔 옥상에 올라갔는데 남편이란 사람이 무슨 일이 있어도 뛰어내려선 안 된다고 말하지 않는다면, 내게 심각하게 문제가 있다는 걸 그때 처음 깨달았어요. 갈 데까지 갔다는 뜻은 아니에요. 하지만 그때 처음 내 주변을 돌아보고 깨닫게 되었어요. 아, 이런, 내가 추락하고 있구나.

오펄 커닝엄: 밴드가 숙소를 떠날 때마다 손해배상할 걸 염두에 두니 예산이 계속 초과됐어요. 제일 큰 돈이 나간 건 언제나 데이지가 머문 방이었어요. 깨진 램프, 박살 난 거울, 불에 탄 침구 등등, 뭉칫돈이 나갔죠. 아, 부서진 자물통도 한두 개가 아니었고요. 호텔에선 어느 정도의 손상은 으레 예상하죠. 특히 록밴드가 드나들 땐 단단히 각오할 테고요. 하지만 우리의 경우는 정도 이상이어서 임대 보증금을 웃도는 액수를 요구했어요.

워런: 남부 투어 중으로 기억하는데 그때 데이지는…… 이렇게 말해도 되나? 실시간으로 망가지는 게 눈에 보였어요. 가사를 기억하지 못해 끊어먹기 일쑤였거든요.

로드: 멤피스 공연 때 모두 무대에 오를 채비를 마쳤는데 데이지가 온데간데없이 사라졌어요. 구석구석을 다 찾아다녔어요. 보이는 사람마다 물어보고 다녔고요. 결국 로비 화장실에서 찾아냈어요. 한쪽 칸 안에 기절해 있더군요. 바닥에 주저앉아 한 팔을 머리 위로 올리고 있었는데 한순간―진짜 눈 깜짝하는 동안―죽었나 싶었어요. 몸을 마구 흔들어대니 정신을 차리더군요.

"무대에 오를 시간이야."

내 말에 데이지는 딱 한 마디만 했어요.

"오케이."

"정신 차려야지."

"아, 로드."

데이지는 자리에서 일어나 거울 앞으로 가더니 화장한 얼굴을 살피더라고요. 그러곤 아주 말짱한 사람처럼 밴드가 있는 곳으로 갔어요. 그때 생각했어요. 이 여자 뒤치다꺼리는 이제 그만하고 싶다.

에디: 뉴올리언스. 1978년 가을. 피트가 사운드체크 중이던 날 찾아와선 말합니다. "제니가 결혼하재."

난 말합니다. "그래, 해."

피트가 말합니다. "그래, 할까 해."

데이지: 24시간 만신창이로 살면 내 앞가림을 한다 해도 굼뜨기 마련이에요. 그래도 니키가 나와 살면서 돈을 한 번도 낸 적이 없다는 건 눈치채기 시작했어요. 자기 돈은 한 푼도 쓰지 않는다는 걸요. 내 돈으로 코카인을 끝도 없이 사들였어요. 난 분명히 말했어요. "난 됐어. 더 안 해도 돼." 하지만 그는 매번 양이 늘어났어요. 할 때마다 더, 더 하고 싶어 했어요.

하루는 아침부터 버스를 타고 가는데, 12월이었나, 아무튼 다들 버스 앞쪽에 앉아 있는데 니키와 난 버스 뒤쪽에 누워 있었어요. 캔자스였나, 아무튼 어딘가에서 멈춰 섰어요. 밖을 보니 사방이 탁 트인 평원이었어요. 언덕도 없고, 사람조차 살지 않는 곳 같았어요. 정신을 차려보니 니키가 눈앞에서 투트*를 하고 있었어요. 그 순간 한 가지 생각이 머리를 스치고 지나갔어요. 안 해도 되지 않을까? 그래서 바로 말했죠. "난 됐어."

그러자 니키가 웃으며 말했어요. "왜 이래, 새삼스럽게." 그러고는 내 얼굴에 들이밀었고, 난 그대로 흡입했어요.

그리고 고개를 돌려 버스 복도 쪽을 본 순간, 빌리가 눈에 들어왔어요. 왜인지는 모르지만 우리 버스에 와서 워런과 이야기를 하고 있었어요. 그리고…… 모든 걸 다 봤어요. 잠깐이지만 그와 눈이 마주쳤는데, 한없이 슬퍼졌어요.

빌리: 흰색 버스는 근처도 안 가겠다고 결심했어요. 그 버스에 가서

---

*　코카인의 속어.

좋은 일이 있었던 적이 한 번도 없었으니까.

그레이엄: 크리스마스와 신년을 맞이해서 모두 집에 가게 되었어요.

빌리: 집에 가서 딸들을 볼 생각에 행복했어요.

커밀라: 남편이 밴드에 있다는 사실보다, 내 인생에 훨씬 더 많은 일이 있었어요. 내 결혼 생활엔 훨씬 더 많은 일이 있었고요. 더 식스가 내 인생에서 차지하는 몫이 크지 않다는 말이 아니에요. 당연히 크죠. 하지만 난 밴드보다 가족이 우선이었어요. 빌리는 집에 올 때 일은 문간에 내려놓고 들어오기로 약속했죠. 그는 약속을 지켰어요.

1970년대 후반을 생각할 때면, 밴드에 대해서, 밴드의 노래에 대해서…… 우리가 겪은 많은 것이 떠올라요. 하지만 더 많이 생각나는 건 가령 줄리아가 수영을 처음 배우게 되었을 때의 일, 수재너가 처음 입이 트였을 때 '음마아'라고 말했던 것, 그게 '엄마'를 말한 건지 '줄리아'나 '마리아'를 말한 건지 분간이 안 갔던 기억. 마리아가 아빠만 보면 머리칼을 잡아당기던 것. 그리고 빌리가 세 딸과 '하나 남은 팬케이크는 누가 먹을래?' 놀이를 하던 것, 실제로 빌리는 애들에게 직접 팬케이크를 구워주고는 갑자기 '하나 남은 팬케이크는 누가 먹을래?'라고 소리쳤죠. 그럼 아이들은 자기가 먹겠다고 손을 번쩍 들었고요. 빌리는 누가 먼저 손을 들건 언제나 공평하게 세 쪽으로 나눠 먹게 했죠.

다른 어떤 것보다 그런 게 더 기억이 남아요.

빌리: 말리부 언덕에 있는 집으로 이사한 지 얼마 안 됐던 때예요. 내가 그렇게 큰 집에서 살 거라고는 상상도 하지 못했을 만큼 컸어요. 진입차로가 아주 길었고, 데크만 빼고 어디나 나무들로 빽빽했어요. 데크에 서면 시야에 거치적거리는 게 아무것도 없었어요. 어딜 봐도 바다가 보였죠. 커밀라는 그 집을 '허니콤이 지은 집'이라고 불렀어요.

2주 휴가가 생기자 우린 그 집에 가서 이삿짐을 정리하며 시간을 보냈어요. 첫날 아이들을 데려갔을 때 줄리아에게 말했어요. "네 방 골라봐." 줄리아가 첫째니까 처음으로 고르게 해준 거예요. 줄리아는 두 눈이 휘둥그레져선 홀 여기저기를 뛰어다니며 방을 하나하나 살펴봤어요. 그러고는 홀 한복판에 주저앉더니 생각에 잠겨 있다가 말했어요. "가운뎃방 가질래."

내가 물었어요. "확실히 정한 거야?"

"확실히 정했어." 엄마 딸 아니랄까 봐, 마음에 들면 딱 알았어요.

로드: 그해 크리스마스에 정말 간만에 ― 진짜, 진짜 오래간만에 ― 일에서 완전히 손을 뗄 수 있었어요. 나 하고 싶은 대로 시간을 보낼 수 있었어요. 인생의 위기에 빠져 허우적대는 록스타를 구조할 일도 없었고, 밴드 멤버들이 요구하는 사항을 일일이 다 확인하고 들어줄 필요도 없었죠, 내 일정을 확인할 필요도 없었죠.

친구와 산속의 별장을 빌렸어요. 크리스라고, 성향이 맞는 친구라서 사귀게 되었는데, 집에 돌아갈 때면 꼭 만났어요. 우린 빅 베어*에서 휴가를 보냈어요. 함께 저녁도 해 먹고 욕조에 뜨거운 물을 받아서 같이 목욕하고 카드놀이도 하고. 크리스마스에 나는 그 친구에게 스웨터를, 그 친구는 내게 다이어리를 선물로 줬어요. 그때 무슨 생각을 했게요. 나도 평범하게 좀 살았으면.

데이지: 크리스마스 휴가를 보내려고 니키를 따라 비행기를 타고 로마로 갔어요.

에디: 휴가를 보내는 동안 피트 형이 제니에게 청혼했고 제니도 받아들였어요. 내 일처럼 기뻤어요. 형을 가슴이 으스러지게 안아줬죠. 그런데 형이 뭐라고 했게요? "모두에게 이 소식을 알릴 때를 고르는 중이야. 어떻게 받아들일지 모르겠네."

"무슨 소리야? 형이 결혼한다는데 누가 뭐랄까 봐?" 내 말에 형이 말했어요.

"아니, 그만둔다고 말할 거거든."

"그만둔다고?"

"이 투어가 끝나는 대로 그만두려고."

그때 형과 난 부모님 집 거실에 있었어요. "도대체 무슨 소리야? 밴드를 관두다니?"

---

*　캘리포니아에 있는 호반 도시.

내 말에 형이 말했어요. "전에 말했잖아. 영원히 이 일을 하고 싶진 않다고."

"언제 그런 말을 했는데?"

"너한테 천 번은 더 말했어. 이런 일은 중요한 게 아니라고."

"제니 때문에 이 모든 걸 다 포기하겠다는 거야? 진심이야?"

"제니 때문만은 아니야. 나 자신을 위한 거야. 그만둬야 내 인생을 살 수 있을 것 같아."

"그게 무슨 뜻이야?" 내 말에 피트가 이러는 거예요.

"소프트록 밴드 멤버가 되고 싶었던 적은 한 번도 없었어. 왜 이래, 너도 잘 알면서. 기차에 올라탔고 한동안 그걸 타고 간 거지. 내릴 때가 됐어."

데이지: 이탈리아 호텔 방에서 니키와 대판 싸웠어요. 니키가 캔자스에서 내가 빌리와 잤다고 우겼어요. 도대체 무슨 소리를 하는 건지 알아듣지도 못하겠더라고요. 캔자스에서는 빌리와 말을 섞은 적도 없거든요. 그런데 니키는 몇 주 전부터 눈치채고 있었다면서 내가 아닌 척하는 게 신물 난다고 말했어요. 분위기가 험악해졌어요. 정말 순식간이었죠. 내가 그에게 유리병을 몇 개 집어 던졌어요. 그는 주먹으로 유리창을 부쉈고요. 고개를 숙이는데 얼굴에서 잿빛 눈물이 흘러내려 떨어지던 게 기억나요. 마스카라와 아이라이너가 번진 거죠. 그리고 어쩌다 그 지경까지 갔는지 모르겠는데 링 귀걸이가 하나가 귓불에서 떨어져 나갔어요. 귓불을 찢고 떨어져 나간 거예요. 난 피를 흘리면서 울었어요. 방은 쓰레기장이 따

로 없었고요. 그 후에 기억나는 건 니키가 날 안고 있었고 무슨 일이 있어도 서로의 곁을 떠나지 말자고, 다신 이렇게 싸우지 말자고 약속하고 있었다는 거예요. 하지만 난 속으로 다른 생각을 하고 있었어요. 이런 게 사랑이라면, 난 하고 싶지가 않아.

로드: 데이지가 시애틀 공연 하루 전에 도착하게 비행기표를 예약해 줬어요. 데이지가 비행기를 놓칠까 봐 전전긍긍했어요. 문제가 발생할 여지가 있는지 확인할 필요가 있었어요.

데이지: 시애틀 비행기를 타는 날 아침 정신을 차려보니 니키가 날 굽어보며 앉아 있었어요. 난 온몸이 흠뻑 젖어 있었어요. 샤워기 밑에 뻗어 자고 있었던 거예요. 그로기 상태에 어리둥절했지만 당시 난 늘 그런 상태로 잠에서 깨어났었어요. "어떻게 된 거야?" 내 말에 그가 말했어요. "당신이 아주 들이부은 줄 알았어. 세코날이야, 뭐야? 그거 말고 우리가 뭘 더 했는지 기억이 안 나네." 세코날을 너무 많이 먹으면 어떻게 되는지 알아요? 죽어요. 난 말했어요. "그래서 날 샤워시킨 거야?"

내 말에 그가 뭐라고 말한지 알아요? "잠에서 깨우려고 그랬어. 달리 뭘 해야 할지도 모르겠고. 당신이 깨어나질 않아서 너무 겁이 났어."

그를 보면서 심장이 쿵 내려앉았어요. 내가 약을 너무 많이 했는지도 전혀 기억에 없었고 그날 밤 무슨 일이 있었는지도 전혀 생각나지 않았어요. 니키는 정말 겁을 먹었고요.

그런데 그가 한 건 날 샤워시킨 것뿐이었죠.

내가 죽었을 거라고 생각한 순간에도 관리인을 부를 생각은 못
한 거예요.

내 머릿속에서 스위치가 딱 켜졌어요. 차단기 같은 스위치였어
요…… 회로 상자에 있는 스위치 말이에요. 그런 스위치를 올리
려면 여간 힘을 주지 않으면 안 되는 거 알아요? 하지만 일단 힘
을 줘서 밀어 올리면? 그 순간 난 밀어 올렸어요. 바로 그 순간 거
기서, 그 사람에게서 벗어나야 한다는 것을 깨달았어요. 나 자신
을 지켜야 한다는 것을 알게 됐어요. 그러지 않으면…… 남편이
날 죽이진 않겠지만 죽게 내버려 둘 거란 걸 알았어요.

난 말했어요. "그래. 지켜봐 줘서 고마워. 당신 힘들겠어. 잠깐
눈 좀 붙여." 그런 뒤 그가 잠이 들었을 때 내 짐을 다 쌌어요. 비
행기표 두 장을 다 들고서 공항으로 갔어요. 도착해서 공중전화
를 찾아선 호텔에 전화를 걸었어요. 리셉션 데스크의 여자가 받
자 이렇게 말했죠.

"907호실에 묵고 있는 니콜로 아르젠토 씨에게 메시지를 전해
주실 수 있나요?"

그 여자가 그러겠다고 말했어요. 그쪽 말로는, "베네*"라고 했겠
죠.

난 말했어요. "쪽지에 이렇게 써주세요. '롤라 라 카바는 이혼을
요청합니다.'"

---

* Bene. 이탈리아어로 '좋습니다'라는 뜻.

워런: 휴가를 보내고 다시 다 함께 모여 시애틀 공연 무대에 올랐을 때…… 데이지는, 이렇게 말하는 게 정확할지 모르겠는데, 맑아진 느낌이었어요.

"니콜로는 어디 있어요?"

내가 묻자 데이지가 말했어요. "내 인생에서 그 시절은 끝났어요."

그걸로 끝. 더는 물어볼 것도 들을 것도 없었어요. 징한 놈이었다고 생각해요.

시몬: 데이지가 내게 전화를 걸어 니콜로를 이탈리아에 버리고 혼자 돌아왔다고 말했을 때 박수를 쳤어요.

캐런: 그 후 데이지와 이야기를 하면 무슨 말인지 알아들었어요. 사운드체크하는 날엔 멀쩡한 정신으로 나타났고요.

데이지: 유감이지만 '취하지 않은 정신'이었다고 내 입으로 말할 순 없을 거예요, 애석하게도. 하지만 이건 분명히 해야겠죠? 당시 난 일정이 생기면 정한 시간에 나타났어요. 제대로 살기 시작한 거죠.

빌리: 데이지가 예전 상태로 돌아오지 않았다면 그동안 그 친구가 얼마나 피폐했었는지 알지 못했을 것 같아요.

데이지: 니키를 떠난 후 몇 달 동안, 난 또렷한 정신으로 무대에 섰

어요. 관객과 나의 관계를 분명히 인식했어요. 정한 시간에 잠자리에 드는 훈련을 시작했어요. 약은, 할 때와 종류를 정했어요. 밤에는 코크만, 텍시는 한 번에 여섯 알만, 아니면 내 수중에 있는 만큼만. 술은 샴페인과 브랜디만.

무대에 서면 목적의식을 갖고 노래했어요. 정말 오랜만에 되찾은 긴장이었어요. 공연에 신경 썼어요. 훌륭한 공연이 되도록 신경 썼어요. 노력도 했어요…….

함께 노래하는 사람에게 신경 쓰려고요.

로드: 데이지는 기분이 좋으면 재미있는 사람, 근심 걱정 없는 사람, 함께하기 즐거운 사람이에요. 데이지가 재미있어하면 다른 사람들도 재미를 느꼈죠. 하지만 사람들의 심장을 찢어놓고 싶다면 데이지를 현실로 데려가 자기 노래를 부르게 하면 돼요. 어디서도 그만한 노래는 들을 수 없을걸요.

데이지: 그래미 시상식에서 술에 취했었어요. 하지만 아무 문제 없었죠.

빌리: '올해의 레코드'를 발표하기 전, 그날 밤 일찌감치 테디가 로드를 통해 시상식 소감을 말하지 않겠다는 뜻을 전해왔어요. 그 상은 프로듀서에게 주는 상이나 마찬가지였지만 테디는 나서는 걸 좋아하지 않는 성격이었어요. 그래서 로드가 내게 대신 수상 소감을 말하겠느냐고 물은 거고요. 난 말했어요. "뭔 상관이야. 어차피

못 탈 텐데."

그러자 로드가 말했어요. "그러면 데이지 시켜도 돼?"

난 말했어요. "죽 쒀서 개 주는 꼴이지만, 아무렴."

큰소리쳐도 틀릴 때가 있는 법이죠.

캐런: 「마음에서 지우려고」로 올해의 레코드 상을 탔을 때 모두 함께 무대에 올랐어요. 멤버 일곱 명 전부. 피트는 쓰레기장에서 주운 것 같은 볼로 타이*를 매고 있었는데 끔찍했어요. 쳐다보기 민망할 정도였죠. 그리고 내 딴엔 확신했는데, 수상 소감을 빌리가 할 줄 알았어요. 그런데 데이지가 마이크 앞으로 나가 서더라고요. 그 순간 생각했어요. **똑 부러지게 말해줘.** 데이지는 날 실망시키지 않았어요.

빌리: 데이지는 이렇게 말했어요. "이 노래를 듣고 이해하고 우리와 함께 불러준 모든 분에게 감사드립니다. 여러분을 위해 만든 곡이니까요. 한 사람에게, 또는 하나의 대상에 마음을 빼앗긴 채 방황하는 모든 이에게 이 상을 바칩니다."

커밀라: "한 사람에게, 또는 하나의 대상에 마음을 빼앗긴 채 방황하는 모든 이에게."

---

* 　가운데 장식이 달려 있는 끈 넥타이.

데이지: 절망하는 사람들을 대신해 목소리를 내겠다는 생각 말고 다른 의도는 전혀 없었어요. 당시 나는 많은 것에 절망한 상태였어요. 절박한 심정이었고, 한편으론 전보다 더 솔직하고 투명한 상태였어요.

웃기죠. 처음 약에 탐닉하는 이유는 감정을 무디게 하고, 칼끝 같은 감정에서 도망치려는 건데. 얼마 안 가서 약 때문에 오히려 삶이 더 힘들어진다는 것, 약이야말로 모든 감정을 예리하게 고조시키는 것임을 깨닫게 되니까요. 약 때문에 실연의 아픔이 더 고통스러워지고, 즐거운 시간은 더 짜릿해져요. 결국 약발이 떨어져 탈진하고 우울해지면 온전한 정신 상태의 의미를 재발견하게 돼요. 그렇게 되면 애초 내가 온전한 정신이라는 것에서 도망치려 했던 이유에 의문을 품게 되는 건 시간문제예요.

빌리: 트로피를 들고 무대를 내려오면서 데이지와 눈이 마주쳤어요. 데이지가 내게 미소 지었어요. **좋아지고 있구나 싶었죠.**

일레인 창: 올해의 레코드 수상 무대에 선 데이지는 헝클어진 머리를 풀어 헤치고 링 팔찌를 팔꿈치까지 잔뜩 끼고서 크림색 실크 슬립드레스를 걸치고 있었어요. 밴드의 당당한 주인처럼 보였어요. 자기가 가진 재능을 의심하지 않는 모습이었어요……. 그날 밤만 봐도 그녀가 왜 로큰롤 역사를 통틀어 제일 섹시한 가수인지 알 수 있을 거예요.

그래미 시상식 직후, 더 식스는 「대책 없는 여자」의 뮤직비디오를 찍었는데 대박이 났죠. 매디슨 스퀘어 가든에서 촬영한 영상에서 데이지는 배 속에서부터 우러나온 절절한 목소리로 노래를 하는데, 제일 높은 음에서도 전혀 몸을 사리지 않고 시원하게 내질러요. 그 대목에서 빌리를 보면 홀린 것처럼 눈을 떼질 못하고 있어요.

이 모든 게 니콜로 아르젠토를 떠난 직후 몇 달 동안 있었던 일이에요. 데이지가 자기의 잠재력을 최대치로 발휘한 시절, 자기 통제력을 100퍼센트 보여준 시절이었어요. 잡지마다 데이지 기사를 실었어요. 데이지는 온 국민이 다 아는 스타였어요. 로큰롤 씬 전체가 데이지가 되고 싶어 했어요.

데이지 존스를 이야기할 땐, 다들 데이지 존스만 이야기하던 1979년 봄을 떠올리게 돼요. 데이지가 세상을 정복했다고 해도 과언이 아니었어요.

●

캐런: 아직까지 말하지 않은 게 있어요.

그레이엄: 캐런이 그 이야기는 했나요? 그 친구가 아직 말하지 않았다면 내가 먼저 나서서 말할 권리는 없는 이야기여서요. 만약……말했다면 괜찮고요.

캐런: 시애틀에 머물 때였던 것으로 기억해요. 내 상태를 처음 알아차린 게.

에디: 그레이엄과 캐런에겐 일절 말하지 않았었지만, 사실 둘이 자는 사이라는 걸 알고 있었어요. 이상하다고 생각한 게, 둘 다 그걸 꽁꽁 감췄다는 거예요. 다들 진심으로 축복해 줬을 텐데. 뭐, 당사자들은 오래갈 관계가 아니라고 생각했는지도 모르죠. 나라면 그런 일로 남을 속이거나 할 것 같진 않은데.

캐런: 내 호텔 방 욕실에서 샤워를 하는데 옆방에 묵고 있던 그레이엄이 들어왔어요. 그러고는 같이 샤워를 하게 됐죠. 난 그를 끌

어당겨 두 팔로 안았어요. 그레이엄을 안으면 기분이 정말 좋았어요. 키도 크고 몸도 다부지고, 털도 북실북실하고 덩치도 크고, 날 부드럽게 대해주는 것도 좋았죠. 그런데 그때, 그가 날 힘 있게 끌어안으며 서로의 가슴이 눌렸을 때 느꼈어요. 내 가슴이 부어서 쑤시는 느낌이었어요. 그 순간 알았어요. 감이 왔어요.

임신하면 감으로 딱 안다고 말하는 여자들을 많이 봤어요. 그땐 '플라워 파워'* 나부랭이의 속설이라고만 생각했었죠. 하지만 사실이었어요. 적어도 난 분명히 느꼈어요. 스물아홉 살이었어요. 자기 몸에 대해 알고도 남을 나이였죠. 그래서 임신임을 알았어요. 공포가 스멀스멀 덮쳐 왔어요. 머리에서 시작해 온몸을 뒤덮는 것 같았어요. 위런이 방문을 두드리는 소리를 듣고 그레이엄이 샤워실에서 얼른 튀어 나갔을 때 얼마나 고마웠는지 몰라요.

혼자 있으니 마음이 한결 가라앉았어요. 인간인 척할 필요가 없었으니까, 그 순간만큼은. 왜냐면 그때 내 심정은…… 내가 사라져 버린 것 같았거든요. 영혼이 내 몸에서 빠져나가고 껍데기만 남은 기분이었어요. 샤워 도중에 망연자실한 채 시간이 흐르는 것조차 잊고 있었죠. 샤워기 밑에서 하염없이 허공만 응시하다가 바닥난 힘을 끌어모아 간신히 나왔어요.

그레이엄: 가까운 사람이 심상치 않다는 걸 감으로 알 때가 있지 않

---

*   Flower Power. 히피족의 라이프스타일이나 신조를 담은 프로파간다로 1970년대 미국 히피들은 병원이 아닌 가정 출산을 선택하는 경우가 많았다.

나요? 정확히 문제인지는 모르겠지만. 뭐 문제 있냐고 직접 물어보면 그 사람도 잘 모르겠다고 하고. 그러면 미칠 것 같아요. 미쳐버릴 것 같아요. 사랑하는 사람에게 문제가 생긴 거라는 직감 때문에 나부터 돌 것 같아요. 하지만 보기엔 멀쩡하단 말이죠. 아무렇지도 않아 보인단 말이에요.

캐런: 포틀랜드에서 임신 테스트를 했어요. 그때까지도 나만 아는 비밀이었어요. 그런데…… 호텔 방에 나 혼자 있으면서 테스트기를 보는데 분홍색 줄, 무슨 색인지가 중요한 건 아니고, 아무튼 줄이 나타났어요. 그런 후에도 그걸 한참 들여다보고 있었어요. 그 뒤 커밀라에게 전화했어요. "나 임신했어." 대뜸 말했죠. "어떻게 해야 할지 모르겠어."

커밀라: 난 말했어요. "가족을 만들고 싶어?"
  캐런은 "아니"라고 했고요. 아니라고 말할 때 캐런의 목소리가…… 목에 뭔가가 걸린 것처럼 들렸어요.

캐런: 커밀라는 아무 말도 하지 않다가 한마디 했어요. "아, 캐런. 어떡해."

그레이엄: 베가스에 갔을 때, 나는 참지 못하고 말을 꺼냈어요. "이봐, 나에게 할 말 있지 않아?"

캐런: 얼떨결에 말해버리고 말았어요. 그레이엄에게. 이렇게. "나 임신했어."

그레이엄: 할 말이 떠오르질 않았어요.

캐런: 그는 한참 동안 나와 말도 섞지 않았어요. 그냥 방 안을 오락가락했죠. 결국 내가 말을 꺼냈어요. "낳고 싶지 않아. 잘 해낼 자신이 없어."

그레이엄: 캐런이 이 문제로 한동안 속을 끓였구나 싶었어요. 난 말했어요. "잠시 시간을 두고 생각해 보자. 아직 시간은 좀 있잖아, 그렇지?"

캐런: 내 마음은 바뀌지 않을 거라고 말했어요.

그레이엄: 그때 내가 말실수를 했어요. 말하면서도 잘못하고 있다는 걸 알았어요. "키보디스트야 새로 구하면 돼. 당신이 걱정하는 게 그 문제라면." 이렇게 말했어요.

캐런: 그레이엄 탓을 하고 싶진 않아요. 다들 그렇게 생각할 텐데 그 친구라고 별수 있겠어요. 난 말했어요. "내가 여기까지 오는데 얼마나 힘들었는지 당신이 알기나 해? 난 그만두지 않을 거야."

그레이엄: 그때 말은 안 했지만 그 친구가 자기밖에 모른다고 생각했어요. 우리 아기인데 자기 마음대로 선택하다니.

캐런: 그는 줄기차게 '우리 아기'라고 말했어요. 우리 아기 우리 아기 우리 아기.

그레이엄: 그래서 잠시 시간을 두고 생각할 문제라고 했어요. 내가 한 말은 그게 전부였어요.

캐런: 우리 아기는 맞지만 책임질 사람은 나잖아요.

그레이엄: 그런 문제라면 마음이 수시로 바뀌게 되어 있어요. 처음엔 싫다가도 금세 생각이 달라지는 법이죠.

캐런: 내가 무슨 말을 하는 건지 모르겠다고 하더군요. 아이를 갖지 않겠다고 결심한 거라면 남은 평생을 후회하며 살 거래요. 그는 알지도 못하면서 그런 소리를 하고 있었어요.

난 아이를 낳지 않아서 후회할 걸 두려워하는 게 아니었어요. 아이를 낳고 후회할 게 두려웠지.

불필요한 생명을 세상에 내보내는 것이 겁났어요. 인생의 닻을 엉뚱한 부두에 내린 채 오도 가도 못 할 신세가 될까 봐 겁났어요. 내가 원하는 게 아니라는 걸 알면서도 떠밀리는 대로 가는 게 겁났어요. 그레이엄은 이런 이야기는 듣고 싶어 하지 않았어요.

그레이엄: 분위기가 험악해졌고 난 자리를 박차고 나가버렸어요. 둘 다 진정이 된 뒤에 이야기를 더 하는 게 좋겠다고 생각했어요. 그런 문제로 대화를 하면서 서로 언성을 높이는 건 안 될 말이니까.

캐런: 어차피 내 마음은 바뀌지 않을 거였어요. 그렇게 말할 때마다 비난을 받았지만 그래도 계속해서 말할 거예요. 난 엄마가 되고 싶은 생각은 단 한 번도 한 적이 없어요. 아이를 원한 적은 단 한 번도 없어요.

그레이엄: 생각하고 또 생각했어요. 캐런은 마음을 바꿀 거야. 그렇게 생각했어요. 결혼하고 아기를 낳으면 모든 게 술술 풀릴 거야. 그녀도 깨닫게 될 거야. 실은 절실하게 엄마가 되고 싶었다는 걸. 가족이 있다는 게 얼마나 큰 의미인지도.

●

데이지: 그래미 시상식이 있고 나서 빌리와 다시 말을 트기 시작했어요. 뭐, 그렇게 된 거죠. 함께 만든 곡, 함께 부른 노래로 상을 탄 게 계속 마음을 울리더라고요.

빌리: 데이지는 안정을 되찾았어요. 느긋해졌고. 니콜로가 사라지니 대화를 나누기가…… 더 편해졌어요.

데이지: 「SNL(새터데이 나이트 라이브)」 출연 일정 때문에 밤 비행기를 타게 됐어요. 리치가 '러너'의 전용 제트기를 내줬어요. 다들 잠들었던 것 같아요. 빌리는 내 반대편 자리에 있었는데 의자 방향이 서로 마주 보게 되어 있었어요. 짧은 옷 한 장만 걸치고 있으니 추워서 담요를 달라고 해서 몸에 둘둘 감쌌죠. 그러다 빌리와 눈이 마주쳤는데 그가 웃더라고요.

빌리: 죽었다 깨어나도 변하지 않는 사람이 있기 마련이죠. 그래서 상종도 하기 싫지만 막상 그 사람이 떠나고 나면, 내 인생에서 더는 만날 일이 없어지면 제일 많이 생각나는 게 그 사람의 그런 점

이에요.

데이지: 그가 웃는 걸 보니 나도 웃음이 터지더군요. 그러자 그와 다시 친구가 될 수 있을 것 같았어요. 적어도 그때만큼은 그런 생각이 들었어요.

로드: 더 식스 멤버가 「SNL」에 출연할 즈음, 「어린 별」도 인기 가도에 오른 터였어요. 빌보드 차트 7위에 올랐나, 아니래도 10위권 안엔 들었을 거예요. 앨범이 얼마나 잘 팔리는지 공급이 못 따라갈 정도였어요. 러너에선 다음번 히트작으로 「못난이 사랑」을 내놓을 준비를 마쳤죠.

데이지: 「SNL」에선 첫 곡으로 「마음에서 지우려고」를 부르고 두 번째로는 「못난이 사랑」을 부를 예정이었어요.

캐런: 데이지가 「SNL」에서 브라를 할 것인가 안 할 것인가를 놓고 워런과 200달러 내기를 해서 내가 이겼어요.

워런: 다 함께 「SNL」에 입고 나갈 옷을 정하는 중이었는데, 나는 내기에서 빌리는 데님셔츠를 입을 거고 데이지는 브래지어를 하지 않을 거라는 데 50달러를 걸었어요. 내가 50달러를 벌었죠.

캐런: 드레스 리허설 중에 데이지와 빌리가 웬일로 대화를 나누더

군요. 언제부터인진 모르지만 둘 사이가 달라진 걸 알 수 있었어요.

그레이엄: 드레스 리허설 때 「마음에서 지우려고」가 아주 잘 뽑혀 나왔어요. 「못난이 사랑」도 마찬가지였고요.

빌리: 쇼가 시작되자 리허설 때와 똑같이 하기로 마음먹었어요.

데이지: 리사 크라운이 우릴 소개했어요. "신사 숙녀 여러분, 데이지 존스 앤 더 식스입니다." 그러자 관객들이 난리를 쳤어요. 거대한 스타디움을 꽉 채운 관객들도 만나봤지만 느낌이 달랐어요. 수십 명뿐인 사람들이 코앞에서 환호를 하는데 그 소리가 엄청났어요. 격한 에너지가 그대로 느껴졌어요.

닉 해리스: 데이지 존스 앤 더 식스가 「SNL」에서 「마음에서 지우려고」 라이브를 선보였을 때는, 이미 온 국민이 그 노래를 알고 있었다고 해도 과언이 아니에요. 올해의 레코드 상을 탄 곡이잖아요.

데이지는 물 빠진 검은색 진에 분홍색 새틴 탱크톱을 걸치고 나왔어요. 늘 끼고 다니는 팔찌야 두말할 필요도 없었죠. 그리고 맨발이었어요. 머리는 선명한 빨간색이었고요. 그런 모습으로 춤을 추며 무대를 돌아다녔어요. 절창을 하며 탬버린을 쳤어요. 무대를 즐기고 있었어요. 빌리 던은 아래위로 클래식 데님을 빼입고 있었죠. 마이크에 얼굴을 바짝 대고 데이지를 지켜보면서, 역시 무대를 만끽하고 있었어요. 둘 다 그야말로 무대 체질이었죠.

밴드의 연주는 비트를 하나하나 또렷하게, 생생하게 살렸는데, 이골이 날 정도로 수없이 연주한 밴드에게선 기대하기 힘든 신선함을 느낄 수 있었어요.

그리고 워런 로즈의 드럼 연주는 명불허전이었죠. 드럼으로 밴드 음악을 하나로 응집하는 게 어떤 건지 알고 싶다면 워런의 연주를 들으세요. 배경에서 짜릿하게 흐르는 전류 같았어요. 데이지와 빌리에게서 눈을 돌리고 찬찬히 둘러보면 플로어톰*을 부서져라 두드리는 그가 바로 들어올 거예요.

그런 뒤에 노래가 진행되고 노랫말에 점점 더 긴장이 어리면서 빌리와 데이지 둘 다 서로에게 사로잡히는 것처럼 보일 거예요. 그들은 함께 쓰는 마이크에 더 가까이 다가가 서로를 바라보며 노래해요. 감정이 격한 나머지 피가 뜨거워지는 이 노래엔 한 사람을 마음에서 지우기를 바라는 마음이 담겨 있는데…… 둘이 서로에게 말하는 것처럼 느껴져요.

빌리: 그 무대에 서 있는 동안에만도 정말 많은 일이 있었어요. 난 내가 나설 타이밍과 노랫말을 계산하면서 어디를 봐야 할지 카메라는 어디 있는지도 신경 써야 했어요. 그런데 어느 순간…… 뭐라고 해야 하지…… 갑자기 데이지가 내 옆에 있었고, 난 모든 것을 잊어버린 채 다만 그녀를 쳐다보면서 우리가 함께 만든 노래를 부르고 있었어요.

* 드럼 세트에서 음역이 가장 낮은 드럼.

데이지: 노래가 끝났을 때 난 비로소 노래에서 벗어났고 빌리와 함께 관객을 바라보았어요. 다음 순간 빌리가 내 손을 잡았고 우린 같이 인사를 했죠.

내 몸이 그와 닿은 건 정말 너무도 오랜만이었어요. 얼마나 강렬했는지 그가 손을 놓은 뒤에도 손이 계속 저릿저릿했어요.

그레이엄: 데이지와 빌리의 사이엔 누구도 넘볼 수 없는 어떤 경지가 존재했어요. 그 경지가 최고조에 이르렀을 때, 그러니까 둘이 완벽한 하나가 되었을 때…… 우리의 음악도 완성되었어요. 둘이 별의별 진상 짓을 해도 그런 순간들이 있어서 둘의 재능에 기대게 된 거예요.

워런: 한 곡을 끝내고 다음 곡으로 들어가기 전에 빌리가 내게 「당신이라는 희망」에 관한 아이디어를 알려줬어요. 난 마음에 들었어요. 다른 멤버도 괜찮으면 나도 괜찮다고 말했죠.

에디: 「못난이 사랑」은 드레스 리허설 때 아주 잘했어요. 그런데 막판에 빌리가 「당신이라는 희망」를 하자고 했어요. 느린 발라드 곡이죠. 그리고 빌리는 캐런 대신 자기가 키보드를 쳐도 되느냐고 물었어요. 데이지와 둘이서 하겠다는 거였죠.

빌리: 난 모두에게 진짜 깜짝 놀랄 만한 선물을 주고 싶었어요. 아무도 예상하지 못한 걸 하고 싶었어요. 내 생각엔 뭔가…… 오래도

록 기억에 남을 것 같았어요.

데이지: 진짜, 진짜 근사하다고 생각했어요.

그레이엄: 모든 게 순식간에 일어났어요. 밴드 멤버 모두 나가서 「못난이 사랑」을 선보인 다음 곧바로 빌리와 데이지만 나서서 다른 노래를 선보였죠.

캐런: 밴드의 키보드 연주자는 나예요. 데이지와 둘만 나가야 한다면 당연히 내가 나가야 하는 거 아닌가 생각했거든요. 하지만 빌리가 나섰을 때 빌리가 뭘 어필하고 싶은지는 이해했어요. 그렇다고 내 마음에 들었다는 뜻은 아니고.

로드: 아주 신박한 연출이었어요. 둘만 무대에 나오다니. TV 쇼가 보여줄 수 있는 정점이었어요.

워런: 둘은 서로 마주 보고 섰어요. 빌리는 피아노 앞에 앉았고 데이지는 그의 맞은편 마이크 앞에 섰죠. 우리는 측면에서 둘을 지켜봤어요.

데이지: 빌리가 피아노를 치기 시작했는데 일순 그와 눈이 마주쳤어요. 내가 노래를 시작하기 전이었어요. 그러자…… (침묵) 확연해졌어요, 너무나도. 고통스러울 정도로, 민망해 죽을 만큼 확연해

졌어요. 니키가 없어지니 헷갈릴 것도 없었고, 더 이상 약에 절어 있지 않으니 마음이 딴 데 갈 일도 없어진 터라 너무도 확연히 와 닿았어요. 그를 사랑한다는 사실이.

내가 빌리를 사랑하게 되었다는 사실이.

약에 취해 태국으로 가서 왕자와 결혼했다 한들 내 감정은 멈출 수 있는 게 아니었어요. 그리고 그에겐 이미 아내가 있다는 사실도…… 내 감정을 멈추지 못했을 거예요. 그 찰나, 난 마침내 내 감정에 굴복하고 있었어요. 그게 사무치도록 슬펐어요.

바로 그 순간 내 노래가 시작됐어요.

캐런: 목소리만 듣고 그 사람 목에 응어리가 맺힌 걸 알게 될 때가 있죠? 그때 데이지의 노래가 딱 그랬어요. 그리고 그 목소리는…… 거기 있는 모든 사람을 압도했어요. 빌리를 바라보는 데이지의 눈빛. 빌리에게 불러주는 데이지의 노래. "애써도 소용없어/ 어떤 건 어떤 이유로도 가질 수 없어"라고 고백하는 노랫말. 이렇게까지 구구절절 설명할 필요 있나요?

빌리: 난 아내를 사랑했어요. 똑바로 살겠다고 결심한 순간부터 남편 된 도리를 지켰어요. 다른 여자에겐 눈길 한번 주지 않으려고 필사적으로 노력했어요. 그런데…… (깊은 한숨) 데이지의 열정은 내 열정과 똑같은 지점에서 타올랐어요. 내가 세상에서 사랑하는 것은 데이지가 세상에서 사랑하는 것과 똑같았어요. 내가 힘든 이유도 데이지가 힘든 이유와 똑같았어요. 우린 서로의 반쪽이었어

요. 우린 같은 종족이었어요. 살면서 그 정도로 통하는 사람을 몇이나 만날 수 있을까요? 그 정도로 통하는 사람이라면 내 생각을 굳이 입으로 말할 생각도 안 들 거예요. 이미 그 사람도 같은 생각을 하고 있을 테니까. 이런 내가 데이지 존스와 지내면서 매혹되지 않고 배기겠어요? 그녀와 사랑에 빠지지 않고 배기겠어요?

없어요.

방법이 없어요.

하지만 커밀라의 의미가 더 컸어요. 그건 가장 깊이 내재된 진실이었어요. 내게는 가족이 더 큰 의미였어요. 커밀라가 더 큰 의미였어요. 하지만 그때, 한동안은, 내 마음을 가장 많이 차지한 건 커밀라가 아니었는지도 몰라요.

아니면……

……

……

……

어쩌면 커밀라는 내가 가장 사랑한 사람이 아니었을 수도 있어요. 그 당시에는요. 모르겠어요. 딱 꼬집어 말할 순 없지만…… 당시엔 그랬는지 몰라도 결과적으로 내가 가장 사랑한 사람은 커밀라가 맞아요. 다시 선택한다고 해도 난 커밀라를 택할 거예요.

커밀라는, 내 평생의 여자예요.

열정은…… 불 같은 거죠. 불. 참 좋죠, 네. 하지만 우린 물로 된 존재라고요. 물이기 때문에 살아나갈 수 있는 거예요. 물은 생명을 유지하는 데 필요한 거예요.

나의 가족은 나의 물이었어요. 난 물을 선택했어요. 백번 다시 고른다 해도 물을 고를 거예요. 그리고 데이지도 물을 찾길 바랐어요. 내가 그녀의 물이 될 수는 없으니까.

그레이엄: 빌리가 피아노를 치며 데이지를 바라보는 모습을 보다가, 생각했어요. 커밀라가 이걸 보지 말아야 할 텐데.

빌리: 누구든 나와 보라고 해요. 아내가 볼 것을 알면서 데이지 같은 여자와 둘이서 그런 노래를 부를 수 있으면 어디 한번 해보라고 해요. 그런 다음 내 눈을 똑바로 쳐다보면서 "내 정신은 지금 아주 말짱하답니다"라고 말할 수 있을까요? 있으면 나와 보라고 해요.

로드: 정말 짜릿했어요, 그 무대는. 빌리와 데이지 둘이서 서로를 바라보며 연주하고 노래하는 광경이란. 공영방송에 나와선 저들의 찢어지게 아픈 가슴을 만천하에 드러내는, 그런 순간은 매번 찾아오는 게 아니에요. 밤늦은 시간에 「SNL」에서 그들의 공연을 본 사람이라면 뭔가 엄청난 걸 목격했다는 생각을 했을 거예요.

캐런: 노래가 끝나자 수십 명의 관객이 일제히 환호했고 빌리와 데이지는 마지막으로 인사를 했어요. 그런 뒤에 나머지 멤버들도 나와 함께 섰어요. 그 순간, 느낄 수 있었어요. 우리가 유명해졌구나. 이제부터 더 유명해질 일만 남았구나. 그때 처음으로 그런 생각을 했어요. 이러다 정말 세계에서 가장 유명한 밴드가 되는 거 아냐?

워런: 방송이 끝난 후 밴드와 스태프, 제작진 모두 뒤풀이를 하러 갔어요. 호스트가 리사 크라운이었는데 난 생각했죠. 쿨하게 대하면 나에게 넘어올지도 모르지. 그래서 쿨하게 굴었어요. 그러자 넘어오더라고요.

그레이엄: 아침이 밝아올 무렵, 두리번거리다가 워런이 한 팔로 리사 크라운을 안고 있는 걸 봤어요. 미치겠네, 우리 진짜 스타가 된 건가? 안 그래요? 우리가 유명해졌으니까 워런 같은 놈이 리사 크라운이랑 노닥거리는 거 아니겠어요?

에디: 피트와 난 「SNL」 밴드와 퍼마셨는데 난 어미 애비도 몰라볼 정도가 되었고 형은 튜바에 대고 토할 정도로 망가졌답니다.

워런: 리사와 따로 나갈 즈음, 데이지가 보이지 않았어요.

그레이엄: 데이지가 언제 사라진지 아무도 몰랐어요.

빌리: 분위기를 깨고 싶지 않아서 나도 함께 술집에 갔어요. 하지만 오래 있을 순 없었어요. 「SNL」 파티는 맨정신으로 버틸 생각을 해선 안 되는 곳이니까요.

　호텔로 돌아왔을 때 커밀라가 전화를 했어요. 우린 한동안 대화를 했지만 말하지 않고 건너뛴 게 많았어요. 커밀라는 「SNL」을 보고 나서 전화한 거였고 자기가 본 걸 어떻게 받아들일지 정리가 안 돼 고민하고 있었을 거예요. 우린 한참을 통화하면서도 빙 빙 돌려서 말했어요. 결국 아내는 졸리다고 했고 나도 "알았어"라 고 말하는 걸로 끝났어요. 하지만 이 말은 했어요. "사랑해. 당신 은 나의 '오로라'야." 아내도 사랑한다고 말하고는 전화를 끊었어 요.

커밀라: 인생길을 끝까지 함께 걸어갈 사람을 누굴 택하건 상처는 받게 돼 있어요. 한 사람에게 마음을 준다는 게 원래 그런 거죠. 어 떤 사람을 사랑하건 함께하면서 상처를 안 받기란 불가능해요. 빌 리 던이 내 마음을 찢은 일은 셀 수 없을 만큼 많아요. 알아요. 나 도 그의 마음을 찢어놓았죠. 하지만, 네. 그날 밤 「SNL」에서 그들 을 지켜봤을 때…… 그날 밤도 내 심장에 금이 간 날이에요.

　하지만 난 믿음과 희망에 계속 베팅하기로 했어요. 빌리는 그 럴 가치가 있는 사람이라고 믿었어요.

데이지: 「SNL」 파티에서 로드 옆에 앉아 있는데 어린 여자들이 코 카인을 하려고 우르르 화장실로 몰려갔어요. 지루해 미칠 것 같았 어요. 내 인생이 지루해 죽을 것만 같았어요. 스피드 아니면 코카 인으로 맴도는 하루하루. 같은 영화를 백번째 돌려 보는 기분이었 어요. 나쁜 놈이 언제 등장하는지 이미 알고 있고 영웅이 언제 등 장하는지도 이미 알고 있고. 지긋지긋했어요. 그렇게 생각하니 죽 고 싶어졌어요. 진짜 인생을 살고 싶었어요. 한 번이라도 좋으니, 어떤 식으로든 좋으니 진짜를 살고 싶었어요. 그래서 자리에서 일

어나 택시를 잡아타고 호텔로 돌아가서 빌리의 방을 찾아갔어요.

빌리: 누가 내 방문을 두드렸어요. 막 잠들려던 참이었는데. 처음엔 저러다 그냥 가겠지 싶어 무시했어요. 보나마나 그레이엄일 텐데 다음 날 아침에 이야기하면 된다고 생각했죠.

데이지: 난 계속 문을 두드렸어요. 그가 있는 걸 알았거든요.

빌리: 결국 침대에서 일어나 팬티 바람으로 문을 열며 말했어요. "왜 그러는데?" 그런데 눈앞에 데이지가 서 있었어요.

데이지: 할 말을 해야겠다는 생각뿐이었어요. 꼭 말해야겠다고 생각했어요. 그때 말하지 못하면 다신 기회가 없을 것 같았고 그래선 안 되었어요. 그렇게는 살 수 없을 것 같았어요.

빌리: 난 정말 깜짝 놀랐어요. 보고도 믿을 수가 없었어요.

데이지: 말했어요. "약을 끊고 싶어요."

빌리는 그 말을 듣자마자 날 잡아서 방 안으로 들였어요. 그러고는 날 자리에 앉히고 물었어요. "진심이에요?"

난 말했어요. "네."

빌리가 말했어요. "그럼 지금 재활원에 데려다줄게요."

그가 수화기를 들어 다이얼을 돌리는 것을 보고 난 자리에서 일어나 전화를 끊게 하고선 말했어요. "지금…… 지금은 그냥 나와 함께 앉아 있어요. 그리고 도와줘요……. 지금 이런 나를 이해해 줘요."

빌리: 다른 사람을 돕는 방법을 난 알지 못했어요. 그래도 돕고 싶었어요. 테디가 날 도와줬듯 나도 다른 사람을 도와주고 싶었어요. 테디는 내게 은인이에요. 고마움을 이루 다 표현할 수 없어요. 날 재활원에 들어가게 해주었으니까. 나도 다른 사람에게 그런 도움을 주고 싶었어요.

데이지에게 그런 도움을 주고 싶었어요. 그녀가 안전하고 건강하길 바랐으니까. 그녀를 진심으로 걱정했으니까…… 나는…… 그래요, 그 정도로 그녀를 걱정하는 마음이 컸어요.

데이지: 빌리와 재활원에 관해 이야기했어요. 그는 재활원에 들어간다는 게 어떤 의미인지, 그리고 그 안에서 어떤 생활을 하게 되는지도 대충 이야기를 해줬어요. 듣기만 해도 숨이 막힐 것 같았죠. 내가 그런 걸 감수할 각오가 되어 있는지 의심스러워지기 시작했어요. 끝까지 버텨내겠다는 결심을 한 게 맞는지도요. 그래도 나는 할 수 있다고 믿으려고 애썼어요. 중간에 빌리가 **맑은 정신**인지 물었어요. 내가 그때 맑은 정신이었을까요?

파티에서 한두 잔 마셨고, 그날 일찌감치 텍시를 몇 알 먹은 터였어요. 엄밀한 의미에서 '맑은 정신'이 무슨 뜻인지, 나로선 말할 수 없었을 거예요. 그때 약효가 다 떨어진 뒤였나? 하다못해 약이

나 술에 전혀 의존하지 않는 상태가 어떤 건지 기억은 하고 있었을까?

빌리가 미니바를 열고 탄산음료 하나를 꺼냈어요. 바 안엔 테킬라, 보드카 등등 독주가 잔뜩 들어 있었어요. 내가 빌리를 쳐다보니, 빌리는 그 술들을 쳐다봤어요. 그러고는 술병을 죄다 꺼내선 창가로 가더니 밖에 내버렸어요. 몇 개는 아래층 지붕에 부딪혀 박살 나는 소리가 들렸어요. 내가 물었어요. "뭐 하는 거예요?"

빌리가 말했어요. "이런 게 로큰롤이죠."

빌리: 이런저런 말이 오가다가 앨범에 관한 이야기를 나누게 되었어요.

데이지: 당시 몇 달 동안 속으로만 앓고 있던 문제를 그에게 물어봤어요. "이번 앨범만큼 좋은 앨범을 두 번 다시 만들 수 없을 것 같아서 걱정되진 않아요?"

빌리: 내 대답은 이거였어요. "한 날 한 시도 걱정 없이 넘어간 적이 없어서 환장할 노릇이죠."

데이지: 사람들이 날 재능 있는 송라이터로 봐주길 늘 바라 마지않았는데 『오로라』가 채워줬어요, 내 인정 욕구를. 그러자마자 그런 내가 사기꾼이 된 것 같았어요.

빌리: 앨범의 인기가 높아질수록 다음번 앨범을 구상할 생각에 점점 더 초조해졌어요. 버스를 타고 가면서 공책에 이 곡 저 곡 휘갈겨 쓰다가 좍좍 줄을 그어 지우곤 던져버린 적이 한두 번이 아니었어요. 어쩐지…… 예전 곡만큼 좋다고 확신할 수 없었거든요. 나자신을 가짜로 포장해 내보이는 건지도 모른다는 생각도 들었고.

데이지: 그 정도의 압박감을 이해해줄 수 있는 사람은 빌리뿐이었어요.

빌리: 아침이 되었을 때 난 다시 재활원 이야기를 꺼냈어요.

데이지: 그때 내 머릿속에서 계속 들리는 생각이 뭐였는 줄 알아요? 잠깐 가서 한동안 끊는 거야. 평생 끊을 필요는 없어. 이거였어요. 약을 평생 끊을 작정을 하고 재활원에 가는 건 아니다. 그렇게 생각하니 앞뒤가 착착 맞는 계획이었어요. 있잖아요, 친구가 내게 해주는 말이 내가 나 자신에게 하는 거짓말과 비슷할 때 내가 하는 말이 있어요. "넌 개똥 같은 친구야."

빌리: 전화국에 내가 갔던 재활원 전화번호를 물어보려고 수화기를 들었는데 발신음이 들리지 않았어요. 수화기 너머로 누군가 "여보세요?" 하고 말하더라고요.
　그래서 나도 "여보세요?"라고 했죠.
　알고 보니 호텔 안내원이었어요. 그가 말했어요. "아티 스나이

더 씨가 통화를 원하십니다."

그래서 연결해 달라고는 했는데 속으로 생각했죠. 사운드 엔지니어가 꼭두새벽에 전화를 걸다니 별일이네. 아무튼 연결되자마자 "도대체 뭔 일이길래……"라고 했죠.

데이지: 테디가 심장마비로 쓰러졌어요.

워런: 심장마비가 와도 잘 사는 사람이 얼마나 많은데요. 그래서 그 소식을 들었을 때…… 테디가 죽었다는 뜻인 걸 바로 알아듣지 못했던 것 같아요.

빌리: 떠나버렸어요.

그레이엄: 테디 프라이스가 심장마비로 죽을 거라고 생각한 사람은 아무도 없을걸요. 아, 물론 테디는 미친 듯이 먹어댔고 말술을 마셔댔으며 자기 몸은 눈곱만큼도 신경 쓰지 않았어요. 그래도…… 테디는 진짜…… 셌거든요. 심장마비가 온 동네를 휩쓸어도 "저리 안 꺼져?"라고 말할 것 같았어요. 그럼 진짜 꺼질 것 같았다고요.

빌리: 그냥 숨이 턱 막혔어요. 전화를 끊고서 처음 든 생각이, 머릿속에 떠오른 첫 번째 생각이 뭐였는지 알아요? 술은 왜 창밖에 내던졌을까?

●

로드: 장례식에 참석하기 위해 모두 함께 LA로 돌아갔어요.

워런: 테디가 죽었다는 소식에 다들 망연자실했어요. 하지만 테디의 여자친구 야스민에 비하면 새 발의 피였죠. 테디의 무덤 앞에서 오열하는 야스민을 보면서…… 줄곧 든 생각이 있어요. 인생 뭐 별것 없구나. 하지만 야스민이 테디를 생각하는 마음은…… 별것 그이상이었어요.

그레이엄: 테디는 많은 사람에게 많은 의미가 있는 사람이었어요. 추도식에 참석했던 날, 야스민의 손을 잡으면서 괜찮은지 살펴보는 빌리 형의 모습을 절대 잊을 수 없을 거예요. 야스민이 괜찮을리 없다는 걸 알았으니까.

누구에게나 롤 모델이 필요한 것 아닌가요. 좋든 싫든, 난 형이 있었어요. 빌리에겐 테디가 롤 모델이었죠. 그런데 테디가 사라진 거예요.

빌리: 여러 가지 상황이 날 통제 불능 상태로 몰고 갔어요. 뭐가 뭔

지 하나도 이해할 수가 없었어요. 받아들일 수가 없었어요. 테디가 사라지다니. 테디가…… 죽다니. 그래서 한동안 내 마음도 죽어 있었던 것 같아요. 심장이 돌로 변한 것 같았어요. 그런 게 아니라면…… 미래의 어느 날 다시 살아날 수 있을지 모른다는 희망에 극저온 냉동기에 들어가 누운 사람의 심정이랄까요? 그때 내 마음이 그런 상태였어요. 얼어붙은 상태.

현실에 제대로 대처할 수가 없었어요. 멀쩡한 정신으로 버틸 수가 없었어요. 술을 마시지도 않았고 약도……. 그냥 체크아웃해 버렸어요. 내 인생에서 체크아웃해 버렸어요. 정신적 죽음 말고는 달리 버틸 도리가 없었어요. 만약 그때 부득부득 깨어 있으려고 했으면 난 진짜 죽었을지도 몰라요.

데이지: 테디가 죽으면서, 다 끝났어요. 약과 술을 끊어봤자 아무 의미 없다고 결론을 내렸어요. 나름 이렇게 합리화했어요. 내가 중독을 벗어나는 게 우주의 뜻이라면 테디를 죽여선 안 됐지. 세상에 정당화하지 못할 건 없어요. 우주가 날 아낀다고, 날 음해한다고 믿을 정도로 자기애가 도를 넘은 사람이라면―우리 모두 본심은 다 그렇지 않나요―어떤 것이건 무엇이건, 이미 계시를 받았다는 확신을 하기 마련이에요.

워런: 그 일이 있기 전에 내 배에서 3주 동안 지내고 있었어요. 담배 피우고 술 마시고 옷 한 벌로 버티면서. 리사와는 「SNL」 공연이 방영된 후에 이야기를 좀 나눴어요. 날 만나러 왔었죠. 날 보더

니 "배에서 살아요?"라고 묻길래 "그런 셈이죠"라고 대답했죠.

그러자 그녀가 한마디 하더군요. "어른이면 진짜 집에서 살아야죠." 맞는 말이었어요.

에디: 다시 투어를 떠나는 게 모두에게 좋을 거라는 생각이 들었어요. 앞서 10년 전인가 11년 전에 사촌이 자동차 사고로 죽었을 때 아빠가 해준 말이 있어요. "일로 아픔을 이겨내라." 그날 이후 그 말은 내 인생의 금과옥조가 되었죠. 피트가 누워만 지낸 건 상실감 때문일지도 모르지만 누가 알아요? 마음은 떠나고 싶어 죽을 지경이었는지.

빌리: 그즈음 어느 날, 커밀라가 변기 좀 닦아달라고 하더라고요. 그래서 화장실에 들어가 변기를 문질러 닦기 시작했어요. 아무 생각 없이 계속 박박 문질러 닦았어요.

어느 순간 커밀라가 들어와선 말했어요. "지금 뭐 해?"

그래서 난 "변기 닦고 있잖아"라고 했죠.

아내가 뭐라고 했을까요?

"당신 45분째 변기만 닦고 있는 거 알아?"

"아……."

달리 할 말이 없었어요.

커밀라: 그때 빌리에게 말했어요. "다시 투어를 떠나, 빌리. 이번엔 우리도 같이 갈게. 다시 무대에 서지 않으면 안 되겠어, 당신. 이렇

게 계속 집에 틀어박혀 있다간 죽겠어."

로드: 때가 되면 다시 버스에 올라타야 해요.

그레이엄: 비극이 '세상이 끝났다'는 것을 의미한다고 생각할지 모르지만, 세상은 끝나지 않아요. 절대 끝나는 법이 없죠. 어떤 것도 그렇게 끝나지 않아요.

그래서 난 한 가지 사실에만 집중하려고 애썼어요. 캐런과 나에게, 인생은 이제 막 시작했다고.

캐런: 다시 투어 길에 오를 수 있게 해준 로드에게 얼마나 고마웠는지. 그가 아니었으면 우리가 탄 배는 뒤집혔을지도 몰라요.

빌리: 커밀라가 말한 대로 했어요. 다시 투어 길에 올랐죠. 인디애나폴리스에서 첫 공연을 했어요. 밴드 멤버와 함께 비행기를 타고 갔어요. 커밀라와 아이들은 다음번 공연지에서 만나기로 했고요.

인디애나폴리스…… 힘들었어요. 호텔에 가서 체크인하고서 그레이엄을 보고 캐런을 보고 나서 사운드체크를 하러 갔더니 데이지가 와 있었어요. 멜빵바지를 입고 있는데, 약에 완전히 전 모습이었어요. 누가 봐도 알 수 있을 정도였어요. 눈은 푹 꺼지고 팔은 뼈만 남았고. 똑바로 쳐다보기도 힘들 정도였어요.

내가 그녀를 저버린 거예요. 나에게 약을 끊고 싶으니 도와달라고 부탁했는데. 테디가 죽자 그녀를 저버린 거예요.

데이지: 첫날 밤에 우린 오하이오에 있었던 것 같은데, 빌리가 날 쳐다만 봐도 민망해 죽을 것 같았어요. 그 전에 그를 찾아가선 약을 끊고 싶다고 말했던 것 때문에요. 하지만 그렇게 말이라도 했으니 망정이지 안 그랬으면 난 훨씬 더 망가졌을 거예요.

캐런: 그레이엄에게 말했어요. 낙태할 생각이라고. 나더러 미쳤다고 하더군요. 내가 미친 거 아니라고 하자 이번에는 하지 말라고 매달렸어요.

그래서 말했어요. "이 아이를 키우기 위해 밴드를 때려치울 수 있어?"

그레이엄은 대답을 못했어요. 이야기 끝인 거죠.

그레이엄: 우리가 아직 의논하는 중이라고만 생각했었어요.

캐런: 그는 알고 있었어요. 내가 어떤 결정을 내릴지 알고 있었어요. 그걸 인정하는 게 불편하니까 모른 척한 거죠. 그렇게 천하태평인 남자예요.

빌리: 데이턴에서 만나기로 한 커밀라와 애들을 픽업하러 공항으로 갔어요. 기다리는데 공항 바에서 한 남자가 테킬라 온더록스를 주문하는 게 보였어요. 유리잔 속에서 얼음이 부딪히는 소리가 들렸어요. 테킬라에 얼음이 담기는 소리가 들렸어요. 안내 방송에서 활주로가 정체 중이라더니 아내와 애들이 탄 비행기가 오도 가도 못

하고 있는 것 같았어요. 그래서 난 그 자리에 꼼짝없이 앉아서 게이트만 쳐다보고 있었죠.

술은 주문하지 않겠다고 혼잣말하며 바에 가서 앉았어요. 카운터 뒤에서 점원이 물었어요. "주문하시겠어요?" 그를 빤히 쳐다보았어요. 그는 또 한 번 물었어요. 그 순간 "아빠!" 하고 외치는 소리가 들려서 돌아보니 내 가족이 있었어요.

커밀라가 말했어요. "무슨 일이야?"

난 벌떡 일어나 아내에게 미소 지었고, 곧바로 유혹에서 벗어났어요. 그리고 말했어요. "아무것도 아니야. 난 괜찮아."

커밀라가 날 유심히 쳐다봐서 한마디 더 했어요. "날 믿어."

그러고는 딸아이들을 격하게 끌어안았더니 괜찮아졌어요. 정말로 괜찮아졌어요.

커밀라: 이제야 털어놓자면, 그때 내 신뢰에 의문이 생겼어요. 그가 바에 앉아 있는 걸 본 순간에요. 경고등이 일제히 켜졌어요.

빌리가 나로선 도저히 용서 못 할 행동을 할 수 있을지도 모른다는 생각을 하기 시작했어요.

캐런: 그때부터 커밀라는 우리와 함께 지냈어요. 투어가 끝날 때까지 계속. 비행기로 왔다 갔다 하면서, 가끔은 아이들 모두 데리고 오가기도 했고요. 그래도 줄리아는 거의 매번 데리고 다녔어요. 그 즈음 줄리아가 다섯 살이었으니까요.

데이지: 매일 밤이 고문처럼 느껴지기 시작했어요. 다른 사람과 살면서, 내 감정을 스스로 헤아리지 못하면서, 거짓말로 본심을 감추면서, 빌리와 함께 무대에 올라 노래했으니까요. 사실을 부인하는 일은 나에겐 오랜 세월 덮고 잔 담요 같아요. 그 담요 속으로 기어들어가 몸을 옹크리고 자면 너무 좋았어요. 하지만 니키와 끝냈을 때, 생방송에서 빌리와 그 노래를 불렀을 때, 그에게 약을 끊고 싶다고 말했을 때…… 내 손으로 담요를 걷어내 버렸어요. 다시 가져올 방법은 없어요. 그래서 죽을 지경이었어요. 무방비 상태라는 것이, 벌거벗은 상태라는 것이. 그런 상태에서 그런 무대로 올라가는 일이 날 죽이고 있었어요. 그와 노래를 부르는 일이.

「어린 별」을 부를 때 빌리가 날 보게 해달라고, 우리가 서로 어떤 이야기를 나누는지 그도 알게 해달라고 기도했어요. 「부탁이야」를 부를 땐 그가 날 눈여겨봐 주기를 애원했어요. 「날 원망해」를 부를 땐 분노를 표현해야 하는 게 고역이었어요. 그때 난 화가 난 적이 거의 없었으니까요. 예전과 달라졌으니까요. 난 슬펐어요. 죽을 지경으로 슬펐어요.

그런데 다들 「당신이라는 희망」의 라이브를 「SNL」처럼 해주길 바랐어요. 그래서 빌리와 난 매번 그대로 연출하지 않으면 안 되었죠. 매일 밤 내 몸이 두 쪽으로 쪼개지는 기분이었어요.

빌리의 옆에 앉아 그에게서 풍기는 애프터 셰이브 향을 맡았어요. 그의 큼지막한 손을, 두툼한 손가락 마디가 피아노 건반 위를 오가는 것을 눈앞에서 보면서 그가 다시 날 사랑해 주길 절절히 원하며 심장 깊은 곳에서 감정을 끌어 올려 노래해야 했어요.

무대 밖에서 몇 시간 동안 애쓴 끝에 간신히 상처가 아문다 해도, 밤이 되면 내 손으로 다시 상처를 째는 기분이었어요.

시몬: 데이지는 하루 중 시도 때도 없이 전화를 걸어댔어요. "내가 그리로 갈게"라고 말하면 그건 또 싫댔어요. 그 애를 질질 끌고 가는 한이 있어도 재활원에 집어넣을 생각을 하던 중이었거든요. 하지만 어떻게 그럴 수 있나요? 누군가를 내 맘대로 통제하는 게 가능한 일인가요? 설령 그 사람을 내 몸처럼 아낀다고 해도 소용 없어요. 사랑이 한 사람의 건강을 되찾게 해주진 못해요. 증오도 마찬가지예요. 내가 백번 **옳아도** 상대의 마음을 다 바꿀 수 있는 건 아니에요.

데이지에게 뭐라 말할지, 어떻게 개입해야 할지 한두 번 연습한 게 아니에요. 어디건 당장 비행기를 타고 가서 그 아이를 무대에서 질질 끌어낼까 생각도 했어요. 웃기죠, 내가 말만 잘하면 그 아이를 중독의 늪에서 건질 수 있다고 확신했다는 게. 그 애가 단박에 끌릴 만한 마법의 언어를 찾고 또 찾다가 나부터 미쳐버릴 것 같았어요. 결국 뾰족한 수가 나지 않으면 혼잣말을 하게 되죠. 내가 더 신경 써주지 못했어. 그 애에게 더 분명하게 말하지 않았어.

하지만 스스로 깨달아야 해요. 세상 누구도 내 맘대로 할 수 없다는 것을. 그러니 한 걸음 물러서서 지켜보다가 그들이 넘어지기 전에 잡아주는 게 내가 할 수 있는 최선의 선택이라는 것을요. 꼭 바다에 몸을 던지는 기분이 들어요. 아, 아닌 것 같아요. 그게 아니라 사랑하는 사람을 내 손으로 바다에 떠민 뒤에 그 사람이 스스로 헤엄치길 기도하는 기분일 거예요. 그 사람이 익사할 가능성을 염두에 두고 지켜보는 거죠.

데이지: 내가 열렬히 추구했던 경지에 올랐는데. 간절히 바란 대로 내 마음을 표현하고 내 목소리를 내고 나의 언어로 다른 사람을 위로해 줄 수 있게 되었는데. 내 손으로 만든 그 세상이 지옥이 되었고, 내가 직접 짠 우리에 자처해 갇힌 꼴이 되었어요. 내 마음과 고통을 넣어 만든 음악에 환멸을 느끼게 됐어요. 그 노래들에 매여 살게 됐으니까요. 그리고 밤이면 밤마다, 하룻밤도 빼놓지 않고, 빌리에게 그 노래들을 불러줘야 했으니까요. 내 마음을, 그가 옆에 있으면 달라지는 나를 도저히 숨길 수 없게 되었어요.

덕분에 쇼는 아주 멋졌어요. 하지만 내 인생은 쇼가 아니었죠.

빌리: 매일 밤, 공연을 끝내고 딸들을 재우고 나면 커밀라와 함께 호텔 방 발코니에 나가 앉아 이야기를 나눴어요. 커밀라는 어떨 때 애들 때문에 진이 빠지는지 말했어요. 내가 술과 약을 멀리하지 않으면 자신은 버틸 수 없다는 말도 했어요. 그럴 때마다 난 죽어라 노력하고 있다고 얘기했어요. 그리고 앞으로 다가올 모든 것이 두려워죽겠다는 말도 했어요. 러너에선 벌써 새 앨범 이야기를 하고 있었고요. 부담감이 어깨를 짓누르고 있었어요.

도중에 커밀라가 이런 말을 했어요. "당신 정말 그렇게 생각하는 거야? 테디가 없으니 앞으로 좋은 앨범을 만들 수 없다고?"

난 말했어요. "테디 없이 앨범 자체를 만든 적이 없어. 아예."

워런: 다 함께 버스를 타고 시카고로 가는데 에디가 화가 난 눈치였어요. 그래서 말을 걸었어요. "나한테 할 말 있는 것 아니야?" 상대 눈치만 보다가 결국 무슨 일이 있느냐고 묻게 되는 상황을 별로 안 좋아해요, 내가.

그제야 그가 "아직 아무한테도 말 안했는데……"라며 운을 떼더군요. 그러곤 피트가 밴드를 떠날 거라고 했어요.

에디: 피트는 이성에 휘둘리지 않았어요. 워런이 나더러 빌리에게 말하라고 했어요. 빌리에게 피트를 분별 있는 말로 설득해 달라고 말하랬어요. 피트가 내 말은 안 들어도 빌리 말은 들을 거란 투였죠. 내가 피트 동생인데.

워런: 그레이엄이 우연히 우리가 하는 얘기를 들었어요.

에디: 그래서 그레이엄도 이 문제에 발을 담그게 된 건데. 안 그래도 다들 그 친구 때문에 신경이 곤두서 있던 참이었거든요. 도대체 뭔 일이 있었는지 뼛속까지 깊은 상처를 받은 것 같았어요. 아무튼, 그레이엄 말이 같이 빌리에게 말하자는 거예요. 그래서 내가 다시 말했어요. 내 말도 안 듣는데 빌리 말이라고 들을 것 같느냐고. 그런데도 그레이엄은 내 말은 귓등으로 흘려버렸어요. 그런 다음 시카고 외곽의 한 식당 앞에 차를 세웠을 때, 빌리가 날 찾아와선 말했어요. "뭔 일이야? 우리끼리 할 이야기가 있다면서?"

난 그냥 화장실을 찾고 있었어요. 빌리가 상관할 일이 뭐 있겠어요. 그래서 말했죠. "아무것도. 걱정할 것 없어."

빌리가 말했어요. "내 밴드 일이야. 내가 내 밴드 안에서 일어나는 일에 관여하는 게 이상해?"

그 말에 진짜 열받았어요. 그래서 한마디 했죠. "모두의 밴드야."

빌리가 말했어요. "내 말뜻 알 거 아냐?"

내가 말했어요. "그럼, 네 말뜻은 우리 모두 알고말고."

캐런: 그때 우린 시카고 외곽에 있었어요. 근처 호텔에서 1박을 했죠. 커밀라가 미리 병원 예약을 잡아줬어요. 날 데리고 함께 들어갔어요. 난 계속 다리를 떨었어요. 커밀라가 떨지 말라고 내 다리에 손을 힘 있게 얹었어요. "내가 실수하는 걸까?"

내 말에 커밀라가 답했어요. "그렇게 생각해?"

난 말했어요. "모르겠어."

커밀라가 말했어요. "넌 모르지 않아."

그래서 난 말했어요. "실수하고 있다고 생각하지 않아."

커밀라가 말했어요. "거봐, 알면서."

난 말했어요. "혼란스러운 척하는 거야. 보는 사람들 마음 편하라고."

커밀라가 말했어요. "난 마음 불편하지 않아. 그러니 나 때문이라면 그러지 않아도 돼."

그 말에 더는 꾸며내지 않았어요.

수술실에서 내 이름을 불렀을 때도 커밀라는 내 손을 계속 꼭 잡고 있었어요. 그러곤 나와 함께 걸어 들어갔어요. 같이 들어가 달라고 한 적도 없었고, 그 친구가 자진해 들어갈 거라고도 기대도 안 했는데 끝까지 내 곁을 지켰어요. **아예 수술대 위에도 같이 눕는 거 아니야?** 생각했던 게 기억나요. 그때 수술대에 올라가 눕자 의사가 수술 과정을 설명해 줬어요. 그리고 잠시 자리를 비웠어요. 구석엔 간호사가 한 명 서 있었어요. 커밀라를 돌아보니 금방이라도 울 것 같은 표정이었어요. "슬퍼?"

내가 묻자 커밀라가 말했어요. "한편으론 네가 아이를 낳았으면 좋겠어. 난 아이가 있어서 너무 행복해졌으니까. 하지만…… 나는 이런 게 행복한 거고, 네 행복에는 다른 게 필요한 거잖아. 그게 뭐든 누리길 바라는 마음이야." 그제야 난 울기 시작했어요. 내 마음을 읽어주는 사람이 하나는 있구나 싶어서.

수술이 끝난 후, 커밀라는 날 호텔까지 데려다주고선 모두에게 내가 몸이 안 좋다고 말해줬어요. 난 혼자 침대에 누웠어요. 기분이 정말 안 좋은 날이었어요. 아니, 끔찍한 날이었어요. 옳다고 생각해서 한 일이라고 기분이 좋으란 법은 없어요. 그래도 룸서비스를 시켰고 계속 호텔 방에서 누워 지냈어요. 그러다 생각했어요. 나는 아이가 없는 사람이고 커밀라는 아이들과 세상을 살아간다고. 그게…… 옳은 것처럼 느껴졌어요. 혼돈 속에 자리 잡은 작은 질서였죠.

커밀라: 그날 있었던 일이라면 나는 말할 입장이 못 돼요. 내가 할 말은 하나뿐이에요. 친구는 가장 힘들 때 나타나는 사람이에요. 손

을 잡고 험난한 시절을 끝까지 함께 헤쳐나가는 게 친구예요. 인생은 서로의 손을 잡아주는 거고 그리고, 내 생각이지만, 기꺼이 손을 잡을 사람을 택하는 거예요.

그레이엄: 그런 일이 있었는지 전혀 모르고 있었어요.

캐런: 시카고로 떠나기 위해 호텔에서 나가려던 중에 그레이엄이 엘리베이터에 혼자 타는 걸 봤어요. 그래서 계단으로 가야겠다고 생각했는데 그러지 않았어요. 그를 따라 엘리베이터에 탔어요. 우리 둘뿐이었죠. 엘리베이터가 내려가기 시작하자 그가 입을 열었어요. "괜찮아? 커밀라한테 아프다는 말 들었어."

난 말했어요. "이제 임신 아니야."

그가 날 돌아보는데, 얼굴에 어떻게 네가 나한테 이럴 수 있어? 라고 써 있었어요. 엘리베이터 문이 열렸는데 우리 둘 다 그냥 서 있었어요. 한 마디도 하지 않았어요. 문이 닫혔어요. 엘리베이터가 꼭대기 층까지 올라가는데도 그냥 그렇게 서 있었어요. 엘리베이터는 다시 내려가기 시작했어요. 로비에 도착하기 전에 그레이엄이 2층 버튼을 눌렀어요. 그리고 내리더군요.

그레이엄: 호텔 복도를 하염없이 오락가락했어요. 오락가락. 오락가락. 오락가락. 복도 끝에 난 창문에 머리를 얹었어요. 이마를 창에 댄 채 밑에서 오가는 사람을 하나하나 봤어요. 불과 두어 층 아래 세상의 사람들을 지켜보는데 한 명 한 명이 다 나보다 잘 사는 것

같아서 화가 났어요. 그들이 나와 다른 게 화가 났어요. 누구든 좋으니 내 인생과 바꾸고 싶었어요.

유리창에서 이마를 떼고 보니 그 자리에 커다랗게 기름 자국이 나 있었어요. 손을 대고 문질러 닦아내려고 했지만 유리만 더 흐려질 뿐이었죠. 뿌연 창문이 맑아지도록 닦아봤지만 아무 소용이 없었어요. 그런데도 난 죽어라 문지르고 문질러댔어요. 로드가 날 찾아낼 때까지.

"그레이엄, 뭐 하고 있어? 오늘 오후엔 시카고에 도착해야 해. 버스가 널 빼놓고 떠날 뻔했잖아, 이 친구야." 로드가 말했어요.

난 엄벙덤벙 한 발을 내디뎠고, 그렇게 로드와 함께 걸어서 버스가 있는 곳까지 갈 수 있었어요.

시카고
스타디움

1979년 7월 12일

로드: 처음엔 다른 밴드의 공연과 다를 것 없었어요, 확실히. 그런데 순수예술의 차원에 이르렀죠. 조명이 켜지면 밴드가 무대로 나섰어요. 그레이엄이 「못난이 사랑」의 전주를 연주하면 관객들이 환호하기 시작했어요.

빌리: 커밀라가 무대 옆에 있었어요. 줄리아가 늦게까지 깨어 있어도 개의치 않았어요. 쌍둥이는 호텔 방에 베이비시터와 함께 있었고요. 무대에서 저 너머 커튼 뒤를, 거기 줄리아를 안고 선 커밀라를 보던 게 기억나요. 커밀라는 머리가 허리까지 내려왔어요. 그때는 정말 허리께에서 치렁거렸어요. 원래 밤색이지만 여름엔 더 밝게 보여서 금빛이 돌았어요. 둘 다—커밀라와 줄리아—귀마개를 쓰고 있었죠. 둘의 머리 양쪽에 선명한 오렌지색 덮개가 달린 것이 보였어요. 내가 미소를 보내면 커밀라도 내게 미소 지었어요. 황홀

해지는 미소였어요. 커밀라는 앞니가 반듯했어요. 재미있지 않아요? 다들 앞니가 들쭉날쭉하잖아요? 하지만 커밀라의 앞니는 자를 대고 자른 것처럼 일직선이었어요. 그래서 미소를 지으면 완벽했어요. 깨끗한 직선의 미소. 그녀의 미소를 보면 언제나 편안해졌어요.

그리고 그날 밤 시카고에서, 커밀라가 무대 옆에서 내게 미소 지었을 때…… 찰나 같은 그 순간에도 난 생각했어요. 다 괜찮아질 거야.

데이지: 죽을 것 같았어요. 아내를 보는 그를 보고 있으면. 중독과 짝사랑만큼 사람을 자아도취로 모는 것도 없을 거예요. 난 이기적이었어요. 내 고통 말고는 무엇도, 누구도 신경 쓰지 않았어요. 내가 원하는 것, 내가 아픈 것만 봤어요. 내 것이라고 삼기로 작정한 것을 훔칠 수 있었다면 상대가 누구건 칼을 휘둘렀을 사람이에요, 나는. 그 정도로 난 뒤틀려 있었어요.

빌리: 레퍼토리는 다 했어요. 평소 하던 대로였어요. 「어린 별」도 하고 「밤을 쫓아가고 있구나」도 하고 「마음에서 지우려고」도 하고. 그런데 제대로 하는 것 같지 않았어요. 마치 꼭…… 수레에서 바퀴가 빠져나가고 있는 것 같았어요.

워런: 캐런과 그레이엄은 서로에게 머리끝까지 화가 난 것 같았어요. 피트는 매사에 심드렁한 것 같았고요. 에디는 빌리 때문에 이

러쿵저러쿵 불만이 많았어요—하긴 뭐 새삼스러울 게 있나?

데이지: 앞쪽에 누군가 「허니콤」이라고 쓴 피켓을 들고 있었어요.

빌리: 그 투어 때 「허니콤」 신청을 정말 많이 받았어요. 난 대부분 무시했어요. 다른 이유는 없고, 그냥 그 노래를 부르기가 싫었어요. 하지만 데이지가 그 노래를 좋아한다는 건 알았어요. 그 노래를 자랑스러워한다는 걸 알고 있었어요. 그래서…… 무슨 생각으로 그런 말을 한 건지 나도 모르겠지만, 마이크에 대고 말했어요. "「허니콤」 듣고 싶어요?"

그레이엄: 그날 공연 내내 반 가사 상태에 빠져 있었어요. 그 자리에 있었지만 없던 거나 마찬가지였요.

캐런: 난 얼른 끝내고 호텔 방으로 돌아가야겠다는 생각만 했어요. 다 필요 없고 조용하기만 바랐어요. 무대가 싫었어요……. 그레이엄의 눈길이 느껴지는, 그가 날 단죄하는 것처럼 쳐다보는 게 느껴지는 무대엔 있고 싶지 않았어요.

워런: 빌리가 「허니콤」 이야기를 꺼내자마자 공연장이 번개를 맞은 것처럼 우르르 울렸어요.

에디: 그러니까 우린 모두 빌리가 원하는 대로 연주하는 쩌리 아니

겠어요? 그러니까 사전에 아무런 말도 없이 연주를 안 한 지 1년도 더 된 곡을 연주하라고 하면 해야 하는 거잖아요?

데이지: 관객이 왜 함성을 질렀을까요? 부르지 말라는 뜻이었을까요? 당연히 그 반대죠.

빌리: 데이지가 말했어요. "좋아요. 합시다." 나는 그녀의 마이크 스탠드로 갔어요. 그러자마자 아차 싶었어요. 내가 그렇게 가까이 다가가는 게 탐탁지 않은 눈치가 역력했거든요. 하지만 되돌아갈 순 없었어요. 모든 게 아무 문제 없는 척 연출할 수밖에 없었어요.

데이지: 그에게선 소나무와 머스크 향이 났어요. 안 잘라서 1.5센티미터는 더 자란 머리가 귀밑까지 내려와 있었어요. 두 눈은 맑았고, 여느 때보다 짙은 초록빛이었어요.

　다들 사랑하는 사람과 멀리 있으면 힘들다고 말하지만 오히려 난 바로 옆에 있으니까 너무 힘들었어요.

빌리: 무엇을 알게 됐는지, 언제 알게 됐는지 꼬집어 말하기 힘들 때가 있어요. 이 기억도…… 뒤죽박죽이에요. 그래서 구체적으로 이야기를 하기가 힘든 것 같네요.

　무슨 일이 있었는지, 언제 그랬는지, 왜 그랬는지. 가치판단이 사실을 왜곡해요. 하지만 뚜렷하게 기억하는 게 있는데 그날 데이지가 흰색 드레스를 입고 있었다는 거예요. 머리는 뒤로 모아

하나로 묶고 있었어요. 그리고 커다란 링 귀걸이를 했죠. 팔찌도 여러 개 했고요. 그녀를 보았을 때, 그리고 노래를 부르기 직전에 그녀를 바라보며 생각했어요—지금도 진심으로 그렇게 생각하는데—데이지 존스는 평생을 통틀어 내가 본 여자 중에 가장 아름다운 사람이라고. 그런 경우 더 첨예하게 다가오는 것 같아요…… 무슨 말이냐면…… 스치듯 지나가는 사람을 더 세심하게 살펴볼 수 있는 거요. 알죠? 그때 데이지는 스쳐 지나가는 중이라고 생각했어요. 그녀가 언제고 떠날 것을 알았어요. 어떻게 알았는지는 나도 모르겠어요. 하지만 그때 알고 있었던 것 같아요. 아니, 몰랐을 수도 있어요. 그냥 느낌이 그래요.

내가 하려는 말은, 우리가 「허니콤」을 부르기 시작했을 때 데이지를 잃게 될 것을 알았거나 알지 못했거나 둘 중 하나라는 거예요. 그녀를 사랑했음을 알았거나 알지 못했거나, 둘 중 하나였고 그 순간만큼은 그녀에게 고마웠던 것 같아요……. 어쩌면 아닐 수도 있고요.

데이지: 첫 소절을 부르면서 그를 바라봤어요. 그러자 그도 날 바라봤어요. 그러고는 말이죠? 노래를 부르는 3분 동안 2만 명의 사람들 앞에서 그와 노래를 부른다는 사실을 잊었던 것 같아요. 그의 가족이 무대 옆에서 지켜본다는 사실도 잊었어요. 그와 내가 밴드에서 노래를 부르는 일원이라는 사실도. 난 그냥 존재하고 있었어요. 3분 동안. 내가 사랑했던 남자에게 노래를 부르는 상태 그 자체죠.

빌리: 최적의 노래였어요, 최적의 타이밍에, 최적의 사람과 부른……

데이지: 노래가 끝나기 직전에야 나는 무대 옆을 건너다봤어요. 커밀라가 거기 있는지 보려고요.

빌리: 그때 난…… (침묵) 맙소사, 내 몸의 온 신경이 팽팽히 당겨져 금방이라도 끊어질 것 같았어요.

데이지: 왜 모르겠어요. 그는 내 사람이 아니라는 걸.

그는 그 여자의 사람이라는 걸.

그 순간 난…… 난 그냥 질렀어요. 그 노래 가사를 빌리가 처음 쓴 대로 불렀어요. 반문이 아닌 내용으로.

"꿈꾸던 삶이 우릴 기다리고 있어/ 언젠가 바다 위로 반짝이는 빛을 보게 될 거야/ 날 붙잡아 줘. 날 붙잡아 줘. 날 붙잡아 줘/ 그때까지."

부르면서도, 끝까지 부를 수 없을 거라는 생각이 들 정도로 너무 힘들었어요.

빌리: 데이지가 내가 처음에 쓴 가사대로 노래하는 걸 듣는데, 커밀라와 둘이서 그린 앞날을 그녀의 노래로 듣는데…… 강한 의심이 솟아나는 걸 느꼈어요. 앞으로 평탄한 길만 걸을 수 있다고 말하는 나 자신에 대한 강한 의심이었어요. 그런데 난…… (깊은 한숨) 그가사는 알량한 다짐이었어요. 하지만 데이지는 단 한 순간도 내가

476

실패할 수 있다는 암시 같은 건 하지 않았어요. 내가 다짐한 대로 해낼 거라는 믿음을 담아 불렀어요. 데이지가 해낸 거예요. 데이지가 내게 그렇게 불러주기 전까진 그게 얼마나 절실한 건지 난 알지 못했어요. 당연히 기분이 좋아졌어요. 동시에 아팠어요.

내가 스스로 바랐던 대로의 남자라고 한다면—그래서 커밀라에게 약속한 인생을 줄 수 있다면—그건…… 음, 그 삶에도 잃는 게 있을 테니까요.

데이지: 드디어 진정한 사랑을 찾아냈는데 다가가선 안 될 사랑이었어요. 그런데 난 수도 없이 잘못 판단했고 그렇게 그 사람을 망쳐버렸고 다시는 복구할 수 없게 된 거예요. 그래서 결국 갈 데까지 가기로 작정해 버린 거예요.

빌리: 무대에서 내려와선 데이지를 돌아보았지만 아무 말도 할 수가 없었어요. 그녀는 내게 미소 지었지만, 미소를 닮은 입모양이었을 뿐, 미소가 아니었어요. 데이지는 자리를 떴고 내 심장은 쿵 가라앉았어요.

그제야 명백해졌어요. 그동안 난 **가능성**에 죽자 사자 매달려 있었다는 것. 바로 데이지라는 가능성에.

그러자 갑자기 절박해졌어요. 그 가능성을 그냥 놓아버린다는 것이. '절대 안 돼'라고 말해야 한다는 것이.

데이지: 빌리 던이 무대에서 내려오는 것을 보면서 그에게 한 마디

도 해선 안 되겠다고 생각했어요. 그의 주변에서 얼쩡거리는 건 안 될 말이었어요. 그래서 먼저 간다고 말하곤 자리를 떴어요.

캐런: 무대에서 내려온 뒤에, 우연히 그레이엄과 부딪쳤어요. "미안해"라고 말하자 그가 말했어요. "백만 번 미안하다고 말해도 성에 차지 않을 거야."

그레이엄: 화가 났거든요.

캐런: 자기 힘든 것만 제일 중요했던 것 같아요.

그레이엄: 캐런에게 고함치기 시작했어요. 욕까지 퍼부었죠.

캐런: 내가 고생한 것에 비하면 아무것도 안 한 사람이. 그도 힘들어한 건 알아요. 하지만 무슨 권리로 내게 고함을 치는 거죠?

워런: 백스테이지에 갔을 때 캐런과 그레이엄이 서로 언성을 높이며 싸우고 있었어요.

에디: 캐런이 혹여 그레이엄을 때릴까 봐 그녀의 손을 잡았어요.

로드: 캐런을 데리고 백스테이지의 다른 방으로 들어갔어요. 그레이엄은 다른 친구가 붙잡았어요. 둘을 떼어놓았죠.

그레이엄: 빌리를 봐야겠다고 생각했어요. 형하고 이야기하고 싶었어요. 내 이야기를 털어놓을 사람이 필요했거든요. 공연이 끝나고 호텔 로비에서 형을 봤을 때 말했어요. "형, 나 좀 도와줘." 그런데 형은 단칼에 거절했어요. 시간이 없대요.

빌리: 커밀라와 줄리아가 먼저 위층에 올라갔고 난 남아 있었어요. 호텔 로비에 마냥 서 있었어요. 막상 뭘 해야 할지 아무 생각도 떠오르지 않았어요.

머릿속이 뒤죽박죽이었어요. 그리고 어느 순간 정신을 차려보니…… (연거푸 한숨) 호텔 바로 가고 있었어요. 한 발, 두 발, 바를 향해 걸어가고 있었어요. 테킬라 한잔 생각을 하며. 그랬네요. 그러고 있었네요. 술 생각에 바로 가고 있는데, 그때 그레이엄이 날 찾아냈어요.

그레이엄: 형이 날 거부한 거예요. 난 말했어요. "중요한 일이야. 한 번만. 형한테 꼭 할 말이 있어."

빌리: 바를 향해 가는 것 말고는 다른 어떤 것에도 신경 쓸 겨를이 없었어요. 누군가 내게 큰 소리로 말하고 있었어요. 테킬라를 한 잔 마시라고 명하고 있었어요. 그 말에 따를 작정이었고. 그런 내가 누굴 도와줄 수 있겠어요. 세상 누가 와도 아무것도 해줄 수 없는 상태였어요.

그레이엄: 로비에 망연히 서 있었어요. 누가 봐도 곤경에 빠져 허우적대는 사람의 몰골이었을 거예요. 금방이라도 울음이 터질 것 같았어요. 난 눈물이 없는 사람이에요. 살면서 운 건 두 번도 채 안 될 거예요. 열아홉 살에 엄마가 세상을 떠났을 때 한 번. 나머지 한 번은…… 이게 중요한 게 아니라, 그때 난 형이 절실했다는 뜻이에요. 형이 절실했어요.

빌리: 그레이엄이 내 셔츠 자락을 움켜쥐고는 말했어요. "태어나서 지금까지 형 때문에 뼁이친 게 얼만데, 고작 몇 분 이야기하는 것도 싫다고?" 난 동생의 손을 잡아 내뿌리곤 꺼지라고 말했어요. 꺼지더군요.

그레이엄: 형제끼리 오래 같이 살면 안 돼요. 무조건 안 돼요. 밴드 멤버와 자면 안 돼요. 형하고 일하면 안 돼요. 그때로 다시 돌아가면 하지 말아야 할 짓거리가 한두 개가 아니에요. 다르게 살 거예요.

캐런: 호텔로 돌아가선 문을 꽝 닫고는 침대에 앉아서 울음을 터뜨렸어요.

워런: 공연이 끝나고 에디, 피트, 로드랑 스플리프*를 피웠어요. 다

---

* 마리화나 담배.

른 친구들은 코빼기도 안 보였죠.

캐런: 다 울고 나서 그레이엄의 방으로 가서 문을 두드렸어요.

그레이엄: 우리가 아기를 가질 수 없는 이유는 이해했어요. 정말이에요. 그런데 혼자라는 생각이 들었어요. 내가 잃어버린 것들 속에서 있었죠. 우리가 뭔가를 잃어버렸다고 생각한 사람은 나밖에 없었어요. 그래서 슬퍼한 사람은 나밖에 없었어요. 그 때문에 캐런에게 너무나 화가 났어요.

캐런: 그가 문을 열어주었는데 난 그 자리에 서서 생각했어요. 내가 뭐 하러 왔지? 그에게 무슨 말을 해도 바로잡을 수 있는 건 아무것도 없는데.

그레이엄: 내게 보이는 미래를 왜 그 친구는 볼 수 없었던 걸까요?

캐런: 그래도 말했어요. "당신은 날 몰라. 당신이 바라는 나는 내가 아니야."
　그레이엄이 말했어요. "당신은 내가 당신을 사랑한 것처럼 날 사랑한 적이 한 번도 없어."
　둘 다 맞는 말이었어요.

그레이엄: 우리가 뭘 할 수 있었을까요? 거기서 어떻게 제자리로

돌아갈 수 있을까요?

캐런: 그에게 몸을 기댔어요. 내 몸을 그의 몸에 밀어붙였어요. 그는 처음엔 날 안지 않았어요. 두 팔로 날 감싸주지 않았어요. 결국엔 안았지만.

그레이엄: 품 속의 캐런은 따뜻했어요. 하지만 어떻게 된 건지 두 손은 차가웠어요. 그렇게 얼마나 오래 있었는지 모르겠네요.

캐런: 가끔 생각해요. 내가 그레이엄이라면 나도 아기를 원했을지 모른다고. 다른 사람에게 아기를 맡기는 게 가능하다면, 꿈을 접고 기꺼이 자길 희생할 각오가 선 사람, 그래서 내가 세상에 나가 하고 싶은 일을 하고 집에 돌아오는 주말까지 뒤를 봐줄 사람이 있다면…… 그렇다면 나도 아기를 원할지 몰라요.
　하지만, 모르겠어요. 정말 그럴지 여전히 확신할 수 없어요.
　그때 그레이엄에게 화가 난 게 아니라는 말을 하고 싶은가 봐요. 날 이해해 주지 않는다고 화가 난 게 아니었어요. 그리고 그레이엄 역시, 근본적으로는 나 때문에, 내 선택 때문에 진심으로 화가 난 건 아니었다고 생각해요.

그레이엄: 우린 서로에게 지독한 상처를 입혔어요. 그게 제일 후회돼요. 이 잡놈의 영혼을 바닥까지 박박 긁어 사랑한 여자인데. 오늘까지도, 내 마음엔 여전히 캐런을 사랑하는 내가 있어요. 그리고

또 죽을 때까지 캐런을 용서하지 못할 내가 있어요.

캐런: 지금도 그레이엄 이야기를 하면 멍든 부위를 쑤시는 것처럼 아파요.

그레이엄: 그날 밤 잠자리에 들면서 깨달았어요. 더는 그녀와 한 밴드에 있을 수 없다고.

캐런: 더 이상, 매일, 얼굴을 마주하며 지낼 수 없게 되었어요. 정신력이 강한 사람들이라면 몰라도, 우린 그럴 수가 없었어요.

빌리: 난 바에 앉아 테킬라 니트*를 한 잔 주문했어요. 술이 나왔어요. 난 그 자리에 앉아 잔을 들고는 휘휘 돌린 다음 향을 맡았죠. 그때 두 여자가 내게 다가오더니 사인을 해달라고 했어요. 데이지와 나 같은 가수는 처음 본다면서. 난 칵테일 냅킨 두 장에 각각 사인을 해주었고 그들은 곧바로 물러갔어요.

데이지: 한밤중이 되어서야 호텔 방으로 돌아왔어요. 뭘 하다 그리 늦었는진 기억이 안 나요. 그냥 빌리와 마주치지 않으려고 조심했던 것만 기억나요. 도시를 배회했던 것 같은데. 로비로 돌아왔을 때도 만취해 있었어요. 그런데도 바에 가려고 곧장 오른쪽으로 틀

---

* 술병에서 유리잔으로 바로 따른 테킬라.

어 걸어갔어요. 의식을 놓아버리고 싶을 뿐이라고 생각했던 게 기억나요.

하지만 그렇게 들어간 곳이 엘리베이터인 걸 보면 내가 어딜 가는지, 뭘 하는지도 몰랐던 게 분명해요. 그래, 세코날 몇 알 삼키고 잠이나 자는 거야. 그런데 호텔 방에 도착하자 열쇠를 찾을 수 없었어요. 계속 뒤져봤지만 맞는 열쇠가 없었어요. 그 와중에 되게 시끄럽게 굴었나 봐요, 내가.

문득 아이의 목소리를 들은 것 같았어요.

빌리: 유리잔을 움켜쥐었어요. 테킬라가 든 잔을 다시 움켜쥐고선 뚫어져라 쳐다보았어요. 마시면 어떤 맛이 날까 생각했어요. 깨끗한 연기의 맛. 그 생각에 빠져 정신을 못 차리고 있는데 옆에 앉아 있던 남자가 말을 걸었어요. "아니, 빌리 던 씨죠, 맞죠?" 난 술잔을 내려놓았어요.

데이지: 난 복도에 서서 오도 가도 못하고 있었어요. 내 방에 들어가질 못해서. 결국 바닥에 주저앉아 울기 시작했어요.

빌리: "네, 맞아요."

내 말에 그 남자가 말했어요. "내 애인이 당신이 좋아 죽겠다는데."

난 말했어요. "죄송하게 됐네요."

그가 말했어요. "여기 바에서 혼자 뭐 하고 있어요? 마음만 먹으면 세상의 어떤 여자도 손에 넣을 수 있는 거 아닌가?"

난 말했어요. "가끔 혼자 있을 필요도 있는 법이죠."

데이지: 홀 쪽을 바라보고서야 알아차렸어요. 홀에서…… 복도로 누가 나오는데…… 커밀라가…… 딸 줄리아를 안고 오고 있었어요.

필자: 잠깐만요.

필자 주: 이 책을 쓰면서 나는 필자로서 인터뷰 내용에 개입하지 않으려고 각고의 노력을 기울였다. 그렇지만 데이지 존스와 나눈 이 대화는 토씨 하나 바꾸지 않고 싣었다. 데이지의 이야기에서 핵심적인 사실을 확증할 수 있는 사람은 나 말고는 없기 때문이다.

데이지: 그래요.

필자: 그때 흰 드레스를 입고 있었죠.

데이지: 네.

필자: 그리고 복도에 계속 서 있었고요. 호텔 방 문을 열 수 없어서.

데이지: 네.

필자: 그런데 우리 엄마가……

데이지: 그래요, 당신 엄마가 내 호텔 방 문을 열어주었죠.

필자: 이건 기억나요. 그때 난 엄마랑 있었어요. 나쁜 꿈을 꿔서 자다 깼던 터였어요.

데이지: 그때 당신 나이가 다섯 살 정도였을 거예요. 그러니…… 기억이 날 만하죠.

필자: 내가 기억난다고 말한 건, 지금까지 완전히 잊어버리고 있다가 당신이 말하니까 그제야 그 자리에 나도 있었던 게 기억났다는 뜻이에요. 하지만 엄마는 그 일에 대해선 일언반구도 한 적이 없어요. 엄마가 이 문제로 왜 나와 이야기하지 않았는지 모르겠네요.

데이지: 막연하지만 늘 느끼는 건데, 이 일화를 이야기해야 한다면 커밀라는 내게 발언권이 있다고 생각한 것 같아요.

필자: 아, 알았어요. 좋아요. 그럼, 그다음 이야기를 해주세요.

데이지: 당신의 엄마…… 아, 커밀라가…… 음…… 앞으로도 사람 이름을 다 이야기해야 하나요? 인터뷰 초반에 이름으로 말해달라고 했었죠.

필자: 네, 이름으로 불러주세요. 나는 줄리아. 나의 엄마는 커밀라. 지금까지 했던 대로요.

관련한 내용은 인터뷰 말미에 실을 것이다.

데이지: 커밀라가 복도로 나왔는데 줄리아를 안고 있었어요. 날 보고는 말했죠. "도와줄까요?" 왜 그렇게 친절한 건지 알 수가 없었어요.

난 도와달라고 말했고 커밀라가 내 열쇠를 받아 들었어요. 잠시 후 나는 방에 들어갈 수 있게 되었죠. 그런데 커밀라도 따라 들어오더니 줄리아를 침대에 내려놓았어요. 그러고는 내게 앉으라고 하곤 물을 한 잔 건넸어요. 난 말했어요. "이제 가도 돼요. 괜찮을 거예요."

그러자 커밀라가 말했어요. "괜찮을 것 같지 않아요."

마음이 정말 후련해졌어요. 커밀라는 날 속속들이 꿰뚫어 볼 수 있다고 생각하니까. 날 내버려 두고 가지 않을 거라고 생각하니까. 커밀라는 내 바로 옆에 앉았어요. 커밀라는 말을 돌려 하는 법이 없었죠. 무슨 일이 있는지 정확히 알고 있었어요. 자기가 무슨 말을 하고 싶은지도. 나는…… 불안했어요. 나는 통제 불능 상태인데 커밀라는 중심이 딱 잡혀 있었으니까.

커밀라가 말했어요. "데이지, 그이는 당신을 사랑해요. 그이가 당신을 사랑한다는 걸 당신도 알죠. 나도 그이가 당신을 사랑한다는 걸 알아요. 하지만 그이가 날 떠나는 일은 없을 거예요."

빌리: 그 남자에게 말했어요. "가끔, 정신을 좀 차릴 필요가 있잖아요."

그가 말했어요. "당신 같은 남자가 정신 차릴 일이 뭐가 있다고 그래요?"

그는 내게 돈이 얼마나 많으냐고 물었고 난 말해줬어요. 물어봤다고 곧바로 나의 순자산을 말해줬다고요.

그 남자가 말했어요. "내가 당신의 아픔에 공감 못 해도 날 원망하지 말아요."

난 고개를 저었어요. 그의 말뜻을 이해했으니까. 나는 술잔을 다시 들어 입술에 가져다 댔어요.

데이지: 커밀라가 말했어요. "내가 그이를 포기하지 않을 거라는 걸 당신이 알았으면 해요. 그이가 날 떠나는 일은 없게 할 거예요. 그이 옆에서 그이가 감정을 정리하는 걸 지켜볼 거예요. 지금까지 그이가 고비를 넘기는 걸 쭉 지켜봐 온 것처럼. 우린 이 상황보다 더 큰 존재예요. 우린 당신 한 사람보다 더 큰 존재예요."

나는 침대 한쪽에 이불을 덮고 누운 줄리아를 바라보았어요.

커밀라가 말했어요. "빌리가 우리 말곤 다른 누구도 사랑하지 않길 바라요. 그런데 오래전에 내가 어떤 각오를 한 줄 알아요? 완벽한 사랑은 필요 없다. 완벽한 남편은 필요 없다. 완벽한 아이들, 완벽한 인생, 어떤 완벽한 것도 필요 없다. 나의 것이면 돼. 나의 사랑이면 돼. 나의 남편, 나의 아이들, 나의 인생이면 돼.

난 완벽하지 않아요. 죽었다 깨어나도 완벽해지지 않을 거예요.

다른 어떤 것도 완벽하길 바라지 않아요. 그리고 완벽해야만 강해지는 건 아니에요. 그러니 당신이 만약 기다리겠다면, 그래서 뭔가 깨지길 바란다면, 나는…… 난 이렇게 말할 수밖에 없어요. 나는 그렇게 깨지지 않을 거예요. 빌리가 깨지도록 가만히 있지도 않을 거고요. 결국 깨지는 건 당신이 될 거예요."

빌리: 맛을 봤어요. 한 모금이라고 할 수도 없을 만큼 조금만, 맛봤어요. 목으로 넘기지 않으려고, 홧김에 목구멍으로 넘기지 않으려고 죽을힘을 다했어요. 그 맛은 위안과 자유의 맛이었어요. 술이 선사하는 천국이죠. 하지만 느낌일 뿐 현실은 지옥이 되죠. 그런데도 혀끝으로 느껴지는 해방감에 온몸이 축 늘어졌어요.

데이지: 커밀라가 자리에서 일어서더니 물 한 잔을 더 따라 주고는 티슈 한 장을 내밀었어요. 그제야 내가 울고 있다는 걸 알아차렸어요. 커밀라가 말했어요.

"데이지, 난 당신이 어떤 사람인지 잘은 몰라요. 하지만 당신이 마음 따뜻한 사람이라는 것, 좋은 사람이라는 것은 알아요. 내 딸은 이다음에 커서 당신처럼 되고 싶어 해요. 그러니 당신이 상처받지 않았으면 좋겠어요. 당신이 잘됐으면 좋겠어요. 당신이 행복하길 바라요. 진심이에요. 빈말하는 것 같지만 아니에요." 그러면서 내게 한 가지만 분명히 하고 싶다고 했어요. "당신과 빌리가 서로 고문하는 걸 보면서 마냥 앉아 있을 수만은 없어요. 내가 사랑하는 남자가 계속 그런 상황에 처하기를 바라지 않아요. 내 아이들의 아버지가 그러길 바라지 않아요. 당신이 그러는 것도 바라지 않아요."

난 말했어요. "나라고 바라겠어요."

빌리: 내 옆의 그 남자는, 여자친구와 나란히 앉아 있으면서 날 빤히 쳐다봤어요. 잔에 가득 든 맥주를 홀짝대는 모습이, 술에 목숨 걸지 않으니까 여유 있게 홀짝거릴 수 있다고 말하는 것 같았어요.

난 남자를 흘끗 보고는 다음 순간…… 저질렀어요.

마셔버렸어요.

손가락 반이 잠길 만큼의 양이었을 거예요. 마시고는 잔을 움켜쥐었어요. 누가 와서 빼앗아 갈까 봐 두려운 것처럼.

그 남자가 말했어요. "내가 틀린 건지도 모르죠. 당신 같은 사람도 말 못 할 사정 때문에 망가질 수 있는지 누가 알아요." 난 속으로 술잔을 내려놓으라고 말했어요. **당장 내려놔.**

데이지: 커밀라가 말했어요. "데이지, 이 밴드를 떠나줘요."

그즈음 줄리아는 곯아떨어졌어요. 커밀라가 이어 말했어요. "내가 틀렸다면, 그러니까 당신이 이미 떠나기로 마음을 굳힌 뒤라면, 그래서 그이가 스스로 정리할 수 있도록 물러설 생각이라면, 내 말은 무시해요. 나에 대해 전혀 신경 쓸 필요 없어요. 하지만 내가 맞다면, 밴드를 떠나고 약물을 끊고 그이가 없는 곳에서 새 출발을 한다면 우리 모두에게 큰 도움이 될 거예요. 당신에게도 큰 도움이 될 거예요. 그리고 네, 그이에게 은혜를 베푸는 걸 거예요. 그뿐만 아니라, 내가 아이들을 키우는 데도 큰 도움이 될 거예요."

빌리: 술잔을 내려놓을 수 없었어요. 손이 술잔에 달라붙어 버린 것 같았어요. 그때 생각했어요. 이 술잔을 다 비우기 전에 저 사람이 내 손에서 잔을 빼앗아 줬으면. 다짜고짜 빼앗아선 집어 던져버려줬으면.

데이지: 나는 커밀라의 말을 이해하려고 애쓰며 한동안 아무 말도 하지 않았어요. 그때 커밀라가 또 말했어요. "당신이 떠날 때라고 생각해요. 하지만 데이지, 당신이 어떤 결정을 내리건 난 당신을 응원할 거예요. 당신이 약물을 끊었으면 좋겠고, 자신을 좀 더 소중히 했으면 좋겠어요. 그러길 응원한다는 뜻이에요."

나는 마침내 입을 열었어요. "내가 망가지건 말건 왜 걱정하는데요?"

커밀라가 말했어요. "지금 거의 모든 세상 사람들이 당신을 걱정한다고 생각하는데요."

나는 고개를 저으며 말했어요. "날 좋아하는 거지, 날 걱정하는 건 아니에요."

그녀가 말했어요. "아뇨, 그건 당신의 착각이에요." 그러고는 잠시 아무 말 않다가 다시 말했어요. "빌리에겐 한 번도 하지 않은 말이 있는데 알고 싶어요? 「당신이라는 희망」은 내가 제일 좋아하는 곡이에요. 이 밴드의 노래 중에서 제일 좋아하는 곡이 아니라, 내가 개인적으로 가장 좋아하는 곡이에요. 내 첫사랑을 떠올리게 돼요. 그렉이라는 남자였는데 만난 순간 알았어요. 내가 사랑하는 만큼 날 사랑할 남자가 아니라는 것을. 그런데도 좋았어요. 그리고 내가 예상한 대로 그는 내 심장을 갈기갈기 찢어놓았고요. 그 노래를 처음 들었을 때 당신은 날 그때로 데려다놓았어요. 내 첫사랑의 한복판에 데려다놓았어요. 실연의 고통과 희망과 다정한 감정. 지나온 그 감정들을 당신이 새롭고 생생하게 되살려 놓았어요. 당신이 해낸 거예요. 결코 가질 수 없을 것을 알면서도 상관하지 않고 욕망하는 사람의 감정을 아름다운 노래로 표현해 낸 거예요. 걱정이 돼요, 그래서. 당신을 보면 천재 뮤지션이 보여요—내가 사랑하는 남자가 겪는 것과 똑같은 고통을 겪는 뮤지션이요. 둘 다 본인들이 길 잃은 영혼이라고 생각하겠지만 당신들은 세상 모두가 동경하는 삶을 살고 있어요."

커밀라가 하는 말이 다 이해가 갔어요. 커밀라의 말을 토씨 하나 빼놓지 않고 경청했어요. 그러다가 한마디 했어요. "그 노래는…… 빌리를 생각하며 쓴 게 아니에요. 혹시 그렇게 생각할까봐서 하는 말이에요. 가족, 아이를 갖고 싶은 심정을 노래한 거예요. 하지만 그럴 자격이 없다는 걸 스스로 잘 알고 있죠. 답이 없는 만신창이 인간이라 그런 건 꿈도 꿀 자격이 없다는 걸 잘 알지만 그래도 원하는 사람의 노래예요. 그리고 지금 당신을 보고 당신의 면면을 들여다보니, 난 당신의 발치에도 이르지 못하는 인간이라는 걸 잘 알겠네요."

커밀라가 잠깐 날 보곤 한마디 했는데, 난 죽을 때까지 그 말을 잊지 못할 거예요. 그녀가 뭐라고 했느냐면요. "벌써 자신의 밑바닥만 보지 말아요, 데이지. 당신이 미처 깨닫지 못해서 그렇지, 당신에겐 무궁무진한 자산이 있어요." 그 말이 가슴에 그대로 박혔어요. 아직 내 삶이 결정된 게 아니라는 것이. 내게 아직 희망이 있다는 것이. 커밀라 던 같은 여자가 날 그렇게 생각한다는 사실이…….

커밀라 던은 날 구할 가치가 있다고 생각한 거예요.

빌리: 그 남자가 내 손을 봤는데 결혼반지를 보는 것 같았어요. 그러곤 말했어요. "결혼했어요?" 난 고개를 끄덕였어요. 남자는 웃음을 터뜨리더니 자기 여자친구가 슬퍼 죽을 거라고 말했어요. 그러고는 덧붙였죠. "아이도 있어요?" 그 말을 들은 순간, 정신이 번쩍 났어요. 정곡을 찔린 거죠. 난 또 고개를 끄덕였어요. 남자가 말했어요. "사진 있어요?" 난 지갑 속에 든 아이들 사진을 생각했어요. 줄리아, 수재너, 마리아.

난 술잔을 내려놓았어요.

쉽지 않았어요. 손에 든 술잔이 바를 향해 1밀리미터씩 내려갈 때마다 젖은 시멘트를 뚫고 내려가는 기분이었어요. 그래도 난 해냈어요. 술잔을 내려놓았어요.

데이지: 몇 시인진 기억이 안 나지만 이른 아침이 되자 커밀라는 내 침대에서 자는 줄리아를 안아 들었고 내 손을 꽉 잡아주었어요. 나도 그 손을 꽉 잡았어요.

커밀라가 말했어요. "잘 자요, 데이지."

나도 말했어요. "잘 자요."

줄리아는 커밀라의 가슴에 푹 고꾸라지더니 금세 잠이 들었어요. 곧바로 몸을 뒤척이더니 머리를 엄마 목에 괴었어요. 그 아이가 찾아낸 가장 안전하고, 가장 포근한 자리인 것 같았어요.

빌리: 나는 지갑을 꺼내서 그 남자에게 딸들 사진을 보여주었어요. 남자는 내 앞에 놓여 있던 술잔을 들어선 자기 쪽으로 밀어놓았죠.

그리고 말했어요. "너무 이쁘네요."

난 말했죠. "고마워요."

남자가 말했어요. "내일도 힘을 내서 살아가게 해주는 존재들이죠. 그렇죠?"

난 말했어요. "네, 정말 그래요."

그 남자는 날 바라보았고 나는 술잔을 뚫어지게 쳐다보았고…… 힘을 느꼈어요. 술을 등지고 떠날 수 있는 힘. 내 안에 있는 힘을 다시 느낀 게 얼마 만이었는지. 20달러 지폐 한 장을 내려놓은 뒤에 말했어요. "고마워요."

남자가 말했어요. "이러지 맙시다." 남자는 지폐를 집어 다시 내게 건네주고는 말했어요. "내가 사는 것으로 해줘요. 괜찮죠? 그래야 한 사람에게 베푼 게 있다고 뿌듯해하며 살죠."

나는 돈을 받아들었고 그 남자는 나와 악수를 했어요.

그런 다음 나는 자리를 떠났어요.

데이지: 문을 열어주자 커밀라는 줄리아를 안고서 밝은 복도로 나

갔어요. 그러고는 내게 말했어요. "기분 나쁘라고 하는 말은 절대 아니고, 앞으로는 당신을 볼 날이 없었으면 좋겠어요." 솔직히, 상처가 되는 말이었어요. 하지만 커밀라의 심정을 헤아릴 수 있었어요. 자기 방문 앞까지 갔다가 뒤돌아서 나를 보았는데, 커밀라가 긴장하고 있다는 걸 그때 처음 알았어요. 열쇠 구멍에 열쇠를 집어넣는데 손을 떨더라고요.

문이 열리자 방으로 들어갔고, 그녀는 그렇게 사라졌어요.

빌리: 다시 호텔 방으로 돌아와 문을 걸어 잠근 다음, 등을 기댄 채 주저앉았어요. 커밀라와 딸들은 자고 있었어요. 하염없이 그들을 쳐다보았는데 갑자기 울음이 터져 나왔어요. 문 앞에 주저앉은 채 울었어요. 울면서 생각했어요. 끝이야. 이걸로 끝이야. 이대로 가다가는 로큰롤 아니면 인생 둘 중에 하나만 남을 거야. 하지만 난 로큰롤을 택하진 않을 거야.

데이지: 난 다음 편 비행기를 타고 떠났어요.

●

로드: 다음 날 아침, 데이지가 떠난 걸 알았어요. 남기고 간 쪽지엔 밴드를 떠나게 되었고 다신 돌아오지 않을 거라고 써 있었어요.

워런: 아침에 일어나니 데이지는 떠났고, 그레이엄과 캐런은 한 공간에 있고 싶지 않은 눈치였어요. 그다음엔 빌리가 흰색 버스에 올라타서는 투어를 중단하고 쉬겠다고 알렸어요. 그래서 로드는 남은 투어를 모두 취소해야 했어요.

로드: 빌리나 데이지 없이 투어를 어떻게 하겠어요.

워런: 에디는 열받아선 불같이 화를 냈어요.

에디: 한 사람이 누릴 수 있는 시간은 주어진 인생뿐인데 사는 동안 다른 사람의 지배를 받는다고 생각해 봐요. 내 몫의 돈이 얼마인지는 상관 안 해요. 난 누구의 하인도 아니에요. 난 기간제 계약 노동자가 아니라고요. 난 인간이에요. 내 경력에 관한 발언권을 가진 사람이라고요.

워런: 피트는 그런 상황과는 전혀 상관없이 탈퇴하겠다고 말했어요.

그레이엄: 모든 게 사정없이 무너져 내리고 있었어요.

로드: 데이지는 행방불명 상태. 빌리는 모든 걸 셧다운 중이었고. 피트는 탈퇴했고. 에디는 빌리와는 일 안 하겠다고 하고. 그레이엄과 캐런은 서로 말도 섞지 않고.

나는 그레이엄에게 가서 말했어요. "빌리랑 이야기해보겠어? 정신 좀 차리게."

그러자 그레이엄은 "빌리에게 가서 거지 같은 말 하는 거 그만둘래"라고 말했어요.

난 생각했어요. 지금 모든 것이 무너지고 있는 게 맞다면 난 어떻게 해야 하지? 다른 밴드를 찾아 계약을 성사시키면 모든 게 다시 되풀이되겠지. 이번에도 정신 나간 것들 한 세트를 떠받들어 뜨게 해줘도 나는 일개…… 모르겠다.

워런: 나 빼고는 다들 이렇다 할 명분도 없이 화가 나 있는 것 같았어요.

그래도 그 전까진 아주 잘해왔는데 다 끝나버린다면…… 내가 할 수 있는 건 많지 않았어요. 그렇지 않았을까요? 뭐가 어찌 됐건 어쩌겠어요, 받아들여야지.

빌리: 데이지가 떠난 이유는 짐작도 할 수 없었어요. 그날 밤, 그날

공연 때문에 떠난 것 같았어요. 어쨌거나 내가 파악한 상황은 이랬어요. 난 테디 없이 좋은 앨범을 낼 수 없어. 난 데이지 없이 히트 앨범을 만들 수 없어. 둘 중에 한 명만 빠져도 난 할 수 없어.

그리고 고생해서 여기까지 왔는데 다시 돌아가는 건, 설령 한 발자국만 뒤로 가는 거라고 해도 엄두가 나지 않았어요.

그래서 버스에 있던 모두를 돌아보며 말했어요. "끝났어. 모든 게. 다 끝났어."

그리고 밴드의 누구도—그레이엄도, 캐런도, 에디도, 피트도, 심지어 워런이나 로드도—내 마음을 돌리려 하지 않았어요.

캐런: 데이지가 떠났을 때, 잘 돌아가던 대관람차가 멈추고 거기서 모두 다 내린 것 같았어요.

데이지: 내가 밴드를 떠난 건 커밀라 던이 부탁해서였어요. 그리고 그게 내 인생에서 제일 잘한 결정이었어요. 덕분에 스스로 살아나 갈 수 있었으니까. 당신의 어머니가 날 나에게서 건져줬어요.

난 커밀라를 속속들이 알진 못할 거예요.

하지만 장담하는데, 정말 깊이 사랑했어요, 당신 어머니를.

그리고 그녀가 세상을 떠난 것이 진심으로 가슴 아파요.

필자주: 나의 어머니, 커밀라 던은 이 책이 완성되기 전에 세상을 떠났다. 책을 쓰기 위해 조사를 하는 과정에서 어머니와 많은 이야기를 나눴지만, 7월 12일과 13일에 시카고에서 있었던 일에 대한 당신의 생각은 일

절 들을 수 없었다. 당신이 떠나고 나서야 그때의 정황을 온전히 파악할 수 있었다.

어머니는 2012년 12월 1일, 63세를 일기로 세상을 떠났다. 사인은 루푸스 합병증으로 인한 심부전이었다. 어머니의 마지막 순간을 우리 가족, 아버지 빌리 던이 곁에서 지켰다는 것을 전할 수 있음에 큰 위안을 받는다.

그때
그리고 지금

1979~현재

닉 해리스: 데이지 존스 앤 더 식스는 시카고 스타디움 공연을 끝으로 다시는 함께 공연하지 않았고 서로 만나는 일도 없었습니다.

데이지: 시카고를 뜨자마자 곧장 시몬을 찾아갔고 그동안 있었던 일을 남김없이 털어놓았어요. 시몬은 날 재활원에 데려가주었죠.

1979년 7월 17일 이후로 나는 약물을 끊었고, 시설을 나온 후 다른 인생을 살았어요. 이후 내가 거둔 성취는 모두 그때 내린 결정 덕분에 가능했던 거예요. 음악계를 떠난 것, 책을 출간한 것, 명상을 시작한 것, 세계 여행을 시작한 것, 아들을 입양한 것, 그리고 '야생화 프로젝트'를 론칭한 것 등등, 1979년엔 예상할 수도 없었던 방향으로 내 인생을 개선해 나간 것. 이 모든 게 약을 끊었기 때문에 가능했어요.

워런: 리사 크라운과 결혼했어요. 그리고 브랜던과 레이철, 두 아이를 낳아 길렀죠. 리사 덕분에 배에서 사는 생활을 청산했어요. 배도 팔았고요. 지금은 캘리포니아 타자나에 있는 쇼핑센터가 많은 동네의 대저택에서 살고 있어요. 애들은 대학에 들어갔고요. 가슴에 사인해 달라는 사람은 이젠 없어요. 아, 가끔 리사가 해달라고는 해요. 나 기분 좋으라고 하는 말이지만, 그래도 난 냉큼 해준답니다.

피트: 이 문제라면 난 할 말이 별로 없는데요. 난 억하심정을 품은 사람도, 기분 나쁜 일도 없었으니까요. 함께한 모두에게 정말 좋은 기억을 갖고 있어요. 하지만 그 시절의 나에게선 아주 멀어졌어요. 지금 난 인조잔디를 설치하는 회사를 운영하고 있어요. 제니와 애리조나에서 살고 있고요. 아이들도 다 컸고. 더 바랄 게 없는 인생이죠.

이 정도가 내가 이 책을 위해 할 수 있는 전부인 것 같은데요. 일흔을 바라보는 나이지만 내일을 기대하고 산답니다. 무슨 말인지 알겠죠? 과거는 돌아보지 않아요. 이런 이야기도 괜찮다면 얼마든지 써요. 하지만 내 이야기는 여기서 끝내죠.

로드: 덴버에 집 한 채를 샀고요. 한동안 크리스가 들어와 살았어요. 몇 년은 함께 살면서 행복했어요. 그러다 그 친구가 떠났고. 그런 뒤에 프랭크를 만났어요. 거창할 건 없지만 어려운 것 없이 살아지는 인생이에요. 부동산 일을 하며 살아요. 이만하면 두 마리

토끼를 다 잡은 삶 아닌가 싶은데. 질풍노도의 시기를 거쳐와 이제는 추억으로 돌아볼 만한, 편한 삶이랄까요.

그레이엄: 밴드가 해체되고…… 그런 뒤에 캐런과 내 관계도 끝났어요. 우정도 사라지고. 어쩌다 한번 마주칠 때가 있지만 그게 다예요.

날 속속들이 사랑하지 않은 사람이 꿈에 나타나면 잠을 설치게 돼요. 우리에게 다른 미래가 가능했을까 늘 생각해 보지만 답은 결코 알 수 없어요. 답을 알고 싶지 않은 건지도 모르죠. 아, 지니 고모한테 이런 이야기 하면 안 된다. 네 고모가 엉뚱한 오해라도 하면 안 되지. 난 아내를 사랑해. 네 사촌들도 마찬가지고.

그리고 네 아빠랑 같이 일하지 않으니까 진짜 살 것 같은데, 그래도 가끔 만나 노는 건 좋아. 네 아빠 지금도 나한테 기타 교습질 하는 거 아냐? (웃음) 어쩌겠니, 빌리 던이 그렇게 생겨 먹은 인간인걸. 그래도 우리 애들에게 피아노를 가르쳐줬지. 뒤뜰 나무 위에 오두막도 지어줬고.

함께 밴드 활동을 하고 밴드가 끝난 뒤에도 잘 살았으니 운이 좋다고 생각해. 네 아빠와 나 둘 다.

아무튼 앞으로 네가 밴드의 근황에 대해 쓸 일이 있다면 모두에게 이것만은 꼭 알려다오. 네 작은 삼촌이 특제 핫소스 사업가라고, '빌리 던 표 불맛 핫소스!'

에디: 난 레코드 프로듀서로 일하고 있어요. 진작에 할걸 그랬다는

생각이 들어요. 반 누이스*에서 레코딩 스튜디오를 운영하고 있고, 꽤 인정받고 있어요. 결국 최정상에 이른 셈이죠.

시몬: 디스코의 시대는 1979년과 함께 죽었어요. 그 후에도 난 어떻게든 해보려고 노력했지만, 클럽에선 몰라도 라디오에서 인기를 못 끌었어요. 그래서 모은 돈을 투자하고 결혼했어요. 딸 트리너를 얻었고 이혼했죠.

이제 트리너가 소싯적 나보다 열 배는 더 유명하고, 쓸어 담을 만큼 많은 돈을 벌어요. 그 애의 뮤직비디오를 보면…… 데이지도 나도 꿈에서조차 떠올린 적이 없을 만큼 미친 짓을 대놓고 보여주니까. 트리너는 새 앨범 「사랑의 마약The Love Drug」을 샘플링했어요. 곡 제목은 「엑스터시Ecstasy」예요. 와, 약물은 이제 돌려 말할 게 아니더군요. 다들 까놓고 떠들어대니까. 그래도 트리너가 최고예요. 그건 인정해요. 트리너가 씬을 평정했어요.

딸이라서 하는 말이 아니야. 걔가 지금 업계 최고라고.

캐런: 더 식스를 떠난 후 20년 동안 세션 키보디스트로 이 밴드 저 밴드의 투어를 전전했어요. 그러다 1990년대 후반에 은퇴했고. 하고 싶은 대로 하며 산 인생이었고 그런 점에서 후회는 전혀 안 해요.

그때나 지금이나 난 침대에선 혼자 자는 게 제일 편한 사람이

---

* LA에 위치한 샌 퍼낸도 밸리에 있는 동네 이름.

에요. 그리고 그레이엄은 잠에서 깨어났을 때 옆에 누군가 있는 게 좋은 사람이었고. 그 사람이 원하는 방식대로 따랐다면, 난 세상 모든 사람의 방식대로 순종해야 했을 거예요. 세상 모든 사람이 바라는 대로 따라야 했을 거예요. 하지만 그건 내가 원하는 게 아니었어요.

그때 내가 한 세대만 젊었어도 결혼을 매력적으로 받아들였을지 모르겠네요. 요새 젊은 사람들이 결혼해서 사는 걸 보니까 한쪽이 다른 한쪽을 위해 희생하는 법 없이, 정말 평등한 관계를 이어가는 경우가 많더군요. 하지만 당시 내가 본 결혼 생활은 그렇지 않았어요. 평등한 부부 관계를 이어가는 경우는 눈을 씻고 찾아봐도 찾기 힘들었어요. 내가 원하는 삶은 남편이 있는 삶과 맞지 않았어요. 난 록스타가 되고 싶었으니까. 산속의 집에서 사는. 실제로 그렇게 살아왔어요.

그래도 내 나이가 돼서 옛날을 돌아보며 그때 다른 선택을 했다면 지금 어땠을까 전혀 궁금하지 않은 사람이 있다면…… 그런 사람은 상상력이 없는 거겠죠.

빌리: 모든 걸 정리하고 러너 레코즈와 퍼블리싱 계약을 했고 1981년부터 지금까지 팝 가수에게 줄 곡들을 만들고 있지. 나무랄 데 없는 인생이야. 80, 90년대는 빽빽대는 세 딸과 내겐 과분한 여자와 한집에서 한시도 조용한 날 없이 지냈지만 평온과 안정을 누렸어.

며칠 전에 내가 가족 때문에 아티스트의 길을 포기했다고 말한 사람이 있었어. 맞는 말이지만 아티스트의 길 어쩌고 하니 대단히 숭고한 것처럼 들리잖아. 그냥 한 사람이 자기 한계에 부딪힌게 전부인데. 커밀라가 내게 부여해준 선을 넘을 것 같으면 밴드를 떠나야 한다는 걸 알았을 뿐이야.

내가 그 정도로 엄마를 사랑한 이유를 넌 아니?

너무도 놀라운 여자였으니까. 내 인생에서 일어난 가장 멋진 사건이 네 엄마였으니까. 플래티넘 레코드, 세상의 모든 천국행약, 세상의 모든 쿠에르보, 세상의 모든 재미, 성공, 명성, 그 모든걸 다 줄 테니 네 엄마와의 추억을 내놓으라고 해도 난 거절할 거야. 네 엄만 그만큼 놀라운 여자, 엄청난 여자였어. 내겐 과분한여자였어.

세상의 어떤 남자가 그만한 자격이 있을까. 아, 마냥 다 좋았다는 말은 아냐. 네 엄만 정말 강압적이었어. 그런 데다 90년대 중반엔 진짜 짜증 나는 음악 취향을 키우더구나. 뮤지션으로서 차마 눈 뜨고 보기 힘들 지경이었지. 그뿐이니, 네 엄마가 만든 칠리는 세계 최악이었어. 그런데 자긴 최고라고 생각해서 하루가 멀다 하고 만들었지. (웃음) 너도 다 아는 이야기지? 아무튼 네 엄마도 사람이라 심각한 결점들이 있었다는 소리야. 네 할머니와 2~3년 동안 말도 안 섞을 만큼 고집이 셌었지. 하지만 고집부린만큼 보상받은 게 많아. 나랑 헤어지지 않겠다고 고집을 부렸잖아. 그 덕에 지금 내가 이렇게 살 수 있는 거고.

커밀라가 루푸스 진단을 받았을 때 우린 모두 무너졌었지. 세상 누구도 그런 병에 걸리지 않았으면 좋겠어. 하지만 난 그 병이 내게 네 엄마에게 보답할 기회를 준 거라고 생각했지. 커밀라가 너무 피곤하면, 몸이 너무 아파서 일을 못 하면 내가 대신 떠맡아 하면 되겠구나. 집에 있으면서 내가 너희를 돌보면 그 사람이 모든 걸 다 떠맡지 않아도 되겠구나. 내가 곁을 지키면서 모든 걸 함께 헤쳐나가자고 생각했지.

함께 노스캐롤라이나에 집을 샀지…… 한 20년 전인 것 같은데. 너도 네 동생들도 다 집을 떠나 대학에 간 뒤였어. 네 엄마가 꿈에서 본 집을 그대로 뽑아낸 것처럼 똑같은 곳을 찾으려고 해안가를 뒤지다시피 돌아다녔어. 결국 못 찾았고 그래서 직접 지었지. '허니콤' 같은 건 없었어. 노래 속에 나오는 집과 똑같다곤 할 수 없었지. 그냥 몇천 제곱미터의 땅, 그리고 커밀라가 게를 잡으며 그렇게 좋아했던 만灣이 딸린 이층집. 그래도 커밀라가 늘 원했던 그런 집이었어. 그 사람에게 그런 걸 해줄 수 있는 남자였다는 점에서 난 억세게 운 좋은 놈이라고 생각한다.

그런 사람을 떠나보내며 얼마나 힘들었는지는 너도 겪고 있으니 알겠지. 우리 모두 지금까지도 휘청이고 있듯이.

살면서 요즘처럼 사무치게 외로운 적도 없는 것 같다. 너흰 전국에 뿔뿔이 흩어져 살지, 네 엄마도 떠났지. 벌써 5년이 지났구나. 그렇게 빨리 가선 안 될 사람이었는데. 예순셋밖에 안 된 여자를 데려가다니 복수의 신이라 해도 너무 잔인한 짓이야. 하지만 그게 그녀에게 주어진 운명이라면야—우리 모두에게 주어진 운명이기도 하지. 그래서 난 휘둘리지 않으려고 해.

네가 한창 자랄 땐 이런 이야기를 좀처럼 한 일이 없었지. 내 사사로운 생각, 내 속내를 털어놨다가 공연히 네 발목을 잡게 되는 건 추호도 바라지 않았으니까. 네 인생에 내가 중심이 돼선 안 되지, 아가. 내 인생에 네가 중심이 돼야지.

그래도 이런 질문들을 해줘서 고맙다는 말은 해야겠지. 덕분에 나도 할 일을 한 것 같아.

이 인터뷰가 모든 걸 얼마간 밝혀줘서 너에게도 도움이 됐으면 좋겠다. 아가, 진심으로 하는 말이야. 네 엄마와 나, 그리고 밴드에 관해서. 가끔 놀란단다, 사람들이 여전히 관심을 갖고 있는 것에. 클래식록 라디오 방송에서 요즘도 「마음에서 지우려고」를 틀어주는 것에. 요전엔 집 앞에 차를 세우고 끝까지 들었어.

(웃음) 우린 꽤 잘했더라.

데이지: 우린 끝내줬어. 정말 끝내줬어.

떠나기 전에
마지막으로
하나만 부탁할게

2012년 11월 5일

보낸 사람: 커밀라 던

받는 사람: 줄리아 던 로드리게즈, 수재너 던, 마리아 던

날짜: 2012년 11월 5일 오후 11 : 41

제목: 너희 아빠

내 딸들에게

엄마 좀 도와줄래.

엄마가 떠나고 나면 아빠가 한동안 혼자만의 시간을 갖게 해주렴. 그
런 뒤에 데이지 존스에게 전화하라고 아빠한테 꼭 말해줄래? 내 협
탁 두 번째 서랍 속 메모장에 전화번호가 있을 거야.

아빠에게 내가 말했다고 전해주렴. 두 사람이 만든 노래 중 아무리
못해도 한 곡 이상은 나 아니면 못 썼다고.

사랑하는 엄마가

밤을 쫓아가고 있구나

다시 돌아오자 시련이 시작되었어.
도시로 온 나의 눈엔 세상이 온통 빨개 보였어.
불 좀 붙여줘. 내가 세상을 불 태우는 걸 구경해.
악마에게 성유를 붓겠다면, 나도 내 왕관을 차지해야지.

액셀을 밟아, 불길에 기름을 부어.
난 이미 취했고 더 취할 거야.
더 빨리 달려, 난 불붙을 태세야.
재앙을 향해 달려갈 거야, 밤을 쫓아갈 거야.

넌 길을 잘못 들었지. 우회전을 했지.
처음 보이는 건 시야를 채우는 하얀 빛.
아, 너는 밤을 쫓아가고 있구나.
하지만 악몽이 널 쫓아가고 있구나.

인생은 번갯불처럼 날 찾아오고
내 몸엔 훈장 같은 멍투성이.
성냥으로 불장난하는 걸 언제 배웠을까.
세상 모든 걸 탐해야 해, 그래야 재 속에서 눈 감을 수 있어.

액셀을 밟아, 불길에 기름을 부어.
난 이미 취했고 더 취할 거야.
더 빨리 달려, 난 불붙을 태세야.
재앙을 향해 달려갈 거야, 밤을 쫓아갈 거야.

넌 길을 잘못 들었지. 우회전을 했지.
처음 보이는 건 시야를 채우는 하얀 빛.
아, 너는 밤을 쫓아가고 있구나.
하지만 악몽이 널 쫓아가고 있구나.

액셀을 밟아, 불길에 기름을 부어.
난 이미 취했고 더 취할 거야.
액셀을 밟아, 불길에 기름을 부어.
내 눈을 바라봐 그리고 라이터를 켜.

오, 너는 밤을 쫓아가고 있구나.
하지만, 아가야, 악몽이 널 쫓아가고 있구나.

못난이 사랑

네 안의 못난이.
아, 내 안에도 못난이가 있어.
너에게 희망이 없는 것 같아?
그렇지 않아.
오, 우리도 사랑스러워질 수 있어.
지금보다 더 못난이가 되면.

후회할 짓을 줄줄이 써봐.
난 담배를 피우며 정상에 오를 거야.
오, 우리도 사랑스러워질 수 있어.
지금보다 더 못난이가 되면.

네가 도망쳐 달려 나온 곳은, 내가 달려 들어갈게.
알아, 두렵고 두려운 너의 마음.
나만큼 널 이해하는 사람은 없어.
진실하지 않은 게 있다면 내게 말해줘.
오, 우리도 사랑스러워질 수 있어.
지금보다 더 못난이가 되면.

자, 이리 와, 내 사랑.
한번 생각해 봐.
네 안의 못난이 없이 넌 살아갈 수 있을까?

오, 우리도 사랑스러워질 수 있어.
지금보다 더 못난이가 되면.

대책 없는 여자

대책 없는 여자.
그녀에게 몸을 맡겨.
그녀에게서 영혼의 안식을 찾아.

손가락 사이로 빠져나가는 모래 같은 여자.
야생마처럼, 손댈 수 없는 여자.

그녀는 맨발로 눈 속을 달리는 망아지일 뿐인데
추위도, 그녀를 어쩌지 못해.
그녀는 블루스를 로큰롤처럼 몸에 둘렀지.
손댈 수도 없고, 굽힐 수도 없는 여자.

그녀는 널 달려가게 할 거야
가면 안 되는 곳으로.
널 달려오게 할 거야
가져선 안 될 욕망으로.
아, 그녀가 총을 겨누고 있어.
너를 구원하려고
너를 되찾고
너의 고해성사를 듣기 위해서.

손가락 사이로 빠져나가는 모래 같은 여자.
야생마처럼 손댈 수 없는 여자.

그녀는 맨발로 눈 속을 달리는 망아지일 뿐인데
추위도, 그녀 앞에선 어쩌지 못해.
그녀는 블루스를 로큰롤처럼 몸에 둘렀지.
손댈 수도 없고, 굽힐 수도 없는 여자.

대책 없는 사람에게서 떠나.
넌 그녀에게 다가갈 수 없어.
네 영혼에 평화는 없을 거야.

너 또한 대책 없는 사람이구나.
훔친 것을 움켜쥔 채
그녀에게서 도망치고 있구나.

마음에서 지우려고

내 사랑, 너를 향한 이 마음을 돌리려고 해.
너를 향한 이 마음을 다른 쪽으로 돌리려고 해.
내 사랑, 난 애쓰고 있어.
아, 죽어라 애쓰고 있어.

이제 그만해야 해. 널 마음에서 지우려고 애쓰고 있어.
당신이 내게서 멀어진 지금 포기하는 것 말고 달리 방법은 없어.
하지만 내 사랑, 난 애쓰고 있어.
아, 죽어라 애쓰고 있어.

널 마음에서 지우려고 애쓰고 있어.
하지만, 내 사랑, 내 마음은 언제나 널 향해 빛나고 있어.

내 기분을 바꾸려고 계속 노력하고 있어.
이건 기만이라고 스스로 달래봐도 소용없어.
내 사랑, 난 애쓰고 있어.
아, 죽어라 애쓰고 있어.

비행기는 활주로 없이 날 수 없는 법.
이런 고통 속에 다시 말려 들어갈 순 없어.
내 사랑, 난 애쓰고 있어.
아, 죽어라 애쓰고 있어.

널 마음에서 지우려고 애쓰고 있어.
하지만, 내 사랑, 내 마음은 언제나 널 향해 빛나고 있어.

난 무릎을 꿇고 두 팔을 벌려 애원하고 있어.
살길을 찾게 해달라고,
애원하고 또 애원하고 있어.
심장이 멈추지 않게 해달라고 간절히 빌고 있어.

널 마음에서 지우려고 애쓰고 있어.
하지만, 내 사랑, 내 마음은 언제나 널 향해 빛나고 있어.

내 사랑, 난 죽어가고 있어.
하지만, 내 사랑, 난 애쓰고 있어.
네가 사지 않는 물건을
팔 수는 없잖아.

그래서 널 마음에서 지우려고 애쓰고 있어.
하지만, 내 사랑, 내 마음은 언제나 널 향해 빛나고 있어.

난 무릎을 꿇고 두 팔을 벌려 애원하고 있어.
살길을 찾게 해달라고,
애원하고 또 애원하고 있어.
심장이 멈추지 않게 해달라고 간절히 빌고 있어.

널 마음에서 지우려고 애쓰고 있어.
하지만, 내 사랑, 내 마음은 언제나 널 향해 빛나고 있어.

부탁이야

날 만족시켜 줘.
부탁이야, 날 해방시켜 줘.
날 만져줘 그리고 날 음미해 줘.
날 믿어줘 그리고 날 가져줘.

하지 못한 말,
내 머릿속에 아직 없는 말을 해줘.
내게 진실을 말해줘, 내 생각을 한다고 말해줘.
아니라면, 사랑하는 당신, 날 잊어도 돼.

날 만족시켜 줘.
부탁이야, 날 해방시켜 줘.
날 풀어줘 그리고 날 믿어줘.
너라면 날 구해줄 수 있을지 몰라.

하지 못한 말,
내 머릿속에 아직 없는 말을 해줘.
내게 진실을 말해줘, 내 생각을 한다고 말해줘.
아니라면, 사랑하는 당신, 날 잊어도 돼.

난 알아, 넌 날 원하지.
알고 있어, 넌 날 안고 싶지.
알고 있어, 넌 내게 보여주고 싶지.
알고 있어, 넌 날 알고 싶지.

뭐든 해줘, 빨리 해줘.
난 이렇게는 오래 못 버틸 거야.

하지 못한 말,
내 머릿속에 아직 없는 말을 해줘.
내게 진실을 말해줘, 내 생각을 한다고 말해줘.
아니라면, 사랑하는 당신, 날 잊어줄래?

제발, 제발, 날 잊지 마.
제발, 제발, 날 잊지 말아줘.

어린 별

저주, 십자가,
내 모든 것을 내준 대가로
너의 멍울마다 내게도 멍울이 잡혔지.

통증, 기도,
닳아서 해진 일상
너는 엄두도 내지 못할 나락에 몸을 던졌어.

넌 날 깨뜨릴 수 있어.
하지만 나의 구원자는 날 희생양으로 삼았지.
우리는 어린 별처럼 보일 거야,
넌 오래된 흉터는 보지 못하니까.

네 손이 닿은 곳마다 멍이 드는데
너에게 내 모든 것을 주고 싶어도 내가 가진 게 많지 않구나.

너에게 진실을 털어놓는다면, 네가 얼굴을 붉히는 걸 보고 싶어서지만,
너는 충격을 견딜 수 없으니 그저 침묵할 뿐이지.

넌 날 깨뜨릴 수 있어.
하지만 나의 구원자는 날 희생양으로 삼았지.
우리는 어린 별처럼 보일 거야.
넌 오래된 흉터는 보지 못하니까.

너는 기다릴 이유를 말해주지 않고,
나는 슬슬 자부심을 느끼고 있어.
너의 진실은 이미 탄로 났고,
나는 사라진 사람을 찾고 있어.

너는 결정적인 허점을 노리고 있지만
나는 너의 그물에 걸려들지 않을 거야.
너는 조용한 날을 기다리지만
세상은 마냥 요란하지.

넌 날 깨뜨릴 수 있어.
하지만 나의 구원자는 날 희생양으로 삼았지.
우리는 어린 별처럼 보일 거야.
넌 오래된 흉터는 보지 못하니까.

날 원망해

거울을 볼 때면
너의 영혼 속을 봐.
내 목소리가 들리면, 꼭 기억해.
넌 날 짓밟았어.

편히 잠들 생각은 하지 마.
숱한 불면의 밤을 안겨줄게.
짓눌러 오는 세계를 느껴봐.

그래, 내 사랑, 내 생각이 날 때
로큰롤이 짓밟히길 바라.
날 만난 걸 저주해.
사무치게 저주해.

네 여자를 바라볼 때
네가 내게서 앗아간 세상을 생각해.
멀리서 유령이 보이면
너의 세상을 잠식한 나를 알아볼 수 있을 거야.

편히 잠들 생각은 하지 마.
숱한 불면의 밤을 안겨줄게.
짓눌러 오는 세계를 느껴봐.

그래, 내 사랑, 내 생각이 날 때
로큰롤이 짓밟히길 바라.
날 만난 걸 저주해.
사무치게 저주해.
날 만난 걸 저주해.
사무치게 저주해.

편히 쉴 생각은 하지 마.
너의 남겨진 시간은 모두 내 거야.
중력을 느껴봐.

날 만난 걸 저주해.
날 놓아준 걸 원망해.
날 원망해.
난 순순히 떠나지 않을 테니.
원망해.
싫다고 말한 것을 원망해.
원망해.
날 떠나보낸 것을 원망해.

언젠가 넌 후회할 거야.
난 사라지기 전에 널 후회하게 만들 거야.

깊은 밤마다

수많은 그 밤을 다 기억하진 못해.
가장 아름다웠는데도 잊어버린 밤도 있어.
가장 빛났는데도 잊어버린 순간도 있어.
하지만 너만은 기억하고 있어.

수많은 그 새벽을 다 기억하진 못해.
누운 채 맞이했던 해 뜨는 순간순간들.
돌이킬 수 없을 내 실수에 연연하지 않아.
하지만 언제나 널 생각해.

너는 수정처럼 티 없이 맑은 기억.
내가 간직한 유일한 추억.
네가 내 곁에 영원히 있어준다면.
내게 남은 기억은 너뿐이야.
네가 없다면,
네가 없다면.

그 시절의 나도 기억에서 사라졌을 거야.
내가 있던 곳, 내가 보낸 시간을 알지 못할 거야

나의 이름, 내가 거친 곳,
내가 시작한 곳, 사랑이 끝난 곳을 모두 잊어버렸을지 몰라.

너는 수정처럼 티 없이 맑은 기억.
내가 간직한 유일한 추억.
네가 내 곁에 영원히 있어준다면.
내게 남은 기억은 너뿐이야.
네가 없다면,
네가 없다면.

그 시절의 날 돌아보지 못할 거야.
상처가 된 사람을 떠올리지 못할 거야.
고통 같은 건 바로 잊어버릴 거야.
너만 곁에 있으면.

너는 수정처럼 티 없이 맑은 기억.
내가 간직한 유일한 추억.
네가 내 곁에 영원히 있어준다면.
내게 남은 기억은 너뿐이야.
네가 없다면,
네가 없다면.

당신이라는 희망

난 가볍게 말하고 헤프게 이별해.
일류인 척하는 삼류 인생.
내 심장은 곤히 잠들었어, 깨우지 마.
당신이라는 희망이라면 달라질까.

난 죄와 악덕에 빠져 길을 잃었어.
주사위를 던지려 해도 너무 멀리 있어.
내 심장은 허약해, 더는 견딜 수 없어.
당신이라는 희망이라면 달라질까.

애써봐도 소용없어.
어떤 이유로도 가질 수 없는 게 있어.
내 심장은 알아, 우린 이루어질 수 없어.
당신이라는 희망이라면 달라질까.

사랑이 사람을 바꾼다고들 말하지.
바꾸는 게 사랑하는 게 쉽다면야.
내 심장이 외쳐대는데 나는 어쩔 수가 없어.
하지만 당신이라는 희망이라면 달라질까.

어떤 건 시작하기 전에 끝나버려.
생기는 순간, 흩어져 버려.
내 심장은 간절히 이렇게 말하고 싶어.
하지만 당신이라는 희망이라면 달라질까.

마음속에선 천 번도 더 들려준 이야기.
마음속에서 결코 벗어날 길 없는 꿈.
나의 세상엔 이름을 숨긴 것이 너무 많아.
어떤 사람은 어떻게 해도 길들 수 없어.

내 것이라 우겨야 하나.
내 것이라 우겨볼까.
어떤 희망은 모든 걸 내던질 가치가 있다더군.

그래, 내 것이라 우겨야 하나 봐.
내 것이라 우겨볼까 봐.
모든 걸 내던질 만한 그런 희망이라면.

오로라

파도가 부서질 때
돛이 흔들릴 때
선장의 기도가 시작될 때
오로라가 온다.

오로라, 오로라.

번개가 하늘을 가를 때
천둥이 우르르 울릴 때
세상의 모든 어머니가 간절한 마음일 때
오로라가 온다.

오로라, 오로라.

바람이 몰아칠 때
폭풍이 쫓아올 때
사제마저 걸음을 서두를 때
오로라가 온다.

오로라, 오로라.

나는 물에 빠졌지.
시시각각 죽어가고 있었지.
그때 하늘이 맑아지더니
네가 나타났지.
난 말했지. "나의 오로라가 왔구나."

오로라, 오로라.

감사의 말

나의 에이전트 테레사 박에게 감사드립니다. 『데이지 존스 앤 더 식스』 아이디어에 보여준 당신의 열정이 이 책을 만들었고 현실로 이루어졌습니다. 당신의 손을 잡고 작가로서 첫걸음마를 떼게 되어 영광입니다. 내가 이 자리에 설 수 있음에 지금도 놀라움을 금하기 어렵습니다. 당신의 격려에 힘입어 나는 위험을 무릅쓰고 달을 바라보며 달릴 수 있었습니다.

에밀리 스위트, 앤드리아 마이, 애비게일 쿤스, 알렉산드라 그린, 블레어 윌슨, 피터 냅, 버네사 마르티네스, 에밀리 클러짓에게 감사합니다. 최고의 실력을 발휘해 맡은 바에 최선을 다해주셨습니다. 「프렌즈」 배우들의 심정을 이제 알 것 같습니다. 여러분 가운데 어느 한 분만 골라 애정을 표하는 건 불가능한 일입니다. 그래서 한 분 한 분에게 내 최고의 애정을 표합니다. 나를 언제나 든든히 지지해 주는 여러분을 떠올릴 때마다 그저 머리를 숙이게 됩니다.

실비 라비노, 나만큼이나 스티비 닉스를 사랑해줘서, 데이지 존스가 혼란을 겪는 동안에도 품위를 지키며 기쁘게 버텨줘서 고마워요.

브래드 멘델슨, 제기하는 모든 문제에 해답을 제시해 줘서 고마워요. 남편과 툭하면 이런 말을 해요. "브래드에게 물어보는 게 좋겠어." 당신은 나의 '제리 맥과이어'예요. 영화 마지막 장면을 볼 때마다 내가 눈물을 그렁그렁한 채 가리키는 제리 맥과이어 말이에요.

'밸런타인 북스'에서 처음 만난 친구들. 한 팀이 되어 가슴 벅차도록 기뻤다는 말씀을 드리고 싶습니다. 나의 편집자, 제니퍼 허시, 당신과 처음 이야기를 나눌 때부터 당신이 날 더 나은 작가로 성장시켜 줄 것을 예감했습니다. 예감은 그대로 이루어졌죠. 『데이지 존스 앤 더 식스』를 더 섬세하고 정직한 이야기로 만들어 준 당신은 나의 은인임을 잊지 말아주세요. 책을 만들어가는 매 순간, 당신은 신중하고 열려 있었습니다. 그 결과는 실로 놀라웠어요.

예술은 단연코 가장 명징한 세계라고 생각합니다. 그런 의미에서 『데이지 존스 앤 더 식스』의 예술에 대한 환상적인 접근 방식을 보여준 파올로 페페에게 무한한 감사를 표합니다.

에린 케인, 모든 것을 바로잡아주셔서 고맙습니다.

카라 웰시, 데이지 존스 이야기에 대한 당신의 열렬한 사랑이 모든 차이를 만들어냈습니다. 덕분에 밸런타인 북스와 인연을 맺었고, 그곳에서 나는 마치 내 집 같은 편안함을 느낄 수 있었습니다.

킴 호비, 수전 코코런, 크리스틴 패슬러, 제니퍼 가자, 퀸 로저스, 앨리슨 로드, 그 밖에 마케팅팀과 홍보팀 여러분. 재능, 추진력, 열의를 고루 갖춘 여러분에게 이 책을 맡길 수 있어서 정말 행복했습니다.

작가로 첫걸음을 디딘 후 지금까지, 한결같은 마음으로 날 도와준 여러분이 아니었다면 『데이지 존스 앤 더 식스』는 빛을 보지 못했을 겁니다. 세라 캔틴, 그리어 헨드릭스, 그리고 '아트리아 북스'의 멋진 분들에게 감사합니다. 『데이지 존스 앤 더 식스』 이후에 발표한 작품에도 변함없는 지지를 표해준 블로거 여러분에게도 이 자리를 빌려 고마움을 전합니다.

크리스탈 패트리아체, 그렇게 늘 잘 해내는 비결이 뭔가요? 당신과 '북스파크' 팀의 모든 분에게 감사합니다.

나의 작가 인생에서 『데이지 존스 앤 더 식스』야말로 '이웃과 동네'가 절실한 책이었어요. 좋은 음악 취향을 키우는 데 큰 도움을 준 동생 제이크도 그런 이웃이자 동네였어요. 곰돌아, 내 취향을 발전시켜줘서 고마워.

글을 쓰려면 딸을 돌봐줄 사람이 필요했어요. 좋아하는 일을 업으로 삼을 수 있어서 복이라고 생각하지만 그 전에 내 일을 덜어줄 사람이 필요한 법이죠. 리나, 나와 남편이 일하는 동안 우리 딸 릴라를 환상적으로 돌봐줘서 고마워요. 시댁 식구 여러분에게도 무한한 감사를 표합니다. 정기적으로든, 급하게 부탁드리든 마다 않고 손녀를 성심으로 아끼고 돌봐주셨습니다. 릴라는 여러분과 함께 최고의 시간을 보냈음을 제가 왜 모르겠어요. 마리아, 고마워요.

워런, 당신을 알게 돼서 얼마나 행운인지요.

로즈, 모든 것을 가능성으로 바꾸는 사람, 진심으로 고마워요.

알렉스! 이 이야기의 행과 행간마다 당신의 손길이 배어 있어서 어느 대목을 짚어가며 답례해야 할지 모르겠네. 내게 스토리의 아이디어를 주고, 음악 이론을 가르쳐주고, 함께 『루머스』도 들어주고, 린지 버킹엄과 크리스틴 맥비*를 놓고 논쟁해줘서 고마워. 날 위해 일을 그만두고 집에서 더 많은 시간을 보내며 아이를 맡아주고, 내가 쓴 이야기를 못 해도 9백만 번은 읽어줘서 고마워. 무엇보다 난 당신 덕분에 헌신이라는 주제에 대해 더 수월하게 쓸 수 있었어. 사랑을 주제로 쓸 때도 당신 이야기를 쓰면 되니까 고민할 필요도 없지. 한 팀이 된 지 10년이 됐지만 지금도 열렬히 당신을 사랑해.

그리고 마지막으로, 나의 최고의 걸작, 릴라 라이드. 내 인생에 변화를 가져다준 너에게 엄마로서 고마워. 나의 귀여운 선장님. 이 책과 그 안에 담긴 마음과 영혼은 너에게 바치는 신심의 증거야. 우리는 이 세상에서 저마다 다른 방식으로 존재한다는 것, 그리고 난 그 많은 방식 가운데 몇 가지를 너에게 보여주고 싶어서 글을 쓴다는 생각이 들 때가 있어. 언제나 당차고 호기심 많은 너,

---

*　　둘 모두 플리트우드 맥의 멤버

독단적이면서도 누구에게나 선뜻 좋아하는 과자를 내주는 너의
소중한 영혼을 지켜줄게.

사랑, 이별, 환희, 슬픔, 미련, 분노, 앙심, 부인,
포용과 성장의 멜로 록 팝 드라마

"조명은 어두웠고, 풍성한 금발의 스티비 닉스*는 검은색 거즈 드레스를 입고 서 있었다. 무대엔 스티비, 그리고 바로 옆에 있던 린지 버킹엄** 둘뿐이었다. 스티비는 여리지만 확신과 저력이 넘치는 목소리로 노래하면서 줄곧 린지를 돌아보았다. 그녀의 표정은 다정했고 친밀했지만 진짜 감정은 헤아리기 힘들었다.

이들은 누구지?

노래가 끝나갈 무렵 스티비와 린지는 서로를 향해 가까이 다가가며 다시 한번 다정한, 그러나 어딘지 슬퍼 보이는 미소를 지었다. 린지는 잠깐이지만 기타 연주를 멈추고 스티비를 곁눈으로 응시했고, 스티비는 마지막 소절을 열창했다. 아주 짧은 순간, 린지는

---

* 플리트우드 맥의 전 보컬리스트이자 싱어송라이터. 데이지 존스의 실제 모델.
** 플리트우드 맥의 전 리드 기타리스트이자 뮤지션. 빌리 던의 실제 모델.

한 손을 오므려 턱 밑에 괴고선 마치 기적을 구경하듯 스티비를 바라보았다.

그 순간 나는 생각했다. '아, 저 둘은 사랑하는 사이구나.'

(중략)

나중에 엄마가 그 둘이 한때 사귀었었다는 말을 했을 때 나는 얼마나 놀랐는지 모른다. (중략) 2년 전 로큰롤에 관한 책을 쓰겠다고 결심했을 때 내 머릿속에선 「산사태Landslide」를 부르는 스티비를 바라보던 린지의 모습이 자꾸만 떠올랐다. 영락없이 사랑에 빠진 연인의 모습이었다. 하지만 그들 사이에 어떤 일이 있었는지는 결코 알 수 없을 것이다. 나는 뮤지션의 삶과 무대의 경계가 어떻게 모호해질 수 있는지, 오래된 상처를 노래하는 것이 어떻게 그 아픔을 새롭게 만들 수 있는지에 대해서 쓰고 싶어졌다."

— 테일러 젠킨스 리드의 글
"플리트우드 맥이 '데이지 존스 앤 더 식스'에 미친 영향" 중에서 발췌*

"…… 결별의 정치라 할 만하다. 우리는 친구들에게 달려가서는 우리가 겪은 최근의 슬픔을 지지해 줄 욕망에 불을 붙이고자 그들에게 하소연한다. 물론 이 하소연은 조금 달콤해질 수도 있다. 그

---

* Taylor Jenkins Reid, "How Fleetwood Mac Influenced Daisy Jones & The Six, *Reese's Book club*, 2019

옮긴이의 말　**541**

'친구들'이 수백만 명의 팝 음악 팬이라면, 나의 슬픔을 호소하고자 하는데 그 순간 자신의 마음을 박살 낸 바로 그 사람과 마이크를 같이 써야 한다면, 하필 마약이 동나는 바람에 전 연인이 전날 밤 다른 사람과 밤을 보냈다는 사실이 갑자기 떠오른다면 이것이 『루머스Rumours』*를, 특히 (린지) 버킹엄과 (스티비) 닉스의 협업을 무척이나 흥미로우면서도 조금은 거북하게 만드는 요인이다. 둘 중 누군가 연애에서 빠져나온 뒤에도, 사귀던 시절보다 본인이 더 사랑받을 만한 사람인지 좀 봐 달라고 실시간으로 탄원하고 있는 형국이니 말이다.

(중략) 누군가를 사랑해 본 적 있고 그러다 그 사랑을 멈춰본 적 있는 사람에게, 혹은 누군가에게 받던 사랑이 중단된 적 있는 사람에게, 이 앨범은 그 즉시 상대방을 떠나는 것이야말로 가장 힘든 일일 수 있다는 사실을 상기시킨다. (중략) 자신을 원하는 누군가를 곁에 두고 싶은 끝없는 욕망은 참으로 불변한 것이다."

— 미국의 시인이자 에세이스트, 문화비평가, 하닙 압두라킵의 음악 에세이
『죽이기 전까진 죽지 않아』 중에서 발췌**

---

* 플리트우드 맥의 1977년 앨범. 스티비 닉스와 린지 버킹엄을 새로 영입한 후 기존 블루스 중심의 사운드에서 팝록 스타일로 전환하면서 팝 음악 사상 기록적인 판매고를 올렸다. 이 책에선 『오로라』에 해당한다.

** 하닙 압두라킵, 최민우 옮김, 『죽이기 전까진 죽지 않아』, 카라칼, 2022

노다웃No Doubt의 뮤직비디오를 찾아「MTV」에 채널을 맞춘, 당시 열세 살의 여자아이는 어느 날 우연히 고릿적(?) 록밴드 플리트우드 맥의 재결성 기념 공연 무대를 보게 된다. 노래를 부르는 여성 멤버 스티비 닉스와 기타를 치는 남성 멤버 린지 버킹엄이 애정과 비련이 뒤섞인 눈빛을 주고받는 순간, 야릇한 매혹을 느낀다. 그리고 뒤이은 사실에 내처 놀란다. 재결성 무대에서 다시 만나기 오래전, 닉스와 버킹엄은 밴드 내 커플이었으나 이별했고 밴드도 해체되었다는 것. 이 사실은 할리퀸 로맨스로 끝났을 법한 열세 살 여자아이의 상상에 흥미로운 통찰의 씨앗을 던져준다. 작가 테일러 젠킨스 리드의 소설, 2019년 미국의 베스트셀러, 2023년 아마존 프라임 미니시리즈로도 만들어진『데이지 존스 앤 더 식스』는 이렇게 첫 싹을 틔웠다.

대학에서 미디어를 전공했고 졸업 후엔 영화 캐스팅과 교사 일을 하다 작가로 전업한 리드는 다섯 번째 소설에서 숙원이었던 이야기, 한 인터뷰에서 그가 직접 한 말을 빌리면 "팝스타들의 복잡하고 엉망인 인간관계"라는 소재에 도전한다. 열세 살 때의 각별한 기억은 구상 단계 이전에 이미 스토리의 중심이었다. 작가가 밝혔듯 플리트우드 맥의 역사, 밴드의 기념비적인 앨범『루머스』는『데이지 존스 앤 더 식스』에 절대적인 영향을 끼쳤다. 1975년, 믹 플리트우드가 이끄는 플리트우드 맥은 블루스록을 추구하는 밴드였으나 망조가 들자 캘리포니아 출신의 혼성 듀오, 스티비 닉스와 린지 버킹엄을 영입해 이른바 '라디오 친화적인' 팝 사운드로 전환한 앨범『플리트우드 맥』을 내며 성공을 거둔다.

그리고 2년 후에 발표한 앨범『루머스』로 록 음악사에 길이 남을 전설의 자리에 오른다. 1960년대 중반 펜실베이니아에서 빌리와 그레이엄 던 형제, 피트와 에디 러빙 형제가 결성한 록밴드 '던 브라더스'는 블루스록으로 시작했으나, 재능 있는 여성 뮤지션인 캐런 캐런과 함께 당시 미국 록 음악의 중심지 캘리포니아의 '인플루언서(잇걸)'이자 무엇보다 싱어송라이터의 잠재력을 가진 데이지 존스를 들이며 제2의 도약을 꿈꾼다. '데이지 존스 앤 더 식스'로 밴드명을 바꾸고 발표한 앨범『오로라』가 엄청난 성공을 거두며 당대를 대표하는 문화 현상이 된다. 이렇게 플리트우드 맥과 데이지 존스 앤 더 식스는 후자가 커리어의 정점에서 파국과 해체라는 수순을 밟기 전까지 대동소이한 연대기를 공유한다.

이쯤 하면『데이지 존스 앤 더 식스』를 플리트우드 맥의 '팬픽'이라고 해도 무방할 것이다. 팬픽 문화에 익숙한 독자라면 이 지점에서『데이지 존스 앤 더 식스』가 설정 면에서 팬픽에 비해 게으르다고 반박할 수도 있다. 팬픽이 일반적으로 '애정하는' 스타들을 실제와 무관하게 '커플링'한 후 파생될 만한 이야기를 창작('연성')할 때『데이지 존스 앤 더 식스』는 플리트우드 맥의 실제 커플들을 손쉽게 대입하고 있는 것처럼 보이는 것이 사실이다. ('스티비 닉스와 린지 버킹엄 = 데이지 존스와 빌리 던, 존 맥비와 크리스틴 맥비 = 그레이엄 던과 캐런 캐런'이라는 구도) 결론부터 말하자면 테일러 젠킨스 리드는 팬픽의 소박한 목적, 즉, 팬덤 문화의 '내수용'을 넘어서는 예술적인 야심에서 의도적으로 이 구도를 택했다.

내러티브 면에서 『데이지 존스 앤 더 식스』는 혼돈이 가득했던 플리트우드 맥의 역사에서도 분열이 정점에 이른 시기를 허구로 재설계한다. 『루머스』 제작 당시 닉스와 버킹엄 커플은 '결별-재결합-재결별'의 뺑뺑이를 도는 중이었다. 존과 크리스틴 맥비는 6년간의 결혼 생활을 청산하고 이혼한 터였다. 밴드는 무너지는 중이었지만 희한하게도 해체가 아닌 앨범 레코딩이라는 무리수를 감행한다. 결별한 사이지만 일은 함께하는 고통스러운 예술가들. '(사적으로) 아픈 만큼 (예술적으로) 성숙'해진다는 표어는 한때 공연예술가의 숙명처럼 여겨졌지만 우스갯소리로 전락한 지 오래다. 그런데 플리트우드 맥은 이 케케묵은 신화를 놀라울 정도로 생생하게 경신한다. 다름 아닌 사적으로 끝난 사랑과 공적으로 지속되는 협업 사이에서 말이다. 『루머스』는 이 분열적인 상태의 정점에서 만들어졌고, 사랑과 이별 사이에서 느낀 환희와 슬픔, 미련과 분노, 심지어는 앙심과 부인denial의 감정이 섞여 융화하는 파노라마가 완성됐다.

탁월한 '음악 공동체'이자 동시에 요란한 '가십 제조기'였던 밴드, 음악과 연애를 분리하지 못한 패착을 오히려 독창적인 드라마, 나아가 정체성으로 만든 플리트우드 맥을 테일러 젠킨스 리드는 소설의 언어로 다시 쓴다. '던 브라더스' 시절, 밴드의 리더로서, 송라이터로서 전권을 행사하던 빌리 던은 레코드 레이블의 상업적 전략 때문에 어쩔 수 없이 데이지 존스를 영입한 후 매번 그녀와 반목한다. 함께 곡을 쓰는 협업의 과정에서 빌리와 데이지는 자신의 입지를 흔드는 상대를 적으로 간주하며 경계한다.

그러나 각자의 내밀한 상처를 내보이며 인간적으로 공감할 때 비로소 완성되는 록 예술의 전제가 그들을 헷갈리게 만든다. 비즈니스와 예술, 책무와 매혹, 반목과 공감의 경계가 흐릿해진다. 차트 1위라는 공동의 목표, 상대보다 예술적 우위를 증명해야 한다는 강박 속에서 어쩔 수 없이 맺은 데이지와 빌리의 파트너십은 면면이 요지경이다. 상대의 한심함, 고집스러움에 언성을 높이며 싸울 때도 사랑의 밀어와 달콤한 멜로디를 뽑아내야 하는 스트레스. 숨겨온 슬픈 개인사를 제일 싫은 동료와 가식 없이 공유해야 하는 끔찍한 업태.

절정이자 최악은 철저한 계산과 잇속을 내세운 그들의 게임이 놀랍게도, 하필이면 사랑으로 전화되는 순간이다. 아울러 진실의 본연이 처음으로 드러나는 순간, 데이지도 빌리도 자신을 기만하는 쪽을 택한다. 그리고 부인, 거짓말, 둘러대기를 동원하며 최대한 진실과 독대하기를 미룬다. 실제로 플리트우드 맥이 그러했다. 플리트우드 맥과 데이지 존스 앤 더 식스는,『루머스』와『오로라』는 예술과 사랑, 그리고 삶의 한복판에서 갈등, 반목, 공감, 염원, 희망, 좌절, 분노, 저주, 깨달음, 수용, 이별, 회고, 재회의 가능성으로 이어지는 서사의 구태의연함을 분열과 끝탕으로 내파한다. 그러면서 예단도 협상도 택일도 허용하지 않는 진실의 메커니즘을 아이러니와 익살을 거쳐 휴머니즘에 가 닿는 과정으로 끌어안는다.

진실은 적시할 수 있을 때 더는 진실이 아니라는 메시지를 보다 효과적으로 전달하기 위해 작가는 전기작가의 인터뷰라는 구술 형식을 선택했다. 이른바 전지적 작가 시점으로 이야기를 통합하는 대신, 밴드 멤버부터 관계가 느슨한 주변 인물에게도 독자적인 시점을 부여하는 것으로 허구의 가공성에 생기를 부여한다. 인터뷰 저널이나 다큐멘터리 영화에선 익숙하지만, 소설에선 상대적으로 만나기 힘든 스타일의 내러티브라는 점에서『데이지 존스 앤 더 식스』가 거둔 문학적 성과라고 할 수 있다.

아울러 여성 작가로서 사명감을 가지고 남성 중심적인 록 음악 씬에서 일찍부터 분투해온 여성 아티스트에게 마땅한 분량과 무게의 서사를 부여한 점 또한 간과해선 안 될 것이다. 그런 점에서 팝 디바의 전형—미모, 천재성, 불우한 사생활—에 비교적 충실한 데이지 존스보다 시몬, 캐런의 이야기가 더 흥미롭게 다가올 것이다. 자신의 삶과 예술의 주체로서 여성에겐 반사회적이란 딱지가 붙는 선택을 할 때도 후회하지 않는다. 무엇보다 경쟁 관계에 놓인 다른 여성을 적대시하는 그간의 숱한 구도를 비웃으며 진심으로 연대한다는 점에서.

최세희

옮긴이 **최세희**

대학에서 영문과를 전공한 후 문화콘텐츠를 기획하고 라디오방송 원고를 쓰며 출판 번역을 해오고 있다. 『딱 하나만 선택하라면, 책』, 『소란스러운 세상 속 혼자를 위한 책』, 『렛미인』, 『예감은 틀리지 않는다』, 『사랑은 그렇게 끝나지 않는다』, 『사색의 부서』, 『에마』, 『깡패단의 방문』, 『침』, 『인비저블 서커스』, 『맨해튼 비치』, 『우리가 볼 수 없는 모든 빛』, 『클라우드 쿠쿠 랜드』 등을 우리말로 옮겼으며 공저로 『이수정 이다혜의 범죄 영화 프로파일』이 있다.

데이지 존스 앤 더 식스

초판 1쇄 인쇄 2023년 6월 5일
초판 1쇄 발행 2023년 6월 19일

지은이 테일러 젠킨스 리드
옮긴이 최세희
펴낸이 김선식

경영총괄 김은영
콘텐츠사업본부장 임보윤
책임편집 이한나   **디자인** 권예진   **책임마케터** 김지우
콘텐츠사업3팀장 이승환   **콘텐츠사업3팀** 김한솔, 김정택, 권예진, 이한나
편집관리팀 조세현, 백설희   **저작권팀** 한승빈, 이슬
마케팅본부장 권장규   **마케팅2팀** 이고은, 김지우
미디어홍보본부장 정명찬   **영상디자인파트** 송현석, 박장미, 김은지, 이소영
브랜드관리팀 안지혜, 오수미, 문윤정, 이예주   **지식교양팀** 이수인, 염아라, 김혜원, 석찬미, 백지은
크리에이티브팀 임유나, 박지수, 변승주, 김화정   **뉴미디어팀** 김민정, 이지은, 홍수경, 서가을
재무관리팀 하미선, 윤이경, 김재경, 안혜선, 이보람
인사총무팀 강미숙, 김혜진, 지석배, 박예찬, 황종원
제작관리팀 이소현, 최완규, 이지우, 김소영, 김진경, 양지환
물류관리팀 김형기, 김선진, 한유현, 전태환, 전태연, 양문현, 최창우
외부스태프 교정 김정현

펴낸곳 다산북스   **출판등록** 2005년 12월 23일 제313-2005-00277호
주소 경기도 파주시 회동길 490
전화 02-704-1724   **팩스** 02-703-2219   **이메일** dasanbooks@dasanbooks.com
홈페이지 www.dasan.group   **블로그** blog.naver.com/dasan_books
종이 신승지류유통   **인쇄** 상지사피앤비   **후가공** 제이오엘앤피   **제본** 상지사피앤비

ISBN 979-11-306-4297-0 (03840)